Des jumelles à protéger

*

Mystère en Alaska

JUSTINE DAVIS

Des jumelles à protéger

Traduction française de
KAREN DEGRAVE

BLACK ROSE

HARLEQUIN

Collection : BLACK ROSE

Ce roman a déjà été publié en 2019

Titre original :
COLTON'S TWIN SECRETS

HARPERCOLLINS FRANCE
83-85, boulevard Vincent-Auriol, 75646 PARIS CEDEX 13
Service Clients — https://www.harlequin.fr/contenu/contactez-nous
ISBN 978-2-2805-2543-5 — ISSN 1950-2753

Édité par HarperCollins France.
Composition et mise en pages Nord Compo.
Imprimé en décembre 2025 par ScandBook UAB en Lituanie
en utilisant 100% d'électricité renouvelable.
Dépôt légal : janvier 2026.

FSC
www.fsc.org
MIXTE
Papier | Pour une gestion forestière responsable
FSC® C021394

Pour limiter l'empreinte environnementale de ses livres, HarperCollins France s'engage à n'utiliser que du papier fabriqué à partir de bois provenant de forêts gérées durablement et de manière responsable.

1

L'espoir...

Quel jeu de dupes !

Planté dans le couloir du petit appartement, Dante Mancuso, l'agent de la brigade canine, se demandait pourquoi il avait un espoir, aussi mince soit-il, que cette fois serait différente et qu'ils trouveraient enfin quelque chose. N'importe quoi. Jusqu'ici, essayer de relier les jumeaux Larson à leur multitude de crimes avait été comme essayer d'empêcher Flash de renifler.

Comme s'il lisait dans ses pensées, le gros chien s'appuya contre sa jambe et leva vers lui les yeux les plus tristes qu'il ait jamais vus. Son cœur se serra un instant avant que son cerveau lui rappelle que c'était une ruse.

— Oh non ! grommela-t-il.

Le chien se coucha avec un soupir aussi triste que son regard.

— Ce sera ton tour quand ils auront fini, lui dit Dante.

Cela lui valut un regard de travers.

— Quoi ? Tu n'aimes pas les lundis ou ton odorat est saturé ?

Cette fois, le chien poussa un soupir méprisant avant de poser la tête sur ses pattes.

Un homme en uniforme s'approcha d'eux en retirant ses gants en latex. Al Collins venait d'être transféré dans l'équipe. Il était en période d'essai, et Dante ne s'était pas encore fait d'opinion à son sujet.

— Tu parles plus à ce chien que je parle à mon partenaire humain, Mancuso, lui lança Collins.

— Humain ? plaisanta Dante en jetant un coup d'œil au coéquipier de Collins, qui le suivait.

Duke Carnahan était grand et musclé, avec un front un peu simiesque qui incitait les gens à le croire stupide alors que c'était l'un des policiers les plus intelligents de la région. C'était aussi l'un des meilleurs amis de Dante.

— Si tu continues, je serai contraint de t'arracher le bras, riposta Duke.

Ce n'était qu'une plaisanterie, mais il semblait capable de mettre la menace à exécution.

— Flash risquerait de ne pas apprécier.

Duke jeta un coup d'œil au chien, déjà à moitié endormi.

— Tu veux dire que ce gros fainéant serait capable de me mordre ?

— Ce gros fainéant peut te battre à la course sur n'importe quel terrain, répliqua Dante. Mais quand il t'aura attrapé, il se contentera de te lécher jusqu'à ce que mort s'ensuive.

Duke grimaça.

— Mourir noyé dans la bave de chien ? Non merci. Tu peux garder ton bras.

Ils éclatèrent de rire.

— On ne te voit pas beaucoup dans ce quartier, Mancuso, dit Collins. Tu ne nous aimes pas ?

— Je ne m'entends pas avec certains de ses habitants, répondit Dante d'une voix neutre.

Collins fronça les sourcils.

— Désolé, il a oublié pour ton frère, dit Duke.

J'aimerais pouvoir en faire autant, songea Dante.

Gemma Colton faisait les cent pas dans l'appartement qu'elle occupait dans l'un des immeubles de son père. Pour une fois, elle ne tirait aucun plaisir de la vue spectaculaire, ni du mobilier hors de prix. Une seule chose occupait ses pensées – mais cela concernait tout son avenir.

— Quelque chose s'est mal passé, au gala ?

Elle se tourna vers Devlin.

— Quoi ?

— Tu as l'air… tendue.

Lui aussi semblait tendu.

Devlin Harrington était le plus grand mystère de sa vie – qui était facile et confortable, elle le reconnaissait. Pour être honnête, c'était l'une des raisons pour lesquelles il l'intriguait : sa vie sociale n'était pas si compliquée, d'habitude. Elle était la fille cadette de Fenwick Colton et la plupart des hommes étaient prêts à tout pour sortir avec elle. Pas Dev. Elle n'avait jamais eu besoin de courir après un homme, mais le charme, les bonnes manières, le bon goût vestimentaire et l'assurance de Devlin le rendaient irrésistible à ses yeux.

Elle avait donc décidé de le conquérir. Dev avait les qualités supplémentaires d'être le fils de Hamlin Harrington – un homme très fortuné qui était fiancé à sa demi-sœur Layla, ce qui était un autre mystère – et d'être un brillant avocat au sein du cabinet de son père. Il était aussi l'un des rares hommes que le père de Gemma, qui était paranoïaque sur ce sujet, ne suspectait pas d'en vouloir à son argent.

Après huit mois d'efforts, elle n'était pas plus près du but. Oh ! ils avaient une relation ! Mais pas celle qu'elle voulait. Et plus le bel avocat semblait inaccessible, plus elle voulait l'atteindre.

Si elle voulait le voir, c'était à elle de le lui proposer et, une fois sur deux, il avait déjà des projets. Elle se répétait que les avocats travaillaient beaucoup, mais cela commençait à ne plus suffire.

Les paroles de Quinn résonnaient dans sa tête. Sa cousine s'était montrée délicate, mais tout ce qu'elle avait dit se résumait en une phrase : on ne peut pas forcer l'amour. Mais ce n'était pas ce qu'elle faisait. Elle aimait déjà Devlin. Et il l'aimait aussi, elle en était certaine. Il avait juste besoin de la faire progresser dans la liste de ses priorités. Malheureusement, elle ne savait pas comment l'y inciter. Tous les hommes avec lesquels elle était sortie jusque-là lui avaient tout de suite octroyé la première place.

— Non, dit-elle enfin. Le gala s'est bien passé. Très bien, même. On a récolté plus de dons que l'année dernière. Même sans toi.

Comme toujours, il laissa glisser la pique. Elle ignorait si c'était parce qu'il ne les percevait pas ou parce qu'il s'en moquait. Elle préférait la première hypothèse, car la seconde impliquait qu'il ne se souciait pas assez d'elle pour se vexer.

— Le refuge pour animaux en sera ravi, répondit-il.

Il semblait si préoccupé qu'il devait à peine avoir conscience de ce qu'il disait.

De justesse, elle réprima l'envie puérile de taper du pied. Elle n'avait pas l'habitude d'être à la périphérie de l'attention des gens.

Surtout pas de celle d'un homme avec lequel elle voulait bâtir un avenir. Un homme qui prendrait place dans son monde à la perfection. Un homme auquel même son père ne trouvait aucun défaut.

— Dev !

Il parut revenir brusquement à la réalité.

— Je ne pouvais pas venir, se défendit-il.

Elle soupira.

— Ce n'est pas ça... Pas vraiment. Où allons-nous, Dev ?

Il fronça les sourcils.

— Que veux-tu dire ?

— Toi et moi. Ne crois-tu pas qu'il est temps qu'on fasse plus que s'accompagner à des mondanités et dîner ensemble une ou deux fois par semaine ?

— C'est très bien comme ça, répondit-il, les sourcils encore plus froncés.

C'était une affirmation, comme si seul son avis comptait. Et c'était une mauvaise habitude qu'elle devait vite lui faire perdre.

— Ce n'est pas mon avis. Je veux plus, Dev.

— Je sais, murmura-t-il en s'approchant d'elle.

Quand il prit son visage entre les mains, elle crut qu'elle progressait enfin. Au moins, elle avait toute son attention. Mais il semblait presque triste…

— Je suis désolé, Gemma.

Elle le sentit sincère et se laissa attendrir.

— Ce n'est pas grave. Ce n'était qu'un gala. Il y en aura d'autres. À ce propos, le plus important de l'année est juste avant Noël, et…

— Non, Gemma.

Elle cligna des yeux.

— Quoi ?

Il arbora un air désolé et elle se mit à douter de sa sincérité. C'était l'expression qu'il avait quand il refusait de défendre quelqu'un ou de rendre un service. Elle admirait sa délicatesse… jusqu'ici. C'était la première fois qu'elle en était victime.

— Je suis désolé, dit-il encore.

— Ce n'est pas grave, répéta-t-elle.

Pourquoi tenait-elle tant à pardonner quelque chose qui l'aurait exaspérée de la part de quelqu'un d'autre ? Mais elle ne pouvait pas en vouloir à Devlin. Elle tenait trop à lui.

— Je sais que ce n'est pas ta tasse de thé, ajouta-t-elle. Je ne te demanderai plus de m'accompagner, si tu veux.

— Ce n'est pas ça, Gemma.

La nervosité la gagna. Cet état ne lui était pas familier ; elle avait peu d'occasions d'être nerveuse.

— Alors qu'est-ce que c'est ? demanda-t-elle.

— J'aimerais pouvoir te donner ce que tu veux.

— C'est toi que je veux, tu le sais.

— Oui, répondit-il avec tristesse. Je sais que tu le penses vraiment.

— Je t'aime…

La nervosité de Gemma se mua en désespoir, comme si une pente enneigée qu'elle admirait un instant plus tôt était devenue le théâtre d'une avalanche.

— C'est vrai, tu m'aimes sincèrement, dit-il, l'air presque surpris.

— Oui, insista-t-elle, un peu moins désespérée.

— Et tu mérites un amour aussi sincère, poursuivit-il en hochant la tête. Tu mérites qu'un homme t'adore. Parce que tu m'aimes sincèrement, je vais t'offrir l'occasion de le rencontrer.

Cela n'avait aucun sens.

— Je ne comprends pas.

— Je ne peux pas te donner ce que tu veux, Gemma. Je ne t'aime pas – pas de cette manière.

Elle écarquilla les yeux. Elle ne pouvait qu'admettre qu'il avait prononcé ces mots, mais elle était encore loin de croire qu'il les pensait.

2

Avec la facilité née d'une longue pratique, Dante détourna ses pensées de son frère, Dominic, qui vivait à deux pas de l'appartement devant lequel il se tenait en attendant son tour de le fouiller. Il pensait le moins possible à lui et au reste de sa famille de criminels. Cela faisait longtemps qu'il avait accepté son statut d'exception : il était le seul à avoir choisi de défendre la loi au lieu de la violer. Dominic et sa femme, Agostina, le regardaient parfois comme si c'était lui le criminel, ou comme si sa seule existence était une accusation.

Peut-être était-ce le cas.

Flash poussa sa jambe du museau. Dante baissa les yeux. Bien des gens se seraient moqués de lui, mais il aurait juré voir de la préoccupation dans le regard du chien, comme si l'animal avait su le sens que prenaient ses pensées. Peut-être était-ce le cas. À l'instar de celle de la plupart des chiens, la sensibilité de Flash ne se limitait pas à son odorat.

Dante songea aux juges. N'en avaient-ils pas assez de signer des mandats de perquisition pour essayer en vain de lier tous les criminels de la région aux Larson ? Lui en avait assez de les demander.

Et les criminels qui ne sont pas liés aux Larson doivent être liés à ma famille, se dit-il avec amertume.

Duke s'éclaircit la voix.

— Quoi qu'il en soit, nous n'avons rien découvert à part

que ce type est accro aux chewing-gums, annonça-t-il. Je n'ai jamais vu autant de papiers d'emballage. Oh ! et le four à micro-ondes est une zone sinistrée.

— Il est temps de lâcher ton nez, conclut Collins.

Flash se leva aussitôt, ce qui surprit Collins.

— Les gens l'appellent assez souvent « le Nez » pour qu'il ait compris qu'il était concerné, expliqua Dante.

— Ça t'ennuie si je vous regarde faire ? demanda Collins, qui semblait impressionné. Je ne l'ai jamais vu travailler.

— Ne le dérange pas, c'est tout.

Il avait déjà adopté son attitude froide et professionnelle. Les chiens de Saint-Hubert étaient connus pour être de fortes têtes. Leur maître-chien devait être au moins aussi têtu qu'eux pour en tirer quelque chose. Au début, il avait dû faire quelques concours d'endurance pour prouver à Flash qu'il n'était pas du genre à renoncer.

Il faut dire que j'ai beaucoup de pratique en matière d'obstination.

Une fois de plus, il chassa sa famille de ses pensées. Le moment était venu de se mettre au travail.

Il entra dans l'appartement avec Flash sans prendre la peine de lui faire sentir les policiers qui s'y étaient trouvés avant eux pour qu'il ignore leurs odeurs : Flash l'avait déjà fait.

Le chien se mit au travail dès qu'il lui en donna l'ordre. Dante le regarda suivre des chemins invisibles qui étaient aussi nets pour Flash que des autoroutes bien éclairées. Le museau extraordinaire de Flash pouvait repérer des odeurs vieilles de plusieurs jours. Comme leur suspect n'avait quitté les lieux que trois heures plus tôt, l'exercice devait lui sembler facile.

En observant son chien, Dante vit apparaître les habitudes de l'occupant de l'appartement. Il allait fréquemment du canapé, qui faisait face à un grand écran plat, à la cuisine – et presque jamais à la table du coin repas. Du canapé à la salle de bains. De la salle de bains à la chambre, où régnait une puanteur qui le fit grimacer. Ce type ne lavait-il donc jamais son linge ? Il plaignit Flash, puis se souvint que la puissance des odeurs lui facilitait la tâche, même quand celles-ci donnaient la nausée aux humains.

Il suffisait de laisser Flash faire. Il n'échouait presque jamais : s'il ne trouvait rien, c'était qu'il n'y avait rien à trouver.

Dante l'accompagna dans la cuisine sans avoir à se soucier de son talent pour voler de la nourriture. Quand il travaillait, Flash était d'un sérieux irréprochable. Suivant le fil de ses pensées, il se demanda si un juge estimerait recevable un résultat négatif de fouille canine. Pouvait-on se servir de la truffe d'un chien pour prouver l'innocence de quelqu'un et non sa culpabilité ? Il se promit de vérifier. Il était important de se tenir informé de ce genre...

Flash posa la patte sur la porte d'un placard. Dante se figea. Alors le chien le regarda par-dessus son épaule pour l'informer qu'il avait trouvé quelque chose. Dante s'approcha, lui tapota la tête, puis enfila des gants et ouvrit le placard. Il n'en tira que deux choses : une poêle qui semblait avoir fait une chute de trois étages et un paquet de farine. Flash poussa fièrement le paquet de farine du museau.

— Tu es sérieux ? demanda Dante.

Flash lui lança un regard attristé. D'aucuns trouvaient son regard solennel ou plein de dignité, mais Dante le trouvait toujours triste. À cet instant, Flash paraissait blessé par son manque de confiance.

— D'accord, ça va, soupira Dante.

Il posa le paquet de farine sur un plan de travail et s'interrogea. Pourquoi un type qui n'avait que de la bière et des restes de pizza dans son réfrigérateur avait-il besoin de farine ? Pour couper de la drogue ? C'était absurde. Ça n'avait pas du tout la même texture.

— Tu comptes faire un gâteau ? plaisanta Collins.

Dante pouffa avant d'ouvrir prudemment le paquet. Vu

l'état de la cuisine, il avait un peu peur de ce qu'il risquait de trouver dedans.

Il fut soulagé de ne rien voir bouger – même s'il repéra quelques grains noirs suspects au milieu de ce qui ressemblait bel et bien à de la farine.

— Le sergent arrive ! lança Duke alors que Dante commençait à vider le paquet dans la poêle.

Dante répondit par un grognement. La nervosité le gagnait peu à peu. Il avait confiance en Flash, mais…

Il se figea quand quelque chose tomba dans le tas de farine. C'était un téléphone jetable. Il le prit délicatement.

— Merde ! s'exclama Duke en s'approchant. Il est doué !

— Ouais, il est doué.

Il ne pensait pas ce qu'il disait, songea Gemma. Dev ne pouvait pas être en train de la larguer.

— Mais…, fit-elle.

Il secoua la tête.

— Je vais t'offrir une chance de rencontrer cet homme, répéta-t-il.

Elle fronça les sourcils. Il disait cela comme si, au lieu de détruire leur avenir commun, il lui accordait une faveur. Cela énerva la part d'elle qui restait consciente de sa place dans le monde.

— C'est très généreux de ta part, ironisa-t-elle. Alors tu renonces à moi ? À nous ?

— Oui.

— Et qu'espères-tu trouver chez quelqu'un d'autre que je n'aie pas ? En quoi suis-je insuffisante à tes yeux ?

— Tu n'as pas une once d'instinct maternel, répondit-il presque tristement.

L'instinct maternel ? Où était le rapport ? Un souvenir lui revint alors.

— Est-ce à propos de ta cousine et de son bébé ?

Elle avait du mal à croire qu'une simple maladresse puisse avoir de telles conséquences. Soit, elle ne connaissait rien aux bébés, mais où était le problème ? Elle était Gemma Colton, la fille de Fenwick Colton. Tous les enfants qu'elle aurait seraient confiés à une nounou compétente.

— C'était juste la confirmation de ce que j'avais deviné, remarqua Dev. J'ai le devoir de garder le cabinet Harrington dans la famille, Gemma. Ça suppose que j'aie des enfants.

Même si elle ne savait pas grand-chose sur les enfants, cela lui semblait une manière bien froide de les prendre en considération… Mais comme elle aimait Dev, elle insista.

— Et alors ? Je veux avoir des enfants… un jour. Et ils seront choyés. Ils iront dans les meilleures écoles et auront une dizaine de nounous s'il faut cela pour trouver la bonne.

— Précisément.

Elle cligna des yeux.

— Quoi ?

— Je veux une femme qui s'occupera elle-même de nos enfants. Je veux que ce soit une mère formidable, comme la mienne, qui n'a pas abdiqué ses responsabilités.

— « Abdiqué ses responsabilités » ? À t'entendre, on croirait que c'est comme renoncer à une couronne…

Elle s'interrompit net pour ne pas exprimer davantage d'aigreur. Dev devait avoir une image idyllique de sa mère décédée, comme son propre père avait une image idyllique de sa première épouse, la mère de Layla.

Layla.

— Une minute ! s'exclama-t-elle. Et ton père ? Layla et lui auront peut-être des enfants.

Devlin plissa un peu les yeux. Cela le dérangeait-il que son père épouse une femme bien plus jeune que lui ? Il ne craignait tout de même pas de se faire supplanter par les enfants éventuels de ce nouveau lit…

Elle-même n'était pas enchantée par les fiançailles de sa

demi-sœur avec le père de Dev, non seulement parce que son beau-père serait aussi son beau-frère, mais surtout parce qu'elle n'arrivait pas à croire que Layla en soit vraiment amoureuse.

Sauf que l'organisation de la famille ne serait pas aussi compliquée qu'elle le craignait, puisque Dev était en train de la quitter.

— Tu n'es pas sérieux, insista-t-elle.

— Je suis désolé. Nous n'allons pas ensemble. Mais tout se passera bien pour toi, Gemma. Je te laisse trouver le bonheur que tu mérites.

Quoi ?

Elle en avait assez de sa mansuétude ! À grand-peine, elle se retint de lui demander qui lui avait confié le gouvernement du monde.

Il allait voir ! Personne ne quittait Gemma Colton ! C'était elle qui se chargeait des ruptures. Il voulait de l'instinct maternel ? Elle lui ferait regretter d'avoir douté d'elle. Il reviendrait en rampant.

Elle avait toujours obtenu ce qu'elle voulait, et ce n'était pas près de changer.

— Je vais dire au sergent que tu as trouvé quelque chose, dit Duke.

Dante hocha la tête sans le regarder. Le téléphone était de mauvaise qualité, mais il s'alluma sans problème.

Le journal d'appels et le carnet d'adresses étaient vides. L'appareil ne contenait que quelques textos. Les quatre interlocuteurs qui avaient signé leurs messages lui étaient inconnus. Mais il y en avait trois autres qui n'étaient identifiés que par leur numéro, et l'un de ceux-ci lui semblait familier.

Il tira son propre téléphone de sa poche, ouvrit un fichier et… Oui ! Le numéro se trouvait sur la liste. Ils tenaient un lien entre ce petit truand et les frères Larson.

— Tu es un génie, Flash !

Flash le regarda comme s'il venait d'énoncer une évidence.

Dante pouffa. Ce lundi commençait bien. Il versa le reste de la farine dans la poêle sans rien trouver d'autre, puis mit le téléphone dans un sac à pièce à conviction avant de sortir de la cuisine…

Boum !

Les vitres de l'appartement volèrent en éclats. Des coups de feu. Dante poussa Flash dans la cuisine, hors de la ligne de tir. De nouvelles détonations retentirent.

Trois. Pas assez rapprochées pour une arme automatique. C'était un gros calibre, mais pas un énorme calibre. Comme le tireur ne pouvait espérer toucher personne, il devait s'agir d'un avertissement. Des pneus crissèrent… puis il y eut le fracas horrible d'une collision.

Et plus de détonations.

Tu ne sais pas conduire et tirer en même temps, songea-t-il.

Après quelques secondes de silence, Dante entendit des gens crier. Il prit son ton le plus autoritaire pour ordonner à Flash de rester dans la cuisine avant d'aller dans le salon.

Il dégaina à toutes fins utiles et s'approcha prudemment d'une fenêtre. L'accident était très grave. Une camionnette blanche avait percuté un cabriolet luxueux – et bien trop fragile —, l'écrasant contre un poteau électrique. Le feu rouge du bout de la rue était éteint. L'accident avait dû provoquer une coupure électrique dans tout le quartier.

L'homme qu'il vit s'enfuir de la camionnette blanche devait être le tireur. Quant à ceux qui se trouvaient dans le cabriolet, ils n'avaient eu aucune chance de…

Un cabriolet. Jaune.

Il connaissait cette voiture. Il ne pouvait pas y en avoir plusieurs de ce modèle dans le quartier.

— Dominic, murmura-t-il.

L'arme toujours au poing, il se précipita dehors.

3

— Il s'est enfui, dit Collins.

Dante l'entendit, mais ne trouva pas la force de répondre.

— Mais il est blessé, ajouta Collins. Il y a du sang sur le volant.

Dante regarda les gars de la morgue charger la deuxième civière dans leur fourgonnette. L'un d'eux lui jeta un coup d'œil après avoir fermé les portes. Quelqu'un avait dû lui dire quel était son lien avec les victimes.

Il baissa les yeux sur ses mains couvertes de sang.

— Tu as essayé, dit doucement Duke derrière lui. Tu ne pouvais rien faire. Ils sont morts sur le coup.

— Ils auraient dû voler une voiture plus solide, grommela Dante.

Parce que son frère avait sans doute volé ce cabriolet. Dominic n'avait jamais acheté ce qu'il pouvait voler, et Agostina avait des goûts de luxe.

— Recherche la plaque, au cas où, ajouta-t-il.

— C'est déjà fait, répondit Duke. La camionnette appartient bien au « Service de Livraison de Red Ridge », comme l'indique le logo.

Dante n'avait même pas pensé à regarder l'autre côté du véhicule. C'était une des entreprises bidon des Larson. Les coups de feu prenaient sens, tout à coup. C'était un avertissement : « Ne parle pas à la police. »

Alors ils ne savent pas qu'on tient leur complice.

— Je parlais de celle-ci, précisa-t-il en indiquant l'épave jaune.

— Celle de ton frère ? demanda Duke avec hésitation.

— Elle est sûrement volée, répondit-il d'une voix neutre.

Sans doute pas à Red Ridge, mais dans une ville plus grande, où il était plus facile de passer inaperçu.

Duke le regarda sans rien dire pendant un long moment. Son ami devinait les émotions contradictoires qu'il éprouvait. Dominic et lui se voyaient rarement et ne s'entendaient sur presque rien, mais ils étaient quand même frères et avaient partagé de bons moments quand ils étaient enfants.

Enfants.

Le cœur de Dante manqua un battement.

Les jumelles. Mon Dieu ! Les jumelles...

— Ça va, Mancuso ? s'inquiéta Duke. Tu es tout pâle, tout à coup.

— Je viens de penser à quelque chose.

— À propos de l'accident, du tireur ou de l'enquête ?

Dieu merci, elles n'étaient pas dans la voiture.

— Quelque chose de personnel.

Duke le dévisagea un moment avant de répondre :

— Va-t'en. Je gère la situation. Tu ne devrais pas être là, de toute manière, puisqu'il s'agit de ton frère. Alors va régler ton problème.

Dante n'aimait pas abandonner ses collègues, mais le problème était trop grave pour qu'il ne s'en occupe pas immédiatement.

— Merci, Duke.

Il appela Flash, courut vers sa voiture et fit monter le chien dans le coffre. Quelques secondes plus tard, il était au volant.

Il fonça vers la maison de son frère en ne songeant qu'aux pauvres bébés que son frère et sa belle-sœur avaient eus six mois plus tôt. Un court moment, leur naissance avait amélioré les relations des uns et des autres, mais cela n'avait pas duré. Dominic avait repris ses mauvaises habitudes et Dante ses distances.

La maison se voyait de loin. Les goûts de luxe d'Agostina ne s'arrêtaient pas aux voitures. La grande bâtisse en pierre détonnait dans ce quartier tranquille aux maisons en bois. Les statues plantées dans le jardin plus encore. Agostina voulait avoir l'impression de vivre dans un palais florentin, même si elle n'avait jamais mis les pieds en Italie. Or, elle était loin du compte. Les statues, des copies bon marché, n'avaient pas la majesté des originales. Elles semblaient juste parfaitement déplacées.

Il sonna à la porte. Comme personne ne répondait, il se demanda où étaient les fillettes. Agostina n'était pas la personne la plus gentille du monde, mais elle n'avait sûrement pas laissé deux bébés sans surveillance.

Il fit le tour de la maison. Toutes les fenêtres étaient fermées, et les rideaux tirés empêchaient de voir à l'intérieur. À l'arrière, du côté de la cuisine, il y avait un autre jardin rempli de statues qui lui avaient toujours coupé l'appétit. Agostina avait mis là les œuvres les plus brutales – des héros combattant des monstres, ou des dieux se décapitant les uns les autres. Il avait espéré que l'arrivée des jumelles la rendrait plus joyeuse, mais elle n'avait pas changé.

Et elle ne changera plus.

Il détacha une des pierres de l'allée pour casser le carreau de la porte de la cuisine. Il n'avait pas à se soucier de déclencher une alarme. Dominic n'avait aucune envie que les flics débarquent chez lui en cas de problème. Il lui avait toujours dit que son frère était le bienvenu sous son toit, mais pas le policier. Et encore moins l'horreur baveuse qu'il appelait un chien, ajoutait Agostina.

Il évoquait ces souvenirs pour essayer de chasser les images qui s'étaient gravées dans sa mémoire.

En atteignant l'épave, il avait compris dès le premier coup d'œil qu'il n'y avait rien à faire. La tête de Dominic était penchée d'une manière contre nature, et Agostina avait dû heurter très violemment le pare-brise. Elle n'aimait pas les ceintures de sécurité qui froissaient ses beaux vêtements. Malheureusement, la maternité ne l'avait pas rendue plus responsable.

Après avoir ouvert la porte, il s'immobilisa un moment pour écouter. Le silence le plus total régnait dans la maison.

Il fit le tour de la cuisine en espérant trouver un bloc-notes, peut-être avec un numéro utile. Rien. Il répéta l'opération dans la salle à manger qui ressemblait à un musée. Rien là non plus. Il entra ensuite dans le bureau de Dominic, la seule pièce que son frère n'avait pas laissé Agostina décorer. Elle n'était meublée que d'un grand bureau avec un ordinateur et d'étagères couvertes de dossiers. Dante n'avait pas la moindre idée de ce qu'ils contenaient. Dominic n'était pas assez bête pour garder des traces écrites de ses activités illégales.

Il s'approcha du bureau sans rien trouver qui le mette sur la piste de ses nièces.

Il alluma l'ordinateur qui, comme il s'y attendait, était protégé par un mot de passe. Il essaya les plus évidents, noms et dates de naissance, sans succès. Il savait que Katie Parsons, la technicienne de la brigade, pourrait franchir l'obstacle en quelques secondes, mais il ne voulait pas encore en arriver là.

Alors qu'il se demandait quoi faire, on frappa à la porte. Les coups furent suivis par le tintement d'une sonnette qui ressemblait aux cloches d'une cathédrale.

Il traversa la maison sans faire de bruit. La porte d'entrée était dotée d'un vitrail qui lui permit de distinguer la silhouette déformée d'une petite femme aux cheveux gris et frisés.

Lorsqu'il ouvrit, elle écarquilla les yeux puis regarda l'écusson de la brigade cousu sur sa veste.

— Oh ! Je savais que c'était la police. J'ai vu la voiture… Vous êtes le frère de Dominic, n'est-ce pas ?

— Je… Oui.

— Je vous ai reconnu d'après la photo, mais vous avez l'air différent en uniforme.

Dominic avait une photo de lui à un endroit où cette femme avait pu la voir ?

— Qui êtes-vous ? demanda-t-il prudemment.

La femme lui adressa un sourire bienveillant.

— Je suis Louise Nelson, la voisine. Je suis ravie que vous soyez là. Ma fille vient de m'appeler. Elle est malade. Je dois aller la voir.

— J'en suis… désolé, répondit Dante sans comprendre pourquoi elle lui racontait cela.

Puis, parce que c'était plus fort que lui, il ajouta :

— Puis-je vous aider ? Vous conduire quelque part ?

Avec la chance que j'ai, elle va accepter et sa fille vit à deux heures de route, songea-t-il.

Sa proposition parut la surprendre.

— Non, mais c'est très aimable. Vous êtes aussi gentil que Dom le dit.

— Il… le dit ?

— Souvent. Enfin… Il dit que vous êtes trop gentil pour votre bien, se corrigea-t-elle.

Cela ressemblait davantage à son frère.

La femme fronça les sourcils. Il suivit son regard et vit qu'elle fixait les poignets de sa chemise tachés de sang.

— J'étais sur le lieu d'un accident il y a peu, dit-il.

Elle se détendit et demanda :

— Alors, pouvez-vous récupérer les filles ?

Il cligna des yeux.

— Quoi ?

— Je suis désolée, mais je dois partir le plus vite possible.

— Vous avez les jumelles ? demanda-t-il en ayant l'impression d'être un simple d'esprit.

— Oui. Je les garde de temps à autre. Ça égaye la maison. Je les ai confiées un moment à mon mari, mais il ne sait rien faire d'autre que les empêcher de se blesser.

— J'ai peur que ce soit aussi mon cas, avoua-t-il.

Merde ! Qu'est-ce que je vais faire ?

— Vous ne pouvez pas être aussi mauvais. Sinon Dom ne m'aurait pas dit de vous appeler en cas d'urgence.

De nouveau, il se sentit stupide.

— Il vous a dit de m'appeler ?

Elle hocha la tête.

— Il a dit que vous étiez quelqu'un sur qui on peut compter.

Il faillit éclater de rire.

Quelques minutes plus tard, il regardait deux êtres humains d'une petitesse invraisemblable qui dormaient ensemble dans le même berceau.

— Elles s'en sortent très bien, pour des prématurées, dit Mme Nelson. Elles auront bientôt atteint leur poids normal. Et elles sont si mignonnes…

Dante n'entendit pas la suite, parce que l'un des bébés avait ouvert les yeux. Il se sentit fondre quand la fillette lui sourit…

Puis l'angoisse le tétanisa.

Elle ne savait pas que sa vie venait de changer radicalement.

4

— Tu fais peur à voir, lui dit Carson Gage quand il entra dans les locaux de la brigade.

Dante ne le prit pas mal, au contraire. Tout le monde lui offrait une sympathie dont il ne voulait pas. Mais la Tueuse de Fiancés avait tué le frère de Gage, dont Gage n'était pas très proche. Il était mieux placé que les autres pour le comprendre.

De plus, il avait raison. Que dire d'autre à un type qui avait les yeux de la couleur des tomates, les cheveux en bataille, et qui avait sûrement mis son T-shirt à l'envers ?

Et le fait que ce type trimballe deux nacelles devait rendre son apparence encore plus effrayante.

— Ça a été la plus longue nuit de ma vie, grommela-t-il.

— J'imagine, répondit Gage en regardant les jumelles. Qu'est-ce que tu vas faire d'elles ?

— Je n'en sais foutrement rien.

L'une des fillettes émit une série de sons sur la même cadence. Il soupira mentalement et se promit de surveiller son langage. Il ignorait quand les enfants commençaient à parler et ne voulait pas que, par sa faute, leurs premiers mots soient des grossièretés.

Il regarda les deux innocentes créatures. Il ne savait pas quand les enfants parlaient ou marchaient.

Il ne savait rien, en fait.

Et les jumelles avaient consommé presque tous les biberons

que Mme Nelson lui avait fournis. Il n'avait aucune idée de ce qu'il ferait quand il n'en aurait plus.

Le téléphone de son bureau sonna. Comme il était près de sa tête, Lucia tressaillit et prit l'expression qu'il avait appris à connaître au cours de sa longue nuit et qui annonçait des hurlements féroces. Il s'empressa de tirer un lapin en peluche rose du sac que Mme Nelson lui avait gentiment préparé. Lucia changea d'expression dès qu'elle le vit et Dante soupira de soulagement.

Il lui donna le jouet et décrocha le téléphone.

— Mancuso.

— Bonjour, Dante. C'est Frank, répondit Frank Lanelli, le standardiste. Quelqu'un demande à te parler personnellement.

— Qui ?

— Un certain Fisk. Un avocat.

Dante fronça les sourcils. Qu'un avocat veuille parler à un policier était rarement de bon augure.

— Il t'a dit ce qu'il veut ?

— Pas vraiment, répondit Lanelli d'une voix hésitante.

Dante soupira.

— C'est-à-dire ?

— Il a dit qu'il était l'avocat de ton frère.

— Merde ! fit Dante avant de jeter un coup d'œil inquiet aux jumelles. D'accord. Passe-le-moi.

Que pouvait-il lui vouloir ? Son frère était-il l'objet d'une enquête ? Mon Dieu ! Agostina et lui venaient-ils de commettre un crime quand ils s'étaient fait tuer ? C'était peu probable. Pas dans les environs. Agostina disait toujours qu'il ne fallait pas salir sa piscine. Mais salir celle des autres ne la dérangeait pas...

— Mancuso, répéta-t-il quand les bips de mise en attente s'arrêtèrent.

Son interlocuteur ne répondit pas tout de suite. Était-il surpris d'entendre ce nom ? De fait, il avait plusieurs fois songé à en changer. Mais il l'avait gardé pour se souvenir d'où il venait et dans l'espoir ridicule de le laver un peu.

— Je m'appelle James Fisk, dit enfin son interlocuteur. Je viens juste d'apprendre pour votre frère. Mes condoléances.

— Merci, répondit Dante. Que voulez-vous ?

Si cet homme était bien l'avocat de son frère, il devait savoir qu'ils n'étaient pas proches. Inutile de perdre du temps.

— Il s'agit plutôt de ce dont vous avez besoin, répondit l'homme, ce qui fit presque sourire Dante.

Jusque-là, il avait réussi à ne jamais avoir besoin des services d'un avocat.

— J'ai le testament de votre frère, ajouta Fisk.

— Oh.

— Je ne sais pas s'il vous a dit...

— Non, le coupa Dante.

Dominic ne lui disait jamais rien. Cela leur permettait de préserver un minimum de lien.

— Eh bien, il a tout légué à sa femme, puis à ses filles si celle-ci décédait.

— C'est bien normal, répondit-il en se demandant ce que les fillettes penseraient quand elles seraient en âge de comprendre l'origine de leur fortune.

— Alors vous comprenez ? reprit l'avocat, qui parut soulagé.

— Je comprends quoi ? fit Dante avant de pouffer. Une minute ! Vous pensiez que je m'attendais à hériter de quelque chose ?

— En un sens, c'est le cas.

— Comment ça ? marmonna Dante, les sourcils froncés.

— Les enfants.

— Quoi ?

— Faire de vous leur tuteur, c'est vous léguer quelque chose, non ?

Dante s'effondra sur sa chaise.

— Quoi ? répéta-t-il d'une voix à peine audible.

— Il ne vous l'a pas dit ? demanda l'avocat après un long silence.

— Mon frère m'a désigné comme tuteur des jumelles ? dit Dante en détachant bien chaque syllabe.

— Oui.

— Pourquoi ? Nous n'étions pas...

— Il m'a dit que vous étiez le seul en qui il ait confiance pour veiller sur elles.

Qu'est-ce que ça voulait dire ?

— Écoutez, monsieur Fisk, je ne peux pas...

— Je comprends que ça doit être un peu... compliqué pour vous, en ce moment. Je vous enverrai les passages importants du testament, mais il y a des documents à remplir et à signer... J'aimerais que vous passiez à mon bureau, mais je peux vous retrouver ailleurs, si ce n'est pas possible.

C'est la situation tout entière qui n'est pas possible ! songea Dante.

— Donnez-moi votre numéro, répondit-il par automatisme.

Il le nota sur un morceau de papier et raccrocha sans même dire au revoir. Puis il regarda les deux fillettes qui dormaient et qui ne ressemblaient plus en rien aux démons qui l'avaient tenu éveillé toute la nuit.

Il ne savait rien sur les bébés, ni sur les enfants en général. Et il était convaincu la plupart du temps qu'il ne comprenait rien aux femmes. Comment pourrait-il en élever deux ?

Des images se succédèrent dans son esprit. Des bambins courant partout. Des adolescentes en larmes. Des petites filles se chuchotant à l'oreille. Leur parler de cette période du mois... Les mettre en garde contre certains garçons...

Pourquoi, Dominic ? Pourquoi moi ?

Il n'en était pas capable.

Mais il allait devoir réussir.

La panique le gagna. Il pouvait affronter des voleurs et des meurtriers, mais il ne pouvait pas être responsable de deux bébés.

Zita ouvrit les yeux et lui sourit. Il essaya de s'imaginer les remettant à l'Assistance publique. Malgré la bonne volonté de la plupart des gens, il savait qu'il y avait trop de failles dans le système. Les fillettes risquaient de tomber dans l'une d'elles.

— Elles te ressemblent un peu.

Dante sursauta et se tourna vers Gage.

— Quoi ?

— Quand elles froncent les sourcils, au moins, répondit Gage.

Il faillit lui faire un doigt d'honneur et se retint in extremis. Encore une habitude qu'il devait perdre.

Chez Mme Nelson, il avait songé que la vie des fillettes venait de changer radicalement.

La sienne aussi.

— L'instinct maternel..., grommela Gemma en fixant son café.

— Quoi ?

Elle leva les yeux vers son frère et lui sourit. Blake avait failli mourir dans un accident de train deux mois plus tôt, mais sa convalescence était presque finie et il était heureux avec sa femme et leur fille. Elle l'enviait un peu. Elle avait même de l'affection pour sa fille, qui était vive et intelligente. Elle n'avait rien contre les enfants de cet âge, avec lesquels on pouvait communiquer.

Une once d'instinct maternel...

Elle serra les dents. Ce n'était pas parce qu'elle ne voulait pas *encore* avoir d'enfants que l'instinct maternel lui manquait. Il devait bien y avoir un moyen de le prouver à Dev.

— Qu'est-ce qui ne va pas, Gemma ?

Elle cligna des yeux. Blake avait eu du mal à dégager du temps pour qu'ils prennent un café. Elle devait avoir au moins la politesse de l'écouter.

— Désolée, je suis distraite. Comment vont Juliette et Pandora ?

Le sourire de son frère la soulagea.

— Elles sont merveilleuses !

— Je le sais déjà, répondit-elle. Et Sasha ?

Elle avait retrouvé Blake, qu'elle avait perdu de vue pendant cinq ans, à la faveur d'une enquête dans laquelle Sasha, le partenaire canin de Juliette, avait joué un rôle décisif.

— Je pense qu'elle est contente de se remettre au travail.

— Les enfants lui tapent sur les nerfs ? plaisanta Gemma.

— Non, Pandora et elle s'entendent bien.

Blake soupira comme si quelque chose de triste venait de lui revenir à l'esprit.

— Heureusement que les chiens aiment les enfants... Un collègue de Juliette vient d'hériter de ses deux nièces de six mois.

Gemma cligna des yeux.

— « Hériter » ?

Blake hocha la tête.

— Son frère et sa belle-sœur sont morts hier dans un accident.

— C'est horrible !

— Oui. Juliette m'a dit que Dante devenait fou à essayer de gérer. Il ne connaît rien aux enfants.

— Il n'a pas d'instinct paternel ? demanda-t-elle d'un ton ironique.

Le fait que Dev l'ait blessée aussi profondément la contrariait.

— Il n'en avait pas aux dernières nouvelles, en tout cas, répondit Blake, l'air surpris. Il a besoin d'une nounou.

Une idée jaillit dans l'esprit de Gemma.

— « Une nounou », répéta-t-elle.

Blake acquiesça.

— Il a compris qu'il ne pouvait pas s'en sortir seul. C'est un flic. Il n'a pas d'horaires fixes.

— Alors il a besoin de quelqu'un… qui a beaucoup d'instinct maternel.

Blake haussa un sourcil.

— Oui. Que t'arrive-t-il ? Pourquoi parles-tu autant d'instinct maternel ? Si tu t'inquiètes pour Pandora, c'est inutile.

— Je sais. Ce n'est pas ça, c'est moi, répondit-elle avec un sourire amer. Tu sais bien que je ne m'intéresse qu'à moi.

— Certains le croient peut-être, mais tu as un cœur d'or, Gemma. Tu passes ton temps à lever des fonds pour de bonnes causes.

— J'ai peut-être besoin de m'impliquer davantage.

— C'est-à-dire ?

Elle savait que son idée était démente, mais elle ne voyait pas de meilleur moyen de prouver à Dev qu'il se trompait.

— Qui est ce policier qui a besoin d'une nounou ? demanda-t-elle.

— Dante Mancuso. Juliette dit que c'est quelqu'un de bien.

— Je m'en charge, déclara-t-elle.

— De quoi ? fit son frère entre deux gorgées de café.

— Je vais m'occuper de ces bébés.

5

Blake avala sa gorgée de café de travers.

— Tu… Quoi ?

— Je prends cet emploi, dit Gemma.

Il la fixa et ouvrit la bouche deux fois avant de dire sur un ton mesuré :

— S'il cherche quelqu'un qui en sait encore moins que lui sur le sujet, tu seras sur sa liste.

— Je peux apprendre, répondit-elle avec assurance.

— Tu es intelligente et déterminée, mais le baby-sitting n'a pas grand-chose à voir avec les galas de charité.

— Personne ne sait ça de naissance, insista-t-elle.

— C'est vrai, mais la plupart des gens ont le temps d'apprendre avant d'être confrontés au problème.

— J'apprends vite.

— Pourquoi veux-tu faire ça ?

— Peut-être que je n'aime pas… ne rien savoir sur les bébés.

Son frère la dévisagea un long moment avant de demander :

— Cela a-t-il quelque chose à voir avec Dev Harrington ?

Gemma se raidit.

— Pourquoi me demandes-tu ça ?

— Écoute, je ne le connais pas, mais…

— Précisément.

— C'est juste que je n'aime pas te voir souffrir.

Elle releva le menton.

— Je ne souffre pas, je suis furieuse.

— Furieuse comme quand tu as peint mes chaussures en rouge ou comme quand tu as cassé une vitre de la voiture de papa ?

— Comme quand Anna Witton a dit que je n'étais bonne à rien, grommela-t-elle.

Blake pouffa.

— Et regarde ce que tu en as fait !

Elle le savait sincère. Elle ne s'était lancée dans ses activités philanthropiques que pour prouver à l'ancienne maire de la ville qu'elle avait tort, mais elle avait découvert qu'elle était douée. Et aussi qu'elle aimait cela. Rien d'autre ne donnait vraiment de sens à sa vie.

Même pas Dev.

Elle chassa cette pensée traîtresse qui lui vint alors qu'elle regagnait sa voiture. Une fois dedans, elle tapota le volant pendant quelques instants.

Elle avait prouvé à Anna Witton qu'elle se trompait sur son compte. Elle le prouverait aussi à Dev. Il finirait par admettre qu'elle ferait une épouse parfaite et une mère exemplaire. Elle retarderait juste la maternité aussi longtemps qu'elle le pourrait.

Elle démarra.

Il était midi quand Dante eut l'occasion de vérifier qu'il avait bien mis son T-shirt à l'envers. Ce qui expliquait que le col l'ait gêné toute la matinée. Une matinée au cours de laquelle il n'avait pas progressé d'un pouce. Il avait passé une quinzaine de coups de fil sans trouver de nounou. Toutes les agences qu'il avait appelées ne demandaient qu'à lui envoyer des candidates – demain ou le jour d'après. Il n'était pas certain de survivre aussi longtemps.

La nuit précédente, les jumelles ne s'étaient calmées que quand Flash était venu se coucher près d'elles. Dante lui devait le peu de sommeil qu'il avait eu. À cause de cela, il avait rêvé d'une histoire qu'on lui avait lue quand il était petit dans laquelle un chien jouait les nounous.

— Si seulement..., murmura-t-il.

Il tira une fois de plus sur le col de son T-shirt, puis regarda autour de lui Il n'y avait personne dans le coin dans l'immédiat. Il s'empressa de sortir ses bras des manches pour le retourner. Bien sûr, cela ne se passa pas aussi bien que prévu. Quand il réussit enfin la manœuvre, il n'était plus seul.

Il crut un instant qu'il rêvait parce qu'une créature de rêve se tenait devant lui. Elle était grande, mince, avec de longs cheveux bruns ondulés qui encadraient son visage.

Mon Dieu, qu'elle est belle !

Il secoua la tête, s'attendant à la voir disparaître, mais elle ne le fit pas. Elle continua à le regarder avec un air surpris. Finalement, elle n'était pas aussi grande qu'il le pensait, parce que les talons des escarpins qui dépassaient de son pantalon mesuraient bien douze centimètres.

Il s'aperçut tout à coup qu'il s'était figé en la voyant alors qu'il baissait son T-shirt, et qu'elle fixait son torse.

Ses abdominaux se contractèrent par réflexe. Il s'empressa d'achever son geste et réprima une autre réaction physique involontaire. Cette femme était tout à fait hors de sa portée ; ses vêtements chic et ses bijoux le prouvaient.

Elle est sans doute juste choquée de tomber sur un type torse nu, songea-t-il.

Ce qui l'incita à s'interroger sur sa présence. Pour entrer dans les bureaux, les civils devaient franchir le barrage que faisait Lorelei Wong, très efficace d'habitude.

— Puis-je vous aider ? demanda-t-il poliment.

— Je...

Elle semblait secouée... Mais il n'était pas question qu'il s'excuse pour avoir retiré son T-shirt alors qu'elle n'aurait pas dû se trouver là.

Elle jeta un coup d'œil aux jumelles, qui dormaient dans un coin, puis dit d'une voix hésitante :

— Êtes-vous... Dante Mancuso ?

L'inquiétude le gagna. Travaillait-elle pour l'Assistance publique ? Venait-elle lui prendre les fillettes ? Non, songea-t-il aussitôt. Elle était trop bien habillée pour ça.

Mais elle connaissait son nom et elle le fixait toujours.

— Qui êtes-vous ? lança-t-il.

Certes, c'était un peu abrupt, mais il manquait de sommeil.

— Je m'appelle... Gemma. Gemma Colton.

Colton.

Il devina immédiatement à son allure à quelle branche de cette tentaculaire famille elle appartenait : ni à la branche problématique de son collègue Brayden Colton, ni à celle de leur chef, Finn Colton, qui avait grandi dans un ranch. Cela ne laissait qu'une possibilité : celle de Fenwick Colton, qui possédait une immense fortune. Dante l'avait toujours trouvé agaçant, mais il devait admettre que sa fille Patience, la vétérinaire de la brigade, était une femme formidable. Et Blake, le fils, avait réussi à échapper à son influence en faisant fortune sans son aide.

Blake. Un vague souvenir lui revint. Le gala de charité auquel on l'avait obligé à assister l'année précédente. Ce gala était organisé par la sœur de Blake. Il l'avait déjà vue, mais c'était tout ce qu'il avait retenu d'elle. Il n'avait même pas mémorisé son nom.

— Que voulez-vous ? lança-t-il sans réussir à prendre un ton plus neutre.

— Je... Blake m'a dit que vous cherchez une nounou.

Blake ? C'était sans doute Juliette, sa femme, qui lui avait parlé de son problème.

— Vous connaissez quelqu'un ? demanda-t-il en s'autorisant à espérer.

Elle acquiesça, puis répondit d'une voix encore plus hésitante :

— Moi.

Il la détailla une fois de plus de la tête aux pieds, et ce fut plus fort que lui. Pour un instant, sa panique et son chagrin s'évaporèrent.

Il éclata de rire.

6

Gemma ne réagit pas, même s'il était rare qu'on se moque de la fille de Fenwick Colton – mais elle savait que c'était parce que les gens ne voulaient pas contrarier son père.

Et elle se rendait bien compte qu'elle n'avait pas le look approprié. Dans son esprit, une nounou portait des chaussures plates et un grand sac dans lequel on pouvait ranger des tonnes de couches et de bazar pour bébé.

Elle avait aussi conscience qu'elle fixait toujours l'abdomen qui l'avait hypnotisée, bien qu'il ne soit plus visible.

Elle se força à lever les yeux vers son visage.

Il ne semblait pas beaucoup plus âgé qu'elle. L'ascendance italienne que trahissait son nom était évidente. Il avait les cheveux noirs, les yeux foncés, et un visage qui devait attirer l'attention de toutes les femmes. Quant à son corps…

Oui, Dante Mancuso était un beau spécimen, même avec les yeux rougis et les traits tirés parce qu'il devait manquer de sommeil.

Et parce qu'il était en deuil, se rappela-t-elle brusquement. Il avait hérité de son problème – de *deux* problèmes – parce que son frère était mort.

— Je suis désolée pour votre frère, dit-elle. Étiez-vous proches ?

Ses traits se durcirent.

— Merci, non.

Il fallut un moment à Gemma pour comprendre que c'étaient deux réponses. Elle jeta un coup d'œil aux bébés. Alors pourquoi…

— Si vous voulez bien m'excuser, j'ai des coups de fil à passer, reprit-il.

— Je viens de vous dire que je voulais cet emploi.

Il la dévisagea, d'une manière très différente de celle dont elle avait l'habitude.

— Je ne crois pas, répondit-il.

Il pensait qu'elle n'était pas à la hauteur de la situation. Cela ressemblait trop à l'opinion de Dev pour qu'elle reste de marbre. Elle releva le menton.

— Vous ne m'en croyez pas capable ?

— Savez-vous quoi que ce soit sur les bébés ? demanda-t-il.

— Et vous ? riposta-t-elle.

— Absolument rien, reconnut-il avec une honnêteté charmante. C'est pour ça que j'ai besoin de quelqu'un de compétent.

— Je…

Un hurlement perçant lui coupa la parole. Elle tourna la tête. C'était le bébé de gauche, qui semblait très contrarié. Le gros chien qui dormait à côté leva la tête. Contre toute vraisemblance, l'autre bébé dormait toujours. Il devait être habitué aux hurlements de sa sœur.

Elle reporta son attention sur Dante, qui grimaçait.

— Mets-la en sourdine, Mancuso ! Je suis au téléphone ! cria quelqu'un de l'autre bout de la pièce.

Obéissant à une impulsion soudaine, Gemma prit le bébé dans ses bras. Il continua à pleurer. Elle essaya de le bercer, ce qui le fit crier encore plus fort. Un vague souvenir l'incita à le poser contre son épaule.

C'était une sensation étrange… et merveilleuse. Elle tapota le minuscule dos.

— Plus haut ! lança une femme derrière elle.

Elle tourna la tête. C'était la femme qui l'avait laissée passer à l'accueil avec un grand sourire.

Elle suivit l'instruction et, quelques instants plus tard, le bébé rota. Il recracha aussi un liquide blanchâtre qui coula sur sa manche. Gemma fut stupéfaite de ne pas s'en soucier. Savoir si son chemisier à cinq cents dollars pouvait ou non être nettoyé la laissait indifférente ; elle s'en moquait. Parce que tenir ce bébé dans ses bras était extraordinaire et parce qu'un miracle s'était produit : il avait arrêté de crier.

Il ferma les yeux et s'endormit presque aussitôt. Il avait confiance en elle... Ce qui la bouleversa encore plus.

Dante Mancuso semblait amusé, maintenant. Ou peut-être surpris.

— S'il vous plaît, murmura-t-elle. Laissez-moi m'en charger.

Elle sentit qu'il hésitait, mais ce fut le policier rationnel qui répondit.

— Vous êtes la fille de Fenwick Colton. Vous n'avez aucune référence. Je parie que c'est la première fois que vous touchez un bébé. Vous espérez vraiment que je vous accueille sous mon toit et que je vous confie mes nièces ?

L'accueillir sous son toit ?

Elle n'y avait pas pensé, mais il était logique qu'il veuille une nounou à plein temps. Elle faillit froncer les sourcils. Dev n'allait pas apprécier.

Devlin Harrington t'a laissée tomber, se rappela-t-elle sèchement. *Et c'est le moyen de résoudre ce problème.*

— Vous connaissez Blake, répondit-elle. Appelez-le. Demandez-lui ce qu'il en pense.

— C'est quelqu'un en qui j'ai confiance, mais c'est aussi votre frère.

— Très bien. Appelez Juliette, alors. Vous vous faites confiance entre collègues, non ?

Elle le sentit hésiter de nouveau et profita de son avantage.

— Vous n'aurez même pas à me payer, ajouta-t-elle. Je le ferai pour acquérir de l'expérience.

— Je pourrais en parler avec Juliette, concéda-t-il, toujours réticent.

Comme si elle voulait lui venir en aide, la deuxième fillette poussa un hurlement encore plus assourdissant que ceux de sa sœur.

— Et je commence maintenant, conclut Gemma avec plus d'assurance qu'elle n'en avait.

Dante ferma les yeux, ce qui rendit son épuisement encore plus évident. Quand il les rouvrit, il soupira :

— Très bien, j'appelle Juliette. Si vous pouvez les faire taire assez longtemps pour que j'y arrive, nous discuterons.

Elle posa le bébé qu'elle tenait – comment les distinguer ? – et se pencha vers l'autre. Elle suspendit son geste quand le gros chien leva la tête.

— C'est Flash, dit Dante. Flash, je te présente Gemma.

Le chien parut interroger son maître du regard.

— Gentleman, pour le moment, répondit Mancuso d'une voix autoritaire.

Le chien renifla bruyamment et reposa la tête sur ses pattes.

— « Pour le moment » ? répéta-t-elle en prenant le bébé dans ses bras.

Elle reproduisit la manœuvre qui fonctionna – et sans vomi cette fois.

— Je prendrai une décision en fonction des résultats, dit-il.

Cela lui semblait juste, mais...

— Et le chien... comprend ça ? s'étonna-t-elle.

— À sa manière. Ça veut dire qu'il ne vous attaquera que si vous faites quelque chose qui lui déplaît vraiment.

Elle cligna des yeux et regarda le chien, qui semblait ne pouvoir être réveillé que par une explosion.

— Ne vous laissez pas berner, dit Dante comme s'il lisait dans ses pensées. Ce qu'il pourrait lui manquer en vitesse, il le compense largement en endurance et en force. Et il a son caractère. Vous devrez aussi gagner sa confiance. C'est lui qui décide des bornes à ne pas franchir.

— Lui arrive-t-il de trouver que vous dépassez les bornes ? plaisanta-t-elle.

Il resta impassible. Mais c'était un policier… Il devait s'être entraîné à ne rien trahir de ce qu'il pensait.

Elle se rappela subitement la raison pour laquelle il avait besoin d'aide et regretta sa plaisanterie.

— Oui, répondit-il enfin. Mais il est moins dur avec moi parce qu'il sait que je finis par comprendre, la plupart du temps, même si je ne suis qu'un humain stupide.

Quand elle le regarda s'éloigner en pianotant sur son téléphone, elle songea qu'il était tout sauf un humain stupide.

— Je ne te mentirai pas, mon ami, c'est une enfant gâtée, dit Juliette Walsh. Mais elle a un cœur d'or, elle apprend vite et elle est très déterminée. Pour une Colton, elle est… un peu naïve dans certains domaines. Je ne comprends pas comment c'est possible.

La naïveté n'était pas forcément un défaut dans ces circonstances, songea Dante.

— Une seule chose m'intéresse : puis-je lui faire confiance pour bien s'occuper des jumelles ? demanda-t-il.

— Elle ne ferait pas de mal à une mouche, mais je ne suis pas sûre qu'elle ait jamais gardé un enfant. Blake doit le savoir.

Oui. Appeler Blake était sûrement une bonne idée.

— C'est lui qui l'a informée de… ma situation, dit-il.

— Et c'est moi qui en ai parlé à Blake, au cas où il aurait connu quelqu'un qui aurait pu t'aider.

— Merci. Mais je n'aurais jamais imaginé que sa petite sœur se porterait volontaire.

Juliette se mit à rire.

— Moi non plus. Mais Gemma est adorable, Dante. Elle

est étonnamment agréable à fréquenter, même pour nous, gens du commun.

— Tu es tout sauf commune, répliqua-t-il.

Elle rit encore, puis ajouta :

— Une dernière chose. Si elle dit qu'elle fera quelque chose et si aucune force extérieure ne s'y oppose, elle le fera. Elle essaye sincèrement de tenir ses promesses, sans doute parce que son père a trahi les siennes trop souvent.

Dante se raidit. Gemma et lui avaient cela en commun.

— Merci, Walsh.

— De rien.

— Continue à être heureuse, d'accord ?

— Blake fait tout pour, assura-t-elle en riant.

Après avoir raccroché, Dante fixa son téléphone un long moment. Juliette avait trouvé l'amour de sa vie. Dominic avait sincèrement aimé Agostina, autant qu'il en était capable. Lui avait un train de retard, dans ce domaine. Il n'avait pas rencontré de femme avec qui il aurait voulu passer le reste de ses jours. Les policiers faisaient de mauvais maris, de toute manière. Quelle femme accepterait de gaieté de cœur les horaires changeants, les appels d'urgence, et la possibilité permanente que son mari ne rentre pas ?

C'était même l'un des arguments que Dominic avait employés quand Dante s'était inscrit à l'école de police...

Dans le fond, il ne le lui avait jamais vraiment pardonné.

Et il ne le lui pardonnerait plus.

7

Gemma devait admettre que Dante était sexy. Pas aussi sexy que l'élégant Devlin, bien sûr, mais sexy quand même, d'une manière plus rugueuse.

Comme il n'était pas son genre d'homme, elle ne comprenait pas sa réaction à la vue de son torse nu, mais ce n'était pas le moment de se poser ce genre de question. Il y avait plus urgent : maintenir ces deux bébés silencieux. Elle s'assit par terre à côté des nacelles et du chien.

Vous serez mon CV, songea-t-elle. *Quand il verra que je peux vous gérer, il ne doutera plus de moi et tout redeviendra normal.*

Le chien leva la tête et la regarda. Elle eut envie de le caresser, mais ne savait pas si elle y était autorisée. Elle ne connaissait pas les protocoles de la brigade, ce qui était absurde puisqu'elle en avait entendu parler toute sa vie et qu'elle avait récolté de l'argent – beaucoup d'argent – pour elle.

Prudemment, elle tendit la main vers le chien pour qu'il la renifle, ce qu'il ne fit pas, puis elle se souvint qu'il l'avait déjà reniflée un peu plus tôt.

— Je ne te veux pas de mal, murmura-t-elle avant de caresser l'une de ses longues oreilles du dos de la main.

Les poils qui les couvraient étaient courts et étonnament doux.

L'un des bébés s'agita. C'était celui qu'elle venait de reposer. Il fallait qu'elle trouve un moyen de les distinguer pour ne pas se tromper de nom... La fillette les regarda tour à tour, le chien et elle.

Gemma sentit un autre regard posé sur elle et sut instinctivement que c'était celui de Dante. Elle tourna la tête et lui sourit.

Dante se raidit. Un instant, elle crut lire du désir dans son regard, mais il se retourna et recommença à parler au téléphone.

Tu crois vraiment que tout tourne autour de toi, hein ? songea-t-elle.

Elle baissa les yeux vers les fillettes et se sentit brusquement dépassée par la situation. Puis elle se rappela les paroles de Dev et retrouva toute sa détermination.

Elle caressa de nouveau l'oreille du chien, qui amusait visiblement le bébé réveillé.

— Tu veux bien m'aider, Flash ? murmura-t-elle. On dirait que tu sais t'y prendre.

Le chien poussa un profond soupir et reposa la tête sur ses pattes. Elle décida d'interpréter sa réaction comme une acceptation de sa présence. C'était un début.

Alors qu'il revenait vers son bureau, Dante s'arrêta en découvrant Gemma assise par terre, qui agitait l'une de ses boucles d'oreilles au-dessus d'une nacelle d'une main et caressait une oreille de Flash de l'autre. Le chien semblait aussi proche de l'extase qu'il en était capable.

Ce n'était pas rationnel, il en avait tout à fait conscience, mais cette vision le décida.

— J'espère que vous arriverez vite à les distinguer l'une de l'autre, dit-il.

Gemma lui adressa un sourire qui la fit paraître... plus réelle.

— J'y arrive déjà, répondit-elle.

Il cligna des yeux.

— C'est vrai ?

Elle acquiesça.

— Celle-ci est un peu plus petite, dit-elle en montrant l'un des bébés, mais ça ne durera peut-être pas. Alors j'ai cherché autre chose. Et regardez... Son sourcil droit est en forme d'accent circonflexe.

Elle avait raison.

— Je ne m'en étais pas aperçu, avoua-t-il.

Un policier était pourtant censé être attentif aux détails.

— Je l'ai remarqué parce que je suis une fille, répondit-elle. Et vous devez avoir été très occupé.

C'était le moins que l'on pouvait dire.

— Pour être honnête, je n'en reviens pas qu'on ait tous survécu.

Elle lui sourit de nouveau.

— Pouvez-vous me dire qui est qui ?

— Elles ont un bracelet élastique à la cheville avec leur prénom, répondit-il. Faites attention, il arrive qu'elles le perdent. Heureusement, elles ne l'ont jamais perdu toutes les deux en même temps, jusqu'ici.

Un frisson le parcourut quand elle éclata de rire.

— Voyons voir..., dit-elle en retirant l'un des chaussons du bébé que sa boucle d'oreille fascinait.

Dante se souvint avoir eu un mal fou à habiller les deux fillettes au petit matin et s'être émerveillé devant la petitesse de leurs mains et de leurs pieds. L'instinct protecteur qui s'était éveillé en lui à cet instant l'avait surpris par sa violence.

Comment son frère avait-il pu rester un escroc alors que ces deux êtres dépendaient de lui ? Comment était-il possible que leur existence ne l'ait pas transformé ?

— Ah ! Tu es Lucia, dit Gemma, ce qui le tira de ses ruminations. Et tu aimes les choses qui brillent, je m'en souviendrai.

Elle tourna la tête vers le bébé endormi.

— Tu es donc Zita au sourcil pointu... Ça ressemble à un nom d'héroïne mythologique, tu ne trouves pas ?

Dante ne put s'empêcher de sourire. Il aimait la manière dont elle leur parlait, sans faire de bruits idiots, comme si les fillettes pouvaient la comprendre.

Zita se réveilla comme si elle avait reconnu son nom, sauf que c'était impossible. Ou était-ce possible ? Il soupira en songeant au temps qu'il allait passer sur Internet. Il devait vraiment savoir où les enfants en étaient à six mois et ce que l'avenir lui réservait.

Ce que l'avenir lui réservait... C'est-à-dire le reste de sa vie. Les nourrir et les changer lui parut brusquement d'une simplicité enfantine en comparaison de tout ce qu'il devrait faire d'autre.

Il s'effondra sur sa chaise.

— Ça va ? s'inquiéta Gemma. Vous êtes... pâle.

— Parce que je viens de comprendre.

— Quoi ?

— Que mon frère est mort, dit-il en regardant les fillettes. Que le reste de ma vie ne m'appartient plus.

— C'est vrai, répondit-elle avec compassion.

— Je ne sais même pas pourquoi il m'a choisi comme tuteur.

Pas plus qu'il ne savait pourquoi il se confiait à elle. Ce n'était pas son genre.

— Vous êtes son frère, remarqua Gemma, manifestement étonnée.

— Oui, mais... Peu importe.

— Vous devez être abasourdi et un peu terrifié, comme Blake l'a été quand il a découvert l'existence de Pandora.

— Plus qu'un peu terrifié, grommela-t-il.

— Vous n'avez eu ni l'un ni l'autre neuf mois pour vous faire à l'idée, ajouta-t-elle.

— Je ne suis que leur oncle...

— Mais vous allez devoir être plus que ça.

Juliette avait raison. Gemma n'était pas superficielle.

Jamais il n'aurait imaginé avoir une telle conversation avec la fille cadette de Fenwick Colton.

— J'ai toujours eu envie d'avoir des enfants un jour, dit-il. Mais pas maintenant.

Elle le regarda avec un air un peu surpris, puis hocha la tête avant de répondre :

— Le moment n'a peut-être pas beaucoup d'importance, dès lors que vous en avez envie.

Il la fixa bêtement. Cette héritière le désarçonnait. Les fillettes, toutes deux réveillées à présent, faisaient des bruits à tour de rôle comme si elles se parlaient. Se parlaient-elles ?

— Je paniquerais un peu moins si c'étaient des garçons, avoua-t-il.

— Alors vous avez de la chance de m'avoir, répliqua Gemma.

Elle semblait… à sa place, assise par terre à côté de Flash et des jumelles. Il imagina la même scène dans son salon, devant la cheminée, avant de s'arracher à sa rêverie.

Il n'était pas sûr qu'elle soit qualifiée et il était possible qu'elle jette l'éponge dans une semaine, mais il avait besoin d'aide. Le fait qu'elle le perturbe n'était pas une raison suffisante pour refuser la sienne.

À situation désespérée, solution désespérée.

Il cessa de lutter contre l'inéluctable.

— Très bien, dit-il. Vous êtes embauchée.

8

« J'ai toujours eu envie d'avoir des enfants un jour, mais pas maintenant. »

Les paroles de Dante reflétaient tant les pensées de Gemma qu'elles l'avaient troublée. Il semblait égaré, et même un peu effrayé, ce qu'elle trouvait poignant de la part d'un policier. Mais sa demi-sœur Patience, la vétérinaire de la brigade, lui avait expliqué qu'entrer dans la police ne délivrait pas de la peur ; cela ne faisait qu'enseigner à y faire face.

Elle ne pouvait pas imaginer la vie d'un policier. La fille de Fenwick Colton avait eu très peu de raisons d'avoir peur. Même le divorce de ses parents ne l'avait pas beaucoup perturbée. Elle les voyait si peu... Son enfance s'était déroulée sans incident. Des nourrices et des bonnes s'étaient occupées d'elle. Son père réapparaissait de temps à autre avec une nouvelle femme à son bras et un cadeau pour elle, par mauvaise conscience. Elle avait appris à organiser le monde autour d'elle – soit, à manipuler les gens – pour obtenir ce qu'elle voulait et avait l'intention de continuer.

Dev Harrington se rendrait à la raison. Il comprendrait qu'il l'aimait, ils se marieraient et, *un jour*, ils auraient des enfants. Elle trouverait un moyen de le faire patienter. Sa stratégie était claire dans son esprit. Elle réussirait. Elle avait toujours obtenu ce qu'elle désirait vraiment.

C'était amusant. Dev, qui voulait des enfants par-dessus

tout, devrait attendre, et Dante, qui n'en voulait pas, venait d'en avoir deux. Bien sûr, Dev voulait avoir ses propres enfants. De simples nièces ne lui suffiraient sans doute pas. Et il voulait sûrement un fils. Sexiste comme il l'était, son père tenait à avoir une descendance masculine à laquelle transmettre son empire et ne s'en cachait pas.

Elle le savait avant de connaître Dev, mais cela avait perdu toute importance dès qu'elle avait posé les yeux sur lui. Il lui avait fallu des mois de rencontres faussement accidentelles pour qu'il l'invite enfin à dîner. On racontait qu'il avait courtisé une autre femme pendant un temps, mais elle avait gagné. Elle gagnait toujours.

Les discours qu'avait tenus le père de Dev lui revenaient maintenant à l'esprit. Elle regarda les deux fillettes et se sentit outrée. De simples nièces ? Comment pouvait-on considérer ces deux êtres comme de simples quoi que ce soit ?

Elle chassa cette pensée de son esprit. Ce n'était pas parce que Dev voulait faire plaisir à son père qu'il était d'accord avec lui sur tout.

Elle regarda Dante fourrer toutes les affaires des bébés dans un sac. Cela n'allait pas lui convenir. Elle devait acheter un meilleur sac. Peut-être un grand sac en cuir de marque qu'elle n'aurait qu'à adapter...

Il fallait aussi qu'elle passe chez elle pour prendre des vêtements de rechange, mais pas avant d'avoir vu son nouveau logis. Pourvu que sa chambre ait un grand placard !

— Flash vous accompagne-t-il partout ? demanda-t-elle à Dante alors qu'ils se dirigeaient vers sa voiture.

— Presque. Je pourrais le laisser au chenil du centre d'entraînement, mais je ne le fais pour ainsi dire jamais. C'est mon partenaire.

— Et quand vous avez des rendez-vous galants ? lança-t-elle sans savoir pourquoi.

— Il me permet de faire le tri, dit-il froidement. Je juge les femmes à la manière dont elles le traitent.

— Vous voulez dire que si une femme ne l'aime pas...

— Je ne la reverrai pas.

Gemma esquissa un sourire. Elle ne s'y attendait pas. On lui répétait depuis l'enfance que ces chiens étaient des professionnels, pas des animaux domestiques.

Alors qu'il déverrouillait sa voiture, il ajouta :

— Et je ne vous aurais pas embauchée si vous ne l'aviez pas caressé tout à l'heure.

— Alors j'avais besoin de son approbation ?

— En effet. Cela n'aurait eu aucun sens de vous embaucher si vous ne vous étiez pas entendue avec lui. Comme je vous l'ai dit, c'est mon partenaire.

— Comme l'odeur le prouve, dit-elle quand il ouvrit la portière arrière pour placer les nacelles sur la banquette.

Il la regarda bizarrement.

— Je ne m'en plaignais pas, ajouta-t-elle très vite. C'était une simple remarque.

— Certaines personnes trouvent que les chiens de Saint-Hubert sentent comme les Cheetos, répondit-il.

Elle éclata de rire.

— Voilà pourquoi j'ai envie de grignoter quelque chose !

Il sourit, ce qui le transfigura. Subitement, elle prit conscience que la beauté de son torse n'était pas le seul attrait de Dante Mancuso.

— Vous n'auriez pas un diplôme d'ingénieur, par hasard ? demanda-t-il.

— Euh... Non. Pourquoi ?

Elle avait un diplôme de commerce, parce que son père avait insisté, mais elle n'avait pas poursuivi ses études pour ne pas finir comme sa demi-sœur Layla, qui n'avait pas de vie en dehors de son travail.

— Parce que c'est nécessaire pour comprendre le

fonctionnement de ces choses, dit-il en entreprenant de fixer l'une des nacelles au siège.

Elle le regarda faire, puis prit la seconde nacelle, celle de Zita au sourcil pointu, pour l'emporter de l'autre côté de la voiture.

— Je pense qu'il serait plus simple de les laisser à l'intérieur et de promener les bébés dans autre chose, lui fit-elle remarquer.

— L'idée m'est venue. Mais une poussette serait difficile à manœuvrer dans l'escalier de mon immeuble.

Elle fronça les sourcils et regarda le chien, qui venait de monter dans le coffre.

— Vous vivez en appartement ? s'étonna-t-elle. Ce chien n'est-il pas un peu grand pour vivre dans un appartement ?

— Si. C'est pour ça que je passe des heures dans des parcs les jours où nous ne travaillons pas. Si je ne l'épuise pas, il refait ma décoration.

— C'est beaucoup de travail, on dirait, commenta-t-elle.

— Oui, mais ça en vaut la peine, assura-t-il en regardant le chien avec une affection sincère. On travaille ensemble depuis trois ans. Il a attrapé plus de méchants que tous mes autres partenaires et sauvé cinq vies.

Elle écarquilla les yeux.

— C'est vrai ?

Il acquiesça.

— Un couple avec un enfant qui s'étaient perdus en randonnant, un type tombé d'une falaise, et une femme emportée par un éboulement. Il vaut tout le temps que je lui consacre, et plus encore.

— Ça alors ! fit-elle, sincèrement épatée. Mais maintenant, vous devez aussi vous occuper de ces deux-là...

— Et je pressens que j'aurai l'impression d'avoir été en vacances quand je n'avais que Flash, en comparaison.

Elle songea aux jeunes mères qu'elle croisait dans la rue et qui avaient toutes les traits tirés. Il avait sûrement raison.

Dans quoi s'était-elle engagée ?

Peu importe. Tu as dit que tu le ferais, alors tu le fais.

C'était le meilleur moyen de reconquérir Dev Harrington. Bien sûr, Dante devrait trouver une autre nounou quand ce serait fait, mais à ce moment-là, il aurait dépassé le stade de la panique. Elle avait la ferme intention de s'en assurer. Étrangement, cette idée lui procurait autant de plaisir que la perspective de son mariage.

— Oh !

Elle ne dit rien d'autre, mais son ton suffisait.

— Ce n'est pas le grand loft luxueux auquel vous vous attendiez, n'est-ce pas ? dit-il.

— C'est très bien, répondit-elle avec empressement. C'est charmant, même.

— Merci.

— C'est juste… petit pour y vivre à quatre.

En réalité, cet appartement au premier étage d'une ancienne usine reconvertie était spacieux, pour ce qu'il payait. Surtout, il n'était qu'à deux rues d'un grand parc et à quelques kilomètres de son lieu de travail. Mais il n'était pas luxueux. Il avait accordé plus d'importance à l'aspect pratique qu'au style, et il n'avait pas beaucoup de meubles parce que Flash avait besoin de place pour bouger. Et il lui arrivait de laisser traîner du linge sale. Heureusement, ce n'était pas le cas aujourd'hui. Il s'en voulut aussitôt d'avoir pensé « heureusement ». Gemma n'était pas une femme qu'il cherchait à séduire, mais une employée. Elle se contenterait de ce qu'il avait à offrir, que cela soit à son goût ou non.

L'idée de chercher à séduire une Colton le fit pouffer intérieurement. La branche de Fenwick ne vivait pas dans le même monde que lui.

Il préférait la branche de Finn Colton, son chef, mais il ne lui serait jamais venu à l'idée de sortir avec l'une de ses sœurs.

À vrai dire, il n'avait rien non plus contre la branche réputée « pourrie » de la famille. Il appréciait Brayden, qui était l'un de ses collègues, et admirait Shane, qui avait traversé un enfer quand on l'avait accusé à tort de meurtre.

Bien sûr, en matière de meurtres, il y avait aussi Demi, dans cette famille.

Il était soulagé de ne pas participer à l'enquête sur la Tueuse de Fiancés. Ses collègues s'en voulaient de n'avoir toujours pas réussi à mettre la main sur la fille cadette de Rusty Colton, qui était en fuite depuis des mois. Son fiancé avait été la première victime et elle était la principale suspecte.

Il se réjouissait de ne pas être mêlé à ce cirque, d'autant que les Larson lui donnaient assez de fil à retordre. Ils...

— ... dormir ?

Il revint brusquement à la réalité.

— Pardon ?

Elle le regarda bizarrement, mais répéta sa question.

— Où les jumelles vont-elles dormir ?

— Je ne sais pas trop. La nuit dernière, je les ai installées dans ma chambre pour ne pas les laisser seules au cas où ça les perturberait d'être dans un lieu inconnu.

— Vous pensez qu'elles s'en rendent compte ? demanda-t-elle, surprise.

— Je n'en sais rien. Ça me semblait mieux, c'est tout. J'ai regretté cette décision quand elles m'ont réveillé pour la dixième fois.

— Qu'avez-vous fait ?

— J'ai passé le reste de la nuit à les tenir dans mes bras.

Elle esquissa un sourire. Elle était peut-être surprise qu'il l'admette, mais il était trop désespéré pour être embarrassé.

— Dans quoi dormaient-elles, chez elle ?

— Je n'en sais rien, répondit-il en commençant à se lasser

de prononcer ces mots. Je vous l'ai dit : mon frère et moi n'étions pas proches.

— Mais il vous a confié ses enfants.

— Oui.

Désolé, Dom, je ne fais pas un excellent boulot pour le moment, songea-t-il.

— Il savait que vous vous en occuperiez bien.

— Mon frère n'était pas l'homme le plus prudent du monde, répondit-il, amer.

Heureusement, elle n'insista pas. Elle regarda le sac dans lequel il avait fourré tout ce que Mme Nelson lui avait donné - dont un bon nombre d'objets dont il ignorait l'usage.

— Où se trouve le reste de leurs affaires ? demanda-t-elle.

— Le reste ? répéta-t-il.

Il en avait assez de se sentir stupide. Il était à bout de force.

— Leurs vêtements, leurs jouets ?

— Oh ! Chez mon frère, j'imagine.

— Et où habitait-il ?

— Sur Brookside Drive.

— Dans une maison ?

— Si on peut dire, marmonna-t-il en songeant à l'invraisemblable bâtisse.

— Alors il vaudrait peut-être mieux qu'on s'installe là-bas, suggéra-t-elle.

Un frisson de dégoût le parcourut à cette idée. Il ne dut pas le réprimer aussi bien qu'il l'aurait voulu, car elle ajouta :

— Quand vous dites que vous n'étiez pas proche de votre frère, vous voulez dire que vous étiez en froid ?

— Je ne sais pas comment vous appelleriez ça. On se parlait de temps en temps, et ça finissait presque toujours en dispute.

Pourquoi lui confiait-il cela ? Ce n'était pas parce qu'elle posait une question qu'il devait y répondre.

— Et ça n'a rien à voir avec notre problème du moment, grommela-t-il.

Elle hocha la tête après quelques instants d'hésitation.

— Très bien. Mais vous devez au moins aller chercher le reste de leurs affaires.

— Des affaires…

Avaient-elles vraiment besoin de plus que ce qu'il avait trimballé toute la journée ?

— Les bébés ont besoin d'une tonne d'affaires, lui assura-t-elle. J'ai deux amies qui en ont. Elles auraient besoin qu'une camionnette les suive partout.

Il pouffa. Il se sentait complètement impuissant, ce qui lui arrivait rarement et ce qu'il détestait, mais la plaisanterie de Gemma le délivrait de son fardeau pour quelques instants.

9

— Je ne supporte pas l'idée de vivre dans la maison de mon frère, dit-il à Gemma, mais je suppose que je ferais bien d'aller voir ce que je peux trouver là-bas.

Il se demanda s'il paraissait aussi fatigué qu'il l'était. Ce devait être le cas, parce que Gemma le questionna :

— Quand avez-vous mangé pour la dernière fois ?

— J'ai mangé des toasts ce matin, et une pomme à midi, répondit-il.

L'expression de Gemma suffit pour qu'il comprenne ce qu'elle en pensait.

— Vous avez besoin de manger. Avez-vous de la nourriture dans cet appartement ?

— Un reste de steak de... d'avant.

Elle prit un air songeur.

— Il est un peu tôt, mais... Des oignons ? Des poivrons ?

— Un demi-oignon, je crois, répondit-il en fronçant les sourcils. Et des poivrons en boîte.

— Ça ira.

Après avoir posé son sac à main, elle alla ouvrir le réfrigérateur et y trouva l'assez gros morceau de viande qui lui restait. Il préparait toujours deux repas d'un coup pour n'avoir à le faire qu'un jour sur deux. Elle trouva aussi le demi-oignon.

— Une poêle ?

— Sous les plaques.

Elle posa la poêle sur une plaque, alluma, et y versa de l'huile.

— Des épices ?

Il haussa les épaules.

— Puisque je suppose que vous ne voulez pas de cannelle, je n'ai guère que du sel et du poivre. J'ai aussi du sel à l'ail.

— Excellent.

— Alors... Vous cuisinez.

Elle lui jeta un coup d'œil par-dessus son épaule.

— Est-ce une brillante observation ou une insulte ?

Il cligna des yeux, puis haussa les épaules, ce qu'il faisait trop souvent à son goût ces temps-ci.

— Je me renseigne sur vos aptitudes, c'est tout.

À sa grande surprise, elle sourit.

— Parce que vous avez aussi besoin d'une cuisinière ?

— Ce que je voudrais, c'est ne pas avoir à gérer tout ça, répondit-il honnêtement.

— Qui pourrait vous en vouloir ? dit-elle en jetant un coup d'œil aux jumelles dans leurs nacelles qu'ils avaient posées sur la table.

— Ce n'est pas que je ne veux pas d'elles, ni...

— Je comprends, lui assura-t-elle. Personne n'est prêt à être brusquement confronté à une telle situation, et vous n'étiez même pas proche de votre frère.

— Ce n'est pas leur faute, reprit-il en éprouvant un besoin absurde de défendre les deux bébés. Et ça me fait quelque chose de me dire qu'on partage un bout de code génétique...

Il s'attendit à ce qu'elle se moque de lui ou à ce qu'elle lui serve des platitudes. À la place, elle répondit :

— Je ne cuisine pas vraiment. Je sais très bien faire cinq ou six plats parce que notre cuisinière m'a montré comment. En dehors de ça, je suis désespérante.

« Notre cuisinière. »

Bien sûr. La fille de Fenwick Colton n'avait aucun besoin

de savoir cuisiner. Elle avait toujours été servie par des domestiques.

— Eh bien ! Je dirais que six plats et une soirée traiteur, ça fait une semaine, commenta-t-il.

— Vous finirez par vous lasser de manger la même chose toutes les semaines, répondit-elle en émincant l'oignon d'une manière assez efficace.

— Non. Je ne suis pas difficile.

Elle mit l'oignon dans la poêle, prit la boîte de poivrons, puis chercha quelque chose des yeux. Il sortit l'ouvre-boîte de son tiroir. La manière dont elle regarda l'objet incita Dante à penser qu'elle ne s'était jamais servie d'un ouvre-boîte manuel. Il lui prit la boîte et se chargea de l'ouvrir. Quand elle ajouta les poivrons dans la poêle après avoir vidé le jus, ce qu'elle préparait commença à avoir une odeur de nourriture comestible. Son estomac gargouilla pour lui rappeler qu'il n'avait mangé que des toasts et une pomme au cours de la journée.

Le sourire qu'elle lui décocha par-dessus son épaule lui fit un effet étrange.

— Vous devriez nourrir les filles pendant que je prépare le dîner. Elles commencent à s'agiter.

— Vous avez raison, dit-il.

Il se mit à fouiller le sac à la recherche des derniers biberons en songeant que Gemma Colton était pleine de surprises.

Gemma observa la maison alors qu'ils se garaient devant. Dante n'avait pas exagéré en lui disant qu'elle se voyait de loin.

— Je comprends que vous ne vouliez pas emménager ici, dit-elle. Vous n'y seriez pas heureux.

Comme il se contentait de la regarder avec un air surpris, elle continua.

— Cette maison serait peut-être à sa place en Italie, mais ici elle est... de mauvais goût.

— C'était ce que ma belle-sœur recherchait, répondit-il. L'allure italienne, pas le mauvais goût.

— Vous avez la clé ?

— Maintenant oui.

Maintenant ? releva-t-elle en prenant l'une des nacelles. Il n'avait donc pas la clé avant, pas même en cas d'urgence. Il n'exagérait donc pas non plus quand il lui avait dit que son frère et lui n'étaient pas proches.

Ce qui n'avait pas empêché son frère de lui confier la garde de ses enfants.

Ils avaient laissé Flash à l'appartement, et elle avait souri malgré elle quand Dante avait expliqué au chien pourquoi.

— On aura besoin du coffre pour ranger des choses, mon ami, lui avait-il dit.

— Vous croyez qu'il comprend ? avait-elle demandé.

— Je n'en sais rien, avait-il répondu. Ce que je sais, c'est que l'appartement aura l'air d'avoir été bombardé à notre retour si je ne lui fournis pas d'explication.

— Je ne comprends pas pourquoi vous vous croyez incapable de vous occuper de bébés, avait-elle plaisanté.

Il lui avait décoché un sourire irrésistible.

Elle pouvait bien admettre que Dante avait un sourire irrésistible, songea-t-elle. Le fait d'aimer Dev ne lui avait pas fait oublier qu'il existait d'autres hommes, dont certains qui avaient du charme.

— Gemma ?

Elle revint brusquement à la réalité et se sentit rougir sans comprendre pourquoi. Ses pensées étaient parfaitement innocentes.

Il avait ouvert la porte et la tenait pour qu'elle le précède. En entrant dans la maison, elle crut basculer dans un autre monde. Il y avait aussi des statues à l'intérieur. Les jumelles étaient étrangement calmes. Parce qu'elles se sentaient mieux ici ? Elle jeta un coup d'œil à Dante et décida de ne pas remettre ce sujet sur le tapis.

— Et c'est votre belle-sœur qui a fait la décoration ? demanda-t-elle.

Il acquiesça.

— L'Italie devait vraiment lui manquer...

— À ma connaissance, elle n'y a jamais mis les pieds.

— Elle a dû faire beaucoup de recherches, alors.

— Peut-être, répondit Dante comme s'il n'y avait jamais pensé.

— Et votre frère avait les mêmes goûts ?

— Non. Mon frère aimait la discrétion parce que ses affaires n'étaient pas honnêtes, comme celles du reste de la famille.

Elle l'observa un long moment. Ce n'était pas quelque chose qu'il essayait de cacher, s'il le confiait à quelqu'un qu'il ne connaissait que depuis quelques heures.

— Mais vous êtes entré dans la police.

— J'étais la brebis galeuse, répondit-il avec un léger haussement d'épaules.

Cela la fit pouffer, même si elle n'était pas sûre que ce soit une plaisanterie.

— Alors les filles ont peut-être eu de la chance d'atterrir sous votre toit.

Comme il la dévisageait sans répondre, elle s'enfonça dans la maison et trouva une pièce qui ressemblait à une chambre d'enfant, avec un peu trop de rose à son goût. Elle tira son téléphone de sa poche et commença à rassembler des objets qu'elle empila près de la porte.

— Vous avez une liste ? s'étonna Dante qui l'avait suivie.

— Je ne voulais pas oublier quelque chose d'important, répondit-elle.

Il n'avait pas besoin de savoir qu'elle avait envoyé un texto désespéré à Juliette. La liste qu'elle lui avait fournie était d'une longueur ahurissante. Comment des êtres aussi petits pouvaient-ils avoir besoin de tant de choses ? Elle finit par trouver le sac qu'elle craignait – informe, rose et orné de grosses fleurs violettes – et y fourra ce qu'elle avait rassemblé. Elle se jura de le remplacer à la première occasion.

— Les jumelles dormaient ensemble ? demanda-t-elle en regardant l'unique berceau de la pièce.

— Je n'en sais rien, dit-il en se passant la main dans les cheveux.

Il avait de beaux cheveux. Elle était sûre qu'ils étaient doux. Dev les coupait si court qu'elle avait oublié...

Arrête ! Qu'est-ce qui te prend ?

— S'il n'y a pas de deuxième chambre d'enfant, ce devait être le cas, reprit-elle.

— Je n'en sais rien, répéta-t-il. Et j'en ai marre de dire ça.

Elle lut l'intensité de sa frustration dans ses yeux. Des yeux frangés des longs cils que certains hommes avaient la chance...

Arrête !

— Alors faites en sorte de le savoir ! lança-t-elle en exprimant son trouble par de la mauvaise humeur. Allez voir s'il y a une autre chambre. Et voyez s'il y a un parc quelque part. On a aussi besoin de leurs biberons et de tout ce qui va avec.

Il tourna les talons et quitta la pièce sans dire un mot. Elle se détendit un peu, ce qui était étrange, car elle attribuait son stress à l'énormité de la situation.

Elle ouvrit le placard et y trouva des vêtements assortis par paires. Les Mancuso avaient décidé de jouer la carte de la gémellité à fond. Gemma songea à ce que les jumelles feraient de leur ressemblance, quand elles seraient un peu plus grandes. S'amuseraient-elles à tromper les gens ou chercheraient-elles à se différencier ?

Elle refusa de se demander ce qui se passerait si elles n'étaient pas d'accord sur le sujet.

Ne te soucie pas de problèmes qui n'existent pas encore, se sermonna-t-elle en choisissant des vêtements.

— J'ai trouvé quelque chose qui ressemble au parc dans lequel on gardait Flash quand c'était un chiot, annonça Dante derrière elle.

Elle éclata de rire.

— Ça doit être ça, répondit-elle.

— On embarque ?

— On embarque.

Il hocha la tête.

— J'ai aussi trouvé une sorte de panier dans la grande chambre.

— Ils ont dû s'en servir au tout début, dit-elle en essayant d'avoir l'air de s'y connaître. C'est recommandé.

— Et il y a des boîtes de lait en poudre dans un placard, ajouta-t-il.

— Parfait, le complimenta-t-elle.

— Il y a des tonnes de biberons… Par contre, je n'ai trouvé que quelques pots pour bébés.

— Elles commencent peut-être tout juste à manger de la nourriture solide. Elles ont l'âge.

Merci, Juliette.

Il la regarda avec un air bizarre, comme s'il révisait son jugement à son sujet.

— Moi aussi, j'ai trouvé quelque chose, reprit-elle en lui montrant les trois photographies qui ornaient l'un des murs.

Il fit deux pas dans cette direction, puis s'arrêta net. Il y avait deux photos des jumelles et une de lui, comme si son frère avait voulu que son visage soit familier aux fillettes.

Il se retourna sans faire de commentaire et s'approcha du berceau.

— J'imagine que je suis censé démonter ça, soupira-t-il.

— Oui. Oh ! Et j'ai trouvé la double poussette, dit-elle en lui montrant un coin de la chambre.

— Très bien. Je charge ça aussi.

— Vous allez devoir trouver un moyen de caser tout ça chez vous, le prévint-elle.

Il plissa les yeux pendant quelques instants.

— Je ne peux pas, marmonna-t-il. Je sais que ce serait plus logique, mais je ne peux pas.

Elle comprit tout de suite qu'il parlait de son idée d'emménager dans cette maison.

— Je comprends. Après avoir perdu votre frère et votre belle-sœur...

— J'ai d'autres raisons de ne pas vouloir vivre ici, la coupa-t-il. Je commence par le berceau.

— Je m'occupe du lait et des biberons.

Elle s'éloigna en se demandant ce qu'il avait pu ressentir en découvrant sa photo dans la chambre de ses nièces.

10

Cela occupa tout l'espace à l'arrière du véhicule. Dante étudia son coffre pendant quelques instants avant de tout y ranger efficacement, ce qu'elle trouva stupéfiant vu la variété des formes auxquelles il avait affaire. Il y mit en dernier une grande boîte remplie de jouets.

— Il y en avait une tonne, dit-il. Comment les avez-vous choisis ?

Elle haussa les épaules.

— Je les ai simplement agités sous leur nez et j'ai pris ceux qui avaient le plus de succès.

Il lui adressa un sourire approbateur qui lui donna l'impression d'être appréciée à sa juste valeur pour la première fois de sa vie. Bien sûr, elle se sentait appréciée quand elle organisait un gala de charité, mais le plaisir que cela lui procurait n'était pas aussi intense.

Et cela la perturba encore plus que d'avoir à s'occuper de deux bébés de six mois.

Dante n'aurait jamais imaginé la voir travailler autant. Elle l'aida à décharger la voiture et à tout monter dans l'appartement, tout en réussissant à empêcher les jumelles de hurler. Elle leur parla constamment comme elle l'avait fait dans son bureau, et cela semblait fonctionner.

Il n'aurait pas dû la sous-estimer. Les autres membres de sa branche n'étaient pas des fainéants. Blake avait fait fortune en partant de rien, Patience était une vétérinaire dévouée, et Bea tenait une boutique de mariage qui avait beaucoup de succès – qui en avait eu, du moins, jusqu'à ce que quelqu'un commence à tuer les hommes qui avaient l'intention de s'engager. Quant à Layla, elle occupait un poste important chez Colton Energy et semblait ne vivre que pour son travail.

Par ailleurs, Gemma avait récolté beaucoup d'argent pour la brigade. Il lui devait le respect – d'autant plus que c'était un travail qu'il aurait détesté faire.

Quand ils eurent tout déchargé, son appartement paraissait deux fois plus petit et Flash semblait contrarié.

— Désolé, mon ami, lui dit-il. Je sais que tu n'étais pas plus prêt à ça que moi.

— Mais vous le faites quand même, remarqua Gemma derrière lui.

Son délicieux parfum floral l'enveloppa.

Un parfum qui doit coûter des centaines de dollars, se rappela-t-il dans l'espoir d'amoindrir l'effet qu'il lui faisait.

Ça ne marcha pas.

Il se retourna et laissa échapper un peu de sa mauvaise humeur.

— Je suis leur oncle. C'est pour ça que je fais ça. Pourquoi le faites-vous ?

— Je vous l'ai dit : pour acquérir de l'expérience.

— Et pourquoi avez-vous besoin d'expérience dans ce domaine ? demanda-t-il en embrassant le chaos d'un geste.

— Je suis peut-être curieuse.

— Et ce n'est peut-être pas une raison suffisante. Si c'est juste un caprice de petite fille riche qui sera passé demain…

— Je suis une petite fille riche, admit-elle avec une aisance qui le fit taire. Mais ce n'est pas un caprice. J'ai besoin de prouver que je pourrai être une bonne mère quand le moment viendra.

Il scruta son visage pendant quelques instants avant de demander :

— Le prouver à qui ?

— À mon petit ami, répondit-elle après une profonde inspiration.

Il fronça les sourcils. Il avait entendu dire qu'un Harrington allait épouser une Colton, mais il lui semblait que c'était Hamlin Harrington, le fondateur de Harrington Incorporated, qui avait la soixantaine. Pourquoi une jeune femme riche voudrait-elle l'épouser ?

— Il ne s'agit pas du vieux, j'imagine, lui dit-il.

— Bien sûr que non ! s'exclama-t-elle. C'est mon... Je sors avec Devlin, son fils. Et son père tient à ce qu'il ait des enfants pour que la firme reste dans la famille.

Il ne connaissait pas le fils et n'avait croisé le père qu'une fois, à un gala auquel on l'avait forcé à assister avec Flash. Gemma s'y trouvait-elle ? Comment avait-il pu ne pas la remarquer, si c'était le cas ?

— Dev croit bêtement que je ne serai pas une bonne mère, poursuivit-elle comme si, à présent, elle avait hâte d'en finir avec les explications. Je dois lui prouver qu'il se trompe. Alors nous nous remettrons ensemble et tout redeviendra normal.

Il écarquilla les yeux.

— Vous voulez dire qu'il vous a quittée parce qu'il pense que vous ne saurez pas élever des enfants qui n'existent pas encore ?

Elle rougit un peu.

— Il se trompe et il finira par s'en rendre compte. Alors nous nous marierons et nous aurons ces enfants.

— Et ça vous va ?

— Que voulez-vous dire ? demanda-t-elle, les sourcils froncés ?

— Gemma... Nous gagnons le respect et l'admiration des gens, mais nous ne devrions pas avoir à gagner leur amour.

— Ce n'est pas ça, c'est juste…

— Ça ressemble à ça, la coupa-t-il. On dirait que vous devez prouver votre valeur à Devlin pour qu'il daigne vous aimer.

— Il m'aime ! Et je l'aime.

Il se contenta de la dévisager.

— C'est vrai, insista-t-elle. Ce sont les attentes de son père qui compliquent les choses.

— Parce qu'il le veut bien. Il va vous briser le cœur, Gemma.

— Qu'en savez-vous ? répliqua-t-elle sèchement.

— J'en sais un rayon sur les attentes familiales et ce qu'il en coûte de ne pas les respecter.

— C'est différent.

— Pourquoi ? Parce que vous êtes spéciale ?

Elle parut choquée, sans doute à juste titre.

— Je vous remercie pour vos conseils, monsieur Mancuso. Mais où se trouve votre femme qui pourrait nous aider à gérer tout ça ?

— Je ne la cherche pas.

— Vous changerez peut-être vite d'avis, dit-elle en lui montrant les jumelles, qui essayaient de se passer une licorne en peluche avec beaucoup de concentration.

— Me marier parce que j'ai besoin d'aide est la pire chose que je pourrais faire aux filles et à la femme concernée. Non : je pourrais aussi lui demander de me prouver d'abord qu'elle en est capable.

— Pourquoi ne vous mêlez-vous pas de vos affaires ? riposta-t-elle.

— Pourquoi…

Les jumelles se mirent à hurler au même instant, et c'était sans doute parce qu'ils avaient élevé la voix. Ils prirent un bébé chacun. Il berça et tapota le dos du sien sans résultat. C'était Zita au sourcil pointu. Heureusement que Gemma avait remarqué ce détail…

Lucia se calma la première. Au lieu de lui jeter un regard

triomphant, Gemma s'approcha de lui pour que Lucia puisse toucher sa sœur. Zita pleura un peu moins fort, puis elle finit par se taire après quelques hoquets.

— Merci, dit-il à Gemma quand le silence revint.

— C'est mon travail, répondit-elle avec un sourire. Vous devriez peut-être monter le berceau tout de suite. Elles doivent être fatiguées.

— Où ?

— À vous de décider.

— Je n'en sais rien, grommela-t-il avant de se frotter les yeux.

Elle le regarda bizarrement pendant quelques instants, puis demanda :

— Comment imaginiez-vous votre relation avec vos futurs enfants ?

— Meilleure que celle que j'ai eue avec mon père.

— Nous avons donc un point commun, commenta-t-elle.

Cette remarque lui causa un étrange soulagement.

— Où sont vos parents ? reprit-elle.

— Ils sont morts depuis longtemps. Je n'étais pas proche d'eux non plus.

Pour la même raison, ajouta-t-il mentalement.

— J'avais une nourrice, dit-elle. Je ne voyais mes parents qu'une ou deux fois par semaine. Ensuite, quand mes parents ont divorcé, papa m'a achetée et…

— « Achetée » ? répéta-t-il.

Elle haussa les épaules.

— J'étais encore assez jeune pour lui procurer une image de père de famille, et ma mère s'en moquait. Elle a reçu un gros chèque et elle est partie vivre sur une île.

— Et moi qui croyais être né dans une mauvaise famille…, ironisa Dante.

Elle esquissa un sourire.

— Ça n'était pas censé me déranger parce que nous étions riches et que je pouvais avoir tout ce que je voulais.

— Presque tout, la corrigea-t-il.

— Il y a des choses qu'on ne peut pas acheter, comme l'amour, c'est ça ?

— Oui. Et il arrive que les gens attendent de nous des choses qui sont mauvaises pour nous.

Elle plissa les yeux.

— Je n'ai pas envie de parler de Dev.

— Je pensais à mon frère, qui ne m'a jamais pardonné d'être entré dans la police.

— Oh ! Et pourtant..., répondit-elle en regardant Lucia.

— Oui. Et pourtant...

— Alors il ne vous aimait pas, mais il vous faisait confiance ?

— Apparemment.

— A-t-il compris pourquoi vous étiez entré dans la police ?

— Non, et j'ai arrêté d'essayer de le lui faire comprendre.

Elle soupira.

— Je vous envie. J'essaie encore de gagner l'affection de mon père.

Et de votre petit ami, songea-t-il.

Il parvint à se taire, mais ce fut comme s'il l'avait crié.

— Vous avez raison, ça ne me regarde pas, dit-il.

— C'est vrai, mais j'apprécie que vous vous inquiétiez pour moi, dit-elle. Alors, ce berceau ?

— Il y a trois options : ma chambre, la chambre d'amis ou le bureau.

Elle haussa un sourcil.

— Vous renonceriez à votre chambre ?

— Je peux dormir n'importe où à condition qu'*elles* dorment, répondit-il.

— La vraie question, c'est : voulez-vous vous en mêler ?

— Quoi ?

— Voulez-vous vous occuper d'elles ou juste les voir de temps à autre pour une inspection et une conversation ?

— Quoi ? répéta-t-il.

— Je sais qu'elles ne parlent pas encore, mais elles aiment faire semblant. Je pense que c'est la première étape. Elles...

— Je comprends ça, mais... Une inspection ? On vous faisait subir des inspections ?

— En un sens, oui.

Il secoua la tête, puis éclata de rire.

— Dire que je vous enviais !

Elle rougit, puis revint à leur problème :

— Si vous ne voulez pas qu'elles vous dérangent, le mieux serait de mettre le berceau dans ma chambre. Mais je pense qu'il serait dans leur intérêt de dormir seules.

— Le bureau, alors, dit-il. Comme ça, nous pourrons intervenir tous les deux en cas de besoin.

— Mais vous y travaillez..., lui rappela-t-elle.

— Dans un coin seulement, et je peux travailler ailleurs.

Elle y réfléchit quelques instants avant de conclure, le sourire aux lèvres :

— Nous tenons un plan.

Profondément soulagé, il lui rendit son sourire. Il ne savait pas de quoi elle était capable, mais elle ne pouvait pas être plus incompétente que lui, et c'était un début.

Il souriait encore quand son téléphone sonna alors qu'il venait de finir de monter le berceau. C'était son chef, Finn Colton.

— Mancuso, fit-il en décrochant.

— Comment va le père de famille ? demanda Finn. Ma cousine t'est-elle utile à quelque chose ?

— Les nouvelles vont vite...

— Et les gens ont déjà commencé à prendre des paris.

Il jeta un coup d'œil à Gemma, qui mettait les jumelles en pyjama.

— Elle pourrait vous surprendre, répondit-il.

— Je l'espère pour toi.

— N'appelles-tu que pour te tenir informé de ma situation domestique ?

— Malheureusement non. Tu te souviens du téléphone que tu as trouvé dans le paquet de farine ?

Il aurait difficilement pu oublier la piste qu'il cherchait depuis des semaines.

— Oui.

— Il a disparu.

Il cligna des yeux.

— Quoi ? Duke et son collègue étaient censés le déposer dans la salle des preuves.

— Et Ron se souvient qu'ils l'ont fait. Mais il a disparu.

Ron Fox, qui était responsable de la salle des preuves, ne commettait jamais d'erreur.

— Mais personne n'a accès à cette salle sauf...

— Précisément, le coupa Finn.

Dante jura.

— L'un d'entre nous ? demanda-t-il.

— On dirait bien.

Génial ! Il ne leur manquait plus qu'un élément pourri dans la brigade.

11

Gemma leva les yeux de la liste des choses qu'elle devait rapporter de chez elle. Son nouveau patron s'était muré dans le silence. Il fixait les flammes de la cheminée, les sourcils froncés, et ne ressemblait pas du tout à la description que Juliette avait faite de lui.

« Dante est un chic type, lui avait-elle dit. Il est d'autant plus honnête qu'il vient d'une famille de voyous, et les gens l'admirent pour ça. Il est un peu rugueux, mais c'est lui que les gens vont trouver quand ils ont besoin d'un service. »

À cet instant, le gentil Mancuso était contrarié par quelque chose et elle était sûre qu'il ne s'agissait pas des jumelles, qui s'étaient endormies. Il était concentré et en colère. Son expression en témoignait.

Cet homme n'était pas le père providentiel de deux petites filles.

C'était le policier.

Elle profita de sa concentration pour l'observer un moment. Il avait les cheveux parfaitement ondulés – et de manière naturelle, puisqu'il ne devait pas consacrer un gros budget au coiffeur. Un atout injuste, comme ses longs cils...

Il la tira de sa contemplation en tournant la tête vers elle. Avait-il senti qu'elle le regardait ?

— De mauvaises nouvelles ? demanda-t-elle pour se donner une contenance.

Il fronça davantage les sourcils.

— Quoi ?

— Le coup de téléphone. Vous êtes un peu… préoccupé depuis.

— Oh. Oui. Le travail.

— Les filles dorment bien.

— Oui.

— Je peux vous laisser seul avec elles un moment ?

— Vous nous abandonnez déjà ?

— Je dois aller chercher quelques affaires chez moi.

Il la détailla de la tête aux pieds avant de répondre :

— Vous avez besoin de meilleures chaussures.

De meilleures chaussures ? Elle regarda les bottes usées qu'il portait. Que connaissait-il aux chaussures ? Elle avait acheté ses escarpins six cents dollars à San Francisco !

— Je ne voudrais pas que vous trébuchiez alors que vous tenez l'une des filles, ajouta-t-il.

Elle cligna des yeux et s'aperçut qu'il réprimait un sourire. Elle pouffa. Elle devait admettre qu'il n'avait pas tort. Elle était habituée à porter des talons, mais pas en tenant des bébés qui s'agitaient.

— Peut-être des chaussures de sécurité, répondit-elle. Le pot que Lucia m'a fait tomber sur le pied m'a vraiment fait mal.

— Ça aurait pu être pire, commenta-t-il, avec à présent un grand sourire aux lèvres.

— Oui, le pot aurait pu se casser et j'aurais perdu un temps fou à nettoyer. C'était de la purée de petits pois.

Il éclata de rire. Gemma sentit son cœur battre plus vite sans comprendre pourquoi.

— Allez chercher vos affaires, nous survivrons, dit-il alors que le silence commençait à devenir pesant.

Elle hocha la tête.

— Je n'en ai pas pour longtemps.

Il se leva, alla ouvrir un tiroir de la cuisine et en sortit une clé qu'il lui tendit.

— Un coyote ? demanda-t-elle en regardant le porte-clés.

— C'est l'emblème de l'État, après tout. Et j'admire leur adaptabilité. Je ferais bien de m'en inspirer.

— Je vous la rendrai à mon retour.

— Non, gardez-la, répondit-il en secouant la tête. Vous aurez besoin d'aller et venir librement. Et je vais vous montrer comment fonctionne le système d'alarme.

— Vous me faites confiance à ce point-là ?

Il pouffa.

— Allez-vous voler quelque chose ? Je ne vois pas ce que j'ai que la fille de Fenwick Colton pourrait vouloir.

Elle se retint de justesse de répondre : « N'en soyez pas si sûr » et passa le trajet à se demander ce qui lui arrivait.

Il avait besoin de dormir. C'était la seule explication. Parce qu'il lui avait semblé que Gemma ne le regardait pas comme on regarde un patron quand il avait tourné la tête.

Non… Il se faisait des idées. On lui avait souvent dit que sa concentration était impressionnante, quand il travaillait. Elle le fixait sans doute parce qu'elle craignait qu'il explose, ou quelque chose de ce genre. Cette explication-là avait du sens.

Il se frotta les yeux, ce qui ne lui fit aucun bien, et recommença à ruminer le problème comme Flash rongeait un os. Les Larson avaient un complice au sein de la brigade. Qu'ils le paient, le menacent ou le fassent chanter, le résultat était le même. Et ce complice avait fait disparaître le seul objet qui aurait permis de les incriminer.

Il détestait cette situation ; il allait maintenant devoir regarder tous ses collègues avec méfiance.

La sonnerie de son téléphone le ramena à la réalité. C'était encore Finn. Ne s'agissait-il que d'une erreur ? Avait-on retrouvé le téléphone ?

Il décrocha en se demandant quand il avait commencé à croire aux contes de fées.

— Mancuso.

— Je te retire l'enquête sur les Larson, annonça Finn.

Ça n'avait aucun sens ! Personne ne connaissait mieux ce dossier que lui… Mais comme Finn Colton ne prenait pas de décisions absurdes sur un coup de tête, il attendit la suite.

— Tu ne protestes pas ? lança Finn.

— J'attends d'entendre ton raisonnement.

Finn éclata de rire.

— Pour commencer, tu as besoin de temps pour t'adapter à… ta nouvelle situation. Tu n'as pas eu beaucoup de contacts avec tes nièces avant, j'imagine ?

— Non, répondit Dante en continuant à se demander où Finn voulait en venir.

— Tu as donc besoin de temps pour organiser ta nouvelle vie.

— C'est le moins qu'on puisse dire, grommela-t-il.

— Par conséquent, tu es officiellement à mi-temps.

Il se raidit.

— Officiellement ?

— Et tu travailleras chez toi. Tu peux venir ici quand tu veux, mais prends le temps de faire la connaissance de ces bébés.

— Si tu me retires l'enquête sur les Larson, sur quoi veux-tu que je travaille ? demanda-t-il prudemment.

— Je veux que tu démasques la taupe.

Le cœur de Dante manqua un battement. Lui ?

— N'est-ce pas le rôle de l'Inspection générale ?

— Nous leur livrerons le coupable.

— Chef…

— Tu as une couverture parfaite. Tu as vraiment besoin de temps pour t'organiser. Tout le monde le sait. Et la taupe se méfiera moins de toi si je te retire l'enquête sur les Larson.

Il fallait admettre que ce n'était pas absurde.

Mais mettre son nez dans la vie de ses amis et collègues était bien la dernière chose qu'il avait envie de faire.

— Je sais que c'est désagréable, Mancuso, mais il faut que quelqu'un s'en charge, et vite. Avant que la disparition du téléphone s'ébruite. Pour le moment, seuls Ron, toi et moi sommes au courant. Nous devons en profiter.

Dante inspira profondément avant de répondre :

— Oui, chef.

— Si tu as besoin de quelque chose, demande-le à moi ou à Parsons. Elle sait rester discrète. Pour commencer, je vais t'envoyer l'enregistrement de la caméra de la salle des preuves.

— Très bien.

— Si on te demande, tu travailles sur la Tueuse de Fiancés parce que j'ai décidé que les Larson pouvaient attendre.

— Oui, chef, répéta-t-il. Et je ferai visiter la salle des preuves à Flash, pour qu'il mémorise les odeurs.

— Bonne idée. Tu as carte blanche, mais démasque-le. Je n'aime pas qu'on salisse notre maison.

— Oui, chef, fit Dante avec plus de conviction.

— Et fais-moi plaisir : passe le prochain concours d'inspecteur, s'il te plaît.

Dante fixait encore son téléphone avec stupeur quand il entendit la clé tourner dans la serrure.

Il tressaillit, puis prit conscience de l'une des conséquences de ce nouvel arrangement : il allait passer bien plus de temps qu'il ne l'aurait cru avec Gemma Colton.

12

Rien ne se passait comme Gemma s'y attendait.

Quand Dante lui dit qu'on l'avait mis à mi-temps, elle s'attendit à l'entendre ajouter qu'il n'avait plus besoin de nounou.

Elle fut surprise par l'ampleur de sa déception. Non seulement elle n'aurait pas l'occasion de prouver à Dev qu'il se trompait, mais elle avait envie d'apprendre à connaître ces deux fillettes. Elle avait prévu d'employer le temps de leurs siestes à faire des recherches sur les jumeaux et d'appeler l'un de ses importants donateurs, qui en avait. Mais si Dante n'avait plus besoin d'aide…

Il la détrompa vite.

— J'aurai toujours besoin de temps pour travailler et de pouvoir sortir librement, lui dit-il. Et je dois m'occuper de la routine de Flash.

— Sa routine ?

— Oui. Au réveil, au moins une demi-heure de promenade pour renifler et se dégourdir les jambes.

— Pour faire ses besoins aussi, j'imagine…

— Aussi. Il va dans le patio en cas d'urgence, mais il trouve que ce n'est pas digne de lui.

Gemma s'empêcha de rire parce que Dante ne plaisantait visiblement pas.

— Ensuite, il y a une plus longue promenade après le petit

déjeuner, ou une séance au centre d'entraînement, poursuivit-il. Avant le dîner, c'est la partie de tir à la corde, et on fait une dernière promenade le soir.

— Il demande presque autant de travail que les jumelles, commenta-t-elle.

— Pas de couches à changer, répondit-il. Mais il faut souvent lui nettoyer le museau.

— Pourquoi ?

— Les plis de son museau sont utiles à son flair, mais ils doivent rester très propres. Et il… ne mange pas très proprement.

Elle jeta un coup d'œil vers la cuisine.

— C'est pour ça qu'il y a une bâche sous ses bols ?

— Oui.

— Vous n'avez pas deux enfants, vous en avez trois.

Il esquissa un sourire.

— C'est vrai, et il y en a un qui bave plus que les autres.

— C'est pour ça qu'il y a des serviettes dans votre voiture et une dans la poche de votre jean.

Il éclata de rire.

— Vous parlez de celle qui me fait ressembler à un employé de station-service ? Oui, c'est pour ça. Je fais une lessive sur deux pour lui. Ça vous fait hésiter ?

— Parce que je suis aussi responsable de lui ?

— Non, je vous taquine. Et Patience s'occupera de lui s'il arrive quelque chose.

— Très bien.

Elle comprit la signification de ce qu'il venait de dire avec un temps de retard. Patience s'occuperait de Flash s'il *lui* arrivait quelque chose. Comme il était policier, c'était tout à fait possible.

Cette idée continua à lui trotter dans la tête alors qu'elle déballait ses affaires dans la chambre d'amis. Pourquoi certains choisissaient-ils de mettre leur vie en danger pour protéger les autres ? Elle se sentait presque coupable d'avoir vécu dans l'insouciance.

Et l'idée que Dante risquait de se faire blesser ou tuer la perturbait d'une manière qu'elle ne comprenait pas.

Ce devait être parce que les jumelles se retrouveraient orphelines une seconde fois. Qui s'occuperait d'elles, dans ce cas ? Dante n'avait sans doute pas encore réfléchi à cette éventualité, et tous les membres de sa famille étaient des voyous.

Elle lâcha le pull qu'elle s'apprêtait à ranger dans la commode et sortit de sa chambre. Dante se trouvait dans le salon, son ordinateur sur les genoux. Il regardait une vidéo de mauvaise qualité qu'il mit sur pause dès qu'elle entra dans la pièce.

Comme il était allé chercher l'ordinateur dans le bureau, elle commença par demander :

— Dorment-elles toujours ?

— Oui, Dieu merci.

Elle hocha la tête.

— Vous avez un problème ? lança-t-il. Votre chambre n'est pas assez grande ?

Elle se raidit et le fusilla du regard.

— C'est inutilement cruel.

— Vous avez raison, reconnut-il après un soupir. Je suis désolé. Je suis un peu à cran.

— Ça peut se comprendre, dit-elle, surprise qu'il lui présente ses excuses aussi facilement.

Dev ne le faisait jamais. Il lui offrait des fleurs ou l'invitait à dîner, mais elle ne l'avait jamais entendu prononcer ces mots. Ce n'était pas grave ; il prouvait qu'il était désolé. C'était le plus important, non ?

— Il y a des serviettes dans le placard de la salle de bains, reprit-il.

— J'ai vu. Est-ce que je les partage avec le chien ?

Il éclata de rire.

— Non. Ce serait trop d'intimité, même pour moi.

— Se sentira-t-il insulté si je dis que je suis soulagée ?

— J'en doute. Avez-vous déjà eu un chien ?

— Non. Je n'ai fréquenté que les chiens des autres.

— Un chat ?

— Non plus.

Elle se retint de préciser qu'elle n'aimait pas avoir des poils sur ses vêtements. C'était étrange, car elle n'hésitait pas à le dire, en général.

— Alors préparez-vous à être couverte de poils, dit-il comme s'il avait lu dans ses pensées. Et je vous conseille de ne pas vous asseoir là.

Il lui montra le fauteuil le plus proche de la cheminée.

— Ce n'est pas pour rien qu'il est de cette couleur, ajouta-t-il. C'est son fauteuil.

— Oh ! Je ne savais pas. Je ne l'ai pas vu dessus.

— Parce que les changements le perturbent. Il préfère rester par terre, où il peut se déplacer plus rapidement.

Elle regarda le chien, qui ne semblait pas capable de faire quoi que ce soit rapidement.

— Je sais qu'il ressemble à un gros tas, mais il peut bouger quand il en a envie, reprit Dante. C'est le principal. Il n'a pas l'habitude de partager son espace… Et moi non plus, pour être honnête. C'est pour ça que je suis un peu à cran.

— Nous allons devoir supporter d'être les uns sur les autres, dit-elle prudemment.

— Quand ça se calmera un peu, vous aurez des jours de congé pour voir vos amies ou faire du shopping.

Elle ne le prit pas mal. Ce n'était pas la première fois qu'on la suspectait d'être toujours oisive, et c'était vrai avant qu'elle se lance dans la philanthropie. Par ailleurs, il semblait si certain que cela se calmerait qu'elle ne put s'empêcher de le taquiner.

— Et c'est pour quand ?

Il plissa les yeux, comme s'il existait une formule qui permettait de le calculer.

— Dans quelques semaines, peut-être.

— Vous en êtes sûr ?

— Je l'espère...

— Je dirais que vous êtes exagérément optimiste.

Il poussa un profond soupir.

— Sans doute.

— En fait, je pense que vous devez plutôt compter dans les six mois. Si vous n'avez pas les choses en main d'ici là, vous devrez songer à leur trouver une vraie mère.

Il pouffa.

— Et où ça ?

— Il doit bien exister une application pour ça. Postez-y une photo de vous, et je suis sûre que vous aurez une foule de candidates.

— Aussi enthousiastes que vous ? demanda-t-il d'une voix neutre.

Elle se sentit rougir une fois de plus, alors que cela lui arrivait rarement.

— Je... me suis portée volontaire pour le rôle de nounou, pas de petite amie, répliqua-t-elle. En parlant de petite amie, en existe-t-il une que le fait que je vive sous votre toit pourrait contrarier ?

— Ce ne sera pas un problème.

Ce n'était pas une réponse.

— Elle n'existe pas ou elle ne sera pas contrariée ? insista-t-elle sans oser se demander pourquoi.

— Elle n'existe pas, répondit-il. Si elle existait et si elle avait été contrariée dans ces circonstances, elle n'existerait déjà plus.

Bien sûr. Il avait compris que rien n'était plus important que les deux enfants dont il se retrouvait brusquement responsable.

— Je suis contente d'entendre ça, murmura-t-elle.

Elle alla voir si les filles dormaient toujours en le laissant libre d'interpréter cette conclusion comme bon lui semblait.

Quand Gemma était entrée dans la pièce, Dante s'était tout de suite aperçu qu'elle était pieds nus. Il n'avait pas manqué de remarquer qu'elle avait de jolis pieds menus et élégamment arqués.

Mais depuis quand s'intéressait-il aux pieds ?

Il se frotta les yeux. Quand il cherchait une nounou, il avait imaginé quelqu'un à l'allure plus... maternelle. Peut-être même quelqu'un qui ressemblait à une grand-mère, comme Mme Nelson. Il aurait peut-être dû lui proposer le poste. Sauf que sa fille était malade. Mais elle était peut-être guérie, maintenant...

— Elles dorment toujours, dit Gemma quand elle revint dans la pièce.

— C'est un miracle, répondit-il sans la regarder.

— Il est plus de 10 heures. Vous devriez en faire autant, tant que c'est possible.

Elle n'avait pas tort.

— Bonne idée, reconnut-il.

Il ferma l'ordinateur et se leva.

— Laisse ! dit-il à Flash, qui se leva à son tour.

— Vous le sortez maintenant ? s'étonna Gemma.

— C'est maintenant ou à 3 heures du matin, et ses hurlements réveilleront tout le quartier si je l'oblige à attendre.

— Oh ! Et vous n'avez pas pensé à emménager dans une maison avec jardin quand vous avez eu Flash ?

— Si. J'y pense toujours. Mais la vie en appartement lui convient tant qu'il se défoule suffisamment. Il a l'air heureux.

Du moins, était-il heureux avant l'irruption de trois filles dans leur vie.

Gemma regarda Flash aller chercher la laisse pour la déposer à ses pieds.

— Il est très bien dressé, remarqua-t-elle.

— C'est vrai, mais il a son caractère. Il obéit mieux quand il en tire quelque chose.

— Comme une friandise ?

— Les promenades sont plus efficaces.

— Vous avez vraiment trois enfants, conclut-elle, le sourire aux lèvres.

Il sortit dans le froid de l'automne en songeant qu'elle avait un très joli sourire, et secoua la tête. C'était à son enquête qu'il devait penser, pas à sa nouvelle nounou. Mais il avait encore du mal à accepter l'idée que l'un de ses collègues puisse être un pourri.

Flash tira sur la laisse. Une odeur venait de l'intéresser.

— Profites-en tant que tu peux, lui dit-il. Dans un mois, tout sera couvert de neige.

Quand Flash lui fit comprendre qu'il en avait assez, il regrettait depuis longtemps de ne pas avoir choisi une veste plus épaisse.

Il s'empressa de rentrer. Comme Gemma ne se trouvait pas dans le salon à son retour, il se dit qu'elle devait être allée se coucher. Il détacha Flash, qui se dirigea vers la cheminée, devant laquelle il dormait en général jusqu'à ce qu'il l'appelle dans la chambre. Mais Flash obliqua tout à coup vers le bureau alors que Dante retirait sa veste. Il le suivit en se frottant les mains pour les réchauffer et fut surpris de tomber sur Gemma.

— Elles vont bien, lui dit-elle immédiatement. Elles se sont réveillées il y a une demi-heure, mais elles se sont vite rendormies après un changement de couche et un burp.

— Et comment avez-vous su qui avait besoin de quoi ? demanda-t-il, les sourcils froncés.

— J'ai procédé par élimination, répondit-elle joyeusement. Et Flash m'a tellement amusée ! Quand il est entré dans la pièce, il a mis son museau dans le berceau comme pour s'assurer qu'elles allaient bien.

— Il essaie sûrement de comprendre si elles vont rester.

— Le pauvre, dit-elle en grattant la tête du chien. Sa vie a été complètement bouleversée, et il ne sait même pas pourquoi.

— Je sais pourquoi et ça ne me console pas beaucoup, marmonna-t-il, amer.

Elle lui décocha un grand sourire.

— Venez ! ordonna-t-elle.

Il la suivit dans la cuisine, où elle se dirigea vers le micro-ondes. Dix secondes plus tard, elle en sortit une tasse qu'elle lui tendit.

— Un chocolat chaud ?

— J'en ai trouvé dans le placard et je me suis dit que ça vous ferait du bien après une promenade dans le froid.

— Merci...

Il but une gorgée qui le réchauffa délicieusement.

— Merci, répéta-t-il avec plus de conviction.

— Vous prenez très bien soin de votre chien, dit-elle avec son sourire irrésistible.

— Ce n'est pas qu'un chien. C'est mon partenaire.

— Je crois que je commence à comprendre ce que ça signifie, répondit-elle. Ça me fera plaisir quand il se sentira assez à l'aise en notre présence pour retourner dans son fauteuil.

— Ça viendra.

Du moins l'espérait-il.

— Dort-il avec vous ?

Il faillit avaler son chocolat de travers.

13

Il savait qu'elle avait posé cette question innocemment, mais il ne put s'empêcher de songer :

Non. La place est libre. La voulez-vous ?

Il serra sa tasse et attendit d'être sûr de ne pas trahir ses pensées pour lui répondre.

— Son lit se trouve dans ma chambre, oui.

— Et il y reste ?

— À moins qu'il soit invité à monter sur le mien.

Les joues de Gemma se colorèrent légèrement, ce qui incita Dante à se demander si ses pensées avaient pris la même direction que les siennes. Non... S'il empruntait cette voie, il allait perdre la raison.

— Et quand l'y invitez-vous ? demanda-t-elle d'une voix parfaitement neutre.

— Quand il a bien travaillé ou quand il fait très froid.

— Et le chauffage ?

— On dort mieux dans une chambre fraîche.

Elle fronça les sourcils.

— Aurai-je besoin d'une couverture électrique ?

Je pourrais vous réchauffer, ne put-il s'empêcher de songer.

— Une couette, peut-être, répondit-il en maudissant le fil de ses pensées.

— Oh.

— Ça ne descend jamais en dessous de seize, précisa-t-il. Si je monte à dix-huit, ça vous ira ?

Elle lui sourit.

— Ça ira. Je m'inquiétais pour les filles, c'est tout.

Son cœur se serra. Il n'y avait pas pensé.

— Très bien. Faites comme vous voulez. S'il fait trop chaud pour moi, j'irai dormir dans le patio.

— Et vos racines italiennes ?

Il éclata de rire.

— Mes racines sont peut-être italiennes, mais mon thermostat vient d'ici.

Elle rit à son tour.

— Nous sommes donc tous les deux des autochtones. Avez-vous eu envie de partir ?

— Je suis parti un temps ; je croyais avoir envie de vivre dans une grande ville. J'ai détesté ça et je suis revenu.

— J'aime séjourner dans les grandes villes, mais je n'y vivrais pour rien au monde.

— Moi qui pensais que vous y passiez votre temps...

— Vous présumez beaucoup de choses, monsieur Mancuso, dit-elle, l'air vexé.

— Désolé. Il circule beaucoup de ragots sur votre branche de la famille.

— Sur les autres branches aussi, j'imagine.

— Sur la branche pauvre ?

— Ce sont des gens bien, dit-elle, ce qui le surprit encore.

— Brayden est quelqu'un de bien et Shane a dû traverser une période difficile.

— Et j'aime Quinn du fond du cœur.

Bien sûr, ils évitaient de mentionner la plus célèbre de tous les Colton, qui échappait à la police depuis des mois.

— Je ne crois pas que Demi ait tué qui que ce soit, reprit Gemma, qui n'avait décidément pas fini de le surprendre.

Mais sa conviction n'était-elle que de la loyauté envers un membre de la famille ou savait-elle quelque chose ?

— Pourquoi ? demanda-t-il.

— Elle ne tuerait pas un homme parce qu'il l'a laissée tomber. Elle est plus cool que ça.

— Il y a beaucoup de preuves contre elle, lui rappela-t-il.

— Je m'en moque. Je ne la crois pas coupable.

— Alors c'est... une intuition ?

— Ne vous moquez pas de moi !

— Je ne me moque pas. Comme la plupart des policiers, j'ai du respect pour les intuitions, mais elles ne sont pas des preuves.

Elle soupira profondément.

— Non. C'est vrai.

Un peu plus tard, alors qu'il échouait à trouver le sommeil, Dante médita longuement cette conversation.

Pourquoi n'y a-t-il personne pour faire taire ces enfants ?

Gemma serra la couette autour de son cou pour se réchauffer.

Se réchauffer ? Le chauffage était-il en panne ? Que se...

Elle se redressa brusquement et reprit conscience de la situation – en particulier de la partie qui concernait les enfants qui pleuraient.

Elle enfila sa robe de chambre et ses pantoufles et courut vers le bruit.

— Très bien, vous deux. Qui a commencé ? demanda-t-elle sur le ton qui semblait intriguer les jumelles.

Cela ne marcha que sur Zita. Comme Lucia continuait à hurler, ce devait être elle qui avait un problème. Elle berça Zita pour qu'elle se calme tout à fait, puis sut qu'elle avait une couche à changer dès qu'elle prit Lucia dans ses bras.

Elle changea la couche, puis remit son pyjama – rose – à Lucia.

— Vous avez besoin d'un peu de variété dans les couleurs, lui dit-elle. Le rose est très bien, mais le changement aussi.

Quand elle eut fini de rhabiller la fillette, elle se retourna et s'aperçut qu'elle n'était pas seule.

Son cœur manqua un battement. Parce que, visiblement, Dante Mancuso dormait nu. Il avait eu la présence d'esprit d'enrouler une serviette autour de sa taille, mais elle semblait prête à tomber à sa prochaine inspiration.

Et ce torse, ces jambes, ces épaules... C'était l'homme le mieux bâti sur lequel elle ait posé les yeux.

— J'aime la manière dont vous leur parlez, dit-il avec un sourire ensommeillé. Sans prendre des intonations débiles.

— Elles ont l'ait d'aimer ça, répondit-elle d'une voix qui ne trembla pas, ce dont elle fut fière.

— Vous les avez vite calmées. Bravo.

Elle posa Lucia et garda les yeux baissés parce que sa réaction la perturbait. Elle aimait Dev, après tout. Elle savait que cela ne l'empêchait pas d'apprécier la beauté masculine, mais elle commençait à ne plus se comprendre.

Elle ne se retourna que lorsqu'elle se crut capable de rester impassible.

— C'est mon travail. Vous pouvez vous contenter de vous rendormir, la prochaine fois.

— C'est mon travail aussi.

— Mais vous m'avez embauchée.

— Sans salaire.

— Je vous ai dit que je le faisais pour acquérir de l'expérience.

Dans l'art de rester calme en sa présence, songea-t-elle ironiquement.

— Et ça va pour le moment, mais vous finirez par devoir porter quelque chose devant les filles, ajouta-t-elle en montrant la serviette.

L'expression de Dante changea.

— Est-ce que cela vous dérange ?

Elle remarqua l'érection que la serviette cachait bien mal et décida de lui tenir tête.

— C'est peut-être moi qui devrais vous demander ça...

Il ne nia pas l'évidence, ce qu'elle apprécia sans comprendre pourquoi.

— Il n'y a rien à demander, répondit-il. Vous êtes une belle femme et je suis célibataire depuis longtemps.

Le compliment la fit rougir, ce qui était ridicule vu le nombre de gens qui le lui avaient fait.

— Pourquoi ? demanda-t-elle dans l'espoir de dévier la conversation.

Il fronça les sourcils.

— Pourquoi je ne vous saute pas dessus ? Ce n'est que de la biologie. Ça ne me gouverne pas.

Elle n'en doutait pas. Elle était sûre qu'il était le genre d'homme à ne courtiser une femme que si elle l'intéressait vraiment.

— Non. Pourquoi êtes-vous célibataire depuis longtemps ? Vous ne devez pas manquer de candidates.

Il parut surpris, puis répondit :

— J'ai eu des petites amies, à une époque. Mon badge a changé beaucoup de choses.

Sans doute parce que les petites amies en question devaient appartenir au même milieu que sa famille...

— Ce doit être le contraire pour vous, ajouta-t-il quelques instants plus tard.

— Quoi ?

— Les femmes m'évitent à cause de ma famille, et les hommes doivent vous courir après à cause de la vôtre.

La justesse de sa remarque la troubla.

— C'est vrai, reconnut-elle avant de s'empresser de changer de sujet. Vous finirez par devoir déménager, vous savez. Un jour ou l'autre, elles auront besoin d'avoir chacune leur chambre.

Il soupira.

— Je sais.

Il semblait si accablé, tout à coup, qu'elle ajouta :

— Mais ce n'est pas pour tout de suite, ne paniquez pas. J'ai fait des recherches sur le sujet.

— Je… Merci.

— Et maintenant qu'elles sont calmées, je retourne me coucher.

Il cligna des yeux plusieurs fois avant de grommeler :

— Oui. Moi aussi.

Elle comprit aussitôt que sa mauvaise humeur exprimait sa frustration. Cela la fit sourire tandis qu'elle regagnait sa chambre – jusqu'à ce qu'elle se rende compte qu'il ne serait pas le seul à devoir lutter contre la frustration. Elle fronça les sourcils et s'assit sur son lit. Cela ne lui ressemblait pas ; elle ne réagissait jamais de cette manière.

« Ce n'est que de la biologie. Ça ne me gouverne pas. »

En cet instant, cela semblait la gouverner, elle.

Elle resta assise un long moment à essayer de comprendre et finit par conclure que ce devait être parce que Dev lui manquait.

Lorsqu'elle éteignit la lumière, elle avait réussi à s'en convaincre tout à fait. Dès qu'elle reverrait Dev et lui prouverait qu'elle pouvait être une bonne mère, tout redeviendrait normal.

Mais ce ne fut pas de Dev qu'elle rêva.

14

— Mancuso ? Je te croyais en congé parental !

Dante se retourna, prêt à montrer les crocs. Il avait très mal dormi, pour quelqu'un qui prétendait n'être pas gouverné par sa biologie. Il retint sa réponse cinglante quand il comprit que c'était Katie Parsons qui l'avait apostrophé – non parce qu'elle n'aurait pas pu l'encaisser, mais parce que c'était l'informaticienne de la brigade et qu'il avait besoin d'elle.

— Ouais, grommela-t-il.

Il s'aperçut ensuite qu'elle avait teint les pointes de ses cheveux blonds en bleu.

— Intéressant, ajouta-t-il.

— Ça ne te plaît pas ? demanda-t-elle. Où est passé ton sens de l'aventure ?

— On dirait bien qu'il est mort.

— J'imagine, répondit-elle avec compassion. Ma sœur était une épave avec un seul bébé.

Il secoua la tête, puis alla droit au but.

— J'ai besoin d'un service.

— Je ne fais pas de baby-sitting, dit-elle immédiatement.

Il se demanda ce que les jumelles penseraient des cheveux bleus et esquissa un sourire.

— J'ai ce qu'il me faut, merci.

— Je suis au courant. Gemma Colton ? Sans rire ?

— Sans rire.

— Je n'aurais jamais imaginé… Et elle s'en sort ?

— Les jumelles respirent encore. Je ne suis pas sûr que j'aurais pu le garantir seul.

Parsons prit un air peiné.

— Je ne devrais pas plaisanter, excuse-moi. Je suis désolée pour ton frère et ta belle-sœur.

— Moi aussi.

Et il était sincère, même si Dom avait réussi à gâcher sa vie une fois de plus en mourant.

— Écoute… J'ai besoin que tu me fournisses les emplois du temps de tout le monde et la liste des dépôts de pièces à conviction depuis lundi matin.

Elle ne demanda pas pourquoi. Parsons ne voulait pas tout maîtriser, juste jouer son rôle du mieux possible, ce qui la rendait fiable et efficace.

— Laisse-moi quinze minutes, répondit-elle. Parce que je dois apporter quelque chose au chef et que ça m'en fera perdre cinq.

Il lui adressa un grand sourire.

— Je passerai te voir en repartant, conclut-il.

Elle tint parole. Quand il la retrouva après avoir récupéré les affaires dont il avait besoin et subi les condoléances de ses collègues, elle avait les informations qu'il voulait.

— Tu veux que je t'envoie ça par mail ou que je te l'enregistre sur une clé ? demanda-t-elle.

— Une clé, dit-il parce que leur taupe était peut-être capable de pirater les boîtes mail de ses collègues. Et tu n'as pas fait cette recherche.

Elle fronça les sourcils.

— Bien sûr que non.

Quand elle eut fini d'enregistrer les fichiers, elle ne retira pas immédiatement la clé du port et leva les yeux vers lui.

— Qu'y a-t-il ? fit-il.

— Veux-tu… J'ai une vidéo…

Cela ne lui ressemblait pas d'être aussi hésitante.

— De l'accident ?

Elle hocha la tête.

— C'est l'enregistrement de la caméra du magasin d'électroménager du bout de la rue. On voit très mal, mais...

— Oui, s'il te plaît, dit-il simplement.

Elle copia la vidéo, puis lui tendit la clé.

— Je suis désolée, dit-elle. Je ne suis pas très proche de ma sœur, mais je me sentirais mal si elle mourait.

Comme il ne savait que dire, il se contenta de lui tapoter le bras. Elle lui sourit et se remit au travail.

Il serait soulagé quand cette phase s'achèverait. Ses collègues avaient d'autant plus de mal à trouver quelque chose à dire qu'ils savaient que Dominic et lui n'étaient pas proches. Voilà pourquoi il préférait ceux qui ne disaient rien.

C'était Shane Colton qui s'en était le mieux sorti en se bornant à lui dire : « Mes condoléances, si elles servent à quelque chose. Sinon, oublie-les. »

À son retour, il trouva un appartement très vide. Un mot sur le comptoir de la cuisine lui apprit que Gemma avait emmené les filles faire un tour.

Elle devait avoir eu besoin de prendre l'air.

Il resta un moment immobile, à écouter le silence en se demandant comment sa vie avait pu changer si vite. Comment était-il possible qu'il ait l'impression qu'il manquait quelque chose dans cet appartement où il se sentait si bien trois jours plus tôt ?

Puis il se demanda si les jumelles se souviendraient de leurs parents. Et que leur dirait-il quand elles seraient plus grandes et commenceraient à lui poser des questions ? La vérité ? Que leurs parents étaient des malfrats et que presque tous les autres membres de la famille étaient morts ou en prison ?

« Alors les filles ont peut-être eu de la chance d'atterrir sous votre toit. »

Les paroles de Gemma prirent brusquement tout leur sens.

Que se serait-il passé si Dominic n'était pas mort ? Auraient-elles suivi la même voie que leurs parents et tous les Mancuso depuis des décennies ? Se seraient-elles rebellées, comme il l'avait fait ?

Il se jura de les protéger du monde délétère de l'entourage de Dominic. Ces fillettes étaient sa chance d'orienter la famille du bon côté de la loi.

Dom l'avait-il deviné ? L'avait-il choisi pour cela, ou simplement parce qu'il n'avait personne d'autre ?

Encore une chose que je ne saurai jamais, songea-t-il tristement.

Gemma eut un mal fou à remonter les filles et leurs affaires au premier étage. La porte s'ouvrit alors qu'elle cherchait la clé dans sa poche.

— Bonjour, dit-elle, le souffle court.

— Bonjour, répondit Dante en s'empressant de l'aider.

C'était vraiment un gentleman, songea-t-elle. Elle était sûre que ses petites amies n'avaient jamais l'impression qu'il oubliait qu'elles existaient.

— Salut, toi ! lança-t-il à Zita en la sortant de son porte-bébé, ce qui la fit rire.

Il faisait craquer les filles de tout âge, apparemment...

— Où êtes-vous allées ? demanda-t-il.

Cela la surprit. Elle n'avait pas l'habitude qu'on lui pose cette question. Dev ne la posait jamais, et elle ne put s'empêcher de se demander si c'était parce qu'il s'en moquait.

Dante ne veut le savoir que parce que c'est un bon tuteur, lui rappela sa raison.

— On a fait du shopping, pour commencer, répondit-elle en lui montrant le grand sac en cuir qu'elle venait d'acheter. Le rose était un peu tape-à-l'œil.

— J'en conviens, dit-il avec un sourire.

— Après ça, on est allées chez mon père pour un échange de voitures.

Il cligna des yeux.

— Quoi ?

— Ma voiture n'était pas pratique.

Elle l'entraîna jusqu'à la fenêtre et lui montra le minivan qu'elle avait garé devant l'immeuble.

— Il est à vous ?

— C'est un véhicule familial. Nous pouvons tous l'utiliser quand nous avons besoin d'espace.

— Oh !

Quand ils eurent déposé les filles dans le parc, Dante disparut un instant et revint avec une clé.

— Prenez le garage, dit-il. Il commence à faire froid.

— Mais… Et vous ?

— Flash et moi avons le cuir épais, répondit-il avec un sourire qui fit battre son cœur plus vite.

Le chien avait levé la tête en entendant son nom.

— Désolé, mon ami, ajouta Dante. Je préchaufferai la voiture pour toi. C'est le mieux que je puisse faire.

Gemma éclata de rire. Lui laisser le garage, préchauffer la voiture pour le chien… Oui, Dante Mancuso était un homme adorable.

— Merci, fit-elle.

— Échangeons les places maintenant, suggéra-t-il.

Elle jeta un coup d'œil inquiet aux filles.

— Êtes-vous sûr qu'on peut les laisser seules, même si ce n'est que pour quelques minutes ?

Dante se figea, puis soupira.

— Mince.

— Quoi ?

Il secoua la tête.

— Non, on ne peut pas. J'ai entendu trop de parents désemparés me dire : « Je ne me suis absenté qu'une minute… »

Elle s'interdit d'imaginer dans quelles circonstances il avait entendu ces mots.

— Je commence seulement à prendre conscience de l'énormité de votre responsabilité, avoua-t-elle.

— Vous n'êtes pas la seule.

Il inspira profondément avant de revenir au problème du moment.

— Pour les voitures... Je sors la mienne du garage et je reviens. Vous déplacerez la vôtre ensuite.

Flash s'étira, puis disparut dans la cuisine.

— Il est bien dommage que vous ne puissiez pas lui faire porter les filles – au moins une des deux, remarqua-t-elle.

Dante haussa un sourcil.

— Je parie que c'est possible.

— Quoi ? Je plaisantais.

— Pas moi. Il porte ses provisions, quand on fait de la randonnée. Ça ne doit pas peser moins lourd.

— Mais elles s'agitent et font du bruit...

— Il est assez imperturbable.

Sa manière de parler de Flash comme s'il était humain la fit sourire. Elle devait admettre que le chien s'y prêtait.

Ils échangèrent leurs places de parking assez rapidement. Pendant toute la manœuvre, Flash resta couché près du parc.

— Vous n'avez pas l'impression que sa présence les apaise ? demanda-t-elle quand elle revint du garage.

— Oui, répondit Dante. Et je m'en réjouis. Toute aide est la bienvenue.

— Ça saute aux yeux ! le taquina-t-elle.

— Vous ne ressemblez pas du tout à ce que j'imaginais, marmonna-t-il en secouant la tête.

— Ce n'est pas grave. Vous non plus.

Ils se dévisagèrent un long moment. Son cœur battait trop vite et elle avait envie de s'approcher de lui. Elle le vit bouger légèrement, comme s'il en avait envie aussi.

Le téléphone de Dante sonna alors, ce qui aurait dû la réjouir. Elle n'était pas censée ressentir… cela pour un autre homme que Dev.

Alors qu'elle aurait dû être soulagée, elle n'était pas sûre que ce soit le cas.

15

— Mancuso.

Il fut surpris de répondre d'une voix posée. Il ne comprenait pas ce qui venait de se produire, mais c'était… intense.

— Dr Maria Sprague, de la morgue, annonça son interlocutrice.

Merde ! Il se serait mieux préparé s'il avait pensé à regarder son écran… Mais il savait de quoi il s'agissait. Il grimaça.

— Je vous écoute.

— J'ai les résultats des autopsies de M. et Mme Mancuso, dit-elle d'une voix douce. Je vous les ai envoyés par mail, mais j'ai pensé que vous voudriez savoir tout de suite que c'est l'accident qui les a tués.

Il avait regardé la vidéo suffisamment de fois pour en être certain.

— Avez-vous trouvé autre chose ?

— Pas vraiment. Ils avaient tous les deux un faible taux d'alcool dans le sang, sans doute un verre de vin une heure plus tôt. Je suis désolée, mais il semblerait que ce ne soit qu'un tragique accident.

Si on oublie que le conducteur qui les a percutés venait de me tirer dessus, songea-t-il.

— Merci, docteur.

— Vous pourrez remettre leurs dépouilles à un service funéraire quand vous voudrez.

— Merci, répéta-t-il.

Après avoir raccroché, il resta immobile, le regard dans le vide.

— Ça va ? s'inquiéta Gemma.

Sa voix le fit tressaillir.

— Quoi ?

— De mauvaises nouvelles ?

— Quoi ? fit-il encore avant de se secouer. Non, pas vraiment. Rien d'inattendu.

Il lut de la compassion dans son regard et poussa un profond soupir.

— Des funérailles. Il faut que j'organise des funérailles.

— Je suis désolée, murmura-t-elle en posant la main sur son bras.

— Je ne sais même pas par où commencer...

Elle prit un air songeur. Il s'était aperçu que cela lui arrivait souvent. Gemma Colton était peut-être une belle héritière qui n'avait à se soucier de rien, mais elle était tout sauf stupide.

— Que faites-vous, à la brigade, s'il... arrive quelque chose à l'un d'entre vous ? demanda-t-elle.

— Je n'en sais rien.

— Ça pourrait vous fournir une piste.

Il la fixa quelques instants.

— Je... Merci. C'est une bonne idée.

Elle hésita un moment avant d'ajouter :

— Je suis assez douée pour organiser des événements.

Bien sûr, puisqu'elle organisait des galas de charité...

— Si vous me fournissez les contacts, je peux me charger de téléphoner, proposa-t-elle. Je pense que ce sera plus facile pour moi. Je n'ai jamais organisé de funérailles, mais je suppose que les principes sont les mêmes : Contacter des professionnels, trouver un lieu, faire circuler l'information...

Il continua à la fixer comme un idiot.

— Je peux faire ça pendant que les filles dorment ou quand vous jouez avec elles..., poursuivit-elle.

Comme il ne disait toujours rien, elle haussa les épaules.

— Ce n'était qu'une idée.

Il la retint par le bras alors qu'elle se détournait de lui.

— Je... Vous feriez ça ?

— Bien sûr. Vous n'avez qu'à me dire ce que vous voulez.

Ce que je veux...

Les pensées qui lui vinrent furent tout à fait inappropriées. Il lui fallut un long moment pour s'apercevoir qu'il tenait toujours son bras.

Et qu'elle n'avait rien fait pour qu'il la lâche.

Il le fit brusquement et baissa les yeux.

— Ce que je voudrais, c'est que rien de tout ça ne se soit passé, grommela-t-il.

— Bien sûr. Ce serait le cas de n'importe qui. Mais ça s'est produit.

Sa franchise l'aida à se ressaisir.

— Dev Harrington a beaucoup de chance, dit-il d'une voix un peu rauque. Et c'est un imbécile, s'il vous laisse lui échapper.

Elle rougit, sourit et reprit un air songeur qui l'incita à se demander à quoi elle pensait.

C'est de tes propres pensées que tu devrais te soucier, se rappela-t-il à l'ordre.

Comment son patron pouvait-il avoir autant d'effet sur elle ? Et sa remarque faisait écho à des pensées qu'elle avait eues. Elle avait songé à sortir avec quelqu'un d'autre pour donner un électrochoc à Dev, mais y avait renoncé car elle ne voulait pas le mettre en colère.

N'est-ce pas plutôt parce que tu n'es pas sûre de réussir à le rendre jaloux ? lui souffla une petite voix.

Elle s'empressa de la faire taire. Dev avait été parfaitement clair sur la raison de leur rupture, et il la lui avait expliquée gentiment. Il l'aimait et n'avait rompu qu'à cause des exigences de son père. Leur vie reprendrait son cours dès qu'elle lui aurait prouvé qu'il se trompait.

Dante commença par appeler Lorelei Wong, qui lui fournit une liste des professionnels que la brigade contactait quand il y avait un enterrement. Gemma se souvenait très bien de la femme qui l'avait laissée entrer dans les locaux de la brigade canine avec un regard amusé deux jours plus tôt.

Deux jours... Avec tout ce qui s'était passé, il lui semblait connaître Dante Mancuso depuis bien plus longtemps. Il n'était pas le seul dont la vie avait été bouleversée.

Elle secoua la tête et se concentra sur la liste. Des pompes funèbres, des cimetières, des fleuristes... et les numéros de tous les commissariats des environs.

C'était logique, mais cela la fit frissonner et lui rappela que Dante risquait sa vie tous les jours.

Elle chassa cette pensée perturbante. Elle était douée pour les listes. Réconfortée par cette certitude, elle décida d'en faire une des questions qu'elle devait poser à Dante avant l'enterrement. Cela lui faciliterait sans doute les choses si elle les mettait par écrit. Faire-part de décès... Inhumation ou crémation... Ensemble ou séparément... Il existait peut-être un testament qui fournissait des précisions.

C'était sans doute inévitable mais, quand elle eut terminé sa liste, des images de Dante gisant dans son sang la hantaient. Comment pouvait-on supporter de risquer sa vie tous les jours ? Comment pouvait-on supporter de partager la vie d'un homme qui le faisait ?

Elle posa son stylo et se frotta les bras en regrettant presque que les jumelles ne se réveillent pas. Cela lui aurait changé les idées.

Il fallait vraiment être idiote pour tomber amoureuse d'un policier !

16

Dante fut surpris, non par les questions, mais par le fait que Gemma avait choisi cette méthode et par l'ampleur de son soulagement.

Juliette avait dit vrai : Gemma Colton n'était pas superficielle.

Il ne se souvint de la grosse enveloppe qu'il avait reçue le matin que lorsqu'il arriva à la question concernant le testament. En voyant le tampon de l'avocat, il s'était contenté de la fourrer dans un tiroir.

Il alla la chercher sans un bruit pour ne pas réveiller les jumelles et s'installa dans son fauteuil habituel près de la cheminée. Comme il avait l'habitude de lire du jargon juridique, il parcourut rapidement le document.

C'était un testament commun au couple, ce qui ne l'étonna pas, puisque Agostina n'avait jamais aimé...

— Dante ?

Gemma lui tendait un verre de whisky. Il ne l'avait pas entendue approcher, ce qui prouvait à quel point tout cela le perturbait.

— Je pense que ça mérite un verre, dit-elle.

Elle avait raison, songea-t-il en prenant le verre. Peut-être même plusieurs.

— Merci.

Elle esquissa un petit sourire et s'assit en face de lui.

— Vous avez eu l'air surpris deux ou trois fois pendant que vous lisiez, lui fit-elle remarquer.

Il soupira.

— Je suis surpris que ce testament existe, pour commencer, mais je ne devrais peut-être pas. Mon frère ne menait pas une vie normale.

— Et il venait d'avoir des enfants, lui rappela-t-elle, ce qui lui fit brusquement prendre conscience du fait qu'il devrait prendre des dispositions légales, en plus du reste.

Parce qu'il était policier, il avait autant de raisons que son frère de se soucier de ce qu'il adviendrait des jumelles s'il mourait.

Il avait rédigé un premier testament dans lequel il léguait le peu qu'il possédait à la brigade. Il n'était pas question qu'il laisse quoi que ce soit à son frère.

Pourtant, celui-ci lui avait légué ce qu'il avait de plus précieux.

— Je ne comprends pas, murmura-t-il.

— Toutes les familles ont leurs défauts.

— J'aurais pu me passer de ceux de mon frère, mais j'imagine qu'il disait la même chose de moi.

— Et votre défaut est de respecter la loi ?

— Oui, répondit-il, les yeux sur le document. Et ça me surprend qu'il soit propriétaire de la maison. Tout à fait.

— Vous voulez dire qu'il avait fini de la payer ? demanda-t-elle en haussant un sourcil. Même mon père ne fait jamais ça.

Sa formulation l'incita à se demander combien de propriétés avait Fenwick Colton. Sans doute un chalet à la montagne, un appartement à New York, une villa sous les tropiques... Et Dieu seul sait quoi d'autre.

— Oui, dit-il. Il était peut-être meilleur escroc que je le croyais.

— Vous dites ça si facilement...

— J'ai eu le temps de me faire à l'idée.

— Parce que c'est l'affaire familiale.

— Oui. Vous n'êtes pas non plus entrée dans l'affaire familiale, remarqua-t-il parce qu'il en avait assez de parler de lui.

— Moi ? Pas question ! Le monde des affaires me rendrait folle.

— Votre père le voulait-il ? demanda-t-il en se rendant compte qu'elle avait très peu parlé d'elle, ce qu'il n'aurait pas imaginé.

— Il a déjà Layla, qui se damnerait pour l'entreprise. Il a essayé de pousser mes deux autres sœurs sur cette voie, mais elles ont résisté. Bea a sa boutique, et vous avez Patience.

Il acquiesça.

— Et nous avons de la chance de l'avoir. C'est une excellente vétérinaire. Mais je vous demandais ce qui s'était passé pour vous…

Elle haussa les épaules.

— J'ai eu de la chance. Il n'a pas été très insistant avec moi. Il avait peut-être compris que je ne serais pas très douée.

Bien qu'il en doutât, il répondit :

— Il est plus facile d'être doué pour quelque chose qu'on aime.

— Vous aimez être policier ?

Il hocha la tête.

— J'ai toujours voulu entrer dans la police.

— Par rejet du mode de vie de votre famille ?

— Sans doute.

Comment s'étaient-ils retrouvés à avoir cette discussion ? Gemma Colton le surprenait de bien des manières.

Pour commencer, l'effet qu'elle lui faisait le déroutait profondément.

Elle se tut pendant quelques instants, puis reprit :

— Avez-vous trouvé quelque chose d'utile ?

— Oui. Dom a laissé des instructions.

Son frère avait aussi légué aux filles une très grosse somme d'argent qui ne pouvait pas avoir été acquise légalement. Il remit le problème moral que cela lui posait à plus tard.

— Il a même choisi un cimetière, ajouta-t-il.

— Ça facilite les choses.

Subitement, il se demanda si elle l'avait entraîné dans une conversation pour le tirer de ses ruminations morbides. Il l'en croyait tout à fait capable, à présent.

— Merci, murmura-t-il.

— Ça ne m'a pas demandé beaucoup de travail.

— Je ne parlais pas de ça, même si je vous remercie aussi pour ça. Je parlais de la diversion.

Elle écarquilla les yeux.

— Dev me demande juste de me taire, avoua-t-elle.

Il esquissa un sourire.

— Je vous ai déjà fait part de mon opinion sur votre ex.

De toute évidence décontenancée, elle répondit pourtant d'une voix ferme :

— Ce n'est pas mon ex. Du moins, il ne le sera bientôt plus. Dev…

Des hurlements lui épargnèrent d'avoir à entendre un nouvel éloge de Devlin Harrington.

— Sauvé par les pleurs, grommela-t-il.

Impassible, elle lui prit le testament et se borna à dire :

— Je m'en occupe demain matin.

Quand elle disparut pour calmer les jumelles, il se demanda s'il devait la payer pour ce nouveau travail. Était-elle rémunérée quand elle organisait un gala ? Elle n'en avait sûrement pas besoin, mais c'était un vrai métier…

Il soupira.

Était-il encore capable de penser cinq minutes de suite à autre chose qu'à la fille de Fenwick Colton et petite amie de Devlin Harrington ?

Mais cet homme était vraiment un crétin s'il ne voyait pas la valeur de ce qu'il avait sous le nez.

17

— C'est terminé ?

James Fisk, l'avocat de Dom, posa les bras sur les accoudoirs de son fauteuil.

— Sauf si vous avez des questions, dit-il.

— Tout me paraît réglo, dit Dante avant de pouffer.

— Qu'est-ce qui vous amuse ?

— Juste le fait d'employer le mot « réglo » en parlant de mon frère.

— Je sais que votre relation était… difficile.

Dante éclata franchement de rire.

— C'est le moins qu'on puisse dire ! Vous occupiez-vous aussi de ses problèmes avec la loi ?

— Je ne suis pas spécialisé en droit pénal, répondit Fisk, parfaitement impassible.

— Alors vous ne comprenez peut-être pas…

— Je comprends, le coupa l'avocat. Et je sais que votre frère vous admirait beaucoup malgré vos différends.

— Quoi ? fit Dante sans chercher à cacher son étonnement.

— C'était évident. Un jour, il a dit en plaisantant qu'il ne savait pas d'où vous teniez votre intégrité.

Quelques minutes plus tard, Dante regagna sa voiture, puis se rendit au centre d'entraînement sans parvenir à croire ce qu'il avait entendu chez l'avocat.

Dom l'admirait ? Dom, qui n'avait jamais cessé de lui

reprocher d'être entré dans la police ? Ça semblait impossible, mais il ne voyait pas pour quelle raison cet avocat lui aurait menti.

Quand il faillit manquer la rue, il se força à revenir à la réalité. Avec dans le regard un air réprobateur comme cela lui arrivait chaque fois qu'il le laissait seul, Flash le rejoignit dès qu'il siffla.

Dante repéra la dresseuse, Danica Gage, et lui fit un grand signe pour la prévenir qu'il reprenait Flash. Elle hocha la tête. Un chien qui venait d'être dressé et un chiot avaient été volés deux semaines plus tôt, sans doute par les Larson, et plus personne ne déplaçait un chien sans l'en avertir.

Remonté en voiture, il hésita. La force de l'habitude le poussait vers les locaux de la brigade, mais il n'était pas censé s'y trouver.

Il sentit la colère le gagner, ce qui lui arrivait fréquemment depuis l'accident de Dom. Sa vie ne lui appartenait plus, ils avaient une taupe, et son enquête sur les Larson était au point mort.

Furieux de se sentir impuissant, il abattit son poing sur le volant. Sans l'aide de Gemma...

Gemma.

Quand il s'était réveillé, des indices prouvaient qu'elle s'était levée au moins une fois pendant la nuit pour s'occuper des filles. Comme il n'avait rien entendu, il l'avait interrogée quand elle était venue pour se servir un café. Elle lui avait expliqué qu'un pressentiment l'avait réveillée et qu'elle était arrivée juste à temps pour changer Zita.

— Vous progressez vite, l'avait-il complimentée.

Elle avait souri comme s'il venait de lui remettre une médaille.

Une médaille qu'elle pourra montrer à ce bon vieux Dev Harrington pour lui prouver sa valeur ?

Cette idée le fit grimacer. Elle méritait mieux que quelqu'un qui la laissait tomber.

Il démarra et prit la direction de son appartement ; il avait un faire-part de décès à écrire.

Assise par terre, Gemma essayait de contrôler le niveau sonore des jumelles qui jouaient dans leur parc parce que Dante rédigeait le faire-part dans la cuisine. Il était censé le faire, du moins. Elle ne l'avait pas vu écrire un mot.

Elle fit danser le lapin en peluche devant les filles, qui gloussèrent de joie.

Dante entra dans la pièce à cet instant. Il inspira profondément, puis se massa la nuque.

— Ça ne se passe pas bien ? demanda-t-elle.

— Ça ne se passe pas du tout. Je ne sais pas quoi écrire.

Elle donna le lapin aux filles et se leva.

— Le strict minimum, dans ce cas, répondit-elle. J'en ai lu quelques-uns ce matin.

Il haussa un sourcil.

— Vous avez lu des faire-part de décès ?

— Pour me faire une idée. Beaucoup ne mentionnent que le nom, les dates de naissance et de décès, et les informations sur la cérémonie.

Il grimaça.

— C'est mieux que : « Dominic Mancuso, escroc à temps plein, de même que sa femme. »

— Ceux que ça intéresse doivent être déjà au courant, ne croyez-vous pas ?

Il la dévisagea un long moment avant de demander :

— Comment se fait-il que Dev Harrington ne vous appelle pas au secours à tout bout de champ ?

Le cœur de Gemma manqua un battement. Elle avait reçu beaucoup de compliments dans sa vie mais aucun, jusqu'ici, ne lui avait coupé le souffle.

Elle se réjouit de voir Dante retourner se mettre à écrire, parce qu'elle ne se sentait plus maîtresse d'elle-même. Il lui tendit la feuille deux minutes plus tard et le cœur de Gemma manqua un nouveau battement car leurs doigts s'effleurèrent. Elle ajouta les informations sur la cérémonie et reposa le stylo sans oser le regarder.

— C'est terminé ? demanda-t-il.

Elle acquiesça.

— J'ai choisi la petite chapelle. J'espère que ça vous convient. Vous devrez signer quelques papiers, mais tout est arrangé pour dimanche à 10 heures.

— Gemma, je…

Un aboiement de Flash leur fit tourner la tête. Les filles s'agitaient, et le lapin en peluche avait atterri sur la tête du chien.

— Si elles savent déjà lancer des objets, on est cuits ! s'exclama Gemma en feignant l'horreur.

Quand il éclata de rire, elle eut un aperçu de l'homme qu'il était avant que le poids du monde lui tombe sur les épaules.

— Comment est-il possible que vous soyez encore célibataire ? reprit-elle sans réfléchir.

— Je pourrais vous poser la même question, dit-il.

— C'est simple. Il m'a fallu un long moment pour trouver quelqu'un que je ne suspectais pas d'être vénal.

Dev ne l'était pas. Il n'avait pas besoin de son argent.

L'expression de Dante lui fit craindre qu'il exprime son opinion sur Dev une fois de plus, mais il haussa les épaules et répondit :

— Il est difficile de trouver une femme prête à épouser un flic. Et ça m'étonnerait que le fait d'avoir deux enfants à charge me facilite les choses.

— Mais elles sont adorables !

— Elles demandent deux fois plus de travail qu'un seul enfant.

— Mais elles se divertissent l'une l'autre, aussi. Elles sont si drôles quand je les place devant le miroir de la chambre... Il faut que vous voyiez ça !

Le regard de Dante devint d'une intensité insoutenable. Elle se raccrocha à la première chose qui lui vint à l'esprit.

— Y a-t-il des gens que vous devez appeler ? demanda-t-elle. Voulez-vous que je m'en charge ?

Il changea brusquement d'expression.

— Non. Je n'ai aucune envie d'appeler ceux de ses amis que je connais.

Elle réfléchit quelques instants avant de demander :

— Est-ce que ça risque de vous attirer des ennuis ?

— Nos supérieurs n'apprécient pas qu'on fréquente des criminels.

— Je n'appelle pas ça fréquenter...

Il soupira.

— J'espère que vous avez raison. Le faire-part paraîtra demain. Il faudra que ça suffise.

— Très bien, dit-elle avant de jeter un coup d'œil aux filles, à qui Flash avait rendu le lapin. Et elles ?

— Comment ça, elles ?

— Elles ne sont que des bébés, mais ce sont les funérailles de leurs parents.

Il écarquilla les yeux.

— Vous suggérez... qu'on les emmène ?

— Je sais qu'elles ne se souviendront de rien, mais... ne risquent-elles pas de vous poser des questions quand elles seront plus grandes ?

— Si je vis assez longtemps, il viendra un jour où elles me détesteront pour quelque chose. Peut-être pour beaucoup de choses. Je pense que ces funérailles seront la dernière d'entre elles.

Son amertume permit à Gemma de mesurer l'ampleur

de ses appréhensions. Il était habitué à risquer sa vie, mais le fait d'être responsable de ces deux petits êtres le terrifiait.

— Vous les sous-estimez sans doute, répondit-elle. Et je peux vous assurer que vous vous sous-estimez.

Le sourire qu'il lui adressa lui donna l'impression d'être exactement là où elle devait se trouver.

18

Les jumelles regardaient ce qui se passait autour d'elles avec grand intérêt, et Gemma était contente. C'était une matinée splendide. Elle avait bien fait de sortir, d'autant plus que quelque chose contrariait visiblement Dante.

Il lui restait encore quelques coups de téléphone à passer pour les funérailles, mais elle pouvait le faire dans l'après-midi. Elle avait donc décidé d'offrir un peu de solitude à Dante. Ce n'était pas parce qu'il travaillait chez lui qu'il ne travaillait pas, et il lui fallait du calme. C'était l'une des raisons pour lesquelles il l'avait embauchée.

Elle avait installé les filles dans la poussette avec l'intention d'aller au parc tout proche. Elle avait même proposé d'emmener Flash, mais Dante avait refusé.

— Je ne voudrais pas que vous ayez à choisir entre le contrôler et contrôler les filles, avait-il dit.

Elle commençait à comprendre que les chiens de Saint-Hubert avaient un caractère bien à eux. Dante lui avait expliqué qu'ils étaient têtus, même s'ils paraissaient bien éduqués et obéissants.

L'une des filles poussa un cri joyeux en regardant les enfants qui jouaient autour d'une structure en cèdre qui supportait des toboggans et des balançoires. Elle avait récolté des fonds pour la construction de cette aire de jeux. Pourquoi n'était-elle jamais venue voir des enfants s'y amuser ?

Elle obliqua vers les toboggans avec émerveillement. Elle s'était mise à organiser des galas de charité parce qu'elle s'était découvert un don pour cela, et parce qu'elle appréciait de se sentir utile. Mais son plaisir s'était toujours limité à la réalisation de ses objectifs.

Jamais elle n'aurait imaginé que voir le résultat de ses efforts serait aussi satisfaisant.

Alors qu'elle s'approchait de la structure, elle se souvint que des membres de la brigade canine s'étaient portés volontaires pour la construire. Dante en faisait-il partie ?

« C'est lui que les gens vont trouver quand ils ont besoin d'un service », lui avait dit Juliette.

Oui, il était tout à fait possible que Dante soit venu là avec une scie et un marteau.

Comme les filles semblaient intéressées par les enfants qui jouaient, elle s'assit sur un banc. Sans trop savoir pourquoi, elle avait le sourire aux lèvres.

Les coudes posés sur le dossier du banc, elle pencha la tête en arrière et, les yeux fermés, laissa le soleil lui caresser le visage. L'hiver serait bientôt là et…

Elle rouvrit brusquement les yeux. L'hiver.

D'ici à deux mois, une journée avec une température positive serait considérée comme douce.

D'habitude, elle passait cette période de l'année sous des cieux plus cléments.

Quand elle avait proposé son aide à Dante, elle n'y avait pas pensé. Elle s'était même plus ou moins engagée à rester six mois sans vraiment le faire exprès…

Le cri joyeux d'une petite fille l'arracha à ses pensées. Elle la regarda se balancer en se demandant à quel âge les jumelles en seraient capables. Elle sourit en songeant à ce qui l'attendait. La vie serait encore plus chaotique dès que les filles auraient acquis de la mobilité.

Une femme aux cheveux noirs et courts qui se trouvait de

l'autre côté de l'aire de jeux attira son attention. Elle avait un porte-bébé et regardait aussi les enfants qui jouaient.

A-t-elle les mêmes pensées que moi ? se demanda-t-elle. *Elle peut s'estimer chanceuse, elle n'en a qu'un à gérer...*

Elle esquissa un sourire et détourna les yeux, mais un détail la frappa deux secondes plus tard.

Les lunettes ! Elle avait acheté exactement les mêmes pour un Noël désastreux qui avait réuni tous les membres de la famille Colton. Ils avaient organisé un échange de cadeaux à l'aveugle.

Ces lunettes étaient françaises et facilement reconnaissables. Elle les avait achetées à New York, et elle doutait qu'il y en ait une deuxième paire dans le coin.

Et c'était Demi Colton qui les avait reçues en cadeau.

Elle scruta les traits de la femme et essaya de l'imaginer avec de longs cheveux roux. Puisque Demi était en fuite, elle avait une bonne raison de se couper et de se teindre les cheveux.

Sa raison finit par admettre ce que son instinct savait depuis le début. Elle se trouvait à moins de cinquante mètres de la femme que tous les policiers de la région recherchaient.

Demi.

Elle se leva. Son mouvement attira l'attention de Demi, qui la reconnut immédiatement, car elle s'enfuit en courant.

— Attends ! lança-t-elle, même si Demi était déjà trop loin pour l'entendre. Attends...

Elle se résigna et ajouta dans un murmure :

— Je ne te crois pas coupable.

Demi avait des sautes d'humeur, certes, mais n'était pas une tueuse. Gemma en était profondément convaincue.

Et elle avait un bébé, maintenant... Gemma n'osait imaginer à quel point il devait être compliqué de s'occuper d'un nourrisson quand on était en fuite.

Elle se rassit et regarda les autres mères. Aucune ne semblait s'être aperçue qu'elle venait de croiser celle que tout le monde prenait pour la Tueuse de Fiancés.

Une femme qui tenait un petit garçon par la main s'arrêta en passant pour regarder les filles.

— Qu'elles sont jolies ! s'exclama-t-elle. Quel âge ont-elles ?

— Six mois.

— Elles sont adorables...

— C'est que des filles, grommela le garçonnet.

Sa mère esquissa un sourire.

— Tu as du mal à croire qu'elles te plairont un jour, n'est-ce pas ? le taquina-t-elle.

La grimace du gamin fit pouffer Gemma, mais la distraction ne dura qu'un instant.

Elle aurait couru après sa cousine si elle avait été seule, songea-t-elle quand la femme et l'enfant s'éloignèrent. Mais elle devait rester auprès des jumelles.

Que faire ? Elle venait de voir une fugitive qui était aussi un membre de sa famille.

Dev a offert une récompense de cent mille dollars pour sa capture, ne l'oublie pas.

Comme cela la perturbait, elle essaya de l'oublier.

Elle devait appeler la police. C'était la chose à faire.

Mais elle était sûre de l'innocence de Demi. Neanmoins, comme tout le monde la croyait coupable, celle-ci se retrouverait en prison, peut-être pour toujours.

Le bébé... Comment pourrait-elle dénoncer sa cousine alors qu'elle avait un bébé ?

Comment pourrait-elle ne pas la dénoncer ?

Un frisson la parcourut.

— Que dois-je faire ? murmura-t-elle en regardant les jumelles.

Zita répondit :

— Ba ba ba.

Gemma sortit son téléphone et le fixa un long moment,

déchirée. Elle composa deux fois le numéro de la police sans lancer l'appel.

Peut-être devrait-elle appeler Finn... Lui aussi appartenait à la famille, après tout. Mais elle trouvait le chef de la brigade canine intimidant.

Brayden ! Puisqu'il était le demi-frère de Demi, il devait être plus ouvert d'esprit que les autres.

Elle appela la brigade et demanda à lui parler sans expliquer pourquoi. Le standardiste transmit l'appel, mais elle tomba sur le répondeur et raccrocha.

Que faire ? Les minutes s'écoulaient, Demi s'éloignait... Elle devait le dire à quelqu'un, mais à quelqu'un qui laisserait une chance à Demi...

— Pa pa pa, intervint Zita.

— Merci, Zita, dit Gemma. Mais...

Dante !

Si quelqu'un pouvait comprendre son dilemme, c'était lui.

Elle composa son numéro en se sentant stupide de ne pas y avoir pensé tout de suite.

— Il y a combien de temps ? répéta Dante.

Il avait bien conscience de la dureté de son ton, mais il n'arrivait pas à croire que Gemma ait attendu vingt minutes avant de l'appeler. Comme il lui avait fallu dix minutes pour la rejoindre, Demi avait une demi-heure d'avance sur eux.

— C'était juste après 10 heures et demie, répondit-elle.

— Merde ! s'exclama-t-il. Elle doit être loin, maintenant. Surtout si elle a une voiture.

— Je sais, mais elle a un bébé et... je suis sûre qu'elle n'a tué personne.

Comme elle avait les larmes aux yeux, il tâcha de se calmer.

— C'est à un juge d'en décider, lui rappela-t-il.

— Non ! La vérité, c'est la vérité. Et il arrive que les juges se trompent, vous le savez.

Il s'interdit de répondre parce que les jumelles semblaient sur le point de se mettre à hurler.

— J'ai essayé d'appeler Brayden, mais je suis tombée sur son répondeur, poursuivit-elle.

C'est déjà ça, songea-t-il. *Elle a essayé quelque chose.*

— Et vous êtes sûre que c'était elle ?

Elle acquiesça et lui raconta une histoire de lunettes assez convaincante.

— Très bien, grommela-t-il. Flash peut la retrouver si elle est à pied.

À condition qu'il identifie son odeur, ce qui ne sera pas facile sans objet à lui présenter.

— Vous allez le lancer à ses trousses ? demanda-t-elle, horrifiée.

— Ce n'est pas un chien d'attaque, lui rappela-t-il.

— Mais...

— Montrez-moi où elle était, la coupa-t-il.

— Là-bas, de l'autre côté des toboggans.

— A-t-elle touché quelque chose ?

Gemma cligna des yeux.

— Quoi ?

— A-t-elle touché quelque chose ? répéta-t-il. Une balançoire, un banc...

— Je ne crois pas. Elle était debout. Elle regardait les enfants jouer, et elle s'est enfuie quand elle m'a reconnue.

— De quel côté ?

— Vers le parking.

— L'avez-vous vue monter dans une voiture ?

— Non. Je l'ai juste perdue de vue.

Elle paraissait désemparée. Il s'en voulut de la bombarder de questions, mais ils avaient déjà perdu tellement de temps...

— Avez-vous entendu une voiture démarrer peu après ?

— Oui... J'ai entendu une voiture démarrer. Et j'ai entendu le car.

Ce fut son tour de cligner des yeux.

— Le car ?

— Avec tous les enfants. Ce devait être une sortie scolaire, pour qu'il y en ait autant.

— Combien ? demanda-t-il en perdant espoir.

— Plus d'une vingtaine.

Les odeurs d'une vingtaine d'enfants recouvraient celle de Demi, et il n'avait rien à présenter à Flash.

— Qu'y a-t-il ? s'inquiéta-t-elle. Vous faites une drôle de tête.

— Vingt enfants, grommela-t-il.

— Vous voulez dire que Flash ne peut pas savoir quelle odeur suivre ?

— Si seulement elle avait touché quelque chose... Flash est très doué, mais il ne peut pas travailler à partir de rien.

— Mais elle se tenait juste là...

— Comme des tas d'autres gens.

Il entendit une sirène approcher, puis vit la cavalerie apparaître au coin de la rue. Il réfléchit à ce qu'il allait dire à ses collègues. Même si ce n'était pas sa faute si Gemma avait attendu vingt minutes avant de l'appeler, il se sentait curieusement responsable.

Ses collègues n'allaient pas manquer de lui demander pourquoi elle avait attendu. Avant tout, il devait les convaincre que le fait qu'elle soit la cousine d'une fugitive ne faisait pas d'elle une criminelle.

Heureusement, c'était un domaine dans lequel il avait de l'expérience.

19

Il lui fallut presque deux heures pour les sortir de là. Gemma fut interrogée, il dut expliquer pourquoi Flash ne servait à rien, et ils durent supporter des sous-entendus grivois.

— Je n'ai besoin d'une nounou que parce que mon frère est mort, lança-t-il à Collins, qui avait fait la plaisanterie de trop.

Collins prit un air surpris et leva les mains en signe de reddition.

— On s'en va, décréta Dante. Vous avez mon numéro.

Il fonça vers Gemma.

— Je vous l'ai déjà dit trois fois, disait-elle à un sergent quand il la rejoignit.

— Et si vous voulez l'entendre une quatrième fois, appelez-moi plus tard, intervint Dante. Nous devons ramener mes nièces à la maison.

Les filles se mirent à hurler comme pour lui venir en aide. Tout le monde tourna la tête vers eux, certains avec compassion, d'autres avec horreur.

Ils regagnèrent sa voiture, dans laquelle il fit monter Flash. Dante aurait juré que Flash grimaçait. Son apparition dans le champ visuel des filles intéressa assez Zita pour qu'elle arrête de pleurer. Lucia ne persévéra que quelques secondes après le changement d'humeur de sa sœur.

— C'est un vrai magicien, commenta Gemma. S'il pouvait aussi changer les couches…

— Vous en avez déjà assez ? la taquina-t-il.

— Pas vous ? lança-t-elle. Vous en avez changé aussi.

Il apprécia qu'elle le reconnaisse, même si c'était elle qui se chargeait de la plus grosse part de cette besogne. Il n'était pas très doué. Comment les humains avaient-ils pu s'en sortir pendant des siècles avec du tissu et des épingles à nourrice ?

— Merci, dit-il. Comptez-vous démissionner quand je réussirai du premier coup ?

— Si vous réussissez jamais, répliqua-t-elle. Et je ne démissionnerai pas. Vous devrez me virer.

Comme Gemma était venue à pied avec la poussette, elle devait rentrer de la même manière.

— Je vous laisserais bien ma voiture..., commença-t-il.

— Vous voulez rire ? le coupa-t-elle en regardant son gros véhicule de fonction. Et les civils ont-ils le droit de conduire une voiture de police ?

— Sans doute pas, lui accorda-t-il.

— Peut-elle voler ? plaisanta-t-elle.

— Aussi loin que Flash peut postillonner.

Elle semblait partagée entre amusement et nausée. Il éprouva une pointe de fierté. Il avait réussi à lui sortir l'incident du parc de la tête pour un moment.

Cela dura jusqu'au dîner. Alors qu'ils réchauffaient des lasagnes surgelées – Gemma n'avait pas fait une moue dégoûtée, ce qui était une surprise de plus – il dit soudain :

— J'ai compris...

— Quoi ? demanda-t-elle.

— Pourquoi vous ne m'avez pas appelé tout de suite.

— Oh ! fit-elle en baissant les yeux.

— J'ai dû dénoncer mon oncle, un jour.

Elle releva les yeux.

— Pourquoi ?

— Il a commis un vol à main armée sous mes yeux. Une

femme a été blessée. J'avais quinze ans. J'ai dû témoigner contre lui.

— Mon Dieu ! s'exclama-t-elle. Pourquoi a-t-il fait une chose pareille ?

— Je pense que c'était un test de loyauté.

Elle le fixa un long moment avant de demander :

— Vous voulez dire qu'il espérait que vous vous tairiez ?

— Ça se passe comme ça, dans ma famille. Je le savais coupable, et ça a été très dur à faire. Je comprends ce que vous devez ressentir, si vous croyez Demi Colton innocente.

Les yeux de Gemma s'emplirent de larmes. Comme il avait vu assez de filles pleurer pour la journée, il posa la main sur la sienne par réflexe.

Il crut ressentir une décharge électrique, puis elle retourna lentement sa main. Elle semblait aussi stupéfaite que lui.

Mal à l'aise, il écarta doucement sa main, puis se leva pour jeter un coup d'œil aux lasagnes alors qu'il savait pertinemment qu'elles avaient encore besoin de vingt minutes au four.

Il mourait d'envie de se rasseoir et de reprendre sa main, mais il n'osa pas. Au lieu de cela, il serra les poings et enfonça les ongles dans ses paumes pour remplacer une sensation par une autre – pour effacer le plaisir par la douleur.

Ses pensées faillirent le faire grogner.

Il devait être en train de perdre la tête.

Gemma fixait le plafond dans l'obscurité.

Elle ne s'était pas attendue à ce que Dante la comprenne, et son cœur avait manqué un battement quand il le lui avait assuré.

Elle ne s'était pas attendue non plus à ce qu'il la protège de ses collègues, et pourtant il l'avait fait.

Et elle s'était encore moins attendue à ressentir quelque

chose d'aussi violent rien qu'au contact de sa main. Elle leva la sienne en s'étonnant presque qu'elle ne brille pas dans le noir.

Elle resta éveillée un long moment à essayer de retrouver la voie droite, qui lui avait toujours paru si claire. Quand elle s'endormit enfin, son esprit était plus confus que jamais.

20

— Pensez-vous qu'il y aura beaucoup de monde ?

Dante, qui installait Lucia dans la voiture, tourna la tête vers Gemma. Le dimanche des funérailles était arrivé. Le réveil avait été assez tranquille et ils avaient encore appris quelque chose. Lucia aimait les carottes, pas Zita. Comme elles commençaient à peine à consommer de la nourriture solide, la moitié de leurs repas se retrouvait étalée sur leurs vêtements. Ce qui leur avait permis de découvrir que les serviettes humides faisaient crier Lucia, pas Zita.

Il avait finalement décidé d'emmener les filles pour pouvoir leur dire plus tard qu'elles y étaient.

— Tout ce que je peux vous garantir, c'est qu'il y aura un minimum de présence policière, répondit-il.

Cela parut la surprendre.

— Pourquoi ?

— On ne rate pas les funérailles des escrocs, parce qu'on ne sait jamais sur qui on peut tomber.

Elle le fixa un long moment avant de demander :

— Vous... avez vraiment grandi dans cette atmosphère ?

— Oui.

— Est-ce pour ça que vous avez accepté d'emmener les filles ? Parce que vous saviez qu'il y aurait des policiers ?

— Bien sûr. Sans ça, je ne les aurais jamais emmenées dans un repaire de brigands.

Elle fronça les sourcils.

— Et c'est aussi pour ça que vous vouliez qu'on prenne les deux voitures, n'est-ce pas ? Parce que je devrais les ramener seule si vous étiez retenu par votre travail.

Il réussit enfin à attacher la nacelle de Lucia et se tourna vers Gemma. Ceux qui la prenaient pour une héritière écervelée commettaient une grave erreur.

— Quoi ? demanda-t-elle avec méfiance.

— Je me disais juste que vous feriez un excellent agent infiltré.

Elle pouffa.

— Ma couverture est parfaite, non ? Riche, gâtée, stupide et superficielle.

— C'est ça. Vos ennemis ne verraient pas le coup venir.

Elle le regarda comme le jour où il lui avait demandé pourquoi Dev ne l'appelait pas au secours en permanence. La lâcheté lui fit baisser les yeux.

— Dante ?

— Quoi ?

— Arrêtez de vous faire un sang d'encre. Vous êtes déjà un bon père.

Ce compliment lui procura bien plus de plaisir qu'il ne l'aurait imaginé. Comme il ne savait pas comment y répondre, il se mit au volant sans rien dire. Gemma monta dans sa voiture et le suivit.

Alors qu'ils se dirigeaient vers la chapelle, Dante se demanda si Flash repérerait quelqu'un dans la foule. Il ferait sans doute bien de le promener entre les groupes.

Il n'avait parcouru qu'un kilomètre ou deux quand son téléphone sonna.

— Mancuso, répondit-il en mettant l'appel sur haut-parleur.

— Salut, c'est Duke. Je voulais juste te prévenir que Collins et moi serons là tout à l'heure et qu'on prévoit de faire une vidéo.

— Je me doutais que quelqu'un serait forcé de s'y coller. Vous avez tiré à la courte paille ?

— Je me suis porté volontaire, répondit Duke. Je me suis dit que ce serait plus facile pour toi si c'était un ami.

— Merci. J'apprécie ta délicatesse.

— C'est bien normal. Et tu ne nous connais pas.

Les amis de Dominic n'étaient pas des amateurs. Ils savaient bien qu'il y aurait des policiers aux funérailles, mais ils ne connaissaient sans doute pas le visage de tous les membres de la brigade.

— Très bien, répondit Dante.

Après avoir raccroché, il ne put s'empêcher de jeter un coup d'œil à Gemma dans le rétroviseur et soupira. Sa vie aurait été bien assez compliquée sans l'effet perturbant qu'elle avait sur lui. Et il serait fou de laisser ses pensées continuer à s'aventurer sur cette voie... Il s'agissait de la fille de Fenwick Colton !

Ils arrivèrent en avance, comme prévu, pour pouvoir s'occuper calmement des jumelles et de Flash, qu'il laissa dans la voiture avec un bol d'eau.

Il s'empressa d'aller aider Gemma à sortir la double poussette du coffre de sa voiture. En la soulevant, il s'aperçut que Gemma devait être plus musclée qu'elle en avait l'air pour la manipuler seule la plupart du temps. Ils la déplièrent et s'engagèrent sur le chemin dallé menant à la chapelle.

Ils furent accueillis par un homme grand et mince. En l'entendant parler posément et avec douceur, Dante se demanda s'il avait développé cette personnalité à cause de son travail ou s'il était né avec. Quand il le vit jeter un coup d'œil inquiet aux jumelles, il lui assura que le service ne serait pas interrompu par des pleurs. L'homme sourit, serein.

— Je suis à votre disposition, dit-il.

— On voudrait les emmener dans la chapelle, répondit Gemma. Avez-vous déjà placé le portrait ?

L'homme acquiesça.

— Par ici, je vous prie.

— Le portrait ? chuchota Dante.

— C'est l'un des services qu'ils proposent, et j'en ai trouvé un joli dans l'album de photos des filles, expliqua-t-elle.

— Vous pensez vraiment à tout, commenta-t-il après quelques instants de stupeur. Merci.

L'employé des pompes funèbres les laissa seuls dans la petite chapelle. Un grand portrait de Dominic et d'Agostina avait été posé sur un chevalet, au milieu de bouquets de fleurs. Dante ne connaissait pas cette photo, ce qui n'avait rien d'étonnant. Ce qui le surprit, en revanche, ce fut les visages radieux de son frère et de sa belle-sœur qui tenaient deux bébés minuscules.

Gemma et lui se bousculèrent parce qu'ils se penchèrent au même instant pour prendre une fillette dans leurs bras.

— Désolée, dit-elle.

— Je ne vous ai pas fait mal ? s'inquiéta-t-il.

— Non.

Ils pouffèrent pour masquer leur embarras.

Il prit Zita et Gemma Lucia. Il avait du mal à croire que cette journée pourrait laisser la moindre trace dans la mémoire des jumelles, mais ce n'était pas pour ça qu'ils étaient là. Il voulait juste pouvoir leur répondre qu'elles étaient présentes si elles le lui demandaient un jour.

Si je vis jusque-là, songea-t-il amèrement.

La panique revint. Comment pourrait-il mener cette double existence ? Comment faisaient les autres policiers qui avaient des enfants ?

— J'ose à peine imaginer la vie qu'ils réservaient aux petites, murmura Gemma.

Elle avait raison, comme d'habitude. Dominic et sa femme avaient introduit deux créatures innocentes dans un univers de voyous.

— Quand elles sont nées, j'ai espéré un moment que la paternité le changerait, lui confia-t-il.

— Mais ça n'a pas été le cas, répondit-elle d'une voix douce.

— Non. Et je n'ai pas compris pourquoi, dit-il en serrant Zita un peu plus fort.

— C'est pour ça qu'elles sont mieux sous votre garde, remarqua Gemma.

— Si j'arrive à ne pas leur être nuisible, je m'en contenterai.

— Aucun risque !

— J'aimerais en être aussi sûr que vous.

Elle haussa les épaules comme si sa réponse était absurde.

— Vous êtes quelqu'un de bien et vous les aimez. Beaucoup d'enfants n'ont pas ça.

La gorge de Dante se serra. Lui faisait-elle ce compliment parce que son père s'était montré insuffisant dans ces deux domaines ?

— Comment avez-vous fait pour devenir aussi sage ? s'étonna-t-il.

— Compte tenu du père que j'ai, vous voulez dire ? le taquina-t-elle. J'avais un frère, des sœurs, et une nourrice merveilleuse.

— C'est donc elle votre mentor…

— Mme Hicks est une femme extraordinaire. Je l'ai toujours adorée et je la tirerai de sa retraite pour lui confier mes enfants, si j'en ai.

Il fronça les sourcils.

— Si vous en avez ? N'est-ce pas parce que vous projetez d'en avoir que vous travaillez pour moi ?

Elle prit un air surpris, puis rougit.

— Je pense que les filles ont atteint la limite de leur patience, dit-elle, ce qui était vrai. Et des gens commencent à arriver. Je ferais bien de les sortir maintenant et de vous laisser… faire ce que vous avez à faire.

Il aurait aimé retarder encore ce moment, mais les deux fillettes s'agitaient.

Il déposa un baiser sur la joue de Zita, ce qui la fit rire.

— L'histoire de ma vie ! soupira-t-il. Quand j'embrasse une fille, elle se moque de moi.

— Je suis sûre que les grandes filles ne se moquent pas de vous, répliqua Gemma.

Dans une situation différente, il lui aurait demandé si c'était une proposition, mais il s'agissait de Gemma Colton, et il était un Mancuso. Surtout, les filles avaient besoin d'elle. Il valait mieux qu'il ne la fasse pas fuir dès la première semaine.

Cependant, elle pensait qu'il était quelqu'un de bien et que les filles se bousculaient à sa porte…

Il la regarda s'éloigner en maniant prudemment la poussette, et regretta de ne pouvoir l'accompagner. Pas pour passer plus de temps avec elle, bien sûr. Il aurait seulement préféré se promener dans un parc plutôt que de passer une heure à nager au milieu d'un banc de requins… Malheureusement, il n'avait pas le choix.

Il reconnut plusieurs amis de Dominic, mais aucun que la police recherchait activement. Il ne vit non plus personne qu'il suspectait de travailler pour les Larson. Le monde de Dominic et le sien se recoupaient peu - essentiellement parce que Dominic avait l'intelligence de mener ses activités criminelles ailleurs.

La cérémonie fut courte parce que personne n'avait grand-chose à dire, et lui moins que tous les autres. Quand la foule commença à se disperser dans le parc, des regards curieux ou suspicieux le suivirent. Certains vinrent lui présenter leurs condoléances. D'autres, qui connaissaient mieux Dominic, s'étonnèrent de sa présence. Un seul lui demanda s'il était enfin prêt à prendre en main les affaires de la famille. Dante le fusilla du regard.

Tout cela le mit horriblement mal à l'aise. Il avait si souvent regretté que Dominic ne soit pas très loin, absent de sa vie...

Et voilà qu'il était exaucé.

Méfie-toi de ce que tu souhaites...

Un aboiement rauque l'arracha à ses pensées. Quelque chose ennuyait Flash. Il porta son attention sur sa voiture. Personne ne passait à côté, ce qui aurait pu réveiller l'instinct territorial du chien. L'homme qui se tenait le plus près du véhicule ne le regardait même pas. Dante fronça les sourcils. Cet homme lui était vaguement familier, alors qu'il était sûr de ne pas le connaître.

Flash aboya encore, de plus en plus fort. Les gens commencèrent à observer sa voiture avec inquiétude. Dante rencontra le regard de Duke, qui se tenait à la porte de la chapelle. Il haussa discrètement les épaules pour faire comprendre à son ami qu'il ne savait pas ce qui se passait. Duke rentra dans le bâtiment.

L'homme qui lui disait quelque chose jeta un coup d'œil par-dessus son épaule. Il avait un pansement sur la joue et un œil au beurre noir.

Dante le reconnut tout à coup et son cœur s'affola. Bien sûr que Flash l'avait reconnu aussi...

Il avait identifié son odeur le jour de l'accident.

C'était l'homme qui avait tiré dans les fenêtres de l'appartement qu'il fouillait, puis percuté la voiture de Dominic.

C'était l'homme qui avait tué son frère.

21

Il fallut un moment à Gemma pour comprendre ce qu'elle entendait. Un frisson la parcourut comme si ce son réveillait une réaction primitive sur laquelle elle n'avait aucun contrôle. Comme c'était étrange...

Elle regarda les jumelles, qui semblaient hésiter entre le rire et les larmes. Elle s'empressa de rire dans l'espoir de les influencer.

— N'est-ce pas merveilleux ? leur demanda-t-elle. C'est votre ami Flash. Qui se serait douté qu'il pouvait être aussi... impressionnant ?

Zita se mit à sourire et répondit :

— Ah eh oh.

— Exactement, dit Gemma.

Par chance, Lucia trouva la conversation de sa sœur plus intéressante que les aboiements de Flash.

Quand elle releva la tête, Gemma vit l'homme qu'elle avait remarqué un peu plus tôt parce qu'il se tenait à l'écart s'éloigner à grands pas, puis Dante s'approcher de sa voiture. Il avait entendu Flash et...

Non. Il courait. Après l'homme. Elle avait eu tort de le prendre pour l'un de ses collègues, visiblement.

Dante n'avait aucune chance de l'attraper. Il courait vite, mais l'homme avait beaucoup d'avance. Elle le vit s'engouffrer dans une voiture et démarrer.

En voyant Dante dégainer quelque chose, elle écarquilla les yeux, puis comprit un instant plus tard que ce n'était que son téléphone. Il prit des photos de la voiture qui s'éloignait et appela quelqu'un dès qu'il se retourna. Les aboiements de Flash s'espaçaient, mais il n'avait toujours pas l'air content.

— Allons voir votre oncle ! dit-elle joyeusement aux jumelles.

Dante vint à leur rencontre après s'être arrêté près de sa voiture pour calmer Flash.

— Qui était-ce ? lui demanda-t-elle.

Elle le sentit hésiter.

— Il observait les gens qui sortaient de la chapelle, ajouta-t-elle pour expliquer sa curiosité.

Dante se raidit.

— Vous a-t-il vue ?

Elle fronça les sourcils.

— Probablement. Il est resté planté là-bas pendant toute notre promenade. Son œil au beurre noir a attiré mon attention.

— S'est-il approché de vous ? ajouta-t-il d'une voix plus dure.

— Non. Il venait de là-bas, répondit-elle en lui montrant le crématorium.

— Vous a-t-il regardée ? Bizarrement ?

— Non. Il a à peine jeté un coup d'œil sur nous.

— Vous en êtes sûre ?

— Je le sais toujours quand un homme a ça en tête, lui assura-t-elle en ne cachant pas parfaitement son agacement.

— Vous en avez sûrement raté un ou deux, grommela-t-il après l'avoir fixée quelques instants.

— Qu'est-ce que ça veut dire ?

— Rien. Cet homme observait les gens, vous dites ?

Comme le ton de Dante lui tapait sur les nerfs, elle répliqua sèchement :

— Il avait peut-être juste besoin de s'aérer, s'il sortait d'une autre cérémonie.

— Ou il s'est trompé de cérémonie, marmonna-t-il entre ses dents.

— Que se passe-t-il ? Dois-je m'inquiéter ?

— Seulement si vous le revoyez.

Pendant qu'il passait un nouveau coup de téléphone, elle attendit en observant les gens qui s'attardaient. Ils avaient l'air terriblement normaux, pour des criminels... Elle essaya de découvrir les policiers qui se trouvaient parmi eux et ne trouva qu'une personne qui lui parut crédible.

— Allons-nous-en ! dit subitement Dante. J'en ai assez de cet endroit et de ces gens.

C'était bien compréhensible. Sa semaine avait été horrible, et il l'avait traversée avec plus de bonne volonté que beaucoup d'hommes ne l'auraient fait. Que Dev ne l'aurait fait.

Elle essaya d'étouffer cette pensée traîtresse, mais il était trop tard. Elle ne pouvait plus nier l'évidence. Dev aurait mal géré cette situation. Dev gérait mal tout ce qui n'allait pas dans son sens.

« Vous en avez sûrement raté un ou deux. »

Qu'avait voulu dire Dante ? Qu'elle avait tant d'admirateurs – qui, pour la plupart, lorgnaient sur sa fortune ou voulaient se rapprocher de son père — qu'elle ne les voyait pas tous ? C'était sans doute vrai.

À moins qu'il n'ait voulu dire qu'elle ne s'était pas aperçue qu'il était l'un d'eux ?

Elle pouffa. Non, elle n'intéressait pas Dante. En tout cas, elle était bien certaine que ni sa fortune ni son carnet d'adresses ne l'intéressaient. De toute évidence, c'étaient même plutôt des défauts à ses yeux.

Elle ne comprenait pas pourquoi il lui avait paru si important de lui faire perdre ses préjugés la concernant. D'ordinaire, elle ne se souciait pas de ce que les gens pensaient d'elle. Oui, elle avait été surprotégée, mais cela ne la rendait pas indifférente au sort des autres.

Ce que Dante avait dit continua à la perturber parce qu'il était possible que cela signifie qu'elle ne le laissait pas indifférent. Or, c'était inacceptable. Elle aimait Dev, non ?

Alors le doute auquel elle avait tordu le cou des mois plus tôt ressuscita. À un moment, elle avait craint non seulement que Dev ne l'aime pas autant qu'elle l'aimait, mais qu'il en aime une autre.

« Une alliance entre nos familles rendrait nos pères très heureux. »

Elle n'avait jamais oublié ces mots qu'il avait prononcés au début de leur relation. Il les avait vite tournés en dérision, mais elle les avait gardés en mémoire. Elle avait réussi à les reléguer dans un recoin de sa tête parce que le père de Dev était déjà fiancé à sa demi-sœur Layla. Le mariage avait été repoussé à cause des meurtres, mais il finirait bien par avoir lieu. Dev n'avait donc pas besoin de sortir avec elle pour faire plaisir à son père.

Bien sûr, son propre père était tout à fait capable de faire pression sur les gens pour obtenir ce qu'il voulait. Et elle savait qu'il s'inquiétait pour l'entreprise familiale, tout comme Layla. C'était sûrement pour cette raison que celle-ci avait accepté d'épouser Harrington père, dont elle ne pouvait pas être amoureuse. Cette idée mettait Gemma très mal à l'aise, mais personne ne lui parlait jamais de rien.

Elle réprima un soupir. Elle était toujours la petite dernière que l'on ne prenait pas au sérieux. Même Blake avait ri quand elle lui avait dit vouloir travailler pour Dante.

Tout cela occupait ses rêves quand les filles la réveillèrent pour la troisième fois. Elles avaient été agitées toute la soirée, comme si les funérailles les avaient affectées d'une manière qu'ils n'avaient pas anticipée.

Elle se leva en bâillant et se demanda à quel moment il était bon de les laisser pleurer en espérant qu'elles se rendorment.

Elle devait faire des recherches sur le sujet. Au moment où elle sortait de sa chambre, l'intensité des cris diminua et elle entendit autre chose.

De la musique.

C'était une chanson lente et apaisante. Alors qu'elle approchait, elle s'aperçut que les paroles étaient en italien et sourit. Dante n'avait pas entièrement renié son héritage, s'il avait des berceuses italiennes à passer aux filles…

Les filles s'étaient tues. On n'entendait plus que cette belle voix qui chantait en italien. Quand elle poussa la porte du bureau, elle découvrit que ce n'était pas un disque.

C'était Dante.

— Vous savez chanter !

Il haussa les épaules.

— Je ne suis pas sûr qu'on appelle ça chanter, quand on oublie la moitié des paroles.

— Vous savez très bien ce que je veux dire.

Il parut embarrassé. Au moins, cette fois, il avait mis un pantalon de survêtement et un T-shirt avant de sortir de sa chambre.

— J'étais désespéré, et je me suis souvenu que ma grand-mère me chantait ça quand j'étais petit.

— On dirait que cette berceuse marche toujours…

— Oui.

— Vous avez une très belle voix.

— J'ai une voix… décente, la corrigea-t-il.

— Elle est bien mieux que décente. Pourquoi n'avez-vous pas fait carrière dans la musique ?

Elle n'était pas la première à lui poser cette question. Il lui fournit la même réponse qu'aux autres.

— Parce qu'il n'y a pas de carrière que je détesterais davantage.

Cela sembla la surprendre.

— Tous les enfants n'ont-ils pas envie de devenir des stars ?

— Pas moi, fit-il en grimaçant.

— Vous pourriez être le prochain…

— Si vous nommez un chanteur d'opéra italien, je vous enterrerai sous des stéréotypes, la menaça-t-il.

Elle le fixa un moment, puis éclata de rire. Elle était si radieuse qu'il…

Bon sang ! Il avait envie de l'embrasser.

Dev Harrington était un crétin.

— Je suis bien réveillée, maintenant, dit-elle. Vous m'offrez quelque chose à boire ?

— Bien sûr, mais je n'ai pas beaucoup de choix à vous proposer.

— Ne vous en faites pas, je pensais à un chocolat chaud. L'un d'entre nous au moins doit rester parfaitement lucide.

— Vendu ! conclut-il.

Quelques minutes plus tard, ils sirotaient un chocolat chaud dans le salon, où ils n'avaient allumé qu'une lampe. C'était peut-être parce qu'ils se voyaient mal qu'il osa demander :

— Dites-moi… Voulez-vous reconquérir Dev Harrington parce que vous l'aimez ou parce qu'il a blessé votre orgueil ?

— Parce que je l'aime, répondit-elle.

Trop vite. Il avait appris à reconnaître les tons et les attitudes des gens. Elle n'en était pas convaincue, puisqu'elle essayait de s'en persuader.

— Et ça ne vous regarde pas, ajouta-t-elle d'une voix plus sèche.

— Ça me regardera si vous démissionnez et si je dois trouver une nouvelle nourrice.

— Alors c'est peut-être ça que vous auriez dû me demander : si je démissionnerai quand Dev et moi nous nous remettrons ensemble.

— Je sais que vous le ferez si ça se produit.

— Parce que vous me connaissez déjà assez bien pour prévoir mes réactions ? le provoqua-t-elle.

— Parce que j'ai compris, d'après ce que vous m'avez dit, que Dev ne supporterait pas que vous vous occupiez des enfants de quelqu'un d'autre.

Elle jeta un coup d'œil du côté du bureau et fronça les sourcils.

— Il tiendrait à ce que vous portiez le sien le plus vite possible, ajouta-t-il.

Il était surpris que Dev Harrington lui déplaise autant alors qu'il ne le connaissait pas, mais le portrait qu'elle en avait brossé n'était pas flatteur.

— Je pense que j'aurai mon mot à dire dans cette affaire, répondit-elle prudemment.

— Vous faites ça pour lui prouver que vous pouvez être une bonne mère, et vous croyez qu'il ne voudra pas mettre vos talents en pratique immédiatement ?

— Je le ferai patienter, répliqua-t-elle en agitant la main.

Cette attitude le mit mal à l'aise, parce que c'était l'une de celles qu'il lui aurait prêtées avant de passer six jours en sa compagnie.

Six jours seulement ? Il avait l'impression de vivre de cette manière depuis des années.

— Très bien, grommela-t-il. Faites donc ça.

Il se leva et alla laver sa tasse.

Quand il se recoucha, il sut qu'il ne se rendormirait pas vite car sa mémoire lui repassait en boucle le moment où il avait failli embrasser Gemma.

22

Gemma ne s'était jamais sentie aussi fatiguée. Elle y voyait tellement flou quand elle habilla les jumelles qu'elle ne serait pas surprise si elle découvrait un peu plus tard qu'elle leur avait mis quelque chose à l'envers.

Elle aurait pu s'épargner cela si elle avait réussi à se rendormir tout de suite après le dernier réveil nocturne. Malheureusement, la belle voix de Dante, la manière dont il l'avait fait rire et ses remarques sur Dev l'en avaient empêchée.

Bien sûr qu'elle aimait Dev ! Ce n'était pas un problème d'orgueil blessé. Elle avait fait taire son orgueil dès le début, quand il lui avait fallu faire le premier pas. Et cela l'avait… intriguée. Peu d'hommes restaient impassibles quand elle se montrait disponible.

Elle bâilla. Quelques secondes plus tard, elle bâilla encore.

Je jure d'organiser un gala pour les jeunes parents qui ont besoin de vacances, songea-t-elle.

Cela faillit la faire rire, mais elle en perdit toute envie lorsqu'elle découvrit Dante dans la cuisine, accoudé au comptoir près de la cafetière.

En caleçon.

Figée, elle ne put qu'admirer la perfection de sa silhouette. Son imagination se chargea de lui montrer ce que le caleçon cachait.

Elle se surprit à regretter la serviette du premier soir sur laquelle il aurait suffi de tirer pour décharger son imagination de toute responsabilité.

Cette pensée traîtresse la fit tressaillir.

Quand Dante se retourna, elle vit qu'il avait l'air aussi fatigué qu'elle et ne put s'empêcher d'en tirer une certaine satisfaction.

— Bonjour, lui dit-elle au prix d'un grand effort.

— Oui, c'est le matin, répondit-il.

Il remplit une tasse de café et la lui tendit.

— Buvez.

Elle eut un mal fou à s'arracher à la contemplation de son torse pour prendre la tasse.

— Devez-vous travailler, aujourd'hui ? demanda-t-elle.

Il acquiesça.

— Au moins un peu. Je n'ai rien fait de la semaine.

— Ce que personne ne saurait vous reprocher.

Il grimaça. Il se le reprochait lui-même, bien sûr. Elle n'insista pas.

— Les filles sont réveillées et habillées, annonça-t-elle. Comme il fait beau, je pensais les promener dans le parc, peut-être leur faire découvrir le bac à sable… Comme ça, on ne sera pas dans vos pattes pendant que vous travaillez.

Elle eut conscience de parler trop, mais il fallait bien cela pour tenir son imagination en bride.

— Après ça, je pensais…

— Je n'ai pas besoin que vous me fournissiez un itinéraire, la coupa-t-il.

Elle plissa les yeux.

— Je pensais que vous aviez envie de savoir ce que je faisais de vos nièces, répliqua-t-elle.

Il se passa la main dans les cheveux et soupira.

— Ne le prenez pas comme ça. Je voulais juste dire que je vous fais confiance.

Cela lui procura un plaisir intense et inattendu.

— Oh.

— De mon côté, je vais déposer Flash au centre d'entraînement pour qu'il se dégourdisse les pattes, annonça Dante.

Elle tourna la tête vers la cheminée et…

— Il est dans son fauteuil ! s'exclama-t-elle, avec un grand sourire.

Dante lui sourit.

— Oui. On dirait bien qu'il vous a acceptée.

Elle éclata de rire… et se rendit brusquement compte qu'elle ne riait presque jamais avec Dev. Il était si sérieux…

Ces comparaisons entre Dev et Dante qui tournaient toujours en faveur de Dante commençaient à la perturber sérieusement. N'était-elle pas censée trouver seulement des qualités à Dev si elle l'aimait ?

Elle s'approcha du fauteuil et caressa l'une des longues oreilles de Flash, qui pencha la tête pour lui faciliter les choses.

— Oui, il vous accepte, reprit Dante. Vous êtes peut-être née avec une cuillère en argent dans la bouche, Gemma Colton, mais il faut vous accorder que vous ne baissez pas les bras facilement.

Sentant sa gorge se nouer, elle s'agrippa à l'humour comme à une bouée de sauvetage.

— C'était une cuillère en or, répliqua-t-elle.

Il but lentement une gorgée de café, puis lui décocha un sourire irrésistible.

Alors elle ne put s'empêcher de se demander comment il embrassait.

Cette fois, elle tressaillit pour de bon. Que lui arrivait-il ?

Tu te trouves en face d'un homme particulièrement séduisant et presque nu, lui rappela sa raison.

Malgré tous ses efforts, elle ne pouvait plus nier que ce que Dev lui inspirait n'était pas aussi intense.

Mais elle ignorait ce qu'elle devait en conclure.

Dante aida Gemma à sortir la poussette et fit une bise à chaque fillette. Comme Gemma évitait son regard, il se demanda à quoi elle pensait.

Qu'espérais-tu ? Qu'elle s'évanouirait parce que tu étais en caleçon ?

Elle devait avoir vu bien des hommes dans cette tenue... Cette pensée le mit hors de lui.

Il était à bout de forces, songea-t-il en réprimant un nouveau bâillement. Il commençait à délirer, c'était la seule explication.

Il attendit d'être à peu près sûr d'avoir repris le contrôle de son cerveau pour lui dire :

— Oh ! Gemma ? Si vous recroisez la fugitive la plus recherchée de l'État, appelez-moi un peu plus vite, vous voulez bien ?

— D'accord, répondit-elle après une brève hésitation. Mais... la possibilité qu'on retombe sur elle ne semble pas vous inquiéter. Ça m'étonne.

Il haussa les épaules.

— Vous n'avez pas le profil des victimes.

— Mais je l'ai reconnue.

— Vous n'êtes sans doute pas la seule. Elle n'a éliminé aucun témoin gênant pour le moment.

Elle hésita encore avant de demander :

— Croyez-vous vraiment qu'elle ait tué ces hommes ?

— Ce que je crois n'a aucune importance.

— Ça en a pour moi.

— C'est une femme qui a beaucoup de caractère, dit-il prudemment.

— Et ça fait d'elle une tueuse en série ?

— Les indices sont accablants, lui rappela-t-il.

— Ne croyez-vous pas qu'une femme assez intelligente pour vous échapper pendant des mois devrait être aussi assez intelligente pour ne pas laisser d'indices ?

De fait, il s'était déjà posé cette question, mais il ne voulut pas l'encourager.

— Comme je vous l'ai dit, ce que je crois n'a aucune importance, répondit-il simplement.

Elle parut comprendre qu'il ne pouvait pas lui en dire davantage et secoua doucement la tête.

— Je n'avais jamais pensé que vous pouviez être amené à faire des choses avec lesquelles vous n'étiez pas d'accord, remarqua-t-elle.

— Bien sûr que ça nous arrive. Nous suivons les pistes où qu'elles nous mènent.

Elle soutint son regard un long moment et il s'interrogea une fois de plus sur ce qui se passait dans sa jolie tête.

23

Gemma partit avec les filles. Quelques minutes plus tard, il emmena Flash au centre d'entraînement. Le chien paraissait ravi de se voir offrir une plage de liberté.

À son retour, il fit ce qu'il avait le moins envie de faire : il entreprit de démasquer un flic pourri.

Il regarda une fois de plus la vidéo de la salle des preuves que le chef lui avait fournie. Elle couvrait la période allant du moment où le téléphone avait été enregistré à celui où l'on avait découvert sa disparition. On n'y voyait personne qui n'aurait pas dû se trouver là, et tout ce qui se passait était conforme aux rapports de ses collègues. La seule anomalie était une coupure de courant de quelques minutes qui s'était produite une heure après le dépôt du téléphone, pendant la pause déjeuner de Ron.

La coupure aurait été louche si elle n'avait concerné que leurs locaux, mais c'était tout le quartier qui avait été privé d'électricité. Volontairement, le temps de réparer les dégâts produits par la destruction d'un poteau, lui avait expliqué un employé de la compagnie. Cette coupure était une conséquence de l'accident de son frère.

Avait-elle duré assez longtemps pour que quelqu'un entre dans la salle et subtilise le téléphone ? Sans doute, si cette personne savait où il était. Mais cette personne devait aussi savoir à quel moment la coupure se produirait.

Sans oublier qu'elle connaissait le code de la serrure, ce qui réduisait considérablement la liste des suspects.

Il regarda la vidéo une fois de plus. Il revit Duke plaisanter avec Ron en lui remettant le téléphone couvert de farine. Tandis que Duke remplissait le formulaire, Collins, qui l'accompagnait, avait tapoté nerveusement son stylo sur le comptoir. Tous deux étaient partis en même temps que Ron sortait du cadre pour ranger le téléphone, mais Collins était revenu quelques instants plus tard parce qu'il avait oublié son stylo sur le comptoir. Il l'avait fait rouler en voulant le prendre et s'était penché pour l'attraper juste avant qu'il tombe par terre. Son stylo en main, il était parti pour de bon alors que Ron revenait dans le cadre.

Il visionna la suite en accéléré. Il savait déjà à quelles heures d'autres pièces avaient été déposées.

Il but une gorgée de sa troisième tasse de café en luttant contre la frustration. Il n'y avait rien à voir, sur cette vidéo.

Rien d'autre que la coupure d'électricité.

Il avança jusqu'au moment où elle s'était produite. Bien sûr, on voyait juste l'image sauter et l'heure d'enregistrement avancer de cinq minutes d'un coup.

Après avoir mis la vidéo sur pause, il ferma les yeux. Comment s'y serait-il pris ? Il aurait préféré se trouver dans la pièce pour se livrer à cet exercice, mais ses collègues se seraient sans doute demandé ce qu'il faisait là.

Quand il rouvrit les yeux, il fixa son écran et appela son chef. Finn répondit aussitôt, mais Dante eut l'impression qu'il le dérangeait. Darby Gage, qui élevait des chiens pour la brigade, se trouvait-elle avec lui ?

N'est-elle pas toujours avec lui, ces temps-ci ?

Il réprima une poussée d'envie et demanda à Finn de lui fournir l'enregistrement de la caméra du couloir. Son chef promit de le lui envoyer le lendemain.

— Comment vont tes nièces ? demanda-t-il.

— Elles sont en vie.

Finn éclata de rire.

— Tu fais du bon boulot, alors. Et comment s'en sort ma cousine ?

— Très bien, chef.

— C'est vrai ?

— Mieux que je m'y attendais. Enfin… Je ne veux pas dire que je pensais…

— Détends-toi, Mancuso. Je l'ai vue se démener pour ses galas. La petite dernière de Fenwick Colton est plus solide qu'on le croit.

— C'est vrai, admit Dante avec un sourire.

— J'ai une théorie : moins Fenwick s'est mêlé de l'éducation de ses enfants, mieux ils s'en sont sortis.

Ce fut le tour de Dante d'éclater de rire.

— J'ai entendu parler d'une nourrice providentielle, dit-il.

— Alors Gemma a eu un modèle…

— Oui.

Finn pouffa, puis lui ordonna de prendre le reste de la journée pour lui. Il semblait… heureux. Et il n'était pas le seul. La plupart des célibataires de la brigade avaient trouvé l'âme sœur au cours des derniers mois.

Sauf lui. Il n'avait que les jumelles dans sa vie. Même s'il ne cherchait pas de compagne, cela lui donnait le sentiment d'être… isolé.

Pauvre petit ! se moqua-t-il de lui-même.

Alors, sans qu'il sache pourquoi, il repensa à la manière dont Gemma lui avait répondu : « C'était une cuillère en or », et cela le fit sourire bêtement. Puis il secoua la tête.

Il était perturbant que son esprit soit passé si vite du célibat à Gemma.

— Je commencerai à m'inquiéter quand Nash trouvera l'amour, grommela-t-il.

Son collègue Nash Maddox était dans une galère qui

ressemblait à la sienne. Il s'était retrouvé chargé d'élever ses quatre demi-frères et sœurs, ce qui ne lui laissait pas une seconde pour lui.

Mais je n'ai pas besoin de chercher Gemma, songea-t-il.

Il se leva brusquement et se mit à faire les cent pas. Lorsqu'il se rendit compte de ce qu'il faisait, il s'arrêta et décida d'aller chercher Flash.

Flash serait sans doute déçu que sa récréation soit écourtée, mais Dante se ferait pardonner grâce à une longue séance de bagarre avec la corde. Et celle-ci aurait peut-être l'avantage de l'épuiser assez pour qu'il retrouve le sommeil.

Comme il était en civil, il glissa son revolver dans sa ceinture et le cacha sous une veste, puis il prit la corde et sortit. Il venait de se mettre en route quand son téléphone sonna. Après un coup d'œil à l'écran, il s'empressa de répondre.

— Gemma ?

— Venez vite au parc, Dante, s'il vous plaît !

Elle avait le souffle court, comme si elle venait de courir.

— Que se passe-t-il ?

— Dépêchez-vous !

Non, elle ne venait pas de courir : elle était terrifiée.

— Que s'est-il passé ? Les filles vont bien ? Et vous ?

Il l'entendit prendre une profonde inspiration avant de répondre :

— Oui, nous allons bien, mais... quelqu'un vient d'essayer de nous tuer.

24

Le temps parut se figer et Dante réalisa qu'il y avait quelqu'un dans sa vie, à présent.

Gemma. Il tenait à elle, et le fait qu'il ne comprenne pas comment il en était arrivé là n'y changeait rien.

Il fit demi-tour dans un crissement de pneus et mit la sirène en route, bien qu'il ne soit qu'à quelques pâtés de maisons du parc. Il garda Gemma au téléphone, tout en sachant qu'il aurait mieux fait d'appeler des renforts. Elle lui expliqua d'une manière assez chaotique que l'homme était parti mais qu'elles étaient encore cachées, par précaution. Elle lui expliqua où.

Dès qu'il fut garé, il bondit hors de la voiture et avança, l'arme au poing, tous ses sens en alerte. Il ne vit rien. Il n'y avait même pas un promeneur.

— Gemma ! cria-t-il en fonçant vers l'aire de jeux.

Il trouva la poussette dans une allée. Les filles n'étaient pas dedans. Son cœur se serra.

— Dante !

Il se retourna et fut surpris de voir Gemma apparaître entre deux toboggans. Il n'avait pas compris qu'elle se cachait *à l'intérieur* de la structure. Il se précipita vers elle et découvrit les jumelles dans le sable. Elles étaient trop fascinées par ce nouvel environnement pour se soucier de quoi que ce soit d'autre.

Gemma se jeta dans ses bras ; elle tremblait comme une feuille. Il rangea son arme et la serra contre lui.

— Tout va bien, c'est fini, murmura-t-il.

Alors elle se mit à sangloter, comme si elle avait attendu qu'il soit là pour craquer.

— Que s'est-il passé ? demanda-t-il le plus gentiment possible.

— Il... nous a tiré dessus.

Le sang de Dante se figea.

— Vous avez appelé la police ?

— Non, je... Je n'ai appelé que vous.

Il commença par appeler des renforts sans la lâcher.

— Que s'est-il passé ? répéta-t-il.

Elle lui fournit une réponse plus longue qui n'était pas d'une grande cohérence.

— J'ai entendu le son, mais je n'ai pas compris... J'ai cru que c'était une voiture. Et puis j'ai vu l'éclat sur ce pilier... Alors j'ai su.

Il regarda le pilier qu'elle lui indiquait et qui semblait bien avoir été éraflé par une balle.

— Et ensuite ?

— J'ai tourné la tête du côté du son, dit-elle en lui montrant la zone la plus boisée du parc. Je n'ai vu personne, mais il a... continué à tirer.

— Tout va bien. Vous ne risquez plus rien.

— Alors j'ai pris les filles et je me suis glissée entre les toboggans. Je n'étais pas sûre qu'ils nous protégeraient des balles, mais je n'ai pas trouvé de meilleure cachette.

Et elle n'avait craqué qu'après avoir fait tout ce qu'elle pouvait pour sauver ses nièces.

— Vous avez bien fait, lui assura-t-il. Vous avez très bien fait. Je ne veux pas imaginer ce qui se serait passé si vous n'aviez pas eu ce réflexe. Avez-vous aperçu le tireur à un moment ou à un autre ?

Elle secoua la tête, ce qu'il sentit plus qu'il ne le vit.

— Mais j'ai vu sa voiture. Ce devait être la sienne, puisqu'il n'y avait personne d'autre. Elle ressemblait aux voitures de la compagnie des pompes funèbres.

Bien sûr. Le salaud qui avait tiré dans les vitres de l'appartement avant de tuer Dominic était apparu aux funérailles. Il devait avoir repéré Gemma à ce moment-là. Les suivait-il depuis ? Savait-il où il habitait ? Il réprima un juron.

Une chose ne faisait aucun doute : l'incident qui venait de se produire était un nouvel avertissement. Le tireur voulait lui faire comprendre qu'il savait où frapper.

— Je ne comprends pas, murmura Gemma. Les filles ne sont que des bébés. Moi, encore... Papa m'a mise en garde contre les risques d'enlèvement, mais quel est l'intérêt de me tirer dessus ?

Dante ne prit conscience qu'à cet instant que la cuillère en argent n'avait pas empêché Gemma d'avoir ses propres problèmes.

Il tourna la tête vers les filles, profondément soulagé qu'il ne leur soit rien arrivé, et écarquilla les yeux.

— Regardez Zita, dit-il. Elle savait faire ça, avant ?

Gemma tourna la tête à son tour et s'exclama :

— Non ! Elle tient assise toute seule...

Sa sœur, qui faisait glisser du sable entre ses doigts, s'en moquait éperdument.

— J'ai l'impression que nous avons une scientifique et une athlète, ajouta Gemma alors qu'un hurlement de sirène se faisait entendre.

Dante éclata de rire, ce qui attira l'attention des jumelles.

Gemma et lui eurent le même réflexe de les prendre dans leurs bras. L'instinct de protéger les petits humains sans défense devait vraiment être inscrit dans le code génétique. Il souleva Zita, et Gemma Lucia.

Quand leurs regards se rencontrèrent, le temps parut

suspendre son cours et quelque chose de mystérieux se produisit…

Puis la cavalerie arriva.

Gemma n'avait jamais été aussi contente de rentrer chez elle. Chez elle ? Comment était-il possible qu'elle se représente cet appartement, qu'elle avait d'abord trouvé trop petit, comme son nouveau foyer après seulement sept jours ? Elle avait songé à y ajouter quelques touches personnelles, mais elle l'aimait tel qu'il était, à présent. Même les poils de Flash qui traînaient un peu partout avaient acquis un caractère familier réconfortant.

Dante avait proposé de les faire raccompagner, les filles et elle, par un policier, mais elle avait refusé sans savoir pourquoi. Elle avait compris un peu plus tard qu'elle tenait à ce qu'ils rentrent tous ensemble. Elle avait donc attendu que Dante soit libéré et ils étaient allés chercher Flash au centre d'entraînement avant de regagner l'appartement.

Malgré son soulagement, elle commençait à s'inquiéter. Dante faisait les cent pas depuis que les jumelles s'étaient endormies. Depuis la longue conversation qu'il avait eue avec Finn dans le parc, il broyait du noir.

— Que se passe-t-il ? demanda-t-elle enfin. Dois-je m'inquiéter ? Cet homme risque-t-il de venir ici ?

Dante s'arrêta à quelques centimètres d'elle, ouvrit la bouche, puis la referma.

— J'ai le droit de le savoir, vous ne croyez pas ? insista-t-elle.

— Je ne sais pas s'il sait où nous habitons.

Le cœur de Gemma s'affola et elle ne comprit qu'avec un temps de retard que le « nous » désignait les jumelles et lui.

— Vous pensez qu'il nous a vues dans le parc par hasard ?

— Je n'en sais rien, grommela-t-il. Ce que je sais, c'est que vous ne devez plus prendre aucun risque. Vous ne sortez plus sans moi. Quand nous rentrerons, j'inspecterai l'appartement avant que vous y mettiez les pieds, et il y aura une voiture de patrouille en permanence dans la rue.

Elle cligna des yeux.

— Alors vous êtes mon garde du corps, maintenant ?

— Désolé, mais oui.

— Je ne m'en plaignais pas, lui fit-elle remarquer.

— Tant mieux, parce qu'on sera reliés par la hanche jusqu'à ce que ce type soit derrière les barreaux.

« Reliés par la hanche »... Elle *savait* qu'il faisait allusion aux jumeaux siamois, mais ce furent d'autres images qui envahirent son esprit.

Quand elle rencontra le regard de Dante, elle comprit que son expression trahissait ses pensées.

— Gemma...

— Oui ? murmura-t-elle.

Alors il pressa ses lèvres contre les siennes, et ce qu'elle ressentit fut encore plus intense que ce qu'elle aurait pu imaginer.

Elle se lova contre lui pour s'imprégner de sa chaleur. Voilà ce qui manquait à sa vie... Sa cousine Quinn lui avait souvent dit qu'on ne pouvait pas forcer l'amour parce que le cœur voulait ce qu'il voulait. Le sien voulait Dante Mancuso, apparemment.

Dante l'embrassa de plus en plus ardemment et glissa les mains dans son dos. Elle n'eut pas conscience de faire le moindre geste, mais elle sentit une peau douce et chaude sous ses doigts quelques instants plus tard. Elle devait avoir tiré son T-shirt de son pantalon pour explorer ce qu'il couvrait...

Dante interrompit alors leur baiser. Il posa les mains sur ses épaules et la repoussa avec douceur, mais fermement. Elle émit un petit gémissement de protestation et ouvrit les yeux.

Il la fixait.

Lui aussi avait le souffle court. Il ne pouvait nier être aussi troublé qu'elle. Il ouvrit la bouche, puis la referma et secoua la tête.

Abasourdie, elle le regarda vérifier que son arme était toujours à sa ceinture – ce qu'elle avait complètement oublié – et se diriger vers la porte.

Il l'ouvrit, s'immobilisa comme s'il avait oublié quelque chose, puis lui lança par-dessus son épaule :

— Je vais inspecter les rues adjacentes.

Là-dessus, il quitta l'appartement sans se retourner.

25

Il avait fait bien des choses stupides dans sa vie, mais peut-être rien d'aussi stupide que d'embrasser Gemma Colton, songea Dante.

Il essaya de se concentrer sur ce qu'il faisait. Il inspecta méticuleusement tous les accès de son immeuble. S'il n'avait eu à se soucier que de lui, il se serait fié à son système d'alarme, mais il n'était plus seul. Il devait garantir la sécurité des jumelles.

Et Gemma ? Que fais-tu de la femme que tu viens d'embrasser ?

Il était fou ! Il venait de tomber dans le cliché : le type amoureux de la nounou. Le type amoureux d'une héritière, aussi... Une Colton ! La folie était la seule explication.

Ses propres pensées le stupéfièrent avec quelques secondes de retard. Amoureux ? Non, c'était impossible ! Il était célibataire depuis trop longtemps, voilà tout – depuis qu'il avait vu sa dernière petite amie repousser brutalement Flash parce qu'il avait laissé des poils sur sa jupe en se frottant contre elle.

Alors il songea à la manière dont Gemma caressait Flash. Elle lui parlait un peu comme elle parlait aux jumelles, et le chien avait accepté sa présence étonnamment vite.

Et les chiens étaient d'excellents juges de caractère.

À la réflexion, Flash n'avait jamais accepté quelqu'un aussi vite. Il avait retrouvé sa routine en quelques jours, ce qui constituait un accueil chaleureux.

Il alla chercher du fil de fer et du ruban adhésif dans sa voiture et entreprit de tendre des pièges entre les buissons devant les fenêtres du rez-de-chaussée. Cela n'empêcherait pas un intrus de passer, mais ça le ferait trébucher, avec un peu de chance, ce qui l'informerait de sa présence.

Il devait prévenir Gemma, au cas où…

Gemma.

Il ne pouvait pas rester dehors indéfiniment. À un moment ou à un autre, il devrait rentrer et lui faire face…

À cet instant, il entendit la porte s'ouvrir. Il fit volte-face et faillit dégainer.

— Pourriez-vous venir m'aider, Dante, s'il vous plaît ? demanda Gemma.

Sa réaction la fit pâlir.

— Je… j'ai juste un problème… avec le lave-linge, balbutia-t-elle. Je suis désolée.

— Non, ne soyez pas désolée, répondit-il en la rejoignant. C'est ma faute.

— Quoi donc ? fit-elle. Le fait que vous réagissiez comme un policier ?

— Le fait qu'on vous ait tiré dessus. Tout est ma faute.

L'une de ses voisines, qui sortait ses poubelles, le salua en passant et jeta un regard curieux à Gemma. Elle devait l'avoir reconnue.

Gemma lui adressa un sourire, puis dit :

— On devrait peut-être rentrer.

Il l'accompagna à l'intérieur et verrouilla.

— Pourquoi avez-vous dit que si on m'a tiré dessus c'est votre faute ? reprit-elle alors qu'il activait l'alarme.

— C'était un avertissement. Ça concerne l'enquête que je menais… avant.

— Mais on vous l'a retirée…

— Il n'a pas l'air d'être au courant.

Elle esquissa un sourire avant de froncer les sourcils.

— Comment pouvez-vous en être sûr ?

Se rendant compte qu'il allait se remettre à faire les cent pas, il se força à s'asseoir. Gemma s'installa en face de lui.

Trop près de lui.

— Parce que ce n'est pas le premier avertissement, répondit-il. Il a déjà tiré sur les fenêtres d'un appartement qu'on était en train de fouiller.

Elle écarquilla les yeux.

— Il a essayé de vous tuer ?

— Non. Comme je vous l'ai dit, c'était un simple avertissement. J'étais dans la cuisine, où il n'avait aucune chance de m'atteindre.

— Et Flash ? s'inquiéta-t-elle alors que de toute évidence il ne lui était rien arrivé.

Cela donna envie à Dante de recommencer à l'embrasser.

Merde ! Il avait des dizaines de raisons d'avoir envie de l'embrasser. Et c'était si simple... Elle était en face de lui, et...

— Pourquoi avez-vous dit que « tout » était votre faute ? demanda-t-elle avec douceur.

Il réprima ses pulsions et s'efforça de se concentrer. Elle méritait de comprendre la situation.

— Après avoir tiré sur les fenêtres de cet appartement, il a tué mon frère et sa femme, répondit-il.

Gemma tressaillit.

— Mais ne sont-ils pas morts dans un accident ? Cet homme les a percutés ?

Il acquiesça.

— Il a écrasé leur voiture contre un poteau électrique. Ils n'avaient aucune chance de s'en sortir.

Gemma jeta un coup d'œil vers le bureau.

— Heureusement qu'elles n'étaient pas dans la voiture..., murmura-t-elle.

— Oui.

— Mais comment pouvez-vous penser que c'est votre faute ?

— L'accident ne se serait pas produit si cet homme n'avait pas essayé d'entraver mon enquête.

Dom et Agostina auraient peut-être fini par se faire arrêter, mais ils seraient encore en vie.

— Vous faisiez votre travail, lui rappela-t-elle.

— Et ça leur a coûté la vie.

Elle se tut un long moment avant de reprendre :

— Si vous construisiez des routes ou si vous installiez des poteaux électriques, vous sentiriez-vous responsable des accidents ?

— Les routes, oui ; les poteaux, non, répondit-il après un petit temps de réflexion.

— Pourquoi ?

— Pour les routes, je me demanderais si j'ai bien fait mon travail, s'il n'y avait pas d'aspérités dangereuses... Les poteaux ne se trouvent pas sur les routes. On ne les percute pas dans des circonstances normales.

Elle esquissa un sourire, puis hocha la tête.

— Très bien. Mais si vous étiez sûr d'avoir bien fait votre travail ?

— Je sais où vous voulez en venir, et...

— Vous n'y êtes pour rien, le coupa-t-elle. Il n'y a qu'un seul coupable, dans cette affaire.

— Je le sais, soupira-t-il.

Il l'observa quelques instants, puis demanda :

— Cultivez-vous vos airs d'héritière sans cervelle pour cacher la femme que vous êtes vraiment ?

Elle rougit, sans qu'il sache si c'était de plaisir ou d'embarras.

— Il peut être utile qu'on nous sous-estime, reconnut-elle.

— Parce que ça aide à obtenir ce qu'on veut ?

— Ça n'a pas l'air de marcher sur vous...

Il n'arriva pas à se convaincre que c'était bien du désir qu'il lisait dans ses yeux.

— Ça dépend de ce que vous voulez, dit-il prudemment.

— Si vous ne le savez pas, c'est que je m'y prends mal.

Vous vous y prenez très bien, au contraire. Et je suis peut-être assez stupide pour tomber dans le panneau.

Mais que lui arrivait-il ?

Cette question hantait Gemma. Au point qu'elle n'arrivait pas à se concentrer sur les explications de Dante, qui lui parlait de tri des couleurs et de quantité de lessive.

Si elle n'arrivait pas à se concentrer, c'était aussi parce qu'elle venait de s'apercevoir qu'elle n'avait pas pensé à Dev une seule fois depuis qu'elle avait trouvé Dante en caleçon devant la cafetière.

Et c'était comme si Devlin Harrington n'existait plus depuis que Dante l'avait embrassée.

Elle était si troublée qu'il lui fallut un long moment pour remarquer que Dante l'évitait autant que la petitesse de l'appartement le permettait. Il ne lui fournissait que des réponses brèves quand elle lui parlait, et il avait posé son ordinateur sur un petit meuble, dans un coin, comme pour s'assurer qu'elle ne viendrait pas s'asseoir trop près de lui.

Elle trouva de quoi s'occuper quand les filles se réveillèrent. Elles ne semblaient pas avoir été traumatisées par ce qui s'était passé dans le parc, sans doute parce qu'elles étaient alors trop fascinées par leur découverte du sable.

— Profitez-en, leur dit-elle. Tous les problèmes du monde tomberont sur vos épaules bien assez tôt.

— Ah ew oh, répondit sagement Zita, ce qui fit rire sa sœur.

— C'est vrai ? lui demanda Gemma. Je t'accorde que ça n'a pas moins de sens que ce qui nous arrive.

Ni que l'effet que me fait votre oncle, songea-t-elle.

Il entra dans la pièce comme si cette pensée l'avait invoqué. Elle décida de jouer le même jeu que lui et lui lança joyeusement :

— Oh ! Vous tombez à pic ! Vous voulez bien porter Zita ?

Elle prit Lucia dans ses bras.

— Pour l'emmener où ? demanda-t-il. Vous n'irez nulle part…

— Sans vous, le coupa-t-elle. J'ai compris.

Elle aurait aimé que ce soit parce qu'il désirait sa compagnie, non parce qu'il se sentait tenu de la protéger… Et cette pensée réveilla sa mauvaise conscience.

Sans succès, elle essaya de se convaincre qu'elle était tombée sous le charme de Dante parce qu'il l'avait sauvée. Pour être honnête, elle devait admettre être tombée sous son charme bien avant cela.

— Je voulais les emmener dans le salon, expliqua-t-elle. J'espère que nous sommes autorisées à aller jusque-là ?

— Bien sûr.

— On peut aussi les laisser là toute la journée, ajouta-t-elle, cédant à la tentation de le provoquer. On devrait bien dormir, après ça.

Il grimaça et prit Zita dans ses bras. La fillette se mit à rire quand il déposa un baiser sur sa joue.

— Je vous taquinais, murmura Gemma.

Sans le désir qu'elle lut dans les yeux de Dante, elle aurait regretté d'avoir prononcé ces mots. Contrairement à ce qu'il essayait de faire croire, il n'était pas insensible à son charme.

Elle en éprouva un plaisir qu'elle se promit d'analyser plus tard, quand son cerveau aurait retrouvé un fonctionnement normal.

26

— Encore un peu de raideur et vous volerez en éclats, dit Gemma en se plantant devant lui.

Dante leva les yeux. Il venait de passer une heure à essayer en vain de se concentrer sur son travail. À la place, il avait discrètement regardé Gemma jouer avec les filles avant de les recoucher. Puis il s'était réfugié dans sa chambre.

— Pour être parfaitement claire, vous vous comportez comme un mufle, ajouta-t-elle avant qu'il ait répondu.

— Je travaille ? dit-il sur un ton involontairement interrogateur.

— C'est ça, grommela-t-elle avant de s'éloigner.

— Que voulez-vous, Gemma ? lui lança-t-il.

Elle s'arrêta, se retourna très lentement et répondit :

— Je veux que vous m'embrassiez encore.

— Quoi ? fit-il.

— Vous m'avez bien entendue. Est-ce que ça veut dire que vous n'en avez pas envie ?

Il ferma les yeux et essaya de chasser le souvenir du baiser qu'elle voulait reproduire.

— Ce dont je n'ai pas envie, c'est de complications supplémentaires. Et je ne braconne pas.

— Braconner ?

— Dev. L'homme que vous aimez. La raison pour laquelle vous êtes à mon service.

— C'est à cause de lui que je veux que vous m'embrassiez, répondit-elle en rougissant.

Décidément, il ne comprendrait jamais les femmes.

— Pourquoi ?

Il ne s'aperçut qu'à cet instant qu'elle était aussi tendue que lui.

— Parce que je n'ai pas pensé à lui de la journée, dit-elle avec une honnêteté désarmante. Parce que je n'arrête pas de penser à vous depuis que je vous ai entendu chanter la nuit dernière. Parce que je veux savoir si c'est bien… comme je m'en souviens.

Il n'était pas sûr de mieux comprendre, mais avoua :

— Moi aussi, je me demande si c'était aussi bon que je m'en souviens.

— Alors allons-y ! s'exclama-t-elle comme si c'était une conclusion logique.

Il ne s'aperçut qu'à cet instant qu'il s'était levé ; son corps avait pris une décision à sa place.

Il fit un dernier effort pour contrarier ses pulsions et rendre le pouvoir à sa raison.

— Ce n'est qu'un effet secondaire de l'adrénaline, Gemma. C'est normal, mais… vous n'en avez pas vraiment envie.

— Je vous ai dit que ça me trottait dans la tête avant que ce cinglé nous tire dessus. Bien sûr, quand vous avez volé à notre secours, en brave chevalier sans peur…

— Sans peur ? s'écria-t-il. J'étais terrifié qu'il vous arrive quelque chose !

— Je ne laisserai personne faire du mal aux filles, assura-t-elle avec une détermination qui ne permettait pas d'en douter. Je crois que je comprends, maintenant, pourquoi les femmes sont prêtes à tout pour protéger leurs enfants.

— Et c'est moi le chevalier sans peur ? demanda-t-il, le sourire aux lèvres.

— Dante…, murmura-t-elle.

Alors il comprit qu'il était perdu.

Quelques secondes plus tard, ils s'embrassaient passionnément, et il découvrait des sensations d'une intensité inimaginable.

Non, il n'était pas perdu. Il venait de se trouver.

Gemma ne voulait vraiment qu'un baiser, car elle n'arrivait pas à croire qu'elle se souvenait correctement du précédent. Elle avait tort.

Dans les bras de Dante, elle perdait toutes les facettes de sa personnalité sauf une : elle n'était plus que la femme qui désirait cet homme comme elle n'avait jamais désiré personne.

Elle enroula les bras autour de sa taille, puis eut l'audace de poser ses mains sur les fesses musclées qu'elle avait tant admirées.

Quand elle s'aperçut qu'il était en érection, tout son corps s'embrasa. Elle pensa à Dev, mais seulement pour se rendre compte qu'elle n'avait jamais ressenti cela en sa présence.

Dante interrompit leur baiser une fois de plus pour dire :

— Si tu ne veux pas qu'on aille jusqu'au bout, on devrait s'arrêter maintenant...

— S'arrêter ? Surtout pas !

Elle s'empressa de recommencer à l'embrasser et il la laissa faire. Il caressa son buste, puis ses seins aux pointes déjà tendues. Elle laissa échapper un gémissement et s'attaqua à sa ceinture, mais il prit ses mains pour l'arrêter.

— Une minute ! dit-il. Je ne suis pas sûr d'avoir ce qu'il faut.

— Ce qu'il faut ?

Elle ne comprit qu'un instant plus tard qu'il parlait d'un préservatif et esquissa un sourire. Le fait qu'il n'y ait pas de réserves de préservatifs dans tous les coins de l'appartement lui procurait plus de satisfaction que cela n'aurait dû.

Pendant qu'il cherchait, elle observa sa chambre avec intérêt. Les murs étaient du même vert foncé que ceux de la bibliothèque de son père. Il y avait un tapis épais au pied du lit et une pile de livres sur la table de nuit. Il avait donc l'habitude de lire avant de dormir… Elle remarqua aussi qu'il n'y avait qu'une table de nuit. Il ne devait…

Il revint dans la pièce.

— J'ai trouvé. As-tu changé d'avis ? s'enquit-il.

— Non, fit-elle en s'approchant lentement de lui.

Elle n'aspirait qu'à rallumer la flamme à laquelle elle venait de se brûler.

Quelques secondes plus tard, ce fut comme s'ils ne s'étaient pas interrompus. Ils se déshabillèrent l'un l'autre et la manière dont Dante la regarda la fit frissonner de plaisir.

— Que tu es belle ! dit-il d'une voix rauque.

— Tu n'es pas mal non plus, répondit-elle en caressant ses abdominaux.

Il dut perdre brusquement patience, car il la souleva et la posa sur le lit. Elle ne pouvait que s'en réjouir.

— Gemma ? murmura-t-il en se plaçant au-dessus d'elle.

Elle comprit qu'il lui laissait une dernière chance de changer d'avis et faillit éclater de rire.

— Si tu ne te dépêches pas, je vais crier ! le menaça-t-elle.

— Réserve donc ce cri pour plus tard, suggéra-t-il.

— Est-ce une promesse ? Je…

Il la fit taire en la pénétrant d'un seul coup et lui laissa à peine le temps de réagir avant de la prendre avec ardeur. Assaillie par des sensations d'une intensité inédite, elle enfonça les ongles dans ses épaules. Il s'immobilisa.

— Est-ce que je suis trop brutal ? s'inquiéta-t-il.

Tous ses muscles tremblaient. Il faisait un effort surhumain pour se contrôler parce qu'il se souciait d'elle.

— Non, dit-elle dans un souffle. J'en veux plus.

Quand il cessa de se contrôler et lui donna ce qu'elle demandait, elle dut admettre qu'il avait raison : elle ne devait pas gaspiller ses cris.

27

Dante ne se croyait pas capable de se réveiller aussi heureux.

Après une nuit passée à découvrir de nouvelles perfections à Gemma Colton, il la regardait jouer avec les filles, qu'elle avait amenées dans la chambre après avoir enfilé l'un de ses T-shirts.

Il y avait sur son lit trois êtres qui avaient brusquement pris une importance considérable dans sa vie, et il ne s'était jamais senti aussi bien.

— Des regrets ? s'enquit Gemma quand elle s'aperçut qu'il la regardait.

— Certainement pas, répondit-il avec empressement. Mais j'avais peur… que tu en aies.

— J'y ai réfléchi au réveil. Je n'en ai pas trouvé un seul.

Il respira mieux, tout à coup. Il ne savait pas dans quoi ils s'engageaient, mais ils s'y engageaient ensemble.

— Ah ooh da ee, dit Zita en tendant les bras vers lui.

— Je crois qu'elle vient de dire : « Je t'aime, Dante », traduisit Gemma.

Troublé d'entendre ces mots sortir de sa bouche, même innocemment, il évita son regard.

Il essaya de freiner son imagination. Il ne connaissait Gemma que depuis une semaine, et il avait besoin qu'elle continue à s'occuper des jumelles.

Si seulement elle n'était pas Gemma Colton…

Il souleva Zita, qui avait réussi à ramper jusqu'à lui. Elle en profita pour tendre les jambes et essayer de sauter.

Gemma, qui agitait l'une de ses mèches devant Lucia, éclata de rire.

— Je pense qu'elle sautera l'étape du déplacement à quatre pattes pour se mettre tout de suite à marcher, commenta-t-elle.

— J'espère que ce n'est pas pour la semaine prochaine, répondit-il en songeant au chaos que les jumelles sèmeraient dans l'appartement quand elles seraient mobiles.

Zita émit soudain une série de sons qu'il trouva assez mélodieux.

— Et elle a peut-être reçu le même don que toi pour le chant, dit Gemma.

— Je ne sais pas, grommela-t-il en sentant revenir la panique. Je ne suis que leur oncle. Je ne les connais presque pas, et je ne peux pas les élever comme mon frère l'aurait fait…

— Je l'espère bien ! répliqua-t-elle.

Il cligna des yeux et admit qu'il avait oublié pendant quelques instants que son frère était un criminel. Gemma avait raison, et il avait tort de geindre.

Il pouffa.

— Si je voulais les élever comme mon frère l'aurait fait, je devrais leur faire commencer leur carrière comme appâts dès maintenant, plaisanta-t-il.

— Quoi ? Mais qui ferait une chose pareille ?

Il haussa les épaules.

— Mes parents.

Elle écarquilla les yeux, puis sourit.

— Tu es un drôle de rebelle…

Il éclata de rire.

— Tu les élèveras très bien, j'en suis sûre, ajouta-t-elle.

— Même si je les ai laissées pleurer la nuit dernière ?

— Ça a marché. Elles se sont rendormies.

Ce qui leur avait permis de reporter leur attention sur la recherche de nouvelles manières de se procurer du plaisir.

— C'est bizarre... Je me sens étonnamment bien, pour quelqu'un qui n'a presque pas dormi, avoua-t-il.

Gemma lui décocha un sourire éblouissant.

— Moi aussi.

Il réprima une nouvelle vague de désir et lui dit :

— Je sais que ça complique les choses, mais...

— Ah oui ? le coupa-t-elle. Je pensais que ça les simplifiait, au contraire. C'est le cas pour moi.

— Comment ça ? demanda-t-il, surpris.

— Ça m'a permis de comprendre que j'étais stupide de me croire amoureuse de Dev, répondit-elle en le regardant droit dans les yeux. Oh ! et ne panique pas... Je ne m'attends pas à ce que tu me demandes en mariage pour autant.

Comme les mariages n'étaient pas d'actualité tant que la Tueuse de Fiancés était dans la nature, il se concentra sur l'autre partie de sa réponse. Avait-elle compris qu'elle n'était pas amoureuse de Dev Harrington... parce qu'elle était amoureuse de lui ?

Son cœur s'affola. Cela n'avait aucun sens ! Ils ne se connaissaient que depuis une semaine. Et elle était toujours la fille de Fenwick Colton.

Il déglutit péniblement, s'éclaircit la voix, et parvint à répondre :

— Les demandes en mariage sont un peu risquées, ces temps-ci.

— Précisément.

Quoi ?

Que voulait-elle dire ? Qu'elle espérerait qu'il la demande en mariage s'il n'y avait pas un tueur dans la nature ?

Il faillit le lui demander, mais se l'interdit pour ne pas gâcher ce moment de légèreté.

Il baissa les yeux vers Lucia, qui venait de ramasser quelque chose de doré sur le lit. Il la regarda passer l'objet à sa sœur et s'émerveilla de les voir réussir la manœuvre avant de comprendre ce qu'elles tenaient.

Un emballage de préservatif.

Il en oublia de surveiller son langage.

— Merde ! fit-il en arrachant l'emballage à Zita.

Elle fit une grimace de contrariété. Il sentit venir une crise de larmes et paniqua.

Heureusement, Gemma éclata de rire, ce qui divertit Zita de l'expression de sa frustration.

— Tu lui as fait peur en le lui arrachant, dit-elle. As-tu eu peur qu'elle reconnaisse ce que c'est ?

— Je..., marmonna-t-il, embarrassé.

— Ne t'inquiète pas, ajouta-t-elle. Tu n'auras besoin d'avoir cette conversation avec elles que dans quelques années.

Il la dévisagea un instant, puis regarda les jumelles avec horreur. Une conversation sur les préservatifs ? C'était l'une des centaines de choses qui l'attendaient et qu'il ne s'imaginait pas capable de faire.

Au moins, Zita avait retrouvé sa bonne humeur.

— Merci d'avoir détourné cet orage, murmura-t-il.

— Le rire marche bien, mais il faut agir vite, répondit Gemma. Quand elles sont lancées, on en a pour un moment. Surtout avec Zita... Elle est plus difficile à ramener à la raison que Lucia.

Une fois de plus, il la dévisagea avant de secouer lentement la tête.

— Qu'y a-t-il ? demanda-t-elle.

— Dire qu'on n'était pas capables de les distinguer l'une de l'autre il y a une semaine...

— Elles ont des personnalités différentes, répondit Gemma avec un grand sourire.

— Il y a une semaine, l'idée que des bébés de six mois avaient une personnalité m'aurait fait ricaner, avoua-t-il.

Lucia, qui était à plat ventre entre eux, tendit un bras vers lui.

— Mais oui ! lui dit Gemma. Votre oncle était bien bête de croire que vous n'aviez pas votre propre personnalité.

— Il est bien bête tout court, la corrigea Dante avant de prendre Lucia dans ses bras.

Même Flash s'en mêla. Il vint poser la tête sur le bord du lit pour demander la permission d'y monter. Cela fit rire Gemma.

— A-t-il le droit ?

— Parfois. Dans certaines circonstances.

— Dans ce cas, je pense que les circonstances s'y prêtent, remarqua-t-elle.

— Je ne peux pas le nier. Allez viens, mon ami !

Son lit était grand, mais il n'y eut plus beaucoup de place dessus quand ils s'y retrouvèrent à cinq. Et Dante commença à avoir l'impression de tourner une publicité… Mais ce n'était pas grave, parce qu'il se sentait merveilleusement bien, songea-t-il en souriant à Lucia.

Quatre personnes en provenance d'horizons différents – et un chien – avaient été réunies par des circonstances extraordinaires. Dante n'en revenait pas qu'il ne leur ait fallu qu'une semaine pour devenir une famille.

28

Comme pour leur faire payer leur nuit d'extase et de tranquillité, les jumelles rendirent les deux semaines suivantes encore plus dures. Zita étant de plus en plus mobile et Lucia de plus en plus adroite, il devenait nécessaire de les surveiller en permanence. Gemma en était surprise, mais cela ne la dérangeait pas malgré son épuisement. Elle ne se lassait pas de les regarder découvrir le monde.

Quant à Dante… Il avait recommencé à l'éviter après leur nuit merveilleuse et leur réveil plein de joie. Il avait fallu presque toute la journée à Gemma pour comprendre que c'était parce qu'il ne voulait pas se faire d'illusions. Mais elle savait ce qu'elle voulait, et elle avait abordé le problème de front.

— Tu as donc des regrets, maintenant ? lui avait-elle demandé.

Visiblement surpris, il s'était exclamé :

— Bien sûr que non !

— Ah bon. Je commençais à m'inquiéter.

— Comment pourrais-je regretter une nuit pareille ?

Elle lui avait décoché un sourire de sirène.

— J'avoue que je ne vois pas.

— C'était la plus belle nuit de ma vie, lui avait-il déclaré.

Elle s'était sentie rougir et s'en était moquée.

— Est-ce que je peux en déduire qu'il y en aura d'autres ? avait-elle lancé.

Pour toute réponse, il l'avait soulevée et emportée dans sa chambre, où ils avaient découvert de nouvelles manières de se donner du plaisir.

Depuis, ils poursuivaient leur exploration toutes les nuits.

Un mouvement aperçu du coin de l'œil l'arracha à sa rêverie.

— Oh non ! dit-elle en prenant la corde de Flash à Lucia, qui s'apprêtait à la sucer.

Elle s'empressa de prendre la fillette dans ses bras et de la faire tourner dans les airs pour lui faire oublier sa déception. Quand elle fut certaine d'avoir échappé à la crise de larmes, elle posa Lucia et rangea la corde.

Le chien soupira quand elle posa son jouet dans la caisse.

— C'était un merci, traduisit Dante, qui était installé sur le canapé, son ordinateur sur les genoux.

Il regardait une mauvaise vidéo en boucle depuis des heures.

Elle pouffa et s'émerveilla du nombre de fois où elle riait dans une journée alors qu'elle était à bout de forces.

— Il n'y a pas de quoi, mon cher ami, répondit-elle au chien en faisant une révérence.

Dante éclata de rire. C'était le premier rire pur et joyeux, sans aucune trace d'inquiétude ou d'amertume, qu'elle entendait.

— C'était bon, dit-elle.

Il cligna des yeux.

— Quoi donc ?

— Ce rire. J'espère le réentendre vite.

Cela le fit rougir.

— Tu sais ce qui me ferait plaisir aussi ? demanda-t-elle.

Elle lui chuchota une suggestion sexy à l'oreille.

— Pendant la sieste, promit-elle.

— Épuise-les, ordonna-t-il.

— Tu es sûr ? Tu as l'air un peu fatigué toi-même...

— Je survivrai, lui assura-t-il avec un sourire irrésistible.

Elle entreprit de fatiguer les jumelles tout en poursuivant la conversation.

— Je croyais qu'on t'avait retiré ton enquête.

— C'est le cas, répondit-il. Et on m'a mis à mi-temps pour que je m'occupe de mes problèmes parentaux. On espère que le tireur pensera que j'ai reçu le message.

— Et qu'il nous laissera tranquilles parce qu'il croira avoir accompli sa mission ?

Il acquiesça.

— Ça prouve qu'il te connaît bien mal, dit-elle.

— Comment ça ?

— Tu n'es pas du genre à baisser les bras.

— J'avoue que je n'ai pas aimé qu'il s'en prenne à vous.

— Je ne te dirai pas que je n'avais pas peur – j'étais terrifiée. Mais je savais que tu ferais tout ton possible pour nous protéger.

Elle l'avait affirmé de la manière la plus simple possible parce qu'elle n'en doutait pas. C'était dans la nature de Dante Mancuso.

Contrairement à Dev, qui ne fait quelque chose qui lui déplaît que s'il y a un avantage à en tirer, songea-t-elle.

Ces derniers jours, elle n'avait pensé à Dev que de temps à autre. Elle se rendit compte que c'était la première fois qu'elle y pensait sans rien ressentir. C'était comme si son désir fou de gagner son amour n'avait jamais existé.

Elle ne l'aimait plus.

— Gemma ? murmura Dante. À quoi penses-tu ? Tu as eu l'air de partir sur une autre planète.

— Dans une vie antérieure, plutôt. Je me demandais comment j'avais pu être aussi aveugle…

— Aveugle ?

— Sur la raison pour laquelle je voulais épouser Dev. Et sur la raison pour laquelle il est sorti avec moi. Je ne voulais pas l'admettre, mais je n'étais qu'une vitrine.

— Une vitrine ? Comment ça ?

— Il voulait toujours qu'on aille dans des endroits publics, et il informait toujours son père de ce qu'on comptait faire.

— Peut-être parce qu'il était fier d'être avec toi, suggéra Dante comme s'il l'était lui-même, ce qui lui causa un frisson de plaisir.

— C'est ce que je me suis dit au début. Et puis je me suis rendu compte qu'il n'était jamais tout à fait avec moi quand nous étions seuls.

Dante fronça les sourcils.

— Ça, je ne peux pas le comprendre.

Elle frissonna de nouveau et lui sourit.

— J'ai aussi relevé certains indices qui m'ont incitée à penser qu'il y avait quelqu'un d'autre dans sa vie, poursuivit-elle.

— Quelqu'un qui ne plaît pas à son père ?

Elle hocha la tête.

— Aïe, fit-il.

Cela la fit pouffer.

— J'ai demandé conseil à ma cousine Quinn, qui m'a répondu qu'on ne pouvait pas forcer l'amour, que le cœur voulait ce qu'il voulait...

— Et que veut le tien ?

Il avait posé cette question d'un ton parfaitement neutre, mais elle sentit que ça lui coûtait et en fut profondément émue.

— C'était mon orgueil qui voulait Dev, parce qu'il ne voulait pas de moi, admit-elle.

— C'est bien dommage pour lui.

— Mais c'est tant mieux pour moi. Parce que ça m'a permis de découvrir ce que voulait mon cœur.

Il la regarda sans rien dire et elle lui sourit. Elle savait que, contrairement à Dev, il finirait par dire quelque chose – et que ce seraient les mots les plus tendres qu'elle ait jamais entendus.

Elle décida de le laisser respirer et changea de sujet :

— Qu'est-ce qui t'ennuie autant dans cette vidéo ?

Il parut surpris, puis soulagé.

— Elle est... frustrante, répondit-il. Parce qu'elle ne me montre pas ce que je voudrais voir.

— Et que voudrais-tu voir ?

Le sentant hésiter, elle prit conscience du fait qu'elle l'interrogeait sur une enquête dont il n'avait sûrement pas le droit de parler.

— Quelque chose s'est passé pendant une coupure de courant qui a été déclenchée pour réparer les dégâts causés par l'accident de mon frère, dit-il enfin. C'est pour ça qu'il n'y a rien sur la vidéo.

Gemma sentit sa gorge se serrer. Comment pouvait-il parler aussi calmement de l'accident dans lequel son frère avait trouvé la mort ? Cela lui inspira un mélange d'admiration et de tendresse. Comment les policiers faisaient-ils pour rester humains ?

Le sens de la phrase qu'il avait prononcée la frappa avec beaucoup de retard.

— Est-il possible que ce soit une coïncidence ? demanda-t-elle.

— Je ne crois pas aux coïncidences.

— Alors ça veut dire que le coupable savait qu'il y aurait une coupure d'électricité...

— Oui. Il faut donc que je découvre qui était au courant.

— Peut-être des centaines de personnes..., murmura-t-elle. Les coupures de ce genre ne sont-elles pas annoncées sur les réseaux sociaux ?

— Oui, mais les compagnies ne fournissent pas d'horaires précis, juste une fenêtre de deux heures. J'ai vérifié. Or, mon homme savait quand cela allait se produire à la seconde près.

— Comment ?

— Il doit connaître un employé de la compagnie. Il est possible de découvrir lequel en recoupant des listes d'appels téléphoniques. Notre informaticienne obtiendrait des résultats très vite... D'autant plus vite que les suspects sont peu nombreux, ajouta-t-il après une nouvelle hésitation.

Elle fronça les sourcils.

— Et où est le problème ?

Il se passa la main dans les cheveux et soupira.

— Le problème, c'est qu'il me faudra un bout de temps pour obtenir un mandat pour ces appels.

Elle alla chercher son téléphone sur le comptoir de la cuisine.

— Que fais-tu ? demanda-t-il.

— J'appelle Layla.

Il haussa un sourcil.

— Ma sœur Layla Colton, qui travaille pour Colton Energy, ajouta-t-elle.

Il pouffa, puis répondit :

— Désolé. J'avais oublié qui tu étais.

— Je crois au contraire que tu es le seul à savoir qui je suis.

— Parce que tu laisses les gens penser ce qu'ils veulent de toi. C'est une bonne stratégie. S'ils ne comprennent pas à côté de quoi ils passent, tant pis pour eux !

Elle eut envie de l'entraîner dans la chambre, mais elle s'aperçut que les filles commençaient à s'agiter. Comme il lui restait peu de temps avant de devoir agir, elle chercha le numéro de sa sœur.

— Elle devrait au moins pouvoir te fournir les numéros des employés de manière anonyme, dit-elle. Ça t'aidera ?

— Beaucoup. J'ai déjà les numéros de la plupart des suspects.

— Alors si tu trouves un appel de l'un des numéros d'une liste à un numéro de l'autre...

— Je n'aurai plus qu'à obtenir un mandat pour ces deux numéros, acheva-t-il à sa place.

— Tu peux compter sur Layla, lui assura-t-elle.

— Si tu as confiance en elle, moi aussi.

Cela lui fit chaud au cœur.

— Elle pourrait même se charger de faire les recoupements, suggéra-t-elle. Ça te ferait gagner du temps.

Il fronça les sourcils.

— Quand as-tu commencé à penser comme un flic ? demanda-t-il.

— Quand j'ai commencé à fréquenter l'un des meilleurs.

Il ouvrit la bouche, puis la ferma et hocha la tête.

— Appelle-la, dit-il. Merci, Gemma.

— Tout le plaisir est pour moi, répondit-elle en lui faisant bien comprendre par son sourire qu'elle ne parlait pas que du coup de téléphone.

29

Quand Gemma eut passé son coup de téléphone et qu'il n'y eut plus qu'à attendre, Dante eut une nouvelle crise de claustrophobie et se remit à faire les cent pas. Il n'avait pas l'habitude de rester enfermé des journées entières.

Finalement, quand les jumelles se réveillèrent, Gemma suggéra une sortie.

— Peut-on éviter le parc ? demanda-t-il.

Il la vit frissonner.

— Avec joie. Le centre-ville ? Je n'ai pas fait les boutiques depuis une éternité.

Il dut grimacer, car elle éclata de rire.

— S'il le faut, soupira-t-il.

— À vrai dire, je voulais faire quelques emplettes pour les filles, dit-elle en jetant un coup d'œil aux jumelles, qui semblaient tenir une conversation. Et il n'est jamais trop tôt pour prendre de bonnes habitudes.

Il grogna. Pourquoi Dom n'avait-il pas eu des garçons ?

— Mancuso ?

Pourquoi utilisait-elle son nom de famille ? Il lui jeta un regard surpris.

— Je te taquine, lança-t-elle.

— Je me vengerai, la menaça-t-il sans conviction.

— Est-ce une promesse ?

— Oh oui, grommela-t-il.

Après avoir confié Flash à Patience Colton, au centre d'entraînement, ils se rendirent dans la rue commerçante de Red Ridge. Dante la connaissait pour avoir mené plusieurs enquêtes dans le quartier, mais il n'y achetait jamais rien. Ce n'était pas son style. Tous ses vêtements et ses chaussures venaient d'un centre commercial en périphérie.

En passant devant une bijouterie, il fut frappé par une évidence : jamais il ne pourrait offrir à Gemma ce à quoi elle était habituée. Le seul fait d'être dans cette rue le mettait mal à l'aise alors qu'elle y était clairement dans son monde.

Elle doit s'attendre à un gros diamant sur sa bague de fiançailles.

Il s'arrêta net quand cette pensée lui vint.

— Dante ? s'inquiéta Gemma.

— Je...

Non, il ne pouvait pas lui dire ce qui le préoccupait.

— C'est ta boutique préférée ? demanda-t-il en indiquant la vitrine du bijoutier.

— Elle l'était, à une époque. Maintenant, je sais qu'il y a des choses plus importantes.

Un homme sortit de la bijouterie. Comme il lui semblait vaguement familier, Dante passa mentalement en revue la liste des gens que la police recherchait... jusqu'à ce qu'il s'aperçoive que Gemma s'était figée.

— Bonjour, Gemma, dit l'homme.

Il portait une cravate en soie et des boutons de manchettes qui devaient coûter plus cher qu'une voiture... Dante comprit qui il était un instant avant que Gemma réponde :

— Bonjour, Dev.

Tandis que Devlin Harrington les observait, Dante resta silencieux. Il ne lut qu'un air de supériorité exaspérant et une vague curiosité sur son visage. Si c'était tout ce qu'il éprouvait en voyant Gemma avec un autre homme, elle n'avait rien perdu. Harrington jeta ensuite un coup d'œil aux jumelles avec une indifférence absolue. Dante serra les dents.

— Je suis contente qu'on tombe sur toi, reprit Gemma. Je voulais te remercier.

Harrington fronça les sourcils.

— Quoi ?

— Pour m'avoir quittée.

— Quoi ? répéta Harrington.

Dante se sentit brusquement mieux et se retint d'éclater de rire.

— C'est le plus beau cadeau que tu m'aies jamais fait, poursuivit Gemma. Ça a changé ma vie.

— Ah oui ? fit Harrington, l'air déconcerté.

— Oui. Et je comprends, maintenant, que nous n'aurions pas pu nous rendre heureux.

L'avocat parut soulagé.

— C'est vrai. Je regrette que…

— J'espère que tu trouveras le bonheur, le coupa Gemma sans aucune agressivité.

Dante réprima une bouffée de jalousie quand Harrington la serra dans ses bras.

— Moi aussi, j'espère que tu trouveras le bonheur, Gemma, répondit-il. Tu le mérites.

Dante le suivit des yeux tandis qu'il regagnait sa voiture luxueuse et étincelante, puis se tourna vers Gemma, qui était penchée sur la poussette.

— C'est à lui que tu voulais prouver quelque chose ? lui demanda-t-il. Sans rire ? Je sais qu'il est riche et puissant… Mais il n'a aucune personnalité, à part le défaut d'être méprisant.

Il fut surpris de la voir éclater de rire.

— Je t'accorde qu'il lui arrive d'être méprisant, dit-elle.

— Il était vraiment ce que tu voulais ?

— Il était ce que la femme que je ne suis plus voulait. Maintenant, je veux quelque chose de très différent.

— Et tu as changé d'avis en quelques jours ? demanda-t-il, n'osant pas croire ce qu'il entendait.

Elle haussa les épaules.

— Tout le monde approuvait notre relation, et je croyais que c'était le plus important.

— Et toi, dans tout ça ?

— J'ai revu mes positions. Et j'ai prouvé ce que je voulais prouver, non ?

Il jeta un coup d'œil aux jumelles, qui observaient ce nouvel environnement avec curiosité.

— C'est vrai, admit-il.

— Et j'ai découvert au passage que ce que je ressentais pour Dev n'était pas de l'amour. Juste une pâle imitation, poursuivit-elle.

— Tu es mieux sans lui, remarqua-t-il. Maintenant, tu n'as plus qu'à trouver quelqu'un d'autre qui peut t'offrir des choses de cette boutique.

— Ce n'est pas ce dont j'ai besoin. J'ai besoin d'un homme capable de me rendre heureuse, même s'il ne peut m'offrir qu'un anneau de dentition comme bague de fiançailles.

Elle se remit en route sur ces mots. Dante resta paralysé, déchiré entre la honte de ne pas savoir ce qu'était un anneau de dentition et l'envie de lui demander s'il était cet homme.

Jamais Gemma ne s'était sentie aussi bien. Se retrouver en face de Dev lui avait permis de comprendre à quel point elle avait changé.

Maintenant, elle comprenait aussi pourquoi ceux de ses proches qui avaient trouvé l'amour lui semblaient si différents. Parce qu'ils l'*étaient*.

Soudain, elle se rendit compte qu'elle n'avait pas dit à Dante qu'elle l'aimait. Elle le lui avait prouvé de toutes les manières possibles, mais sans formuler clairement son sentiment. Pourquoi ? Parce qu'elle attendait qu'il le fasse le premier ? Elle...

Son téléphone sonna. Elle fouilla dans son sac en se

réjouissant de la diversion. C'était Layla. Vu les pensées qu'elle venait d'avoir, elle ne put s'empêcher de frissonner. Layla, elle, n'avait pas changé.

Quand elle décrocha, elle sentit que Dante la rejoignait. Elle écouta la voix crispée de Layla – il semblait toujours y avoir une crise chez Colton Energy, ces derniers temps –, la remercia et raccrocha.

— Elle a la liste, mais elle devait assister à une réunion, dit-elle en se tournant vers Dante. Elle rappellera ce soir pour que tu lui donnes les numéros de tes... suspects.

— Merci, répondit-il. As-tu froid ?

Son frisson ne lui avait donc pas échappé.

— Non. J'ai juste pensé à quelque chose de triste.

— À quoi ?

— Je suis sûre que Layla se sent obligée d'épouser le père de Dev et qu'elle ne l'aime pas vraiment.

— Ça te rappelle quelque chose ? demanda-t-il avec le ton prudent qu'il employait beaucoup depuis quelques jours.

— Oui, ça me rappelle la situation dans laquelle je me trouvais, admit-elle en soutenant son regard.

— Et dans laquelle tu ne te trouves plus ?

— Non.

Elle le laissa lire la réponse qu'il attendait dans ses yeux. Son expression passa du doute à l'espoir, puis au soulagement.

— Gemma, je...

L'arrivée d'un texto l'interrompit. Sa mine s'assombrit lorsqu'il le lut.

— Mauvaises nouvelles ?

— Il faut qu'on aille au centre d'entraînement, dit-il en fourrant son téléphone dans sa poche. Flash est blessé.

Elle tressaillit.

— Oh non ! Que s'est-il passé ?

— Il s'est battu avec un autre chien.

— Alors dépêchons-nous !

Malgré l'urgence de la situation, Dante la regarda un long moment, puis lui sourit.

— Oui, dépêchons-nous.

30

Ils regagnèrent sa voiture et y installèrent les filles, ce qui était bien plus simple depuis que Gemma avait acheté une deuxième paire de sièges et qu'ils n'avaient plus besoin de les bouger.

— Je me souviens que, au début, je trouvais bizarre de mettre un siège pour bébé dans une voiture de police, dit Gemma. Et puis je me suis dit que ça symbolisait parfaitement ton travail : tu protèges les plus faibles.

Dante comprit qu'elle essayait de le distraire. Malgré son inquiétude pour Flash, il lui en fut reconnaissant et lui sourit.

— Merci, répondit-il. Ça me fait plaisir qu'il y ait des gens qui s'en souviennent.

Ils avaient fait la moitié du trajet quand le centre d'entraînement appela. Il prit l'appel et mit le haut-parleur.

— Dante ? C'est Patience.

— Dis-moi que tu n'appelles pas parce que c'est grave.

— Non. J'appelle parce que je sais que tu dois t'inquiéter. Il va bien. Il est dans mon bureau, et tout le monde le gâte.

Il soupira de soulagement.

— Que s'est-il passé ?

— Une petite bagarre avec un jeune chien qui n'a pas encore de bonnes manières. Il n'y a pas eu de morsure. Flash n'a qu'une élongation. Il a juste besoin de se reposer.

— On ne peut pas dire que mon appartement soit très reposant, ironisa Dante.

Patience pouffa.

— Je sais de quoi des bébés sont capables, répondit-elle.

— J'admire ma sœur, dit Gemma quand il eut raccroché. Elle a toujours su ce qu'elle voulait. Rien n'aurait pu l'empêcher de devenir vétérinaire.

— Elle est très douée avec les chiens.

Gemma esquissa un sourire un peu triste.

— Un jour, elle m'a dit qu'elle regrettait de ne pas pouvoir se fier aux hommes comme elle se fiait aux chiens.

— Je l'ai regretté une fois ou deux moi-même, avoua-t-il. Mais les chiens et tous les membres de la brigade ont confiance en elle. Elle a les pieds sur terre.

— Contrairement aux autres Colton ? lança Gemma alors qu'il s'arrêtait à un feu rouge.

Il tourna la tête vers elle et lut de l'amusement dans ses yeux.

— Je le pensais naguère, reconnut-il.

— Tu aurais eu raison naguère, dit-elle avec un grand sourire.

Patience les attendait devant le centre d'entraînement. Flash, qui ne semblait que légèrement contrarié, se trouvait auprès d'elle. En voyant Gemma sortir de la voiture, elle écarquilla les yeux.

— Vous avez les jumelles ? s'exclama-t-elle.

Gemma acquiesça.

— Tu veux les rencontrer ?

— Bien sûr ! répondit Patience avant de tendre la laisse de Flash à Dante qui s'était hâté de la rejoindre. Porte-le pour le mettre dans le coffre ; il vaut mieux lui éviter de sauter pendant un petit moment.

Il grimaça en prenant la laisse.

— Tu peux lui faire faire un peu d'exercice, mais pas plus d'une promenade par jour pendant une semaine, recommanda Patience. S'il boite encore après ça, ramène-le-moi.

Dante hocha la tête.

— Il y a autre chose ? demanda-t-il comme Patience semblait hésiter à rejoindre Gemma qui avait ouvert les portières arrière de la voiture pour lui présenter les filles.

— Oui, j'ai vu quelque chose ce matin. Tu te souviens du chiot que les Larson ont volé ?

Il ne prit pas la peine de lui rappeler qu'ils n'avaient aucune preuve de la culpabilité des Larson. Il n'en doutait pas plus qu'elle.

— Bien sûr, répondit-il.

— Je l'ai vu. Et le type qui le promenait avait les deux chiens des Larson, ceux que Darby Gage leur a vendus.

Comme il n'aimait pas son ton, il essaya de tourner l'affaire à la plaisanterie.

— Parce que quelqu'un promène leurs chiens ? On devient trop civilisé, dans la région.

Cela ne la fit pas rire.

— Je récupérerai ce chien, Dante.

Il retrouva tout son sérieux.

— Ne t'approche pas de ces types. Ils sont vraiment dangereux.

— Tu crois que je l'ignore ? Je sais très bien de quoi les Larson sont capables ! s'exclama-t-elle avant de se diriger vers la voiture.

Penchées sur les jumelles qui babillaient dans leurs sièges, les deux sœurs échangèrent quelques mots, puis Patience se redressa, leur adressa un salut de la main, et retourna vers le bâtiment.

— Elle croit toujours que les Larson ont volé l'un des chiens, n'est-ce pas ? demanda Gemma à Dante qui arrivait avec Flash.

— Oui, répondit-il. Mais j'aimerais qu'elle soit plus discrète. Il n'est jamais bon d'attirer l'attention des Larson.

— Je crois..., commença Gemma avec hésitation.

— Quoi ?

— Je n'en suis pas sûre, mais je crois qu'elle est sortie avec l'un des deux.

— Patience et l'un des Larson ? s'exclama-t-il, l'air incrédule.

— Je l'ai vue avec l'un d'eux une fois ou deux. Quand je l'ai interrogée, elle m'a dit que ce n'était rien, mais...

— J'espère vraiment que ce n'était rien, grommela-t-il.

Toute femme assez stupide pour sortir avec un Larson risquait de s'attirer de gros ennuis.

Tout était si... familier, songea Gemma en regardant Dante prendre Flash dans ses bras pour l'installer dans le coffre.

Quand ils furent garés devant l'appartement, Dante souleva doucement Flash pour le sortir du coffre.

— Je sais que c'est humiliant, mon ami, mais ça ne durera pas longtemps, lui dit-il. Et, tel que je te connais, ça te plaira vite. Ça te manquera même quand je ne le ferai plus.

Gemma éclata de rire, et donna une friandise à Flash pour se faire pardonner.

— Ne le dis pas à Dante, chuchota-t-elle.

— Au type qui lui a déjà donné une friandise après l'avoir mis dans le coffre, tu veux dire ? lui lança Dante.

Ils éclatèrent de rire.

Ils souriaient encore, plusieurs heures plus tard, alors qu'elle jouait avec les filles pendant que Dante sortait des steaks du réfrigérateur. Elle n'avait jamais vu l'attrait de ces scènes domestiques... À présent, rien ne lui semblait plus souhaitable qu'une longue série de journées comme celle-ci – suivies de nuits comme les dernières.

À vrai dire, si les filles avaient été endormies... Comment

avait-elle pu trouver Dev beau ? Il était insipide, comparé à Dante. Son regard intense, son torse puissant, ses hanches étroites…

— Je ne sais pas ce que tu as en tête, mais ne l'oublie pas, dit-il en enroulant les bras autour de sa taille par-derrière.

— Il n'y a aucun risque, le rassura-t-elle en se retournant.

— Parfois, quand tu me regardes comme ça…, commença-t-il après un long silence.

Le téléphone de Gemma sonna.

— Je vais jeter ce truc dans une rivière, grommela-t-elle.

— Tu ne veux pas répondre ?

Elle soupira.

— Si. C'est Layla.

Elle le sentit se raidir, ce qui finit de lui faire perdre sa bonne humeur.

Voilà ce que c'est que de vivre avec un policier, songea-t-elle.

Elle avait croisé des policiers toute sa vie, mais n'avait jamais compris que l'engagement de leurs compagnes devait être aussi total que le leur, parce qu'elles risquaient de les perdre tous les jours.

Ce serait son cas, si elle restait…

— Gemma ?

Elle revint brusquement à la réalité et repoussa cette pensée effrayante.

— Désolée, dit-elle en lui tendant le téléphone. Ne t'inquiète pas pour les steaks, je les protège.

Cela le fit sourire. Flash ne les quittait pas des yeux depuis qu'ils étaient sortis du réfrigérateur. Dante prit le téléphone et s'éloigna.

Il revint cinq minutes plus tard, l'air contrarié mais pas furieux.

— Ça n'a rien donné ?

— Non. Le seul numéro qui correspond est celui de Frank, qui m'a dit avoir appelé la compagnie.

— Je suis désolée.

Il haussa les épaules.

— Ne le sois pas. Tu m'as fait gagner beaucoup de temps. Elle est intelligente, ta sœur…

— Comme la plupart des membres de la famille, répliqua-t-elle avec un sourire espiègle.

Ils nourrirent les filles, ce qui fut une nouvelle grande aventure, après quoi ils dînèrent à leur tour, puis restèrent dans le salon avec les jumelles, qui semblaient bien décidées à ramper.

— Je mise sur Lucia, dit Dante en allumant son ordinateur pour se remettre à travailler.

— Tu crois qu'elle rampera la première ?

Il acquiesça.

— Je suis d'accord, mais seulement parce que je pense toujours que Zita se mettra directement à marcher, répondit-elle.

Dante soupira profondément.

— Cette idée me terrifie !

Comme il semblait vraiment inquiet, elle se retint de rire.

— Tes enquêtes sont-elles toujours linéaires ? demanda-t-elle.

Il cligna des yeux.

— Quoi ?

— Elles évoluent en fonction des nouveaux indices que tu découvres, non ?

— Bien sûr.

— Tu dois donc t'adapter, changer ta manière de les envisager… Ce sera la même chose avec les jumelles. Et nous nous adapterons. Quoi qu'il arrive, nous y ferons face.

— Tu as l'air bien sûre de toi…

— Ça aide, dit-elle avec un grand sourire.

— C'est vrai, ça marche, admit-il.

Il la regarda pendant un long moment avant de reprendre d'une voix rauque :

— Que dirais-tu de faire l'amour devant deux bébés de six mois ?

— Je ne suis pas sûre que ce soit une bonne idée, répondit-elle. Mais imagine ce que ce sera si on attend encore une heure…

Elle ne se trompait pas.

31

Gemma se réveilla merveilleusement comblée. Elle se demandait s'ils avaient le temps de se câliner une fois de plus quand son téléphone sonna.

— Toi, tu finiras dans une rivière, grommela-t-elle.

Elle essaya de décrocher avant que la sonnerie réveille Dante, mais il était policier. Il était déjà assis quand elle reconnut le numéro de Layla.

— Allô !

— J'aime ton flic, dit Layla sans préambule.

Le « ton flic » procura tant de plaisir à Gemma qu'elle le savoura quelques secondes.

— Moi aussi, répondit-elle. Beaucoup.

— Vraiment beaucoup ?

— Plus que ça.

Layla soupira.

— J'en suis ravie pour toi.

Gemma eut envie de lui demander si elle devait aussi se réjouir pour elle, mais Layla devait avoir une bonne raison d'appeler. Elle n'avait jamais le temps de bavarder. De fait, elle demanda aussitôt :

— Peux-tu me le passer ?

— Tu as du nouveau ?

— Oui. J'ai trouvé un de ses numéros.

Gemma tendit le téléphone à Dante.

— C'est Layla, lui dit-elle. Elle a trouvé un numéro.

Dante était parfaitement éveillé, en alerte. C'était un homme qui faisait tout en se donnant à fond...

Partager sa vie serait un vrai défi. Elle était sûre qu'elle aurait peur, parfois, mais qu'elle ne s'ennuierait jamais.

Et c'était ce qu'elle voulait. Elle essaya de le lui faire comprendre par le regard tandis qu'il approchait le téléphone de son oreille.

— Oui ? répondit-il sans la quitter des yeux.

Dante avait du mal à se concentrer. Sa vie changeait trop vite... Mais il tenait peut-être la piste qui le mènerait à leur taupe.

Grâce à une autre Colton, qui avait pensé à faire une vérification supplémentaire sur les portables de ses employés de maintenance.

Il se gara sur le parking de la brigade et envisagea de laisser Flash dans la voiture, mais celui-ci se leva. Il alla ouvrir le coffre et souleva le chien pour le poser par terre.

— J'ai l'impression que tu as pris dix kilos dans la nuit, grommela-t-il.

Flash parut vexé, mais Dante ne put s'empêcher de sourire parce qu'il repensait à sa propre nuit.

Il tenait à boucler rapidement cette enquête pour consacrer du temps à réfléchir à son avenir. Un avenir que l'irruption des jumelles et de Gemma dans sa vie avait bouleversé.

Il songea à Dominic. Son frère avait eu bien des défauts, mais il aimait profondément sa femme. Pour être honnête, Dante devait reconnaître s'être toujours émerveillé que Dom ait trouvé quelqu'un qui lui correspondait si bien.

Gemma venait d'un monde très différent du sien, mais sous sa façade scintillante se cachait une femme généreuse, intelligente et drôle...

— Mancuso !

La voix de Finn Colton l'arracha à ses pensées. Il se tourna vers son chef, qui arrivait aussi.

— On m'a dit que ton partenaire était blessé, dit Finn en baissant les yeux vers Flash.

— Rien de grave, répondit Dante.

Ils se dirigèrent vers l'entrée du bâtiment. Finn continua à observer Flash pendant quelques secondes avant de hocher la tête et de reporter son attention sur Dante.

— Alors, tu progresses ? demanda-t-il.

— J'ai peut-être une bonne piste, répondit Dante, qui préféra ne pas lui révéler tout de suite d'où il la tenait. Je suis venu vérifier quelque chose.

Finn se contenta d'acquiescer.

— Je suis sur le point de remporter la cagnotte, tu sais, dit-il.

— La cagnotte ? répéta Dante avant de se souvenir que ses collègues avaient parié sur l'endurance de Gemma. Oh !

— J'étais le seul à parier qu'elle tiendrait un mois. Elle va y arriver, n'est-ce pas ?

— Si les jumelles ne l'achèvent pas cette semaine, oui.

Finn éclata de rire.

— J'avais quinze ans quand ma petite sœur est née. Je me souviens que je n'en revenais pas qu'un être aussi petit puisse créer autant de problèmes. Je n'ose pas imaginer ce que ça donne avec deux…

— Gemma s'en sort très bien. Les jumelles l'adorent.

Finn haussa un sourcil.

— Et toi ?

Dante grimaça.

— Je croyais qu'elle avait déjà un grand frère…

— Oui, mais je tire mieux que lui, répliqua Finn, parfaitement impassible.

Comme il n'était pas tout à fait sûr que son chef plaisantait, Dante se retint de rire. Par ailleurs, il appréciait que Finn se soucie de Gemma.

— Tu n'auras pas besoin de me tirer dessus, assura-t-il.

— Je suis ravi de l'entendre ! Tu es quelqu'un de bien, Mancuso. Et je suis sûr que tu as dû combattre quelques préjugés pour en arriver là. Je t'admire pour ça.

— Gemma aussi, dit Dante.

Finn fronça les sourcils.

— Je n'y avais pas songé, mais tu as raison, reconnut-il.

— Je...

Il laissa sa phrase en suspens parce que Flash venait de s'arrêter net près d'une voiture grise.

— À qui appartient cette voiture ? demanda-t-il.

— Je ne sais pas, répondit Finn. Pourquoi l'intéresse-t-elle autant ?

— Ce n'est pas que de l'intérêt, répondit Dante. Tu vois la manière dont il dresse la queue ? Il est sur une piste.

— Dans cette voiture ? Quelle piste ?

— Tout ce que je peux te dire, c'est que quelque chose qu'on lui a demandé de chercher se trouve là.

Finn le dévisagea quelques instants avant de sortir son téléphone de sa poche et de s'éloigner. Il revint une minute plus tard avec un nom.

Le même que celui fourni par Layla.

— C'est lui, dit Dante.

Il révéla à Finn ce qu'il avait découvert : la coupure de courant, l'appel passé à un employé de maintenance de la compagnie, et ce qui ne se trouvait pas sur la vidéo de surveillance.

Finn fronça les sourcils.

— Heureusement pour nous, je connais un juge qui sera ravi de nous fournir un mandat en urgence pour ces numéros.

— Ah oui ?

— Tu te souviens de Ponzi, l'arnaqueur qui travaillait pour les Larson sans qu'on ait jamais pu le prouver ? La nièce de ce juge a perdu beaucoup d'argent dans cette histoire.

Tout se passa très vite après cela. En plus du mandat pour les téléphones, Finn en obtint un pour la voiture. À peine deux heures plus tard, ils tenaient le téléphone disparu, qui avait été caché dans la roue de secours. À côté se trouvait une carte de crédit d'une banque à Rapid City. L'examen de ce compte devrait leur permettre de savoir combien les Larson avaient payé pour que le téléphone disparaisse.

Combien ils avaient payé Al Collins. Le partenaire de Duke. Cela expliquait comment le tireur les avait trouvés, à la fois à l'appartement qu'ils fouillaient et chez lui. En partant de là, l'homme de main n'avait plus eu qu'à suivre Gemma jusqu'au parc.

Vingt minutes plus tard, Collins était en détention. Après avoir commencé par protester, il s'était muré dans le silence. Le contenu du téléphone avait été effacé, et il ne dirait pas qui l'avait engagé, mais Dante ne doutait pas de sa culpabilité.

— C'est pour ça que tu as fait semblant de faire tomber ton stylo, dit Dante. Pour pouvoir te pencher et voir où Ron déposait le téléphone. Et l'agent de maintenance ? Il te devait un service ?

Collins répondit une obscénité. Dante l'ignora. D'une manière ou d'une autre, ils finiraient par tout comprendre.

— Je suis content que ce soit toi le pourri, parce que tu n'es là que depuis quelques semaines, ajouta Dante alors qu'on entraînait Collins hors de la salle d'interrogatoire.

— Dommage que Lambert ne t'ait pas eu ! cracha Collins.

Dante le regarda s'éloigner sans rien trahir de sa jubilation. Il venait de lui livrer le nom de l'homme qui avait tiré sur Gemma et les jumelles – l'homme qui avait tué Dom.

32

Dante rentra chez lui aussi heureux qu'il pouvait l'être après avoir démasqué un flic véreux et tomba sur un désastre. Les jumelles hurlaient, Gemma semblait désemparée au milieu de leurs jouets, et il y avait une grande giclée orange sur l'un des murs de la cuisine.

Flash s'arrêta sur le pas de la porte, contempla la scène trois secondes, puis se retourna pour demander à regagner la tranquillité de la voiture. Dante ne pouvait lui en vouloir, mais il l'entraîna vers le patio. Flash parut soulagé quand il ferma la porte-fenêtre.

Les filles faisaient un peu moins de bruit. Gemma, qui tenait Lucia, paraissait à bout de forces, mais déterminée.

En regardant le trio, il songea qu'il aurait dû avoir envie de fuir, comme Flash. Or, ce n'était pas le cas.

Il prit Zita et la fit virevolter dans les airs. Elle se mit aussitôt à rire et sa sœur cessa de pleurer pour l'observer avec fascination.

— Merci, dit-il à Gemma en se tournant vers elle.

Elle fronça les sourcils.

— Pourquoi ? demanda-t-elle avant de tressaillir. Vous le tenez ? Le numéro a été utile ?

— Oui et oui. C'était pour ça que je voulais te remercier au départ, mais maintenant que je vois ce chaos, je te remercie aussi de les avoir gardées en vie.

Gemma grimaça.

— J'aurais dû savoir que c'était la chance du débutant qui me permettait de tenir depuis trois semaines…

— Et c'est la détermination qui te permettra de continuer, répondit-il. Tu n'es pas du genre à baisser les bras.

— J'en ai douté, ce matin. Elles ont atteint un nouveau niveau sonore.

— Je sais que ça a été dur pour tout le monde de rester enfermé ici, mais ce ne sera peut-être plus nécessaire bientôt.

Elle lui jeta un regard interrogateur.

— J'ai le nom de l'homme qui vous a tiré dessus, expliqua-t-il.

— Tu as manifestement eu une matinée chargée.

— Grâce à toi, à ta sœur, et à Flash.

— Flash ?

Il lui expliqua ce qui s'était passé sur le parking de la brigade.

— Vas-tu te remettre à temps plein, maintenant que tu as démasqué la taupe ? demanda-t-elle.

— Le chef ne m'en a pas parlé. Il m'a juste dit de prendre le reste de la journée. C'est quoi, sur le mur ?

— De la purée de carottes.

— Qui déteste assez ça pour la lancer sur le mur ?

— Zita. Et elle était très fière d'elle.

— C'est peut-être une artiste en herbe…

Gemma éclata de rire.

— Quant à Lucia, elle a étalé la sienne sur tous les vêtements qu'elle pouvait atteindre.

— Si tu allais vous débarbouiller toutes les trois pendant que je m'occupe du mur ? suggéra-t-il. Après ça, on ira faire un tour.

— C'est vrai ? s'exclama Gemma comme s'il proposait de décrocher la lune.

— Oui. On s'achètera une pizza et on ira la manger dans un endroit où les filles pourront faire tout le bruit qu'elles voudront.

— Et Flash ?

Il apprécia qu'elle pense à lui.

— On l'emmène, si tu veux bien. Un peu d'exercice ne lui fera pas de mal.

— Bien sûr que je veux bien, dit-elle avec un sourire. Je ne suis pas moins tombée sous son charme que sous le tien.

Ce qui s'éveilla en lui fut si brutal qu'il dut baisser les yeux.

— Merde..., grommela-t-il.

— Ce n'est pas exactement la réponse que j'espérais, lui fit remarquer Gemma.

Il trouva le courage de soutenir son regard.

— Et qu'espérais-tu ? demanda-t-il. Que je te dise que je n'ai jamais ressenti ce que je ressens avec toi, et pas seulement dans la chambre ? Que j'ai eu une chance incroyable que tu entres dans ma vie, et pas seulement pour les jumelles ?

— Tu t'en rapproches, répondit-elle.

Il inspira profondément, hésita...

Allez, lance-toi !

— Et que dirais-tu de « je t'aime » ?

Elle écarquilla les yeux et entrouvrit les lèvres.

— Je sais qu'on ne se connaît que depuis trois semaines, mais...

En la voyant secouer la tête, il se tut. Bon sang ! Il avait tout gâché ! Elle ne ressentait pas la même chose, et...

— Moi aussi, je t'aime, murmura-t-elle. Je n'osais pas te le dire.

Il lui fallut un moment pour se ressaisir avant qu'il puisse demander :

— Tu n'osais pas ? Pourquoi ?

— Parce que j'étais assez bête pour me croire amoureuse de Dev quand on s'est rencontrés. J'avais peur que tu n'arrives pas à croire que j'aie changé à ce point en trois semaines.

— Pourquoi ? Ma vie a bien changé en dix secondes !

Il l'attira contre lui et l'embrassa passionnément. Quand

il s'écarta pour la laisser reprendre son souffle, il s'aperçut tout à coup que les jumelles ne faisaient aucun bruit.

— Pourquoi sont-elles si calmes ? s'étonna-t-il.

— Elles préparent la prochaine explosion, j'en suis sûre, répondit Gemma.

— Alors allons manger ! Je ne veux pas gérer ça l'estomac vide.

— Bonne idée ! Tu auras besoin de tes forces plus tard.

Il pensait encore à ce qu'il ferait de ses forces lorsqu'il se retrouva assis sur une couverture devant une pizza. Il avait été surpris de découvrir que Gemma était une traditionaliste, dans ce domaine. Ils s'étaient installés à côté de l'enclos où les chiens pouvaient courir librement. Quant aux jumelles, elles jouaient avec des blocs de couleur attachés à une ficelle. Gemma lui avait expliqué que c'était l'objet préféré du moment parce qu'elles pouvaient jouer avec en même temps.

Il n'y avait que deux autres chiens dans l'enclos. Après s'être reniflées un moment, les trois bêtes avaient décidé qu'elles pouvaient coexister et s'étaient éloignées les unes des autres.

— Ce dont Flash est capable est vraiment stupéfiant, commenta Gemma.

Il hocha la tête.

— D'autant plus qu'on les dresse à aller contre leur instinct, qui les pousse à suivre la piste la plus fraîche.

— Vous les entraînez à suivre une odeur précise ?

— Et une fois qu'ils l'ont identifiée, ils ne l'oublient jamais. C'est comme ça qu'il a retrouvé la pièce à conviction disparue, ce matin.

— Il a besoin d'un jardin pour renifler plus souvent. D'un *grand* jardin.

— J'y pense, admit-il. J'ai repéré un quartier où il serait bien, mais j'ai renoncé à déménager à cause du temps de trajet.

— Tu occupes ce temps à te promener, lui fit-elle remarquer.

Et les filles auront bientôt besoin de plus d'espace, à la fois intérieur et extérieur…

Il inspira profondément et affronta la réalité. Il était tombé amoureux d'une femme habituée à ce qu'il y avait de meilleur, et qu'il ne pouvait pas lui offrir.

— Je ne peux pas me permettre… ce dont tu as l'habitude, répondit-il avec hésitation.

— Est-ce une invitation ? demanda-t-elle en haussant un sourcil.

— Un avertissement.

— Il y a bien la maison de ton frère…

Il dut avoir une expression horrifiée parce qu'elle éclata de rire.

— A-t-il laissé quelque chose aux filles ? reprit-elle.

— Il leur a tout laissé. Mais je ne veux pas toucher à cet argent… Plus précisément, je ne veux pas que cet argent touche les jumelles.

Elle scruta son visage quelques secondes avant de dire :

— À cause de la manière dont il l'a acquis. Je comprends. Tu es quelqu'un de bien, Dante. Ça a dû être dur de grandir dans une famille pareille… Et que ferais-tu si ton frère avait gagné son argent honnêtement ?

Il fronça les sourcils.

— Où veux-tu en venir ?

— J'essaie juste de savoir si tu accepterais de l'aide venant d'une source honnête.

Il comprit enfin et secoua vivement la tête.

— Refuses-tu parce que tu as des principes ou par orgueil ?

— Sans doute les deux, répondit-il, complètement désemparé.

— Tu sais que certains penseront que c'est ma fortune qui t'intéresse quoi que tu fasses, n'est-ce pas ?

Il grimaça.

— Du moment que tu sais que c'est faux…

— Oui, je le sais parce que je te connais.

Cette réponse le rassura profondément.

— Voici mon plan, ajouta-t-elle. Tu gères les bases, le logement et la nourriture, et je gère les trucs de filles : les vêtements, les chaussures, le maquillage…

— Le maquillage ? s'exclama-t-il.

— Plus tard, bien sûr. Et je pourrai me charger de leur parler des garçons. J'en ai appris beaucoup sur l'amour, ces derniers temps… Et puis elles auront eu un bon exemple sous les yeux pendant un bon moment.

Il en resta bouche bée.

— Je te connais, Dante, ajouta-t-elle. Si tu l'as dit, c'est que tu étais sincère.

— Je… Oui.

— Parfait.

Après un moment de silence, il secoua lentement la tête.

— C'est comme ça que tu t'y prends, dans les galas ? demanda-t-il. Tu harcèles les gens jusqu'à ce qu'ils prennent le chemin que tu veux et qu'ils se rendent compte que c'était celui qu'ils voulaient aussi ?

— Est-ce le chemin que tu veux ?

— Oui, dit-il avec conviction. Mais tu es qui tu es, et…

— Je ne retiendrai pas ta famille contre toi si tu ne retiens pas la mienne contre moi, le coupa-t-elle.

— Je n'ai rien contre la plupart des membres de ta famille, se défendit-il.

— Sauf mon père, je sais. Tu n'es pas le seul. Alors oublie-le. Mes frère et sœurs compensent, non ?

— Oui.

— Et les unions entre des Colton et des membres de la brigade canine semblent à la mode. Bea, Blake, maintenant moi…

Il esquissa un sourire.

— Il y a peut-être quelque chose dans l'eau du robinet, suggéra-t-il.

— Non. Nous avons bon goût. Certains d'entre nous mettent plus de temps à le comprendre que d'autres, c'est tout.

— Gemma..., murmura-t-il en se penchant vers elle.

Des aboiements féroces les empêchèrent de s'embrasser.

Flash ! Dante le chercha des yeux et le repéra vite à l'autre bout de l'enclos. Il courait vers eux.

Il avait senti quelque chose – dans l'air, sinon il aurait eu le museau au sol – et cela venait de leur direction.

Dante se leva d'un bond et scruta les environs, la main sur la crosse de son arme.

— Dante ? s'inquiéta Gemma

— Emmène les filles dans la voiture, et allez-vous-en ! ordonna-t-il en lui lançant la clé. Reste à distance jusqu'à ce que je t'appelle.

— Tu veux que je te laisse seul ?

Cela le fit sourire malgré l'urgence de la situation.

— Quand tu seras assez loin, appelle la police.

— Dante...

— Je t'aime, dit-il. Maintenant, va-t'en !

Il jeta un coup d'œil à Flash, qui aboyait toujours.

Les arbres, songea-t-il.

C'était le seul endroit où l'on pouvait se cacher.

Il lut dans les yeux de Gemma qu'elle avait compris qu'il lui avait dit qu'il l'aimait au cas où. Cela l'inciterait-il à réfléchir ? En conclurait-elle qu'elle ne pouvait pas partager la vie d'un policier ?

Il chassa cette pensée, se concentra et se dirigea vers les arbres.

Dès qu'il aperçut une silhouette, il fut certain que c'était Lambert, l'homme qui avait causé la mort de Dominic et d'Agostina, puis tiré sur Gemma et les jumelles.

Le désir de l'éliminer immédiatement et l'espoir que cet homme pourrait être le moyen de faire tomber les Larson s'affrontèrent en Dante. Pendant un moment, il ne sut lequel gagnerait. Puis la traque commença. Comprenant qu'il était découvert, Lambert tira dans sa direction et se mit à courir. Une balle se logea dans un tronc juste à côté de Dante qui ne quitta pas Lambert des yeux et se lança à sa poursuite.

Quand l'homme sortit du petit bois, il jeta un coup d'œil par-dessus son épaule. Craignant qu'il recommence à tirer, Dante se mit à l'abri derrière un arbre.

— Lambert ! cria-t-il en espérant le perturber.

Lambert ne fit que changer de direction – pour partir du côté où Gemma et les filles se trouvaient deux minutes plus tôt. Dante regarda vers le parking pour s'assurer que sa voiture ne s'y trouvait plus et remercia mentalement Gemma de lui avoir obéi.

Lambert hésita près de la couverture, comme s'il n'avait pas encore compris que Gemma était partie. Cela donna à Dante les secondes qui lui manquaient. Il se rua vers Lambert, saisit les poignées de la poussette et la lança sur lui. Lambert trébucha et s'affala dans l'herbe.

C'était fini. Dante le plaqua au sol, un genou dans les reins.

— Excellente idée, ironisa Dante tandis que Lambert se débattait. Comme ça, je pourrai dire que tu as résisté à ton arrestation et que le coup est parti tout seul pendant qu'on se battait.

Lambert cessa de s'agiter. Un instant plus tard, Dante entendit une sirène approcher.

33

— Ai-je bien entendu ? demanda Gemma. Tu as neutralisé un homme armé avec une poussette ?

— Tant que ça marche...

Elle ne put s'empêcher d'éclater de rire.

— Merci, dit Dante sur un ton assez solennel.

— Tu me remercies de me moquer de tes méthodes ? s'étonna-t-elle.

— Je te remercie d'avoir fait ce que je te demandais.

— D'avoir obéi aux ordres, tu veux dire ?

Il haussa les épaules.

— Je n'avais pas envie de le formuler comme ça, mais oui. Ça se serait peut-être moins bien terminé si vous aviez été dans les parages.

— J'ai confiance en toi, Dante. Je savais que tu serais aussi prudent que possible pour que je n'aie à me soucier que des filles.

— C'est pour ça que je te remercie. Parce que tu as confiance en moi.

— Et tu m'as fait confiance pour les protéger, répondit-elle en regardant la voiture, dans laquelle les jumelles se trouvaient encore.

Le seul coup de feu qu'elle avait entendu l'avait affolée. Était-ce Dante qui avait tiré ? S'était-il fait tirer dessus ?

« Reste à distance jusqu'à ce que je t'appelle. »

Elle avait passé quelques minutes horribles à se demander ce qu'elle ferait s'il ne l'appelait jamais. Était-elle assez robuste pour supporter la vie de Dante et l'embrasser tous les matins sans savoir s'il rentrerait ?

Elle songea à Dev. Il avait toujours mené une vie facile, et l'habitude d'obtenir ce qu'il voulait l'avait rendu méprisant. Elle s'en rendait compte, à présent, et elle n'avait pas envie de lui ressembler.

Dante t'en empêchera, songea-t-elle. *Le seul fait de partager sa vie t'en empêchera.*

Elle comprit brusquement qu'elle avait toujours éprouvé un besoin maladif de contrôler sa vie, sans doute pour ne pas se retrouver dans la situation de Layla, qui lui serait intolérable.

Et pourtant… Elle adorait son existence chaotique avec Dante et les jumelles. Elle repensa au soir où elle avait trouvé Dante dans le salon, les deux fillettes endormies dans les bras. Elle avait pris une photo en sachant qu'elle la garderait toujours.

Elle n'avait pas prévu cela, mais il y avait maintenant un homme et deux enfants dans sa vie. Elle avait toujours obtenu ce qu'elle voulait, mais elle ne s'était pas rendu compte tout de suite que ce qu'elle voulait avait changé.

— Tu vas devoir repenser ton approche, dit-elle à Dante quand ils montèrent dans la voiture.

— Mon approche de quoi ?

— De la vie en général et de ton travail en particulier.

— Que veux-tu dire ?

— Que tu devras être encore plus prudent. Tu as une famille, maintenant.

Comme il fronçait les sourcils, elle ajouta :

— Une famille qui sera tout ce que la tienne n'était pas : aimante, solidaire, honnête…

Il esquissa un sourire.

— Ce concept me plaît.

— Nous serions perdues sans toi, alors fais bien attention à toi.

— « Nous » ?

— Bien sûr. Oh ! et ce serait bien si tes collègues se dépêchaient d'attraper la Tueuse de Fiancés – qui n'est pas Demi, je te le rappelle.

— On dirait que tu as des projets…

— J'en ai. Et j'obtiens toujours ce que je veux.

— Et moi qui pensais que je ne pouvais pas obtenir ce que je voulais…

— Je me réjouis que tu aies compris que tu te trompais.

Dante prit son visage entre les mains et l'embrassa, passionnément d'abord, puis avec tendresse.

Bien sûr, les jumelles se mirent à babiller à cet instant précis.

Dante interrompit leur baiser pour grommeler :

— Vous allez devoir vous y faire.

Cela les fit rire autant qu'elle.

Le surlendemain, Dante rentra plus tard que d'habitude. Gemma n'était pas particulièrement inquiète parce qu'elle savait qu'il croulait sous la paperasse, mais elle lui trouva une expression bizarre quand il franchit la porte.

Il rangea la laisse de Flash, qui ne boitait plus, embrassa les jumelles, puis se planta devant elle et lui tendit une boîte entourée d'un ruban doré.

— Il faudra que ça suffise pour le moment, dit-il d'une voix neutre.

Gemma ouvrit la boîte, éclata de rire et se jeta dans ses bras.

C'était un anneau de dentition.

ELIZABETH HEITER

Mystère en Alaska

Traduction française de
FLORENCE BERTRAND

BLACK ROSE

HARLEQUIN

Titre original :
K-9 DEFENSE

Ce roman a déjà été publié en 2020.

1

Je suis encore en vie.

Quatre petits mots sur une feuille. À la lecture de ce message signé par la sœur qu'elle n'avait pas vue depuis quatorze ans, Kensie Morgan s'était précipitée tête baissée dans un voyage long de plus de cinq mille kilomètres. Après avoir laissé à son supérieur un bref message expliquant qu'elle avait besoin d'un congé, elle avait appelé sa famille, laquelle ne lui avait caché sa réticence.

Cette fois, cependant, Kensie voulait croire que la piste était la bonne.

Cet espoir l'avait soutenue d'une étape à l'autre, et réchauffée à sa descente de l'avion en Alaska. Pour un début octobre, la température était beaucoup plus basse qu'elle ne l'avait escompté, et le froid n'avait fait qu'empirer depuis qu'elle était partie pour le Nord dans son pick-up de location.

Desparre était le genre d'endroit où on venait lorsqu'on voulait disparaître. Le genre d'endroit où personne ne songerait à vous chercher – et, même si on y songeait, on ne vous trouverait peut-être jamais.

Son GPS avait renoncé, et elle s'était trompée dix fois de route avant de croiser un autochtone qui lui avait indiqué le chemin.

À peine descendue de son pick-up, Kensie se mit à grelotter. Sa grosse veste fourrée n'était pas de taille à lutter contre le vent glacial. Le visage fouetté par ses longs cheveux, elle remonta son col pour se protéger des rafales. Les pieds déjà trempés par la neige qui tapissait les trottoirs, elle se promit d'aller acheter une paire de bottes après sa visite au commissariat. Ses doigts la picotaient à cause du froid. Elle serra les poings et les enfonça dans ses poches, espérant calmer ses nerfs par la même occasion. Elle avait prévu de se rendre d'abord au magasin où on avait découvert le message de sa sœur, mais elle n'avait pas pu le trouver et s'était résignée à venir au centre-ville.

Centre-ville était un bien grand mot. Kensie jeta un coup d'œil à l'assortiment de bâtiments : bureau de poste, magasin de vêtements, bar, drugstore, épicerie, église. Elle avait l'impression d'avoir remonté le temps et atterri au milieu du XIXe siècle. Seules les voitures à cheval manquaient à l'appel. Sans doute le climat était-il trop rude pour les chevaux. Même le monstrueux pick-up tout terrain garé un peu plus haut semblait mal préparé à l'hiver à Desparre.

À Chicago aussi, il faisait froid, mais pas à ce point-là.

À l'exception d'un type qui jouait avec son chien, elle était la seule idiote dehors. Elle pressa le pas, veillant à ne pas glisser dans la neige en tirant la porte du minuscule poste de police. Son estomac se noua alors que la réalité s'imposait à elle. Enfin, elle était arrivée.

Cette fois sera différente, se promit-elle en rassemblant son courage.

L'agent assis à l'accueil leva les yeux à son entrée. Quant à savoir si son expression renfrognée était due à la bouffée d'air hivernal qui venait de s'engouffrer dans le local ou à la présence de Kensie, cette dernière n'aurait su le dire.

— Que puis-je pour vous ?

Desparre n'accueillait sans doute guère d'étrangers, si bien qu'elle ne passait pas inaperçue. Elle avait rencontré le même regard interrogateur chaque fois qu'elle s'était arrêtée pour se renseigner aux abords de la ville.

Si sa sœur Alanna était bel et bien ici, peut-être serait-ce elle qui trouverait Kensie.

Si seulement ce pouvait être aussi facile ! Quatorze années d'espoirs anéantis l'un après l'autre au terme d'une longue attente, dans d'autres villes oubliées du monde, lui disaient qu'elle ne devait pas se bercer d'illusions.

Pourtant, si la note était authentique…

Cette pensée lui fit venir les larmes aux yeux.

L'agent se leva et se hâta vers elle.

— Ça va ? Vous avez besoin d'aide ?

Kensie refoula ses larmes et s'efforça de maîtriser sa voix.

— Je voudrais parler à quelqu'un au sujet du message laissé par Alanna Morgan.

Des plis se creusèrent sur le front du policier. Il aurait semblé plus à sa place dans un rocking-chair avec ses petits-enfants sur ses genoux que vêtu d'un uniforme.

— Pourquoi ?

— Je suis sa sœur.

Une série d'émotions se succédèrent sur son visage, que Kensie n'aurait peut-être pas su déchiffrer si elle n'y avait pas été confrontée aussi souvent par le passé. La surprise, la gêne, la pitié, d'abord. Puis quelque chose de dur et de distant – les représentants de l'ordre apprenaient sans doute à se détacher des faits divers qu'ils traitaient pour ne pas perdre la raison, victime après victime.

— Vous n'auriez pas dû faire tout ce chemin. Vous n'avez pas parlé au FBI ?

Le FBI avait contacté sa famille, bien sûr. C'était par son intermédiaire que Kensie avait appris l'existence du message laissé à Desparre. Mais peu importait.

— Je voulais venir voir par moi-même.

L'agent fronça les sourcils de nouveau, cette fois avec

inquiétude. Cependant, il hocha la tête, et lui tapota gentiment le bras.

— Je reviens tout de suite.

Il disparut derrière une porte indiquant

« INTERDIT À TOUTE PERSONNE ÉTRANGÈRE AU SERVICE ».

Kensie prit une profonde inspiration.

Tu peux le faire, se rappela-t-elle. Elle avait perdu l'habitude, voilà tout. Des années s'étaient écoulées depuis la dernière fois qu'il y avait eu une piste.

Debout dans ce commissariat, elle était ramenée droit à son enfance. À toutes ces années passées à attendre sur des chaises en plastique dur, la main de sa mère cramponnée à la sienne alors qu'elle priait pour la moindre bribe de bonne nouvelle. Son père debout, rigide, à côté d'elles, un bras autour de son frère, le tenant près de lui comme si cela suffisait à le protéger. Les policiers croisant leur regard et se détournant aussitôt. Les paumes moites de Kensie, son cœur qui battait bien trop vite.

Alanna lui manquait. Et elle savait que c'était par sa faute que sa sœur avait disparu.

— Madame ?

Kensie leva les yeux, soudain consciente de s'être perdue dans le passé. Elle se redressa, s'efforça de ressembler à la femme bien élevée et sûre d'elle qu'elle était devenue et non à l'adolescente de treize ans terrifiée qui resurgissait chaque fois qu'elle entendait le nom d'Alanna.

Elle tendit une main froide et ferme à la policière qui venait d'apparaître, et la regarda droit dans les yeux. Histoire de lui faire comprendre qu'on n'allait pas se débarrasser d'elle avec quelques mots d'excuses et une petite tape sur l'épaule.

— Je suis le chef de police Hernandez.

Au léger sourire qu'elle esquissa, Kensie comprit qu'elle avait dû trahir sa surprise. La femme était très jeune, sans doute à peine plus âgée qu'elle.

Cependant, la sagesse se lisait dans son regard, et la détermination dans sa poignée de main.

— Kensie Morgan. Je voudrais voir le message qui a été laissé au magasin.

Le chef Hernandez lui tendit une feuille de papier. Kensie prit la photocopie, mais son cœur se mit à battre plus vite alors qu'elle déchiffrait l'écriture penchée.

Je suis Alanna Morgan, de Chicago. Je suis encore en vie. Je ne suis pas la seule.

— Vous reconnaissez l'écriture ? demanda la policière d'une voix sceptique.

— Celle d'Alanna ? Non.

Sa sœur avait cinq ans lorsqu'elle avait été kidnappée devant leur maison. À cet âge-là, elle n'écrivait que de grosses lettres maladroites, des mots souvent pleins de fautes d'orthographe. Il était impossible de savoir à quoi ressemblait l'écriture d'Alanna à présent. Si elle était encore en vie, elle avait dix-neuf ans.

Dix-neuf ans. Cette seule pensée éveillait en elle un mélange de chagrin et d'espoir. Comment serait Alanna à dix-neuf ans ? Que s'était-il passé pendant toutes les années qui s'étaient écoulées ? Kensie avait manqué toutes les dates importantes dans la vie de sa sœur.

Concentre-toi sur le présent, s'ordonna-t-elle. *Concentre-toi sur ce que tu peux changer.*

— Que savez-vous ?

La policière haussa les épaules, puis fronça les sourcils, comme si elle regrettait son geste.

— Peu de chose, malheureusement. Nous ne savons pas qui a laissé cette note. Nous ne pouvons même pas être sûrs qu'elle soit authentique…

— Je sais, coupa Kensie, peu encline à entendre une fois de plus l'analyse déprimante du FBI. Mais vous devez bien savoir quelque chose. Que dit le commerçant qui l'a trouvée ?

— Elle était au milieu d'une pile de factures. Il était incapable d'expliquer comment elle est arrivée là.

La femme inclina la tête de côté, un signe de pitié que Kensie avait voilà longtemps appris à reconnaître.

— Je suis désolée. Vous avez fait tout ce chemin pour rien.

Les larmes la prirent par surprise. Elles jaillirent dans ses yeux si vite que Kensie baissa la tête pour tenter de les repousser.

— Mademoiselle Morgan…

— Merci, dit-elle, rendant la photocopie de la pièce à conviction – la photocopie de ce qui était peut-être un message de sa sœur.

Sans un mot de plus, elle se dirigea vers la porte.

Cette fois, le froid était précisément ce dont elle avait besoin. Il la frappa en plein visage, lui picotant les yeux, gelant sans doute les larmes sur ses joues.

Ressaisis-toi. Tête baissée contre le vent, elle se hâta vers sa voiture de location, garée de l'autre côté de la rue.

Peu importait l'opinion de la police. Peu importait l'opinion du FBI. Seul comptait le cri de son cœur.

Alanna était toujours en vie. Et Kensie allait peut-être enfin pouvoir la ramener à la maison.

Le grondement d'un moteur l'arracha à ses pensées pleines d'espoir. Elle releva brusquement la tête et la tourna vers l'origine du bruit.

Une énorme familiale fonçait droit sur elle, crachant des jets de neige sur son passage.

Colter Hayes n'aurait su dire ce qui s'était passé. L'instant d'avant, sa chienne, Rebel – chienne renifleuse à la retraite –, gambadait sur le trottoir, poursuivant un bâton aussi naturellement qu'elle traquait autrefois les poseurs de bombe jusqu'à leur cachette. Soudain, elle avait détalé si vite qu'il s'était dit que sa patte blessée la ferait souffrir plus tard.

Une seconde plus tard, il avait entendu le rugissement du moteur, repéré la vieille familiale qui déboîtait à toute allure et se frayait bien trop vite un chemin dans la neige glissante. Et la femme paralysée sur place au milieu de la chaussée.

— Bougez-vous ! hurla-t-il.

Maudissant sa propre blessure à la jambe, survenue au même moment que celle de Rebel, il se rua vers elle.

Jamais il n'arriverait à temps.

Autour de lui, la scène semblait se dérouler au ralenti. La panique et le froid lui nouaient la gorge au point qu'il avait du mal à respirer. Le break dérapait, comme hors de contrôle. Sa chienne malinois - un croisement de berger allemand et sa seule amie au monde désormais - fonçait droit vers le véhicule.

Colter accéléra. En vain.

Rebel fit un bond en l'air, ses pattes avant percutant la poitrine de la femme, les renversant toutes les deux à l'instant où le break passait à la hauteur de Colter. Une seconde, l'automobiliste parut ralentir, puis il prit la fuite.

La panique de Colter changea de nature. Le cœur cognant contre ses côtes, le souffle court, il revivait le moment où, un an plus tôt, Rebel avait sauté sur lui tandis qu'une balle lui effleurait le crâne, si proche qu'il l'avait entendue siffler à son oreille.

Il refoula ce souvenir, résolu à ne pas se laisser happer par les ténèbres alors qu'il se précipitait vers les deux silhouettes étendues sur la chaussée. Il se laissa tomber à genoux, ignorant le clic dans son articulation et l'élancement de douleur dans sa cuisse.

Un autre souvenir l'envahit, qui remontait à un an plus tôt : une succession d'interventions chirurgicales, et lui qui suppliait les médecins de lui dire comment allaient ses camarades. Personne ne voulait lui répondre.

Il cilla et revint au présent.

Rebel se relevait, les mouvements un peu raides. Comme

si elle avait deviné qu'il avait mal, elle s'approcha de lui et nicha le museau sous son bras. Il enfouit la main dans la fourrure soyeuse de l'animal pour s'assurer qu'elle n'avait pas été blessée.

Encore allongée par terre, la femme gémit et porta une main tremblante à l'arrière de sa tête, tâtonnant comme si elle cherchait du sang. Mais sa main revint propre, et Colter l'aida à s'asseoir.

Elle le dévisagea avec de grands yeux marron tourmentés, encadrés de cils sombres. De longs cheveux bruns soyeux drapaient ses épaules et le dos de la main de Colter. Il y avait eu un temps où il n'aurait pas pu résister à ce genre de femme.

Mais elle était aussi écervelée qu'elle était belle.

— À quoi pensiez-vous ? Vous ne pouviez pas faire attention en traversant la rue ?

Il avait élevé la voix malgré Rebel, qui lui flairait le cou avec son museau humide. D'ordinaire, cette marque d'affection ne manquait jamais de le faire rire, mais pas ce jour-là.

— Vous avez failli vous faire tuer. Et mon chien avec !

— Je suis vraiment désolée.

Elle semblait plus abasourdie qu'effrayée après avoir frôlé la mort. Elle tendit une main tremblante vers Rebel, caressant doucement la fourrure noire et marron de la chienne.

Rebel y prit un plaisir manifeste, la traîtresse, et alla même jusqu'à lui donner un petit coup de museau pour quémander davantage.

L'inconnue se mit à rire. Un rire grave, harmonieux, qui sembla s'enrouler autour de Colter.

Il fronça les sourcils en les regardant toutes les deux, s'efforçant de dominer sa colère. Ecervelée ou pas, elle avait failli mourir quelques minutes plus tôt. Et elle n'était pas un soldat au combat mais une citoyenne qui n'était visiblement pas dans son élément en Alaska.

À sa grande surprise, il parla d'une voix calme, presque réconfortante.

— Sortons-nous de là avant qu'une autre voiture arrive. Tout le monde roule trop vite aujourd'hui. Les gens d'ici devraient savoir conduire sur la neige mais, avec la première chute de la saison, c'est comme s'ils avaient oublié.

— Merci, souffla-t-elle de cette même voix douce, légèrement rauque.

Cela aurait été la voix de ses rêves, à l'époque où il en faisait encore. Désormais, ses nuits n'étaient plus peuplées que de cauchemars.

— Viens, bébé, dit-il à Rebel en plantant ses mains dans la neige pour se relever tant bien que mal.

— Ça va ? demanda l'inconnue avec sollicitude.

— Oui, très bien.

Il avait le genou en feu, mais l'expérience lui avait appris que cela ne valait pas la peine d'aller consulter un médecin. Il se l'était tordu, voilà tout, et les vis et boulons qui maintenaient sa cuisse droite n'avaient pas apprécié.

Il devrait passer quelques nuits avec le genou en l'air et recouvert de glace, mais il avait connu pire. Bien pire.

— Je suis vraiment désolée.

Sa voix tremblait comme si elle était au bord des larmes. Il pria pour qu'elle les retienne.

— Vous n'y êtes pour rien. C'est une vieille blessure de guerre.

Il lui tendit la main pour l'aider à se relever, mais elle fronça les sourcils et se remit lentement debout toute seule.

Colter se sentit rougir. Il mesurait plus d'un mètre quatre-vingt, pesait quatre-vingt-dix kilos – surtout de muscle, même après son accident – et était habitué à voir les gens accepter son aide. Ce refus le blessait plus que le coup qu'il venait d'encaisser au genou.

Lorsqu'ils furent en sécurité sur le trottoir, elle se balança d'un pied sur l'autre et fourra les mains dans les poches de son anorak trop mince, signe évident qu'elle n'était pas de la région. Le vêtement n'était pas approprié aux rigueurs de l'hiver à Desparre.

Son regard se posait tantôt sur Rebel, tantôt sur le lointain, comme si elle redoutait qu'il ne se mette à crier de nouveau.

Colter retint un soupir. Superbe ou pas, il n'avait pas assez d'énergie pour la dorloter. Elle commençait à grelotter et il devina que ce n'était pas seulement à cause du froid, mais aussi du choc. Par conséquent, il tenta de lui sourire.

Le geste lui parut tout sauf naturel. Il avait l'impression que ses muscles avaient oublié comment faire. Malgré tout, elle se détendit légèrement.

— Je m'appelle Colter Hayes. Et voici Rebel.

Elle lui tendit la main.

— Kensie Morgan.

Il lui serrait déjà la main fermement lorsque le nom pénétra sa conscience.

— Morgan ? Comme...

— Oui. Je suis la sœur d'Alanna Morgan. Je suis venue ici pour la retrouver.

Il sentait sa main frémir dans la sienne, mais sa voix décidée le mettait presque au défi de la contredire. Il n'aurait pas osé. S'il y avait une qualité qu'il comprenait, c'était la loyauté envers un frère ou une sœur, qu'il soit ou non du même sang que vous.

Et l'espoir. Il savait que l'espoir pouvait vous faire tenir bon quand tout en vous hurlait qu'il était temps de renoncer.

— J'espère que vous y arriverez.

— Merci, répondit-elle tandis qu'il lâchait sa main à regret. Rebel est extraordinaire. J'étais figée sur place. Elle m'a sauvé la vie.

— Elle était dans l'armée. En fait, elle a le grade de sergent artilleur.

Un rang plus élevé que le sien, car l'armée enseignait à ses soldats le respect de leurs équipiers canins.

— Vraiment ?

Le regard de Kensie s'abaissa sur Rebel qui, sentant qu'on parlait d'elle, remuait la queue.

— Oui.

Il n'aurait su dire pourquoi il lui avait révélé cela. Maintenant que Kensie paraissait moins secouée, il fallait qu'il s'en aille. Qu'il s'éloigne de son regard intense et de ses lèvres pulpeuses. De cette brusque attirance physique qui le prenait par surprise.

— Qu'est-ce qu'elle faisait dans l'armée ?

— Elle était pisteuse, déclara Colter très vite, sachant que, comme la plupart des gens, elle n'aurait qu'une vague idée de ce que cela signifiait. Vous devriez rentrer au chaud. Vous n'êtes pas habillée pour Desparre.

À vrai dire, ses lèvres se teintaient déjà d'un soupçon de bleu, mais elle ignora sa remarque, le regard rivé sur Rebel.

— Pisteuse ?

Trop d'espoir s'entendait dans sa voix. Une dizaine de jurons défilèrent dans l'esprit de Colter.

— Pas ce genre de pisteuse.

— Mais que...

— Elle remontait la piste de gens qui avaient provoqué des explosions.

Le seul fait de prononcer ces mots suffit à faire surgir la vision d'un convoi militaire dévasté par un attentat. De membres arrachés. D'amis anéantis en l'espace d'un instant.

L'embuscade s'était déroulée en deux temps, la première pour les gens qu'il était venu aider, la seconde pour les secours. Sa poitrine se comprima de nouveau, sa vision devint floue.

— Mais est-ce qu'elle ne pourrait pas...

— Non, répliqua Colter, plus durement qu'il n'en avait eu l'intention.

Même si Rebel et lui avaient eu l'expérience du genre de

pistage dont elle parlait, Kensie n'avait pas la moindre idée de ce qu'elle lui demandait. S'il essayait de l'aider, il savait ce qui arriverait. Il aurait une nouvelle mission. Une raison de renouer le contact avec le monde.

Et le contact était synonyme de souffrance.

— Je suis désolé.

Sur quoi il fit volte-face, sifflant Rebel pour qu'elle le suive.

2

Kensie Morgan était une source d'ennuis.

Colter regarda sa silhouette rapetisser dans son rétroviseur arrière et tenta de se convaincre qu'il avait pris la bonne décision. La vérité, c'était qu'il avait envie de rebrousser chemin et de lui proposer son aide, quand bien même il n'était pas le genre de pisteur dont elle avait besoin. Et Rebel non plus.

Assise sur la banquette arrière, celle-ci lâcha une plainte brève, comme si elle n'était pas d'accord avec le choix qu'il avait fait.

— Elle n'est pas bien pour nous, bébé.

Sa conversation avec Kensie lui semblait la plus longue qu'il ait eue avec quiconque durant toute une année. Il savait que ce n'était pas le cas, mais peut-être était-elle en revanche la première personne avec qui il avait senti une sorte de lien depuis tout ce temps. La première personne à qui il aurait aimé parler davantage. Et, ça, c'était un territoire dangereux.

Lâche ou pas, il en avait terminé avec les contacts humains. Il avait Rebel. Il avait la beauté rude et simple de l'Alaska. Cela lui suffisait.

Rebel ne lui en voulait pas de ses cauchemars. Sans doute en avait-elle aussi, la pauvre. À présent qu'ils avaient tous les deux été congédiés de l'armée, elle n'allait pas lui mourir sur les bras dans un avenir proche. Tant qu'elle ne s'évertuait pas à sauver la vie des gens.

Elle glissa la tête entre les sièges avant et posa le menton sur son bras alors qu'il négociait avec la route inégale et sinueuse qui montait vers son chalet. L'altitude rendait le trajet délicat en hiver, mais le panorama en valait la peine.

Le paysage de sapins aux cimes enneigées, l'air froid et sec qu'il respirait, si différents des déserts où il avait servi, lui apportaient autant de paix qu'il pensait pouvoir en attendre de la vie. Quand on a été soldat, on le reste. Mais le fait de vivre à flanc de montagne l'aidait à se détendre.

Son voisin le plus proche était à des kilomètres, au fond de la vallée. Il croisait rarement d'autres véhicules en sortant de la ville, et jamais dans la dernière partie du trajet. Si un véhicule grimpait la colline, cela signifiait qu'il avait un visiteur. Ce qui était rarissime.

Ses parents l'appelaient encore régulièrement, persuadés qu'il souffrait de la solitude. Cependant, ils avaient eu peur de faire le voyage jusqu'à Desparre, redoutant les animaux sauvages qu'ils imaginaient partout, et les hivers rigoureux qui, parfois, vous interdisaient de voyager jusqu'au printemps suivant. Ils ne comprenaient pas pourquoi il avait choisi de s'installer dans cet endroit. Cela dit, ils ne l'avaient jamais vraiment compris. Ni quand il avait décidé de s'engager dans l'armée juste après le lycée, ni quand, une décennie plus tard, il avait été contraint de la quitter.

Malgré l'affection qu'ils avaient pour lui, ils ne pouvaient pas savoir ce qu'il cherchait, ni ce qu'il avait perdu. La fraternité. Un lien qu'il ne partageait qu'avec Rebel désormais, parce qu'elle avait traversé l'enfer avec lui.

Comme il ralentissait pour s'arrêter devant son chalet, sa respiration s'apaisa. Les grands espaces avaient cet effet-là sur lui. Rebel aussi parut se détendre.

Il ouvrit sa portière et ordonna à la chienne de rester où elle était pendant qu'il contournait le véhicule en boitant. En temps normal, elle sautait sur le siège passager et descendait derrière lui, mais il connaissait sa blessure presque aussi bien qu'il connaissait la sienne. Elle ne le montrait peut-être pas, mais elle souffrait.

— Viens, bébé, dit-il alors qu'elle descendait avec précaution, en protégeant sa patte arrière gauche. On va s'installer au coin du feu et se reposer.

Dès qu'il eut ouvert la porte, elle alla s'étendre devant l'âtre, en lui lançant un regard qui semblait dire : « Dépêche-toi. Il fait froid ici. »

Il avait réglé la température trop bas, ne s'attendant pas à ce que le froid vienne si vite. Pourtant, il aurait dû s'y habituer. Lorsqu'il avait emménagé en octobre, la neige était si profonde que l'agent immobilier et lui avaient dû déblayer avant même de pouvoir ouvrir la porte.

Il monta le radiateur, puis se mit en devoir de faire du feu et apporta des croquettes à Rebel. Il avait faim aussi, mais sa jambe exigeait des soins plus pressants que son estomac. Par conséquent, au lieu de faire la cuisine, il s'assit dans son fauteuil inclinable et souleva avec précaution sa jambe droite, regrettant de ne pas avoir songé à sortir un pack de glace d'abord. Tant pis. Maintenant qu'il était installé, il ne comptait pas bouger avant plusieurs heures.

À mesure que le chalet se réchauffait, les muscles raidis de Colter se détendirent lentement. Une heure plus tard, sa jambe le lançait toujours, mais la douleur était nettement plus supportable.

Un feu pétillant d'un côté de lui, le spectacle de la vallée tapissée de neige de l'autre, Rebel à ses pieds, Colter se sentait entier. C'était exactement pour cela qu'il était venu en Alaska. Oui, ses parents avaient raison : il se cachait là. Il se cachait de gens bien intentionnés mais incapables de comprendre – exactement comme eux. De gens qui s'évertuaient à vouloir le guérir. Qui n'avaient aucune idée de ce que cela signifiait de survivre à une embuscade où tous vos frères avaient péri.

Rebel lâcha un gémissement. Colter jeta un coup d'œil vers elle. Il aurait juré qu'elle savait à quoi il pensait.

— Tout va bien, bébé.

Au lieu de s'apaiser, elle se leva, se dirigea vers la fenêtre et se mit à aboyer.

Quelqu'un était là. Comme il ne connaissait personne assez bien en Alaska pour avoir des invités, c'était forcément un intrus.

Il était venu là pour cacher ce qui restait de sa vie. Il était prêt à l'admettre. Cependant, quantité d'autres voyaient l'Alaska comme la dernière frontière : un lieu où échapper à leur conscience, voire à la justice.

Avec une grimace, Colter se leva puis gagna clopin-clopant le placard où il rangeait son arme. Il ne la portait plus pour se rendre en ville mais, à cet instant précis, il se félicitait de ne pas y avoir totalement renoncé.

— Silence, Rebel.

En trois ans de service dans l'armée, jamais Rebel ne lui avait désobéi. Ce jour-là, cependant, elle aboya plus fort.

Colter retira le cran de sécurité et s'avança vers la porte, se préparant à des ennuis.

Kensie se cramponnait au volant avec tant de force qu'elle en avait mal aux doigts, et son pied écrasait la pédale de freins. En vain. Son pick-up de location continuait à glisser en arrière, vers le bord de la route et le vide.

Pourquoi diable fallait-il que Colter Hayes habite au milieu de nulle part ?

D'après les rares personnes qui avaient accepté de lui parler, c'était un ex-membre des marines qui s'était retiré du monde après avoir subi une grave blessure. Personne ne semblait savoir au juste comment cela lui était arrivé ni pourquoi il tenait à vivre en reclus. En fait personne ne semblait en savoir très long sur lui en dehors des quelques détails qu'il lui avait donnés dans la rue. Et pourtant, il était à Desparre depuis près d'un an.

— Les gens viennent au fin fond de l'Alaska pour trois raisons, mon chou, avait déclaré l'épicière en les énumérant sur ses doigts noueux. Soit ils aiment l'aventure au point de mourir pour elle, soit ils veulent que le monde entier leur fiche la paix, soit ils ont fait quelque chose qu'ils veulent garder secret – sans doute quelque chose d'illégal – et ils pensent qu'on ne viendra jamais les chercher ici.

Elle avait étréci les yeux.

— On suppose tous que Colter fait partie de la deuxième catégorie. Mais vous ne devez pas faire confiance à n'importe qui.

Ses paroles résonnèrent dans le cerveau de Kensie alors que son pick-up s'immobilisait enfin. Elle garda le pied enfoncé sur la pédale, les mains serrées autour du volant, redoutant de bouger. Devait-elle continuer ou faire demi-tour ?

Elle se pencha en avant et tendit le cou vers le sommet de la colline. La neige continuait à tomber, obscurcissant ce qui n'était guère qu'une mauvaise piste. Elle avait encore une crête à franchir et n'était pas certaine que son pick-up puisse y parvenir. Cela dit, elle n'était pas sûre de pouvoir rebrousser chemin non plus.

La voix de son frère Flynn résonna dans sa tête.

« Tu vas en Alaska, Kens ? Tu es devenue folle ? Là-bas, les gens s'enfoncent dans les bois et n'en ressortent jamais. Tu pourrais mourir je ne sais où et nous ne saurions même pas où commencer à te chercher. »

Sur le moment, elle avait pensé qu'il exagérait. Cela avait toujours été un léger travers chez lui, et il l'avait gardé à l'âge adulte. Il avait perdu sa petite sœur et elle savait que, tout au fond de lui-même et bien qu'il ne l'ait jamais admis, il avait peur de perdre la grande aussi.

Elle comprenait à présent combien elle s'était mal préparée

à ce voyage. Les habitants de Desparre se méfiaient les uns des autres, mais encore davantage des inconnus. Certains avaient été gentils, d'autres, ouvertement hostiles. Ses efforts lui avaient appris que soit personne en ville ne savait rien concernant Alanna, soit personne ne voulait lui parler.

Cependant, Colter comprenait cet endroit. Et, quoi qu'il ait dit de ses talents de pisteur, elle savait une chose : les pisteurs retrouvaient des gens. Qu'il s'agisse de poseurs de bombe ou de victimes d'enlèvement. Elle devait croire qu'il pourrait l'aider.

Sa détermination compensait son manque de préparation. Si Alanna était réellement dans cette région, Kensie ne partirait pas sans elle.

À supposer qu'elle puisse atteindre le sommet de cette fichue colline.

Serrant les dents, elle transféra son pied de la pédale de frein à celle de l'accélérateur aussi vite que possible pour ne pas reculer. Les roues du pick-up tournèrent sur place, crachant de la neige à un angle insensé, puis le véhicule fit un bond en avant et s'élança à l'assaut de la pente.

Kensie batailla avec le volant, les muscles douloureux. Le pick-up fit une embardée à gauche, puis à droite, mais continua à progresser jusqu'à ce qu'elle aperçoive enfin le sommet. Elle allait y arriver.

Comme si cette pensée lui avait porté la poisse, le pick-up fit une nouvelle embardée et, cette fois, bascula dans le fossé qui bordait la route, la précipitant en avant alors que le capot percutait une congère.

Kensie lâcha un juron, aveuglée par des larmes de frustration qui lui montaient aux yeux. Quatorze ans durant, les pistes concernant Alanna avaient surgi et disparu comme autant de lapins dans un tour de magie. D'abord prometteuses, solides, tangibles. L'instant d'après, évanouies comme si elles n'avaient jamais existé.

Il n'en irait peut-être pas autrement cette fois-ci. Sa famille était de cet avis. Les siens s'étaient résignés des années plus tôt à ce qui, selon les statistiques, était une quasi-certitude : Alanna était morte. Elle ne reviendrait jamais à la maison.

Kensie n'avait jamais pu accepter cela. Et elle ne croyait pas obéir seulement à un sentiment de culpabilité. Son instinct lui soufflait que, si elle cherchait suffisamment, le tour de magie deviendrait réalité.

Colter pouvait l'aider. Elle le sentait. Il suffisait qu'elle le trouve. Qu'elle le persuade.

Était-elle encore loin de son chalet ? Elle n'en avait pas la moindre idée. Elle pensait avoir suivi les instructions correctement, mais si elle s'était trompée ? Elle pourrait être à des kilomètres de chez lui !

Elle scruta les flocons à travers le pare-brise. Ils tombaient de plus en plus drus. Il faisait déjà froid quand elle était arrivée, mais la température avait chuté radicalement depuis. Et sans doute encore plus dans les montagnes où Colter vivait !

La peur au ventre, elle remonta la fermeture de son anorak jusqu'au menton et noua étroitement la capuche sur ses cheveux. Inutile de mettre le moteur en marche pour savoir qu'il lui serait impossible de sortir le pick-up du fossé.

À partir d'ici, elle devrait marcher. Elle n'avait plus qu'à prier pour que le chalet de Colter soit tout près et qu'elle puisse l'apercevoir dans la tempête de neige.

Sinon, elle risquait fort de mourir de froid.

3

Dès la seconde où elle descendit du pick-up, Kensie se demanda si elle avait commis une erreur. Ses pieds s'enfoncèrent dans la neige molle, et son corps tout entier en fut glacé. Les jambes trempées, elle dut tenir ses bottes pour s'assurer qu'elle ne les laissait pas dans la neige en s'extrayant du fossé, et ce fut au tour de ses mains d'être trempées malgré ses gants.

D'énormes flocons s'écrasaient sur sa tête, glissaient sur le côté de sa capuche. Le vent en projetait certains sur son visage, où ils laissaient un sillon humide sur son cou avant de se couler dans ses vêtements.

Elle allait mourir là. Elle sentait déjà la morsure du froid dans ses poumons à chaque inspiration. Qu'avait-elle lu à propos de gens dont les poumons avaient éclaté à cause d'un froid extrême ?

Du calme, se dit-elle. Le chalet de Colter ne pouvait pas être loin. L'épicière avait dit qu'il habitait au sommet de la dernière crête. Il n'y avait plus de crêtes à franchir. Et pourtant, pas de chalet en vue.

En revanche, il y avait une foule d'arbres, bien plus qu'elle ne l'avait escompté à cette altitude. Elle crut distinguer un poteau devant elle, qui menait à un sentier sinueux entre les troncs. Et si elle rencontrait des ours ? Ou si elle se perdait et qu'elle ne pouvait pas retrouver le pick-up ? Tous les deux ou trois mètres, elle jetait des regards anxieux derrière elle.

Bientôt, elle ne discerna plus son véhicule. Submergée de panique, elle s'immobilisa. Devait-elle continuer à avancer ou renoncer ?

Soudain, un bruit lui parvint. Un aboiement ? Rebel ? À moins que l'hypothermie n'ait déjà fait son œuvre et qu'elle n'ait commencé à souffrir d'hallucinations ?

Kensie se mit à courir. Ses poumons protestaient à chaque foulée mais, alors qu'elle contournait un dernier bouquet d'arbres, le chalet se dressa devant elle. Un ravissant petit chalet, qui jouissait d'une vue dégagée, splendide, sur la vallée en contrebas. Elle apercevait même un glacier. Dans d'autres circonstances, elle se serait arrêtée pour admirer le panorama.

Des larmes de soulagement roulèrent sur ses joues et gelèrent aussitôt. L'instant d'après, Colter était là, son bras puissant autour de ses épaules, et la conduisait chez lui.

Il ne lui vint même pas à l'esprit de se demander si c'était une bonne idée de se fier à un homme qu'elle venait de rencontrer.

Dès que Kensie eut franchi le seuil, Rebel vint se presser contre elle et resta là tandis que Colter la faisait asseoir dans le grand fauteuil inclinable placé au coin du feu. Alors la chienne s'assit sagement à côté d'elle, ses grands yeux marron pleins d'inquiétude.

La chaleur qui émanait du foyer fit frissonner Kensie. C'était absurde, mais elle ne semblait pas pouvoir s'empêcher de grelotter. Avec un grognement de douleur, Colter se mit à genoux et lui retira ses bottes trempées, puis lui fit étendre les jambes pour qu'elles soient près du feu. Il lui ôta ensuite ses gants et frotta ses mains entre les siennes jusqu'à ce que la chaleur pénètre enfin.

En même temps que ses paroles.

— Que faites-vous ici ? C'est dangereux de sortir par un temps pareil. Vous voulez vous tuer ou quoi ?

Avant qu'elle ait eu le temps de se hérisser, il lâcha un soupir et cessa de lui frictionner les mains.

— Tenez-les devant le feu. Je vais vous préparer un chocolat chaud.

— Mon pick-up a percuté une congère, parvint-elle à articuler tout en claquant des dents.

— Mais que faisiez-vous ici pour commencer ? insista-t-il en se dirigeant vers la cuisine, l'air de ne pas trop savoir s'il désirait entendre la réponse.

— Je venais vous voir. J'ai besoin de votre aide. Personne d'autre ne veut me parler. Vous connaissez la région. Vous savez comment...

— Kensie, je vous ai déjà dit que Rebel et moi ne faisons plus ce genre de choses. D'ailleurs, nous n'avons jamais fait le type de pistage dont vous parlez. Ce n'est pas pareil. Les chiens sont entraînés pour une tâche bien précise. On ne peut pas leur en demander une autre, exiger d'un chien renifleur de drogues qu'il trouve des explosifs. Ça ne marche pas comme ça. Quant à retrouver quelqu'un sans le moindre indice, c'est quasiment impossible.

Les épaules de Kensie s'affaissèrent malgré elle. Elle était venue jusqu'ici. Ce ne pouvait pas être la fin.

Colter continua à parler tout en versant du lait et du cacao dans une petite casserole. Elle entendait à peine ce qu'il disait. Elle songeait au message qui avait été découvert. À sa sœur Alanna, quelque part dans les étendues sauvages de l'Alaska avec son ravisseur.

— ... la police militaire ne fait pas ça. Dans une zone de guerre...

Kensie releva brusquement la tête.

— Qu'est-ce que vous avez dit ?

— Ce genre de pistage, répéta Colter, alors que l'arôme du cacao commençait à embaumer la pièce. Nous ne...

— Non, pas ça. Vous disiez que vous faisiez partie de la police militaire ?

— Oui.

Sa réponse était empreinte de méfiance.

— Par conséquent, vous savez mener une enquête.

— La police normale aussi, rétorqua-t-il en lui tendant une tasse fumante.

— Elle refuse de m'aider.

Les sourcils froncés, il s'assit avec raideur dans le fauteuil en face d'elle.

— Pourquoi ?

Intérieurement, elle se reprocha sa stupidité. S'il apprenait les conclusions du FBI, il penserait qu'elle était folle. Il se joindrait sans doute au chœur de gens qui essayaient de la convaincre de rentrer chez elle.

Elle but une gorgée de cacao pour gagner du temps. La boisson lui brûla la gorge et lui fit venir les larmes aux yeux, mais la réchauffa de l'intérieur, si bien qu'elle continua à le siroter. Quand la tasse fut presque vide, elle la posa sur ses genoux et se rendit compte qu'elle ne claquait plus des dents.

Ses mains et ses pieds, engourdis un instant plus tôt, la picotaient à présent. Le retour de ses sensations, même douloureuses, était une bonne chose.

— Kensie ?

Colter la dévisageait de ses yeux bleu pâle, bordés de cils châtain clair.

Il était plus que séduisant, en dépit de l'expression désabusée qu'il semblait arborer la plupart du temps. Et, à cet instant précis, ses traits exprimaient une curiosité mêlée de compassion qui parut soudain irrésistible à Kensie.

Ses cheveux blond foncé étaient coupés court, dans le style militaire, mais elle soupçonnait qu'ils seraient doux sous ses doigts. Aucune barbe naissante n'était visible sur les contours déterminés de son menton, qu'elle brûlait de caresser. Réussirait-il à rester maître de lui si elle l'embrassait ?

Comme elle le fixait, les pupilles de Colter se dilatèrent. Les joues de Kensie s'embrasèrent sous son regard. Elle baissa la tête, s'efforçant de se ressaisir.

Que lui arrivait-il ? C'était sans doute un effet de l'hypothermie, la peur de mourir seule. Ou le stress provoqué par la recherche d'Alanna. À moins qu'elle n'ait trop longtemps négligé ses propres besoins.

— C'est vieux, balbutia-t-elle, espérant qu'il n'avait pas remarqué la manière dont elle l'avait dévoré des yeux.

Mais bien sûr que si, sans quoi elle n'aurait pas saisi le désir réciproque dans son regard.

— Qu'est-ce qui est vieux ?

Un léger trouble perçait dans sa voix. Elle réprima un sourire en l'entendant, une petite partie d'elle contente de ne pas le laisser indifférent. La zone la plus raisonnable de son cerveau cherchait à lui rappeler qu'elle était seule avec lui dans son chalet alors qu'elle le connaissait à peine.

La raison l'emporta. Kensie se redressa sur son siège.

— L'affaire est vieille.

Elle haussa les épaules. Pourvu qu'il la croie ! C'était la vérité, mais pas toute la vérité.

De sa main libre, elle caressa le menton de Rebel pour ne plus songer à son mensonge par omission. Elle pria pour qu'il ne le lise pas sur son visage.

— Et, par conséquent, la police s'en désintéresse ? se récria-t-il sur un ton incrédule, presque indigné.

Il ne lui plut que davantage. Cependant, elle ne pouvait se laisser distraire. Pas alors qu'Alanna était peut-être dans les parages. Pas quand tout en elle lui hurlait que cet indice était peut-être celui qu'elle attendait depuis toujours.

Elle l'avait mis de son côté. Elle le sentait. Il avait de la compassion pour sa douleur et il possédait des compétences qu'elle n'avait pas. Avec son aide, elle pourrait peut-être vraiment ramener Alanna à la maison.

— C'est une question de ressources, dit-elle, paraphrasant un argument maintes fois invoqué au fil des années.

La police enquêtait constamment sur de nouvelles affaires, des enlèvements récents, qui avaient plus de chances d'être élucidés. Plus une disparition était ancienne, moins la personne avait de chances d'être retrouvée.

Sa famille et elle avaient compris cela à mesure que les mois s'écoulaient sans apporter de résultat. Ses parents s'étaient alors juré de tout tenter pour qu'Alanna ne soit jamais oubliée.

Néanmoins, après quatorze ans de vains efforts, ils avaient baissé les bras. Kensie savait que c'était à son tour de reprendre le flambeau.

Elle dévisagea Colter avec espoir, devinant qu'il allait capituler, fût-ce à regret.

Au contraire, il secoua la tête tristement.

— Croyez-moi, je comprends votre chagrin, Kensie. Sans doute mieux que vous ne l'imaginez. Mais je ne vous servirais à rien. Je ne servirais à rien à personne. Je ne peux pas vous aider.

Peut-être était-elle réellement devenue folle.

Ses parents et Flynn n'avaient pas été les seuls à essayer de la dissuader de s'envoler pour l'Alaska sur la base d'une pièce à conviction douteuse. Ses amis aussi, ceux qui étaient à ses côtés depuis l'enfance, ceux qui avaient observé les constantes vagues d'espoir suivies d'inévitables et amères déceptions, déchirantes.

Elle avait entendu des conversations entre des amis de sa famille à propos de l'accident de voiture de Flynn. À leurs yeux, cela avait été un déclic nécessaire pour leurs parents, une prise de conscience des besoins de leurs deux enfants restants. En un sens, c'était vrai. Mais, ce jour-là, ils avaient aussi accepté un fait auquel Kensie ne pourrait jamais se résigner : Alanna ne reviendrait pas.

Cependant, à présent, elle sentait le désespoir l'envahir.

Après avoir annoncé qu'il ne l'aiderait pas, Colter était sorti dégager son pick-up, au mépris de ses objections. Tout le temps pendant lequel il avait été parti, elle avait craint qu'il ne se fasse mal à la jambe ou qu'il meure de froid. Cela dit, il portait des vêtements d'hiver nettement plus efficaces que les siens. Quarante-cinq minutes plus tard, il était de retour.

Elle comprit qu'il essayait de lui cacher combien sa jambe était douloureuse, de sorte qu'elle se força à se taire au lieu de lui demander s'il souffrait. Cependant, le remords l'avait accompagnée durant son trajet de retour en ville, tandis que Colter roulait derrière sa voiture de location.

Elle se gara à côté du poste de police, à l'endroit où elle l'avait vu jouer avec Rebel ce matin-là, abaissa la vitre et se demanda quoi lui dire. Elle ne le connaissait que depuis quelques heures et pourtant elle était réticente à lui dire au revoir.

Apparemment, il ne partageait pas son dilemme. Il lui adressa un signe d'adieu, un « Bonne chance » solennel, après quoi il disparut avec Rebel.

Sans doute ne le reverrait-elle jamais.

Cette pensée lui laissa un goût amer dans la bouche.

Enfin, dans l'immédiat, elle devait trouver un moyen d'aller de l'avant. Elle était venue seule, sans s'attendre à obtenir le soutien d'un ancien soldat doté d'une solide expérience en matière d'enquêtes et de pistage. Rien n'avait changé.

Kensie avait beau se répéter cela, le refus de Colter lui apparaissait tout de même comme un coup dur pour son entreprise. Et peut-être aussi sur le plan personnel, bien qu'elle ne l'eût pas connu assez bien pour éprouver à son égard davantage qu'un désir inassouvi.

— Remets-t'en, marmonna-t-elle à sa propre intention.

Puisque Colter ne voulait pas l'aider, elle se débrouillerait toute seule.

Après sa mésaventure en montagne, sa première étape aurait dû être d'aller acheter des vêtements plus chauds. Cependant, au centre-ville, il neigeait moins fort et Kensie avait plus besoin d'encouragement moral que d'une paire de bottes fourrées. Elle voulait se rassurer, avoir la certitude qu'elle n'était pas à la recherche d'un fantôme. Peut-être trouverait-elle un indice au magasin où le message avait été découvert. Restait à localiser l'endroit.

Avoir un but précis lui fit du bien. Rassemblant son courage, elle descendit du pick-up et affronta le froid de nouveau, mais ne put réprimer le frisson qui lui parcourut l'échine. Elle regagna en hâte l'épicerie où la femme l'avait renseignée plus tôt.

Celle-ci – qui était sans doute à la fois caissière et propriétaire des lieux – leva les yeux à son entrée. Ses yeux gris acier, de la même teinte que sa longue tresse, l'enveloppèrent d'un regard perçant.

— Il n'a rien voulu entendre ?

En guise de réponse, Kensie se contenta de hausser les épaules. Elle ne voulait pas dire de mal de Colter après qu'il lui avait préparé un chocolat chaud, réchauffé les mains dans les siennes et sorti son pick-up de la neige en dépit de sa jambe blessée.

— C'était une idée idiote.

La femme lâcha un grognement suggérant qu'elle n'était pas d'accord.

— Que vous faut-il d'autre ?

Un léger sourire naquit sur les lèvres de Kensie. Vivre dans un tel endroit devait vous apprendre à déchiffrer les gens.

— Colter Hayes a ses propres soucis, déclara-t-elle alors que la sonnette tintait derrière elle, annonçant l'arrivée d'un nouveau client. Mais j'ai besoin de savoir où le message a été laissé. Pourriez-vous me faire un plan ? Les routes sont vraiment difficiles à suivre par ici.

— C'est parce que ce sont des pistes plutôt que des routes. Mon petit, vous devriez attendre que la neige ait fondu. Le magasin est en dehors du centre – si éloigné que la plupart des gens ne considèrent même pas qu'il fait partie de Desparre. Il est tenu par un vieux type grognon qui n'hésite pas à fermer pour la journée si ça lui chante.

Kensie secoua la tête.

— Je veux essayer aujourd'hui. J'ai besoin de bonnes nouvelles.

— Il n'en aura peut-être pas.

— Je sais.

La gorge nouée, elle ravala sa salive. Il fallait qu'elle reste positive. Si elle renonçait à chercher sa sœur, qui d'autre le ferait ?

— Très bien.

La femme eut un froncement de sourcils désapprobateur, mais dessina une carte et la lui expliqua trois fois.

Kensie la remercia. De retour dans le froid, elle jeta un coup d'œil en direction du magasin de vêtements situé de l'autre côté de la rue, puis au soleil qui baissait à l'horizon, répandant de splendides lueurs orangées dans le ciel. Si elle voulait parler au propriétaire du magasin et rentrer à son hôtel avant la nuit, elle devait partir dès maintenant.

Une petite tape sur son épaule la fit tressaillir.

L'homme qui se tenait là recula d'un pas alors qu'elle se tournait vers lui.

— Pardon, je ne voulais pas vous faire peur.

Il était presque aussi grand et aussi musclé que Colter. Presque aussi séduisant, aussi, avec des cheveux noirs comme le jais et des yeux couleur chocolat. Kensie se détendit.

— Je vous ai entendue parler à Talise, reprit-il.

Elle dut paraître perplexe, aussi ajouta-t-il :

— À l'épicerie. Vous cherchez le magasin général de Jasper ?

Kensie acquiesça, la main cramponnée au plan qu'elle n'était pas tout à fait certaine de pouvoir suivre.

— Je peux vous emmener si vous voulez. Mon pick-up est par là.

Il désignait un énorme véhicule garé juste devant le sien.

Sans doute était-il nettement plus stable dans la neige, mais que savait-elle de cet homme ? En temps normal, elle ne serait jamais montée dans la voiture d'un inconnu. Cela dit, en temps normal, elle ne se serait jamais rendue dans le chalet isolé d'un inconnu non plus.

Car, même si une petite voix lui soufflait que Colter et elle avaient des affinités particulières, en réalité elle ne le connaissait pas.

Comme s'il avait lu dans ses pensées, l'homme lui tendit la main.

— Je m'appelle Danny Weston. Ancien militaire, comme votre ami Colter.

Il lui décocha un grand sourire juvénile.

— Quoique Colter ait fait partie des marines. J'étais dans l'aviation.

Elle serra la main qu'il lui tendait. Il referma la sienne lâchement autour de ses doigts, comme s'il redoutait de lui faire mal. Puis il la serra avec fermeté après tout. Un truc de militaire, peut-être.

Kensie était en proie à un débat intérieur. Elle ne connaissait pas Danny mais, d'un autre côté, elle ne connaissait pas Colter non plus. Et tout s'était bien passé avec lui. D'ailleurs, il s'agissait de sa sœur. Si elle avait fait plus attention, sa sœur n'aurait jamais été enlevée.

Elle hocha la tête.

— Ce serait super. Merci beaucoup.

— De rien.

Il la guida vers son véhicule et lui tint la portière ouverte.

— Nous pourrons parler à Jasper et je vous ramènerai d'ici une heure, avant qu'il fasse nuit.

Les derniers doutes de Kensie s'évanouirent alors qu'elle prenait place sur le siège confortable.

— Ce sera parfait.

Danny lui sourit de nouveau, puis claqua la portière et contourna le capot pour gagner son côté. Il démarra et était sur le point de boucler sa ceinture quand sa propre portière s'ouvrit à la volée, et il fut jeté sans ménagement hors du véhicule.

Une bouffée de surprise mêlée de panique déferla en Kensie lorsqu'elle reconnut l'agresseur.

Colter.

— Descendez tout de suite ! cria-t-il, d'une voix sourde, autoritaire.

Debout à côté de lui, Rebel montrait les dents.

La panique de Kensie s'intensifia. Elle batailla avec sa ceinture pendant que Danny se relevait. Cependant, elle eut beau tenter d'ouvrir, elle n'y parvint pas : il n'y avait pas de poignée à l'intérieur, seulement un espace vide là où celle-ci aurait dû se trouver.

Kensie poussa la portière, mais rien ne se produisit. Elle se jeta de l'autre côté, en direction de Danny qui se dressait face à Colter, comme prêt à lui décocher un coup de poing. Cependant, des gens commençaient à apparaître dans la rue, sans doute parce qu'ils avaient entendu Colter crier.

Danny s'immobilisa. Kensie en profita pour se propulser hors du véhicule, le frôlant au passage. Aussitôt, il pivota vers elle.

Le cœur cognant à toute allure, les gestes ralentis par la peur, elle sentit soudain la main de Colter se refermer sur la sienne. En un éclair, il la tira en arrière puis la fit passer derrière lui. L'angoisse de Kensie changea, se focalisa sur lui.

Deux hommes qui étaient sortis de la quincaillerie se dirigeaient vers eux à pas lents. Talise se tenait sur le seuil de son magasin, un téléphone pressé contre son oreille, les yeux rivés sur le poste de police un peu plus bas.

Kensie savait que Colter était fort. C'était évident à la manière dont il l'avait pratiquement soulevée de terre à l'instant. Malgré tout, avec sa mauvaise jambe, risquait-il d'être blessé par Danny ? Elle se mit à trembler de tout son corps et jeta un regard par-dessus son épaule, priant pour que les policiers arrivent.

— Fiche le camp pendant que tu peux encore, ordonna Colter sur un ton menaçant.

De son côté, Rebel s'accroupit et fit un pas en avant, lâchant un grognement sourd.

Danny lança un dernier coup d'œil aux hommes qui approchaient, puis à Rebel. Tout en éructant une bordée de jurons, il sauta dans son pick-up et démarra en trombe, si brutalement que Colter et Kensie durent faire un bond pour éviter d'être renversés.

Dès qu'il fut parti, ce dernier se tourna vers elle. Jamais elle n'avait vu quelqu'un d'aussi furieux. Sa mâchoire était rigide, ses lèvres serrées, ses yeux étrécis en fentes minces. Cependant, il prit une profonde inspiration et sa tension se dissipa aussitôt, son visage retrouvant l'aspect qu'il semblait avoir par défaut - non pas doux et heureux, mais calme et grave.

Près de lui, Rebel se redressa et s'assit comme si de rien n'était.

— Je vais vous aider, dit-il.

— Comment ?

Elle était presque plus choquée que lorsqu'il avait tiré Danny hors de son pick-up.

— À une condition.

— D'accord.

— C'est moi qui vous aide, et moi seul. Vous ne montez pas dans la voiture de n'importe quel abruti. Ce type...

Il s'interrompit, expira un bon coup, puis reprit :

— Moi et moi seul.

La terreur qui l'avait envahie un instant plus tôt s'évanouit, la laissant épuisée. En revanche, un sourire naissait en elle. C'était de cela qu'elle avait besoin. C'était de lui qu'elle avait besoin. Colter incarnait sa meilleure chance de changer tout ce qui était douloureux dans sa vie.

Il tendit la main.

— Marché conclu ?

Kensie mit sa main dans sa paume, savourant la manière dont les doigts puissants de Colter se refermaient fermement autour des siens, comme s'il savait qu'elle était assez forte pour le supporter.

— Marché conclu.

4

Danny Weston avait failli lui flanquer une raclée.

Colter refoula sa gêne et s'efforça d'être reconnaissant envers les habitants de la ville pour leur soutien. Il avait beau habiter Desparre depuis plus d'un an, les gens le connaissaient à peine. En revanche, ils connaissaient certainement Danny. Et il était presque sûr que ce dernier ne leur plaisait pas.

Dans un bon jour, Colter aurait pu maîtriser un type comme Danny sans difficulté. Mais il y avait belle lurette qu'il n'avait pas eu de bon jour. Il était conscient de ses limites et, à cet instant précis, sa jambe lui faisait un mal de chien.

C'était une maigre rançon en comparaison du prix que ses frères avaient payé, mais cela le blessait de se sentir si inutile dans une situation où il aurait dû pouvoir se défendre seul. Quel piètre soldat il faisait !

Bien sûr, il n'était plus militaire désormais, sauf dans sa tête.

C'était un coup de chance qu'il ait fait demi-tour après avoir quitté Kensie. Une sorte de pressentiment l'avertissant qu'il le regretterait s'il ne l'aidait pas à chercher sa sœur, bien qu'il n'eût pas la moindre idée de par où commencer.

Il jeta un coup d'œil vers elle, qui caressait distraitement Rebel assise à côté lui. Ses lèvres formaient un trait mince et elle baissait légèrement la tête, comme si elle se sentait vaincue par Desparre. Elle avait à peine ouvert la bouche depuis qu'elle était montée dans son pick-up, mais elle n'avait pas réussi à lui dissimuler ses tremblements.

Il maudit Danny pour l'avoir effrayée ainsi, mais sa colère céda vite le pas à la peur. La peur de ce qui aurait pu arriver si elle était partie avec lui.

Et rien n'avait été fait à ce sujet. La police était venue et avait pris sa déposition – et celle de Kensie au sujet de la poignée absente. Cependant, les agents avaient secoué la tête et dit à Colter de s'estimer heureux que Danny n'ait pas porté plainte pour agression. Quand il avait parlé de la poignée – manifestement retirée à dessein pour empêcher quelqu'un de descendre –, ils s'étaient contentés de déclarer qu'avoir un pick-up en mauvais état ne constituait pas un délit.

Pour avoir mené sa part d'enquêtes, Colter comprenait leur dilemme. Malgré tout, son expérience lui soufflait que Danny demeurait une menace.

Il ne put s'empêcher de jeter un nouveau coup d'œil en direction de Kensie. Comme pour se rassurer.

Elle saisit son regard.

— Danny m'a dit qu'il était dans l'aviation. J'ai cru que je pouvais lui faire confiance.

— Je doute que Danny Weston ait jamais été soldat, commenta Colter.

— Je n'aurais pas dû le croire.

Elle avait parlé si bas qu'il l'entendit à peine. Ses mains se crispèrent sur le volant du pick-up.

— Ce type est une crapule, mais il est intelligent. Il sait persuader les gens de lui faire confiance. Surtout les femmes.

— Il était dans l'épicerie. Il m'a entendue parler de vous. Il m'a donné l'impression que vous vous connaissiez.

— Il me connaît, oui. Mais nous ne sommes pas amis.

En réalité, Colter et Danny s'étaient heurtés à plusieurs reprises depuis son arrivée à Desparre. Une fois au bar, alors que Danny se montrait un peu trop insistant avec une femme. Colter avait raccompagné celle-ci à sa voiture, mais il soupçonnait que, s'il n'y avait pas eu de témoins, Danny l'aurait pris à partie ce soir-là. Par la suite, d'autres incidents n'avaient fait que renforcer sa méfiance.

Il ne savait pas ce qui avait amené Danny Weston à Desparre, mais il suspectait que ce n'était rien de bon.

— Gardez vos distances avec lui, Kensie.

— Oui, j'ai compris.

La tension qui perçait dans sa voix était due au moins autant à la peur qu'à la colère.

Il prit une inspiration, luttant pour dominer son émotion. Certes, Kensie n'avait pas réfléchi avant de monter dans le pick-up d'un inconnu, mais comment aurait-il pu lui en vouloir après lui avoir demandé de faire la même chose avec lui ?

Elle ne savait rien de lui. Elle obéissait à une foi aveugle et au désespoir. Des sentiments qu'il connaissait bien. Et, malgré sa réticence à se lancer dans une entreprise ressemblant de près ou de loin à une mission, il ne pouvait la laisser s'exposer au danger de nouveau.

Car si Alanna avait été enlevée par un individu tel que Danny, il était sans doute trop tard pour la sauver.

Cette pensée dérangeante lui laissa un goût amer à la bouche, et il refoula les inévitables souvenirs qui suivirent, ceux des derniers instants partagés avec ses camarades. Des camarades pour qui il aurait donné sa vie s'il l'avait pu.

Il pria pour que Kensie n'ait pas à vivre avec le même chagrin.

— Bon, ce magasin, marmonna-t-il, s'efforçant de chasser le brouillard qui menaçait chaque fois qu'il s'autorisait à penser à ce jour-là, son dernier jour dans l'armée. Dites-moi ce que vous savez.

Elle le regarda, ses beaux yeux se focalisant soudain, comme si elle avait besoin de se changer les idées aussi.

— Je ne sais pas grand-chose. Apparemment, Jasper, le propriétaire, a découvert le message dans une pile de factures.

D'après le chef de la police, il ne sait pas qui l'a laissé, mais je me disais que nous pourrions l'interroger sur les gens qui sont venus ce jour-là. Il pourrait me reconnaître. Ma sœur me ressemble peut-être encore.

Ses dernières paroles étaient pleines d'espoir et de nostalgie. Il tenta de se rappeler à combien de temps remontait la disparition.

— Vous dites que c'est arrivé il y a quatorze ans ?

— Oui. Elle aurait dix-neuf ans à présent.

— Quel âge aviez-vous quand… ?

— Quand elle a été enlevée ? Treize ans.

Elle n'ajouta rien, et Colter n'insista pas, laissant Rebel prendre la relève et essayer de la détendre. La chienne semblait plus que disposée à le faire. Penchée entre les sièges, elle avait pratiquement la tête sur les genoux de Kensie.

— Je crois qu'elle m'aime bien, commenta celle-ci sur un ton amusé.

— Oui. Elle s'est mieux accoutumée que moi au retour à la vie civile. Je crois qu'elle serait amie avec tout le monde si elle le pouvait.

Ce n'était pas tout à fait vrai. À l'instar de la plupart des chiens, elle semblait avoir un sens inné qui lui permettait de savoir en qui placer sa confiance.

Kensie lâcha un petit rire alors que Rebel s'approchait encore, les pattes avant sur la banquette à présent.

— Eh bien, merci d'avoir fait une exception pour moi et d'être mon ami.

Avait-il fait cela ? Il tourna l'idée dans sa tête tout en se garant devant une petite rangée de magasins à l'écart de la route. Oui, sans doute. Il lui avait sauvé la vie, elle était venue chez lui, et il se souciait de ce qui allait lui arriver. En outre, il avait de la compassion pour elle à cause de ce qui était arrivé à sa sœur. Un an après avoir quitté l'armée, il s'était fait sa première nouvelle amie. Cette prise de conscience le déconcerta.

— Allons voir ce que nous pouvons tirer de Jasper.

Alors qu'il parlait, il sentit une détermination familière l'envahir, une sensation dont il avait espéré le retour. Le sentiment d'être en mission.

Aussitôt, sa poitrine se serra et il eut du mal à respirer. À l'hôpital, les médecins l'avaient averti que le syndrome post-traumatique demeurerait à vie, que ce soit sous forme de flash-back, de crises de panique ou de cauchemars. Ils avaient dit qu'il devait apprendre à reconnaître les signes avant-coureurs d'une attaque et à gérer ses réactions. Plus facile à dire qu'à faire.

Rebel tourna la tête vers lui, les oreilles frémissantes. Les premiers mois, il y avait eu des moments où le craquement d'une branche le ramenait droit au champ de bataille, au premier coup de feu du tireur embusqué. Et il n'était pas le seul : plus d'une fois durant un orage, il avait découvert Rebel recroquevillée sur elle-même dans la baignoire. Ou bien elle bondissait sur lui pour essayer de le protéger, et réveillait leurs blessures à tous deux.

Rebel savait précisément ce qui lui arrivait à cet instant. Cependant, il ne voulait pas que Kensie s'en aperçoive, si bien qu'il ouvrit sa portière à la volée et se jeta pratiquement au-dehors.

L'air froid s'engouffra dans ses poumons, calmant les spasmes qui lui secouaient la poitrine. Il serra et desserra les poings, une tactique qu'il avait apprise accidentellement à l'hôpital. Elle l'aidait à se calmer en lui redonnant le contrôle d'un geste simple.

Le temps que Rebel ait sauté à terre à côté de lui et que Kensie ait contourné le véhicule pour le rejoindre, il se sentait de nouveau maître de lui-même.

Elle plissa les yeux.

— Ça va ?

— Oui. Allons-y.

C'était la formule qu'il utilisait toujours avec Rebel quand ils étaient sur le point de se lancer sur une piste. Elle lui était venue instinctivement et, loin de déclencher une nouvelle attaque, elle l'emplit de force. Il redressa les épaules.

À ses côtés, Rebel sembla se pencher en avant, bien qu'elle ne fût pas tenue en laisse. Tout comme lui, elle sentait qu'une nouvelle mission débutait. Contrairement à lui, elle paraissait tout à fait prête.

Dieu merci, sa blessure n'avait pas complètement guéri.

Cette pensée égoïste le prit par surprise. Si Rebel s'était parfaitement rétablie et lui non, elle aurait été renvoyée à la guerre, assignée à un autre soldat. La seule raison pour laquelle il avait eu le droit de la garder, c'était que le gros éclat de métal qui lui avait transpercé la jambe avait aussi abîmé la patte de Rebel. Ni l'un ni l'autre ne se remettrait jamais complètement.

— D'accord, lança Kensie, qui n'avait visiblement aucune idée des pensées qui lui traversaient l'esprit.

Elle partit à grands pas dans l'allée enneigée qui menait au magasin. Il l'imita, s'efforçant de ne pas se laisser distraire par le gracieux balancement de ses hanches sous son parka.

Comme ils franchissaient le seuil, une sonnette tinta et Jasper Starn les enveloppa de son regard méfiant. Avec ses cheveux argentés coiffés en arrière sur son crâne, et sa peau mate, burinée par le vent de l'Alaska, il pouvait avoir soixante ans ou bien cent. Il avait passé toute sa vie aux abords de Desparre et il tenait ce magasin depuis aussi longtemps que quiconque s'en souvenait. Et c'était probablement le commerçant le plus maussade que Colter ait jamais rencontré.

Voyant qu'ils venaient vers lui au lieu de se promener dans les rayons, Jasper les détailla comme s'il cataloguait les endroits où ils auraient pu cacher des armes, puis émit un grognement.

Sans paraître s'émouvoir de cet accueil peu amène, Kensie lui adressa un grand sourire. Cela ne changea pas grand-chose à l'humeur de Jasper, mais Colter, lui, se sentit tout à coup plus léger.

— Je m'appelle Kensie Morgan.

Le commerçant pinça les lèvres sans répondre.

Le sourire de Kensie se voila un peu.

— Je suis la sœur d'Alanna Morgan. Je sais que vous avez trouvé le message…

— Je n'ai rien à dire à ce sujet, coupa Jasper avant de foudroyer Colter du regard. Pas d'animaux domestiques dans le magasin. Je vous l'ai déjà dit.

Colter hocha la tête en direction de Rebel, qui s'assit aussitôt. Avec ses trente-deux kilos de muscle, toujours sur le qui-vive, elle pouvait paraître intimidante.

— Nous avons juste quelques questions à vous poser. Plus vite vous y répondrez, plus vite nous nous en irons.

— J'ai déjà parlé au FBI et à la police. Si vous voulez des renseignements, adressez-vous à eux.

Le sourire de Kensie s'effaça. Sans doute était-elle habituée à ce que les gens soient accommodants – ou du moins polis – lorsqu'elle les interrogeait à propos de sa sœur disparue.

Colter fit un pas menaçant en avant, et abattit sa paume sur le comptoir. Sensible à son humeur, Rebel le suivit, montrant légèrement les dents.

Soudain, la main de Kensie se posa sur la sienne. Douce et mince, et inattendue, elle fit voler son plan en éclats.

— J'étais là le jour où elle a disparu, dit-elle, avec une telle douleur dans la voix que Jasper lui-même se figea. J'avais treize ans. J'étais censée la surveiller, mais je lisais un livre à côté de la maison pendant qu'elle jouait devant.

Un sourire ému se dessina sur son visage.

— Alanna avait cinq ans. Elle portait une petite robe bleue à fleurs, déjà toute sale parce qu'elle aimait jouer avec tout. Elle avait de la terre sur les joues, sur les mains, mais elle était adorable. Elle avait de petites fossettes qu'on ne voyait que quand elle souriait, et une lueur espiègle dans les yeux qui vous disait qu'elle allait vous causer des ennuis.

Kensie prit une profonde inspiration, et Colter sentit sa main trembler. Il retourna la sienne et la referma sur sa paume, s'efforçant de la soutenir alors même qu'une petite voix l'avertissait qu'il entrait en territoire dangereux. Qu'il établissait un lien.

Les doigts de Kensie frémirent légèrement, mais ce fut le seuil signe suggérant qu'elle avait remarqué son geste. Son regard était focalisé sur Jasper.

— J'ai vu la voiture s'arrêter. J'ai vu l'homme prendre Alanna.

Sa voix se brisa.

— J'ai laissé tomber mon fichu livre et je me suis mise à courir derrière eux, mais la voiture a filé. Je n'ai jamais revu ma sœur.

Colter était venu assez souvent au magasin de Jasper depuis qu'il s'était installé à Desparre. Pour la première fois, il vit ce dernier ciller et son regard s'adoucir.

— Écoutez, je ne vous raconte pas d'histoires, dit-il sur un ton conciliant. J'ai trouvé le message dans une liasse de billets dans ma caisse à la fin de la journée, il y a deux semaines. Je ne sais pas comment il est arrivé là.

Kensie se pencha en avant.

— Vous souvenez-vous des clients qui sont venus ce jour-là ? Peut-être d'une jeune femme – de dix-neuf ans à peu près – qui me ressemblait ?

Jasper fixa Kensie, esquissant une grimace.

— Peut-être. Une jeune fille aux cheveux bruns comme vous est bien venue ce jour-là, mais elle était avec sa famille.

Je ne sais pas son nom. Je ne l'avais jamais vue avant et je ne l'ai pas revue depuis.

Le magasin était un point de ravitaillement régulier pour les gens qui vivaient dans des endroits isolés. Si Jasper n'avait vu cette jeune fille qu'une seule fois – à supposer qu'il s'agît d'Alanna –, elle était peut-être seulement de passage.

Kensie se tassa un peu et son regard chercha celui de Colter, comme si elle espérait qu'il fasse une suggestion.

Il n'était pas certain d'avoir autre chose à proposer.

Si Alanna était entrée dans le magasin en route pour une région encore plus sauvage de l'Alaska, comment pourraient-ils jamais retrouver sa trace ?

Colter savait ce qu'il en était de vivre avec un espoir dévorant, brûlant, aussi douloureux qu'il était puissant. Il savait aussi que c'est parfois un soulagement que d'en être délivré. Lorsqu'il avait repris connaissance à l'hôpital et que personne n'avait voulu lui dire ce qu'il était advenu des autres, il avait été comme engourdi. Il lui arrivait de regretter cette période d'ignorance pleine d'espoir, mais elle signifiait aussi qu'on était en suspens, incapable d'aller de l'avant.

Retrouver Alanna serait peut-être impossible. Si c'était le cas, la vie de Kensie serait-elle à jamais en suspens ?

— Il faut qu'on parle à la police, répéta Colter, avec toute l'autorité dont il se sentait capable.

Kensie était assise en face de lui dans le minuscule restaurant situé à l'écart de la route principale. Il s'était arrêté là sur une impulsion, parce qu'elle avait l'air si abattu après leur conversation avec Jasper qu'il n'avait pas voulu la laisser seule. À vrai dire, il n'avait pas envie de lui dire au revoir si vite.

Comme il fréquentait assez régulièrement l'établissement et que Desparre était un endroit sans prétention, Rebel était autorisée à rester assise à côté de leur banquette pendant qu'ils sirotaient leur café.

Kensie baissait les yeux, peut-être pour éviter son regard.

— Pourquoi hésitez-vous ? Je sais que vous avez déjà parlé au chef de la police mais, si nous y retournons avec des questions précises, nous aurons peut-être plus de succès.

— C'est possible.

Il fronça les sourcils, essayant de comprendre si son entretien avec Jasper l'avait découragée à ce point ou s'il y avait autre chose.

— Ça vaut la peine d'essayer, non ? insista-t-il, surpris de se retrouver dans le rôle de l'optimiste.

Il connaissait cette femme depuis moins de vingt-quatre heures et il avait déjà passé plus de temps avec elle qu'avec n'importe qui depuis ses médecins à l'hôpital. En plus, il l'encourageait à aller de l'avant, alors qu'il avait tenté de l'en dissuader quelques heures plus tôt.

À vrai dire, il était encore réticent à s'engager. Seulement, il éprouvait envers Kensie une attirance à laquelle il était difficile de résister.

Elle poussa un profond soupir avant d'affronter son regard.

— Vous avez raison.

— Bien. Dans ce cas, allons-y !

Il s'était forcé à parler sur un ton positif, priant pour ne pas lui donner pas de faux espoirs.

À ces mots, Rebel avait relevé la tête, et un sourire se dessina sur les lèvres de Colter. Brusquement, la perspective d'une mission l'emplissait de nostalgie.

— On n'est pas au travail, bébé, dit-il à la chienne.

Celle-ci bâilla et s'allongea de nouveau.

Kensie les observait, incrédule.

— Elle vous comprend !

Le sourire de Colter s'élargit.

— Vous n'avez jamais eu de chien ? Croyez-moi, ils vous comprennent bien mieux qu'on le pense.

Elle secoua la tête.

— Non. Je pensais qu'Alanna finirait par persuader mes parents d'adopter un chien mais, quand elle a disparu, aucun d'entre nous n'a plus eu le temps de songer à ce genre de choses.

Ce genre de choses ? Les joies de l'enfance ? Il la dévisagea, s'efforçant d'imaginer sa vie après l'enlèvement de sa sœur. D'imaginer le sentiment de culpabilité qui l'avait hantée à un si jeune âge, alors qu'elle n'était manifestement pas en faute.

Il était bien placé pour savoir que le remords, si irrationnel soit-il, ne disparaissait pas à force de raisonnement. Il avait été confronté à une conséquence inévitable de la guerre en tant qu'adulte. Elle, en revanche, n'était qu'une enfant au moment du drame. Avant de l'entendre parler à Jasper, il n'aurait pas soupçonné qu'elle s'accablait de reproches.

Il la connaissait à peine, mais elle donnait l'impression d'être sûre d'elle, optimiste. Bien sûr, l'image qu'on donnait de soi-même ne concordait pas toujours avec la réalité.

Colter déposa quelques pièces sur la table et se leva, réprimant une grimace en prenant appui sur sa jambe douloureuse. Ils devaient se dépêcher pour arriver au poste, car celui-ci fermait la nuit : Desparre n'était pas assez peuplé pour justifier une présence policière vingt-quatre heures sur vingt-quatre. Il jeta un coup d'œil à sa montre : 20 heures. Ils n'avaient qu'une heure devant eux.

Kensie se leva plus lentement, et but une dernière longue gorgée de café, comme si elle voulait retarder le moment de partir. Rebel attendait – sans doute avait-elle mal à la patte aussi.

Vingt minutes plus tard, ils étaient de retour au centre-ville. Quelques lampadaires démodés éclairaient faiblement la rue, car la nuit était tombée pendant qu'ils étaient au café. Sans la lumière vive et les accents de musique rock qui émanaient du bar, Desparre aurait ressemblé à une ville fantôme.

Kensie sortit la première du pick-up et partit d'un pas vif, Rebel trottinant à côté d'elle.

Colter s'agrippa à la portière et descendit plus précautionneusement. Sa jambe s'était engourdie après le trajet en voiture. Le muscle au-dessus de son genou s'était noué.

Il s'obligea à bouger, serrant les dents et s'efforçant de ne pas boiter au cas où Kensie aurait jeté un coup d'œil en arrière. À l'armée, on lui avait inculqué que l'échec et la faiblesse étaient inacceptables. Il ne voulait pas paraître diminué devant elle.

Kensie tendait la main vers la porte du commissariat quand celle-ci s'ouvrit de l'intérieur. Surprise, elle recula d'un pas. À côté d'elle, Rebel se retourna vers lui, comme si elle se demandait s'il avait plus besoin d'elle que Kensie.

Jamais elle ne s'était attachée à quiconque autant qu'à Kensie depuis qu'ils formaient une équipe. Cela dit, il ne lui avait guère donné l'occasion de faire connaissance avec d'autres gens.

Ayant apparemment décidé qu'il se débrouillerait seul, Rebel se retourna vers Kensie, qui se tenait maintenant face au chef Hernandez. Celle-ci était emmitouflée, visiblement prête à rentrer chez elle, et ne paraissait guère ravie d'avoir des visiteurs.

Colter pressa le pas, ignorant la douleur. Il paierait le prix fort plus tard, mais il avait vu trop d'anciens soldats devenir dépendants à l'alcool ou aux calmants après d'atroces blessures. Par conséquent, il ne prenait ni l'un ni l'autre et endurait. Peut-être était-ce sa pénitence pour avoir survécu alors que tous les autres avaient péri.

— Mademoiselle Morgan, nous ne pouvons pas vous dire grand-chose de plus concernant votre sœur, disait le chef Hernandez quand il arriva à leur hauteur. Bonsoir, Colter.

— Bonsoir, chef. Et la fille qui est venue au magasin le jour où le message a été trouvé ?

— Quelle fille ?

— Celle qui ressemblait à Kensie. Elle était là en même temps qu'une famille.

La policière eut un sourire crispé.

— Vous voulez parler de celle qui était avec sa famille ? Nous ne savons pas qui c'était, mais nous avons questionné Jasper à propos de ce jour-là. Il s'agissait d'une famille, pas d'une fille effrayée qui essayait de s'échapper.

Elle jeta un coup d'œil en direction de Kensie, qui s'était tassée dans son parka.

— Je suis désolée. J'aimerais pouvoir vous aider.

Comme elle faisait mine de s'éloigner, Colter lui barra le chemin.

— Quel est le problème ? Pourquoi l'enquête a-t-elle été close ?

L'agressivité perçait dans sa voix, mais il n'avait pu se maîtriser.

Le chef Hernandez fronça les sourcils et enfonça les mains dans ses poches.

— Techniquement parlant, le FBI a pris la relève. Nous avons procédé à des vérifications. Nous ne pouvons rien faire de plus.

Elle regarda Kensie de nouveau.

— Je sais que c'est dur à accepter, mais...

— Qu'est-ce qui est dur à accepter ? Que la police refuse de faire son travail ? lâcha Colter malgré lui.

Soit il avait perdu tout son savoir-vivre au cours de sa retraite volontaire, soit il était en mode militaire, traitant tout le monde en ennemi jusqu'à ce qu'on lui apporte la preuve du contraire.

Il jura intérieurement. Cependant, avant qu'il ait pu trouver une manière de se rétracter, le chef de police fit un pas vers lui.

Rebel montra les dents et même Kensie s'approcha de lui en signe de soutien, mais la policière semblait plus lasse qu'en colère.

— Nous avons fait notre travail. Je crois que vous êtes mal informé, Colter. Nous avons collaboré étroitement avec les agents du FBI sur cette enquête. En fin de compte, ce sont eux qui ont tranché, mais nous étions d'accord avec eux.

Son regard se posa brièvement sur Kensie avant de se focaliser de nouveau sur lui.

— Kensie est déjà au courant parce que le FBI l'a informée, mais permettez-moi de vous faire part de leur décision : après avoir examiné toutes les pistes, ils ont conclu au geste d'un mauvais plaisant.

5

Il avait passé toute la journée à batailler avec sa jambe blessée, à lutter contre les flash-back des pires heures de sa vie. Et pendant tout ce temps, elle lui avait menti ?

Colter ravala les paroles brutales qui lui venaient à l'esprit et attendit que le chef Hernandez se soit éloigné. *Contrôle tes émotions*, s'ordonna-t-il. Malgré tout, la colère et la frustration le submergèrent. Il avait entrepris une mission pour elle. Pour une piste qui avait déjà été étudiée et rejetée.

— Colter, avant que vous disiez quoi que ce soit…

Kensie mit une main sur son bras. Une heure plus tôt, il aurait savouré son contact, si léger fût-il. À présent, il se raidit instinctivement, comme pour la repousser.

Elle dut le sentir, car elle retira sa main et caressa la fourrure de Rebel à la place. Sa chienne inclina la tête, quémandant davantage, et Colter ne put réprimer un froncement de sourcils.

— Je sais que vous avez l'impression que je vous ai induit en erreur…

— Vous l'avez fait.

Elle lâcha un soupir.

— Oui. Mais je ne serais pas venue si j'avais cru le FBI. J'ai fait un voyage de cinq mille kilomètres ! Je sais que, cette fois, c'est la bonne.

La colère de Colter fondit un peu lorsqu'il perçut le tremblement de sa voix. Elle se berçait d'illusions. Sans doute le savait-elle, mais elle ne pouvait pas davantage se l'admettre que l'admettre devant autrui.

Peut-être la raison la convaincrait-elle.

— Pourquoi le FBI est-il persuadé que le message est un faux ?

Il avait eu l'intention de parler sur un ton posé, mais ce fut l'agressivité qui l'emporta.

Pas de doute, il avait besoin de travailler son approche de la conversation. Avant son accident, il n'avait aucun mal à établir des contacts avec les autres. Apparemment, un an de solitude avait fait de lui un quasi-homme des cavernes.

— Le message disait : Je m'appelle Alanna Morgan, de Chicago. Je suis encore en vie. Je ne suis pas la seule.

Elle avait prononcé ces mots comme si elle les avait non seulement mémorisés, mais aussi intériorisés. Comme s'ils étaient un lien direct avec la sœur qu'elle n'avait pas vue depuis quatorze ans.

— OK, dit-il comme elle n'ajoutait rien.

— Nous n'habitions plus à Chicago mais dans la banlieue. Nous avions déménagé quand Alanna avait trois ans et elle connaissait son adresse. Le FBI pense que quelqu'un a lu les détails dans la presse, parce qu'en général les journalistes parlaient de Chicago pour simplifier.

— Qu'est-ce qui vous fait penser que ce n'est pas le cas ?

— Qui ferait cela, tant d'années plus tard, et si loin ?

Sa voix était plaintive, empreinte de désespoir.

Il comprit. Elle ne pouvait pas savoir que la théorie du FBI était erronée. Simplement, elle ne pouvait supporter l'idée qu'elle soit correcte.

— Kensie...

— Je sais ce que vous pensez. Vous avez raison, d'accord ? Mais il y a eu tant de fausses pistes au fil des années. Ça ne peut pas en être une de plus. Ce n'est pas possible. Et il y a autre chose. Je le sens au fond de moi d'une manière inexplicable.

C'est une vraie piste. Je le sais. Je pensais que l'enquête du FBI allait aboutir à quelque chose. Quand elle n'a rien donné, j'ai compris qu'il fallait que je vienne moi-même.

— Les agents du FBI ont beaucoup d'expérience...

La main de Kensie caressa plus rapidement la tête de Rebel.

— Les agents du FBI ne connaissent pas ma sœur.

— Par conséquent, ils sont totalement objectifs. Écoutez...

Il poursuivit sans lui laisser le temps de l'interrompre.

— On dirait que ce message a été écrit par quelqu'un qui cherche à attirer l'attention. Ce n'est pas une vraie lettre. Si elle était authentique, pourquoi votre sœur n'aurait-elle pas fourni de détails pour prouver son identité ?

— Elle avait cinq ans lorsqu'elle a été enlevée, Colter. De quoi se souvient-elle, à votre avis ? Que pourrait-elle dire ?

Elle parut un instant vaincue, mais prit une profonde inspiration et continua :

— Des années durant, mes parents ont consacré tout leur temps et toute leur énergie à la retrouver. C'était le bébé de la famille. On ne pouvait plus fonctionner normalement sans elle. Et puis mon frère Flynn a eu seize ans. J'en avais vingt, Alanna était disparue depuis sept ans, et mes parents n'avaient pas renoncé. J'ai essayé de mieux veiller sur Flynn que je ne l'avais fait avec Alanna, mais il s'est attiré pas mal d'ennuis. Il a eu un accident de voiture et a failli mourir. Et cela a tout changé.

Colter soupira. Comme avec Jasper, Kensie essayait de jouer sur ses sentiments en lui donnant des détails personnels sur le jour où sa sœur avait disparu.

Cependant, malgré toute la compassion qu'il avait à son égard, entreprendre de vaines recherches ne leur ferait aucun bien ni à l'un ni à l'autre.

— Je suis désolé pour ce que votre famille a subi, Kensie, mais...

— Nous nous sommes donné tant de mal pour rester

proches, pour être affectueux les uns envers les autres, mais parfois j'ai l'impression que nous ne faisons que jouer un rôle. Qu'aucun de nous n'a été lui-même depuis qu'Alanna a disparu et que nous ne pourrons le redevenir avant de l'avoir trouvée.

— Peut-être que vous devez chercher une nouvelle normalité.

— Comme vous ? rétorqua-t-elle en croisant les bras.

— Oui, riposta-t-il. Ce n'est certainement pas parfait, mais ça me convient.

— Ça vous convient ? D'être tout seul dans ce chalet, de vivre en ermite ?

Rebel geignit, touchant la cuisse de Kensie, mais celle-ci l'ignora.

— Vous ne savez rien de ma vie, Kensie.

— Et vous ne savez rien de la mienne ! Vous ne savez pas ce qu'il en est de perdre sa petite sœur, de la voir enlevée sous vos yeux.

Il serra les dents, s'efforçant de refouler les mots, mais ils jaillirent malgré lui.

— J'en sais plus long sur le deuil et le chagrin que vous ne pouvez l'imaginer. Vous débarquez ici, vous insistez pour que je vous aide, mais en fin de compte vous êtes égoïste. Vous me dissimulez la vérité, vous perdez mon temps autant que le vôtre. Vous pensez réellement à votre sœur, ou s'agit-il de vous, au fond ? De réparer une erreur idiote que vous avez commise à treize ans ?

Regrettant aussitôt ses paroles, il tenta de faire marche arrière.

— Ce n'était pas votre faute. Mais, si vous vous êtes imposé cette mission, c'est surtout pour vous.

— Ah oui, parce que, vous, vous êtes dévoué à autrui ? Je ne sais pas ce qui est arrivé à votre jambe, Colter, et je suis désolée que vous ne puissiez plus être soldat, mais peut-être que vous devriez vous en remettre ! Tout ce que je vous demande, c'est de faire quelque chose qui relève de vos compétences. Je n'ai besoin que d'un peu d'aide. Le FBI se trompe. Je le sais.

Sa jambe tressaillit. Rebel geignit de nouveau et se détacha de Kensie pour venir se presser contre lui, comme pour le soutenir. Il pouvait lui raconter ce qui était arrivé à son unité et combien il comprenait son désir de ne pas lâcher prise même si, au fond de soi, on savait qu'il le fallait. Pourtant, il garda le silence. Ses propos ne feraient que la peiner et ne lui apporteraient aucune satisfaction. Il n'était même pas sûr de pouvoir les prononcer.

Au lieu de quoi il secoua la tête tristement.

— J'espère que vous avez raison, Kensie, mais j'en doute. Et je ne peux pas vous suivre dans une quête vouée à l'échec. Je suis désolé. Je crois que vous devriez rentrer chez vous.

Il pivota et s'éloigna.

Rebel le suivit plus lentement. Régulièrement, elle tournait la tête vers Kensie, encore immobile devant le commissariat.

Il se conduisait comme un malotru. Il le savait. Certes, une partie de ce qu'il avait dit était vraie, même lorsqu'il l'avait taxée d'égoïsme. Elle s'imaginait le comprendre parce qu'elle l'avait vu boiter. Au lieu de chercher à savoir ce qu'il avait subi, elle s'était focalisée sur sa propre douleur.

Cela dit, n'était-il pas coupable du même défaut ? S'il la quittait maintenant, c'était seulement en partie parce que sa quête allait se terminer par des larmes et qu'il ne voulait pas voir sa déception. L'autre raison, c'était que Kensie le ramenait peu à peu parmi les vivants.

Il savait que, pour guérir, il devrait se réintégrer au monde un jour. Non parce que les thérapeutes le lui avaient dit, à l'époque où l'armée avait essayé de le forcer à accepter un soutien psychologique. Il n'était pas aveugle au point de ne pas se rendre compte que son choix de vie actuel n'était pas des plus sains. Cependant, ce choix lui avait apporté une certaine paix de l'esprit. Plus de paix, en tout cas, qu'il n'en avait éprouvé à l'hôpital ou même avec sa famille et ses amis.

Leurs platitudes, leur insistance à affirmer qu'ils savaient ce qu'il traversait lui avaient donné l'impression de ne pas être aimé. Elles l'avaient mis en colère. Parce que quiconque n'avait pas connu une guerre et perdu des proches ne pouvait pas comprendre.

Peut-être était-ce en partie ce qui l'avait séduit dans l'idée d'aider Kensie. Elle ignorait tout de son passé. Et voilà qu'il lui avait lancé ce reproche à la figure.

Il ferma les yeux, ralentit le pas et s'arrêta. Il sentit Rebel s'immobiliser à côté de lui, en sa fidèle compagne.

Réprimant un juron, il jeta un coup d'œil en arrière. Exactement comme il le présumait, Kensie était toujours à la même place, et il sentit le remords l'envahir.

Elle semblait seule, perdue. Mais invaincue. Elle gardait la tête haute, les épaules droites. Elle n'allait pas renoncer à trouver Alanna, si infimes soient ses chances de réussite.

Il comprenait sa loyauté. Il l'admirait.

Semper fi. C'était le cri de guerre des marines, leur devise. Une des convictions profondes de Colter.

Il se retourna lentement. Rebel fit volte-face avec enthousiasme, remuant la queue contre sa cuisse.

Avec chaque pas qui le ramenait à Kensie, son cœur battait plus fort, l'avertissant qu'il commettait une erreur. Déjà, elle éveillait en lui des sentiments dangereux. L'envie de repartir en mission, le désir de contact avec un autre être.

Il ne voulait pas de tout cela. Il ne voulait pas réintégrer le monde, parce que, au bout du compte, cela le forcerait à faire face à tout ce qu'il avait perdu, à l'immensité de son chagrin.

Il voulait rester dans la montagne avec Rebel. Laisser la nature sauvage apaiser son âme. Il projetait de vivre là jusqu'à la fin de ses jours. Certes, ce serait une existence solitaire, surtout quand Rebel ne serait plus là. Malgré tout, cela lui paraissait le choix le plus sûr, le plus heureux.

Kensie le regardait approcher, l'air méfiant, sans se douter le moins du monde du bouleversement qu'elle avait provoqué dans sa vie.

— Je suis désolé.

L'émotion perçait dans sa voix, il avait les joues en feu.

Rebel nicha la tête dans la main de Kensie, agitant toujours la queue avec entrain. Un rire étonné jaillit des lèvres de la jeune femme et, à cet instant, Colter eut envie de s'avancer. De rire comme elle, librement et sans contrainte. Il avait envie de passer du temps en compagnie d'une femme telle que Kensie. Un an plus tôt, non seulement il aurait tenté tout ce qui était en son pouvoir pour l'aider, quelles que fussent les chances de succès, mais il aurait aussi essayé de la séduire.

Elle paraissait toujours sur ses gardes, comme si elle ne savait pas si elle devait accepter ses excuses. Comme si elle n'était pas sûre de vouloir son aide.

— Colter...

L'idée de retourner dans le monde, ne serait-ce qu'un peu, avec elle, l'effrayait. Ou plutôt le terrifiait. Mais il avait pris sa décision, et il savait qu'il n'aurait pas dû se détourner sous prétexte qu'elle ne lui avait pas dit toute la vérité.

Il avait accepté une mission. Qu'elle puisse être menée à bien ou non, il devait la tenter.

Pour Kensie. Et pour lui aussi. Pour voir s'il en était réellement capable.

Devançant la réponse qu'elle s'apprêtait à faire, il s'avança plus près. Assez près pour qu'elle ne puisse pas se méprendre.

Elle se figea, les lèvres entrouvertes.

Il n'hésita pas. Il enroula un bras autour de sa taille et l'attira contre lui avant d'avoir eu le temps de se raisonner.

Elle chancela, mais Colter la soutint sans même que sa jambe blessée ne proteste. L'instant d'après, il capturait ses lèvres.

Elle avait un goût de café et de menthe poivrée. Elle avait le goût de tous les rêves qu'il avait eus autrefois, avant que son univers ne vole en éclats.

Il passa son autre bras autour d'elle, la serrant plus étroitement contre lui, et oublia tout le reste. Pendant un bref moment, tout s'évanouit. Le passé, ses camarades, la sœur de Kensie, même la certitude qu'elle retournerait inévitablement à Chicago. L'espace d'un instant, il fut de nouveau vivant. Vraiment vivant.

Chaque cellule de son être sembla se réveiller alors qu'elle posait une main sur son torse, puis nouait les bras autour de son cou. Quand elle se hissa sur la pointe des pieds pour lui rendre son baiser, les genoux de Colter faillirent se dérober. Et pas à cause de sa blessure.

Il aurait pu se dire que c'était parce que plus d'un an s'était écoulé depuis la dernière fois qu'il avait embrassé une femme. Mais ce n'était pas vrai. C'était Kensie. Son parfum légèrement épicé, enivrant. La sensation de son corps contre le sien, si vague fût-il à travers l'épais parka. Les petits bruits de gorge qui lui échappaient.

C'était trop.

Colter se redressa, haletant. Il baissa les yeux sur le regard troublé de Kensie et tenta de se ressaisir.

— Je suis désolé, souffla-t-il, à peine capable d'articuler un son.

Un pli perplexe se forma sur son front, et elle redressa le menton.

— Moi pas.

Elle tapota le côté de sa cuisse, comme elle l'avait vu faire lorsqu'il voulait que Rebel le suive, puis se dirigea vers le pick-up. Comme il restait figé sur place, elle jeta un coup d'œil en arrière, ses cheveux volant derrière son épaule, l'audace incarnée.

— Tu viens ?

Rebel le regardait, l'air plaintif, sa queue balayant lentement la neige.

Après ce baiser, s'imaginait-elle qu'il n'allait pas la suivre ? Colter se hâta derrière elle, le cœur cognant comme un fou dans sa poitrine.

Il avait oublié la douleur à sa jambe.

6

Kensie avait à peine fermé l'œil de la nuit, le baiser échangé avec Colter passant et repassant en boucle dans son esprit. Elle s'était tournée et retournée dans le lit étonnamment confortable de son hôtel, à quelques kilomètres de Desparre. De l'extérieur, l'établissement ressemblait à une cabane en rondins, mais l'intérieur était aussi luxueux que n'importe quel hôtel chic à Chicago.

D'après le gérant, les clients étaient surtout des touristes qui venaient durant les mois d'été. La direction avait espéré faire de Desparre une destination recherchée, pour découvrir l'Alaska « profond ». En réalité, avait-il avoué tristement, l'hôtel périclitait lentement. Kensie était pour ainsi dire la seule résidente.

Elle aurait dû se sentir dorlotée. Cependant, elle n'avait qu'une envie : monter dans son pick-up de location et se rendre dans un autre chalet en rondins, beaucoup plus petit, et dominé par la présence imposante d'un homme qui ne lui apporterait rien de bon.

Elle avait encore du mal à croire qu'il l'avait embrassée. Bien sûr, elle avait dès le début senti une attirance réciproque entre eux. Mais c'était un homme marqué, plus traumatisé encore qu'elle ne l'était.

Il ne lui avait presque rien dit sur sa vie, hormis qu'il avait été soldat pendant près de dix ans. Peut-être ne savait-il tout simplement rien faire d'autre. Ou peut-être le soldat en lui était-il incapable de supporter un handicap physique.

Kensie, elle, ne s'en souciait pas. En revanche, elle savait deux choses : la première, c'était qu'il était émotionnellement trop perturbé pour lui offrir une relation durable, à supposer qu'elle ait désiré cela. La seconde, c'était qu'elle ne pouvait pas se laisser détourner de ses recherches.

Encore fatiguée après sa nuit blanche, Kensie lui jeta un coup d'œil à la dérobée. Il marchait à côté d'elle, Rebel entre eux, près du magasin où le message avait été découvert. Ce matin, le plan d'action consistait à interroger les commerçants voisins, au cas où ils auraient vu quelque chose d'intéressant.

Colter ne semblait pas avoir mieux dormi qu'elle. Sur son teint clair, les cernes qui entouraient ses yeux étaient encore plus visibles. Tous les quatre ou cinq mètres, il traînait un peu la jambe droite. Elle devait le faire beaucoup souffrir, se dit Kensie, pour qu'il ne tente pas de lui dissimuler. Peut-être était-ce cette blessure qui avait causé sa nuit sans sommeil, et sa mauvaise humeur.

Cependant, elle soupçonnait que celle-ci était plutôt due au baiser de la veille. Quand il était venu la chercher en ville, il lui avait tendu une tasse de café fumante et l'avait saluée d'un « Bonjour » un peu sec. Pas exactement le sourire intime auquel elle s'attendait, mais sans doute était-ce une bonne chose.

Sauf que, maintenant, son silence commençait à l'agacer. Elle ne voulait pas se montrer ingrate, mais elle ne voulait pas davantage avoir à marcher sur des œufs avec lui.

— Si on se séparait ?

Il fronça les sourcils et lui accorda le premier regard direct de la matinée.

— Pourquoi ?

Elle pointa le doigt vers deux commerces qui partageaient

un parking : un magasin de chasse-neige et un restaurant d'aspect minable qui sentait la graisse même de loin.

— On fera plus vite.

Il répondit par un grognement suggérant qu'il ne croyait guère à son explication, mais elle fut soulagée de le voir se diriger vers le troquet avec Rebel. En dépit de sa mauvaise humeur, le simple fait de marcher à côté de lui la troublait étrangement.

Il était temps de se concentrer sur Alanna.

Kensie entra dans le magasin de chasse-neige et ouvrit des yeux écarquillés tandis que la lourde porte se refermait derrière elle. Rempli d'énormes machines, l'endroit tenait plus de l'entrepôt que du magasin proprement dit. À l'autre bout, elle aperçut un comptoir et une immense porte de garage.

Contrairement à la plupart des gens qu'elle avait croisés jusque-là à Desparre, l'employé était un jeune d'une vingtaine d'années. Il avait des piercings au visage, des tatouages qui serpentaient sous ses manches de chemise.

Elle plaqua un sourire aimable sur ses lèvres et se dirigea vers lui. Des années de fréquentation des stations de radio et des plateaux télévisés avec ses parents lui avaient appris que les gens réagissaient favorablement à deux choses : la gentillesse et une histoire émouvante.

C'était la partie qu'elle détestait le plus, celle où elle devait monnayer ses souvenirs d'Alanna dans l'espoir de ramener sa sœur à la maison. Enfin, si elle réussissait un jour, cela vaudrait la peine d'avoir supporté tous les types douteux qui avaient offert de la « consoler », tous les journalistes ambitieux qui avaient salivé à la perspective de diffuser leur détresse à une audience aussi vaste que possible. Cela effacerait toutes les occasions manquées, toutes les relations ratées. Y compris celles qui n'avaient jamais eu lieu, rompues avant même d'avoir commencé.

— Bonjour, lança-t-elle. Je m'appelle Kensie Morgan. Je suis à la recherche de ma sœur et...

Le jeune secoua la tête, reportant déjà son attention sur le jeu vidéo à demi dissimulé par le comptoir.

— Aucune femme n'est venue ici aujourd'hui.

— Je ne parle pas d'aujourd'hui. Il y a quelques semaines, un message a été laissé au magasin de Jasper un peu plus bas...

— Vous cherchez la fille qui a été kidnappée ?

Il avait brusquement relevé la tête, oubliant son jeu.

— On a dit aux infos qu'elle avait disparu depuis quatorze ans.

— C'est exact. Elle a les cheveux bruns, comme moi. Et les yeux marron, un peu plus foncés que les miens.

Ces détails étaient-ils encore vrais ? Kensie le supposait, sans pourtant avoir aucun moyen d'en être sûre. Peut-être Alanna avait-elle les cheveux teints, peut-être portait-elle des lentilles de contact ?

L'adolescent haussa les épaules.

— Je n'ai commencé à travailler ici que cette semaine. C'est génial, plutôt calme. Ça me donne le temps de faire mes devoirs.

Kensie sentit ses espoirs s'effondrer.

— Et vous ne savez pas si votre patron a vu quelqu'un qui me ressemblait au cours de ces dernières semaines, vers l'époque où on a trouvé ce message ?

— Non, désolé. Mais est-ce que je peux vous demander...

— Merci, coupa-t-elle, peu désireuse d'être bombardée de questions sur ce qui était arrivé à sa sœur.

Même les gens compatissants avaient parfois du mal à distinguer la frontière entre le soutien et la curiosité morbide. La ligne était plus mince que la plupart des gens ne s'en doutaient.

Comme elle s'en retournait par où elle était venue, la porte s'ouvrit, livrant passage à un homme aussi grand que Colter, mais nettement plus âgé.

— Hé ! Où est Derick ? cria-t-il depuis l'entrée.

— Il ne travaille pas aujourd'hui.

— Excusez-moi, intervint Kensie, reprenant espoir. Vous habitez dans les environs ?

— Oui.

L'homme fronça les sourcils et braqua sur elle ses yeux marron.

Ces sourcils froncés, irrités, parurent vaguement familiers à Kensie. Le cœur battant, elle comprit pourquoi. Cette expression lui rappelait l'homme qui avait enlevé sa petite sœur.

Quatorze ans plus tôt, il était descendu d'une berline bleu marine, vêtu entièrement de bleu : jean et pull léger. Ses longs bras avaient soulevé Alanna de terre. La fillette avait émis un cri étouffé, et puis Kensie avait poussé un hurlement assez perçant pour ameuter toute la ville.

L'espace de quelques secondes, il avait croisé son regard. Elle n'avait pu distinguer la couleur de ses yeux, mais jamais elle n'avait oublié le froncement furieux de ses sourcils. À présent, il aurait à peu près l'âge qu'avait l'individu qui se tenait là. Il avait les cheveux bruns, tandis que cet homme-ci commençait à grisonner, mais peut-être était-ce seulement à cause du passage du temps.

Kensie lâcha un petit rire, qui lui valut un regard perplexe, légèrement inquiet, de la part de l'homme. C'était bizarre, mais elle avait fait ce genre de chose à plusieurs reprises au fil des années. Parfois, elle voyait quelqu'un dans la rue, et tout en elle se figeait, jusqu'à sa respiration. Puis l'adrénaline se mettait à courir dans ses veines, et son cœur et son esprit s'affolaient. Quelques minutes plus tard, son bon sens revenait. Le psy que ses parents l'avaient emmenée consulter avait donné un nom à ce symptôme, mais Kensie ne parvenait pas à s'en souvenir.

Elle avait vu si brièvement le ravisseur d'Alanna ! Elle n'aurait sans doute pas été capable de l'identifier voilà quatorze ans, sans parler de maintenant.

Le client fit mine de s'en aller, mais Kensie le saisit par le bras, surprise par les muscles noueux qu'elle sentait sous son épaisse veste. Il se raidit et se dégagea, la renversant presque.

— Vous avez besoin de quelque chose, madame ?

Il la toisait, la dévisageait avec trop d'attention. Dans d'autres circonstances, il aurait pu paraître séduisant, mais la colère qui retroussait l'ourlet de ses lèvres et le pli dur qui barrait son front lui donnait l'air franchement antipathique.

Elle leva les mains en signe d'excuse.

— Désolée. C'est juste que... Vous habitez ici depuis un certain temps ?

— Oui. Pourquoi ?

Elle tenta de sourire, espérant l'amadouer.

— Vous semblez connaître les gens du coin, et je suis à la recherche de quelqu'un.

Il changea de position, se détournant à demi. Son regard alla du jeune assis derrière le comptoir à l'énorme porte de garage tout au fond de l'entrepôt. Enfin, il se focalisa de nouveau sur elle, la mine soupçonneuse.

— Qui ?

— Ma sœur. Elle a été enlevée il y a longtemps.

— Votre sœur, hein ? répéta-t-il, fronçant les sourcils de plus belle. Où ça ?

— Dans le Midwest.

Elle avait répondu instinctivement. En temps normal, elle disait Chicago mais, bien qu'elle tentât de se raisonner, quelque chose chez ce type éveillait sa méfiance. Peut-être était-il seulement désagréable. D'un autre côté, peut-être savait-il quelque chose, auquel cas elle devait se montrer prudente. Si elle donnait trop de détails concernant Alanna – et si cet homme la connaissait bel et bien, si par quelque hasard insensé, c'était vraiment lui qui l'avait kidnappée autrefois – prendrait-il la fuite ?

Le type jeta un nouveau coup d'œil vers la porte du fond.

— Je ne connais pas votre sœur, madame.

— Mais...

Il fit volte-face, ouvrit la porte à la volée, et sortit pratiquement au pas de course.

Une seconde interloquée, Kensie se rua derrière lui dans la neige et sortit son téléphone de sa poche. S'arrêtant dans une glissade, elle le prit en photo d'une main tremblante alors qu'il s'engouffrait dans son pick-up. Un instant, il se figea, comme s'il allait redescendre et lui arracher l'appareil. Puis, dans un rugissement de moteur, le véhicule recula en trombe hors du parking, avant de s'immobiliser dans un sursaut et de repartir dans la direction opposée.

Il fallait qu'il sorte davantage.

Cette pensée prit Colter par surprise. En général, quand il venait en ville et que les gens voulaient lui poser des questions ou simplement engager la conversation, il avait hâte de regagner son chalet et de tenir le monde à distance.

Cependant, ce jour-là, alors qu'il tenait entre les mains un cookie aux pépites de chocolat maison offert par le grand-père qui tenait le restaurant et que Rebel bavait gaiement sur un biscuit pour chien à côté de lui, Colter se sentait le cœur plus léger que depuis bien longtemps. Il accéléra le pas en se dirigeant vers le magasin où il avait laissé Kensie.

Il y avait eu un temps où elle aurait été exactement la femme dont il rêvait. À l'époque, il était le genre d'homme qui avait un plan précis pour sa vie. Un coup d'œil sur elle, et il aurait pressenti la possibilité d'un mariage et d'une famille. D'un foyer qui l'attendrait entre ses missions.

Voilà la vie qu'il s'était imaginée. Le genre de vie que ses camarades avaient : des conversations vidéo avec leurs épouses, des lettres écrites au crayon arrivant aux quatre coins du monde, des photos à porter sous leur casque. Quelqu'un pour qui se battre. Quelqu'un à qui retourner.

C'en était fini de ces espoirs-là. Sans l'armée, cette vision n'avait plus de sens. Il ne pouvait s'imaginer mener une existence tranquille, avec une femme qui acceptait volontiers sa faiblesse quand sa blessure le faisait trop souffrir, des enfants qui acceptaient que leur père ne puisse pas courir avec eux comme les autres pères. Il ne voulait pas de cette vie-là.

Il était venu en Alaska non seulement pour se terrer, mais aussi pour guérir. D'une manière ou d'une autre, au cours de l'année écoulée, il avait perdu de vue le deuxième volet de son plan. Kensie l'avait forcé à quitter sa zone de confort, à sortir de sa solitude, et cela lui rappelait la raison pour laquelle il adorait cet endroit. La raison pour laquelle il l'avait choisi.

Certes, il y avait des types comme Danny Weston, des gens qui étaient venus profiter des grands espaces de l'Alaska pour se cacher des méfaits qu'ils avaient commis. Mais on y rencontrait aussi des gens comme ce grand-père qui tenait le restaurant depuis trente ans. Des gens travailleurs, venus mener une vie plus simple, plus proche de la nature et d'eux-mêmes. C'était à cela qu'il aspirait.

Embrasser Kensie la veille au soir avait rallumé tous ses vieux rêves et, ce matin, il s'était réveillé la tête aussi lourde que s'il avait pris une bonne cuite. Submergé par l'inévitable déception qui suivait les moments où il s'autorisait à songer au passé. Ce cycle-là l'avait plus d'une fois mené au bord de la dépression. Il n'allait pas recommencer.

Kensie ne serait jamais qu'un souvenir pour lui. Mais peut-être que son irruption dans sa vie était précisément le coup de pied aux fesses dont il avait besoin pour reprendre sa place dans le monde.

Non, la vie ne serait jamais telle qu'il l'avait imaginée à dix-huit ans, lorsqu'il avait embarqué pour sa première mission. Mais pour combien d'entre nous la vie se déroule-t-elle de la manière dont nous l'avions espéré au sortir de l'enfance ?

À côté de lui, Rebel trottinait tranquillement, une miette sur le museau, seul vestige de son biscuit. Un sourire se forma sur les lèvres de Colter. Il pouvait encore être heureux ici. Le fait que sa trajectoire avait changé ne signifiait pas qu'elle était absurde. Il pouvait encore donner un sens à sa vie, savourer la solitude de son chalet, sa vue imprenable sur la vallée.

Il prit une profonde bouffée d'air froid. Il était temps d'affronter son avenir.

7

Kensie lui avait à peine adressé la parole depuis qu'il l'avait retrouvée au magasin de chasse-neige.

Tout en roulant, Colter jeta un nouveau coup d'œil vers elle. Il ne la connaissait pas depuis longtemps, mais elle n'était pas si silencieuse d'ordinaire. Peut-être sa propre mauvaise humeur avait-elle provoqué cette réaction, mais il en doutait.

Lui en voulait-elle de l'avoir embrassée ?

Pour la centième fois depuis que c'était arrivé, il s'accabla de reproches. Cependant, son regret n'était soudain plus tout à fait sincère. Comment regretter sincèrement un acte qui lui avait donné une autre perspective sur la vie ? Bien sûr, il avait fait une erreur de jugement mais, avec un peu de chance, c'était le déclic qui lui permettrait de remettre sa vie sur les rails. De trouver le moyen de faire de cet endroit son foyer plutôt qu'une cachette.

Ses doigts se crispèrent légèrement sur le volant tandis qu'il essayait de trouver les mots justes. Jamais auparavant il n'avait dû s'excuser d'avoir embrassé une fille.

Les yeux encore rivés sur la route verglacée, il se lança :

— Cette dernière année, je me suis terré dans mon chalet. Pas délibérément. Disons que je suis venu ici en quête de solitude et que j'ai fini par mener une existence solitaire.

Il hasarda un nouveau coup d'œil vers elle, histoire de voir si elle voyait où il voulait en venir avec cette entrée en matière, mais elle continuait à fixer le pare-brise, les sourcils froncés. Par conséquent, il poursuivit.

— Cela n'a pas été facile pour moi d'accepter de t'aider. Je sais que tu ne comprends pas mais, quand je te dis qu'une mission, quelle qu'elle soit, était la dernière chose au monde dont j'avais besoin, c'est la vérité.

Elle gardait le silence, de sorte qu'il se sentit obligé de continuer, plus vite maintenant, en commençant à regretter de ne pas s'en être tenu à une brève excuse.

— C'est pour cette raison que j'ai voulu tout arrêter quand j'ai découvert que tu ne m'avais pas tout raconté. Et quand je t'ai embrassée…

Kensie se taisait, les lèvres pincées comme si elle attendait de vraies excuses. À moins qu'elle ne fût même pas en train de l'écouter. C'était difficile à dire.

— Je suis désolé. J'aurais dû…

— C'était une erreur. Je comprends. Je suis d'accord. Nous nous sommes laissé emporter par le moment. Ça ne se reproduira pas, coupa-t-elle brusquement, en pivotant vers lui aussi loin que sa ceinture le lui permettait.

Elle replia un genou sous elle, lui faisant face alors que Rebel tentait de glisser le museau entre les sièges pour quémander une caresse.

Ça ne se reproduira pas ? Colter avait eu la même intention, mais l'entendre prononcer ces mots lui donna soudain envie d'arrêter le pick-up sur le bas-côté pour voir si elle parlait sérieusement.

La vision de Kensie entre ses bras, douce et féminine mais infiniment plus forte qu'il ne l'avait cru, s'imposa à son esprit. Il se remémora la manière dont ses hanches avaient aussitôt épousé les siennes, comme si elle songeait à ce moment depuis qu'il l'avait aidée à se relever dans la rue enneigée de Desparre.

D'autres visions succédèrent à la première, plus audacieuses. Il l'imagina dans son chalet, debout devant l'âtre, laissant tomber son manteau sur le plancher. Il se vit enfouir les doigts sous son pull, déposer une traînée de baisers allant de sa bouche à la naissance de sa gorge. La serrer contre lui jusqu'à ce qu'aucun espace ne sépare leurs deux corps.

— Je crois que je viens de rencontrer le ravisseur d'Alanna.

Il fallut une minute pour que les paroles de Kensie transpercent le brouillard érotique des rêveries de Colter. Alors, il ralentit, se gara sur le bord de la route et se retourna vers elle.

— Quoi ?

— Je sais que ça paraît dingue. D'abord, j'ai cru que j'imaginais des choses, lâcha Kensie d'un trait, lui agrippant le bras comme pour s'assurer qu'il lui accordait toute son attention.

— Qui est-ce ? Pourquoi n'es-tu pas venue me chercher ?

Pourquoi n'en avait-elle pas soufflé mot avant ?

— Je ne connais pas son nom, mais je l'ai pris en photo.

Elle farfouilla dans son sac et en tira son téléphone. Colter plissa les yeux, fouillant sa mémoire.

— Je le connais de vue. Il habite ici depuis très longtemps, je crois.

Il chercha en vain le nom de l'homme.

— Il me semble qu'il a une maison dans les environs de Desparre. Il vient régulièrement en ville chercher des provisions.

Il leva les yeux.

— Tu as interrogé Derrick, le propriétaire du magasin ? Il pourrait sans doute te dire comment ce type s'appelle.

Kensie secoua la tête.

— Il n'était pas là. Il n'y avait qu'un adolescent à la caisse.

— Pourquoi penses-tu que cet homme soit le ravisseur ?

— Il m'a paru familier.

Colter s'efforça de dissimuler son scepticisme. Elle n'était qu'une enfant lorsque sa sœur avait été enlevée.

— Tu l'as bien vu ce jour-là ? À quelle distance étais-tu ?

Avait-elle été à deux doigts d'être enlevée aussi ? Cette pensée lui donna la nausée.

— J'étais de l'autre côté du jardin. Pas assez près pour aider Alanna.

Une telle tristesse imprégnait la voix de Kensie que Colter tendit instinctivement la main et noua ses doigts aux siens. Elle les serra aussitôt, et il sentit son cœur battre plus vite.

— Tu avais treize ans, Kensie. Qu'aurais-tu pu faire ?

En dehors de se faire kidnapper elle-même – ou pire ?

— J'aurais dû être plus attentive. J'étais censée la surveiller !

— Ce n'est pas juste, Kensie. Tu ne peux pas porter ce fardeau.

Il plongea son regard dans ses yeux noisette, les vit s'assombrir de colère ou de frustration. De quel droit lui parlait-il du sentiment de culpabilité des survivants ? Malgré tout, il savait qu'il avait raison, et il insista.

— Songe à la sœur que tu as été pour elle. Toutes ces années plus tard, tu es là, en train de la chercher, alors que la police a renoncé.

Incroyablement, elle serra ses doigts plus fort encore.

— Merci pour ton aide, chuchota-t-elle.

Le baiser de la veille était une erreur. Il le savait. Cependant, cela ne l'empêchait pas d'être tenté de recommencer.

Il dut faire appel à toute sa volonté pour résister. Au lieu de l'embrasser, il demanda :

— Tu es vraiment sûre que c'est lui ?

Elle lâcha un rire sans joie.

— Non, pas du tout. Mais il a pris la fuite quand je lui ai posé des questions sur ma sœur.

Colter fronça les sourcils. Il ne connaissait pas le nom de cet homme, pourtant il ne parvenait pas à imaginer ce solitaire en ravisseur d'enfants. Cela dit, son attitude était suspecte.

La question était de savoir si Kensie l'avait effrayé. Dans ce cas, allait-il disparaître avant même qu'ils aient pu découvrir s'il détenait vraiment Alanna ?

— Soit c'est lui qui l'a enlevée, soit il sait qui l'a fait, déclara Kensie avec certitude, en tapotant l'écran de son téléphone.

Colter fronça les sourcils, comme s'il n'était pas tout à fait convaincu.

Néanmoins, il l'avait amenée ici, dans un petit restaurant chaleureux qui faisait aussi office d'épicerie, situé entre le magasin de chasse-neige et le centre de Desparre. D'après Colter, le propriétaire vivait là depuis toujours et, si quelqu'un pouvait les renseigner sur leur suspect, c'était lui.

Leur « suspect ». C'était un terme qu'un enquêteur aurait utilisé, un de ces policiers surmenés, à la mine lasse, qu'on avait chargés du dossier d'Alanna. « Nous avons un suspect, mais n'ayez pas trop d'espoir. » Elle avait entendu ces propos à maintes reprises au fil des années, et jamais les pistes n'avaient rien donné.

Cette fois, ce serait différent. Elle refusait d'imaginer une autre possibilité. Elle n'était pas sûre de pouvoir supporter une déconvenue de plus.

Il lui suffisait d'envisager de rentrer à la maison sans Alanna pour que sa poitrine se comprime douloureusement, comme à chaque fois qu'elle pensait au temps écoulé depuis la disparition de sa sœur. Il y avait eu des moments où elle avait cru s'être enfin résignée à la cruauté des statistiques, qui toutes suggéraient qu'Alanna était morte. Cependant, ces moments étaient toujours fugaces. Sa sœur et elle avaient une connivence particulière. Si Alanna était morte, Kensie ne l'aurait-elle pas senti au fond d'elle ?

Elle s'accrochait à des chimères. Intellectuellement, elle le savait. Malgré tout, elle gardait la foi.

— À quoi penses-tu ?

La question de Colter fit irruption dans ses pensées. Kensie leva les yeux vers lui. Le contre-jour créé par l'éclairage intime du restaurant faisait ressortir les reflets dorés de ses cheveux et adoucissait les contours de son visage, si bien qu'il paraissait encore plus sexy que d'habitude. Son cœur fit un petit bond dans sa poitrine. Pourquoi ne pouvait-elle rencontrer un homme comme lui à Chicago, un homme aussi sérieux et aussi dévoué, mais qui ne soit pas aussi lourdement marqué par son passé ?

— Je me disais que c'est forcément le coup de pouce dont j'avais besoin.

Elle avait parlé d'une voix douce, presque sensuelle, et s'éclaircit la gorge avant de continuer, honteuse d'éprouver du désir pour Colter alors qu'elle aurait dû être entièrement focalisée sur Alanna.

— Je l'espère, répondit Colter, le front barré d'un pli.

Apparemment, il s'inquiétait de son optimisme. Sans doute craignait-il sa réaction si la piste se révélait être une impasse. S'il savait à combien d'impasses elle avait survécu au fil des années... Cela dit, elle n'était pas sûre d'avoir la force d'en endurer une de plus.

Un homme s'approchait d'eux. À en juger par sa longue barbe grise, sa peau burinée par le temps, son regard un peu las, Kensie supposa qu'il s'agissait du propriétaire. Il serra la main de Colter, fronça un peu les sourcils à la vue de Rebel, puis s'adressa à Kensie.

— Vous venez d'arriver en Alaska ?

— Oui. Je suis...

— On se demandait si vous pourriez nous donner un renseignement, coupa Colter en prenant le téléphone de Kensie pour montrer l'écran à leur interlocuteur. Vous connaissez cet homme ?

Le regard du restaurateur alla de l'appareil à Kensie, puis se posa de nouveau sur la photo.

— Il est dans le coin depuis pas mal de temps. Je ne connais pas son nom. Il n'est pas du genre bavard. J'ai l'impression qu'il garde ses distances avec tout le monde. Vous devez comprendre ça.

Colter arqua un sourcil, mais Kensie ne put réprimer un soupir déçu.

— Nous devrions demander au propriétaire du magasin de chasse-neige. Ce type a crié son nom en entrant. Ils se connaissent.

— Pourquoi le cherchez-vous ?

— Je pense que...

— On a seulement besoin de son aide pour un truc.

Colter se leva, laissant tomber quelques pièces sur la table pour les tasses de chocolat chaud qu'ils avaient commandées, mais à peine touchées.

— Vous pourriez nous dire où trouver Derrick Notte ?

— Ouais, je peux vous donner son adresse.

L'homme fixa Colter d'un air dur, ignorant complètement Kensie et Rebel.

— Mais, si vous lui cherchez noise, vous et moi allons avoir des problèmes.

Colter répondit par un sourire non moins dur.

— Ce n'est pas à lui que je compte chercher des noises.

Le propriétaire le dévisagea une minute de plus, puis lâcha un petit rire.

— Très bien. Si vous finissiez vos boissons pendant que je vais chercher son adresse ?

Colter hocha la tête et se rassit. Rebel suivit son exemple. Kensie aussi, mais plus lentement, attendant que l'homme se soit éloigné avant de chuchoter :

— C'était quoi, ça ?

— Chacun tient à sa tranquillité. Il me fait confiance en me donnant l'adresse de Derrick. Si ça déplaît à Derrick, il pourrait avoir des ennuis.

— Un tantinet exagéré, non ? marmonna Kensie.

— Oui. Mais je ne voulais pas qu'il sache à quoi tu pensais. Les gens d'ici n'aiment pas qu'on suppose le pire à leur sujet.

— Mais il n'est pas question de ça ! protesta Kensie. Je ne généralise pas. C'est juste que ce type ressemble...

— Je sais, interrompit Colter, mais lui non, et je ne voulais pas qu'on se dispute.

Kensie garda le silence, le regard rivé à la forêt dense et enneigée de l'autre côté de la vitre. Le gérant de l'agence de location automobile lui avait dit qu'il y avait plus d'ours que d'êtres humains à Desparre. C'était un endroit idéal pour se cacher de quelqu'un qui vous voulait du mal. Et un endroit idéal pour un ravisseur qui cherchait à dissimuler sa victime.

— Kensie, je peux te poser une question ?

Elle se focalisa sur l'homme assis en face d'elle. La gravité de son expression la rendit nerveuse.

— Oui ?

— Quelque chose me tracasse depuis que tu m'as parlé du message de ta sœur.

— Quoi ?

Elle n'avait presque pas envie d'entendre la réponse. C'était comme si la trajectoire de sa vie tout entière dépendait de ce message.

Colter dut sentir son désarroi, car il posa sa tasse, se pencha et captura sa main dans la sienne. Ses doigts rudes lui caressèrent la paume, déclenchant des frissons le long de son bras.

C'était le genre de geste qu'un petit ami ferait. Pas un type qu'on venait de rencontrer et qui avait accepté de vous servir de guide dans les étendues sauvages du Grand Nord. Kensie s'efforça de maîtriser l'émotion qu'il éveillait en elle.

— Si ce message émane vraiment de ta sœur, pourquoi n'a-t-elle pas pris la fuite ? Je veux dire, si elle était maltraitée ou retenue captive, elle n'aurait jamais pu laisser ce mot sans que le propriétaire du magasin s'en rende compte.

Kensie hocha la tête, fixant leurs mains jointes. Cela la taraudait aussi depuis le début, et pour deux raisons tout à fait différentes.

Prenant une profonde inspiration, elle affronta son regard.

— Soit parce que le message est un faux…

Cette possibilité la faisait souffrir, et elle se refusait à l'envisager, mais elle savait qu'elle existait néanmoins.

L'autre théorie, qui lui avait été révélée par des années de contact avec les autorités et les groupes spécialisés dans les disparitions de longue date, était encore plus troublante.

— Soit parce qu'elle a tellement peur de son ravisseur ou qu'elle est tellement conditionnée à lui obéir que, même face à une chance de s'enfuir, elle ne peut pas la saisir.

Dans les yeux de Colter, elle lut une compréhension mêlée de tristesse. En tant que soldat, il avait probablement été confronté à des cas tels que celui-là.

Si c'était bel et bien ce qui s'était passé avec sa sœur – si le message était un ultime appel à l'aide parce qu'elle était incapable de s'enfuir seule –, dans quel état serait-elle lorsqu'ils la retrouveraient ?

La jeune femme qu'Alanna était devenue n'était-elle qu'une coquille vide, l'ombre de la fille qu'elle avait été ?

Dans ce cas, Kensie n'était pas sûre que sa sœur puisse jamais surmonter ce qu'elle avait vécu à Desparre.

Et elle non plus.

8

Kensie était découragée.

Il n'aurait jamais dû la questionner au sujet du message. S'il avait réfléchi, il aurait compris les implications sans qu'elle ait dû les lui expliquer.

La voir si malheureuse le perturbait. Même s'il se refusait à envisager une relation avec elle, il ne pouvait nier qu'il était attaché à Kensie. Avec un peu de chance, elle ne resterait pas longtemps à Desparre, et tout finirait bien pour elle et pour sa sœur. Il aurait voulu qu'elle mène une vie sans complications, dénuée de tragédie ou de chagrin.

Ces choses-là étaient le lot des soldats tels que lui.

C'était peut-être une manière ridicule, irréaliste de voir la vie, mais c'était la sienne. Il était devenu soldat pour nombre de raisons, y compris se distinguer. Il aimait protéger les gens. Et cet instinct-là se réveillait en présence de Kensie.

Apparemment, Rebel partageait ce sentiment, car elle choisit ce moment pour changer de position et poser la tête sur les genoux de Kensie. Un instant surprise, celle-ci se mit à rire et la caressa.

S'il n'y prenait garde, Rebel voudrait la suivre lorsqu'elle retournerait à Chicago. Et, s'il n'y prenait garde, il serait tenté de faire pareil.

Repoussant cette idée insensée, il s'efforça de distraire Kensie. Il ne voulait pas qu'elle aille voir Derrick avant de s'être ressaisie. Ce dernier était soupe au lait même dans ses bons jours. Si elle se montrait un tant soit peu agressive, il serait plus que pénible. D'autant que Colter savait qu'il se mettrait lui-même en colère si Derrick refusait de coopérer. Bref, ils avaient besoin de la douceur naturelle de Kensie pour obtenir des résultats.

Par conséquent, il commanda le fameux crumble aux fruits sauvages de la maison et poussa l'assiette vers elle dès qu'on l'apporta. Au départ, elle ne fit que grignoter mais, de fil en aiguille, elle prit des bouchées de plus en plus grosses. Le plat n'était pas pour rien le plus réputé du restaurant.

— Parle-moi de ta sœur. Comment était-elle ? demanda-t-il, espérant emplir son esprit de bons souvenirs qu'elle pourrait invoquer pour amadouer Derrick si besoin était.

Kensie marqua une pause, la fourchette en suspens à mi-chemin de sa bouche. Un sourire nostalgique se dessina sur ses lèvres.

— Elle était drôle, avec une forte personnalité. Même à l'âge de cinq ans, on la voyait déjà déléguée de classe ou reine de beauté. Sans doute les deux. Elle était toujours au centre de l'attention, toujours au cœur de la fête. C'était bizarre parce que, Flynn et moi, on était timides et sérieux. Ma mère disait qu'on était de vrais rats de bibliothèque !

Colter sourit, parce que ce n'était pas du tout la vision qu'il avait de Kensie. Peut-être avait-elle surmonté sa timidité. Ou peut-être avait-elle une perception erronée d'elle-même enfant. En tout cas, elle attirait naturellement les autres vers elle. Il ne pouvait l'imaginer en marge de l'action.

— Avant son enlèvement, j'apprenais le violon à Alanna, reprit Kensie avec émotion. Elle m'avait vue jouer et elle voulait faire comme moi.

— Vous étiez proches ?

— Oui. Nous avions huit ans de différence, mais il y avait

un lien spécial entre nous. Maintenant, chaque fois que je joue, je songe à Alanna.

— Tu joues toujours ?

— Je suis violoniste dans un orchestre. C'est mon travail.

Stupéfait, il l'imagina un violon à la main, l'archet courant sur les cordes, ses yeux assombris par une intense concentration.

— J'adorerais t'écouter.

Kensie esquissa un sourire, mais la tristesse demeura dans son regard. Elle déglutit.

— Je n'ai pas apporté mon violon.

Bien sûr que non. Il était resté à Chicago, comme le reste de sa famille. Une famille qui attendait sans doute avec anxiété son retour - et sûrement, malgré tout, celui de la sœur disparue depuis quatorze ans.

C'était une énorme responsabilité à endosser seule.

Il voulait lui promettre qu'ils trouveraient Alanna. Qu'il l'aiderait à porter ce fardeau. Seulement, il savait que c'était une promesse vide de sens, par conséquent il se tut. Certes, il ferait de son mieux pour la présenter aux gens du coin et veiller à ce qu'elle soit en sécurité. Mais il ne pouvait faire davantage et ce n'était rien en comparaison de ce dont elle avait besoin. En comparaison de ce qu'elle méritait.

— Pourquoi n'as-tu pas un petit ami ou un mari ici avec toi ?

La question était impolie, et il la regretta à l'instant où elle jaillit de sa bouche. Même Rebel leva la tête pour le toiser par-dessus la table, comme si elle désapprouvait.

— Pardon. Ce ne sont pas mes affaires, lâcha-t-il, devançant sa réponse.

— Je n'ai ni mari ni petit ami. C'est difficile de...

Elle n'acheva pas sa phrase, et il lui fallut une minute pour se demander ce qu'elle avait voulu dire, parce qu'il était trop occupé à se réjouir qu'elle soit libre. Ce qui était égoïste, car il ne pouvait prétendre à une relation avec elle et ne pourrait jamais.

— Et toi ?

— Pourquoi ne suis-je pas marié ?

Il était stupéfait, à la fois qu'elle lui ait posé la question, et qu'elle ne l'ait pas déjà compris. Il était un homme brisé.

— Non, dit-elle très vite, alors que le rouge lui montait aux joues. Qu'est-ce que tu fais dans la vie ?

Partagé entre le soulagement et la déception, Colter haussa les épaules.

— Depuis que j'ai quitté l'armée, j'écris des articles pour des journaux et des revues.

C'était une activité à temps partiel qu'il adorait, et détestait quelquefois. Il aimait pouvoir partager ses points de vue, offrir aux civils une vision plus précise de la manière dont l'armée opérait. Cependant, elle lui rappelait aussi qu'il n'était plus à sa place, dans le feu de l'action. Et qu'il n'y serait jamais plus.

— C'est permanent ? demanda-t-elle, sentant son hésitation.

C'était curieux qu'il ait fini par écrire, étant donné que ses parents l'avaient toujours encouragé à faire carrière dans le domaine de la communication. Mais ce n'était pas une passion, plutôt un moyen de payer ses factures.

— Non.

— Et qu'est-ce que tu envisages pour après ?

Il fronça les sourcils, tenté de ne pas répondre. Néanmoins, elle avait été franche avec lui, et il lui devait d'être franc en retour.

— Je ne sais pas.

Dès son enfance, il avait été inspiré par son grand-père, qui avait vécu en Pologne pendant la guerre et avait été envoyé au goulag pour avoir aidé des gens à s'enfuir. Fasciné par son histoire, Colter avait su très tôt qu'il voulait rejoindre les rangs de l'armée. Les injustices décrites par son aïeul lui avaient donné envie de changer le monde. C'était un désir d'enfant, qui s'était mué en un désir d'adulte, celui de faire une différence.

Au grand dam de ses parents, il s'était engagé immédiatement après le lycée. À l'époque, ils avaient cru qu'il finirait par émerger de ce qui était à leurs yeux un rêve puéril. Lui, en revanche, ne désirait rien de plus. Être un homme sans mission le mettait mal à l'aise.

Cela dit, la nouvelle mission qu'il s'était trouvée, celle d'aider Kensie, le mettait plus mal à l'aise encore. À mesure qu'il reprenait contact avec le monde, il se rendait compte qu'il allait devoir réfléchir. Il ne pouvait pas retourner dans l'armée. Que cela lui plaise ou non, cette partie de sa vie était terminée.

Jamais plus il ne serait le sergent Hayes. Désormais, il était simplement Colter. Quant à ce que cela signifiait, il n'en était pas sûr. Lorsque Kensie serait repartie, il devrait aller de l'avant et décider de son avenir.

C'était plus facile à dire qu'à faire. Desparre ne débordait pas précisément d'opportunités pour un homme qui n'avait aucune expérience professionnelle en dehors du métier de soldat.

— Et tes parents ? insista Kensie.

— Mes parents ?

— Que te conseilleraient-ils de faire ?

— Aucune idée. De rentrer au pays, sans doute.

Il ne leur avait pas posé la question et ils ne lui avaient fait aucune suggestion. À la réflexion, il trouvait cela étrange. Ils n'avaient pas ménagé leurs efforts pour le dissuader de s'engager. Ensuite, lorsqu'il était revenu diminué, ils avaient fait de leur mieux pour le persuader de revenir dans la petite bourgade endormie de l'Idaho où il était né. Quand il avait préféré s'installer en Alaska, c'était comme s'ils avaient renoncé.

Kensie fronçait les sourcils. Il tenta de s'expliquer.

— Je suis fils unique. Ils m'ont eu tard dans la vie et, par certains côtés, je crois qu'ils n'ont jamais bien su que faire de moi.

Elle fronça les sourcils de plus belle, si bien qu'il se hâta de poursuivre.

— Ne te méprends pas. Ils m'aiment. Simplement, ils ne m'ont jamais compris. Ils n'ont jamais compris pourquoi je m'étais engagé dans l'armée ni ce que j'y cherchais. L'armée m'a donné une mission, m'a apporté la camaraderie, la fraternité. Je sais que c'est différent du lien qu'on a avec des frères et sœurs, parce qu'on n'a pas grandi ensemble, mais c'est une espèce de fratrie quand même.

Il se tut, se demandant comment il en était arrivé à parler de tout cela. Les visages de ses frères perdus défilèrent dans son esprit, et il dut prendre une profonde inspiration, espérant ne pas être submergé par une crise de panique.

Rebel lâcha un geignement et se détacha de Kensie pour venir à lui. Elle était douée pour cela, pour le ramener au présent. Pour éloigner la panique.

Colter enfouit les doigts dans sa fourrure et expira un grand coup, tout en se concentrant sur sa respiration. Au bout de quelques secondes, celle-ci redevint normale, et son regard se focalisa de nouveau sur Kensie qui l'observait avec inquiétude.

— Je vais bien, affirma-t-il avant qu'elle l'interroge. C'est un sujet difficile.

— Pourquoi ? demanda-t-elle lentement, comme si elle redoutait de connaître la réponse.

Colter expulsa les mots rapidement pour ne pas s'attarder sur eux.

— Ils sont tous morts. Tous mes frères, dans une embuscade. Je suis le seul survivant et c'est injuste. J'aurais dû mourir avec eux ce jour-là.

Colter pensait qu'il devrait être mort ?

Choquée par cet aveu, Kensie s'était tue et encore maintenant, une demi-heure après, elle ne savait que dire, d'autant moins que Colter n'avait rien ajouté ensuite. Elle le connaissait depuis à peine deux jours, et déjà elle ne pouvait imaginer le monde sans lui.

Et pourtant, comment exprimer cette pensée sans lui donner l'impression qu'elle s'était entichée de lui ou qu'elle voulait le materner ? Sans parler du fait qu'elle se sentait horriblement coupable d'avoir supposé qu'il se terrait en Alaska parce qu'il ne supportait pas l'idée d'avoir été blessé.

Elle lui avait dit des choses épouvantables quand il s'était mis en colère parce qu'elle lui avait tu les conclusions du FBI. Elle l'avait plus ou moins accusé de ne pas savoir ce qu'était le deuil, de ne pas faire assez d'efforts pour remettre sa vie sur les rails. Comme si on pouvait facilement surmonter la disparition de ceux qu'on aimait, qu'ils soient du même sang que vous ou non.

Au moins, pour ce qui était d'Alanna, elle avait encore une chance. Encore de l'espoir. Colter n'avait même pas cela.

— Je suis désolée, murmura-t-elle dans un souffle alors qu'il se garait devant le grand chalet en rondins de Derrick.

Les paroles semblaient inadéquates face à l'épreuve qu'il avait endurée, et elle avait attendu trop longtemps pour les prononcer, à force de chercher en vain les mots justes. Comme s'il y avait des mots justes pour ce genre de tragédie.

Il lui décocha un rapide coup d'œil.

— Tu n'y es pour rien, lâcha-t-il sur un ton bref, avant d'ouvrir sa portière à la volée.

Il était descendu sans lui laisser le temps d'ajouter quoi que ce soit.

Elle se tourna vers Rebel, qui lui rendit un regard grave jusqu'au moment où Colter ouvrit le coffre et l'appela d'une tape sur la cuisse. Alors, la chienne descendit à son tour, la laissant seule.

Concentre-toi. Puisque Colter continuait à l'aider, elle avait le temps de réfléchir à la manière de lui présenter de vraies excuses. Dans l'immédiat, elle devait focaliser son attention sur Derrick, le persuader de leur donner des informations.

Car l'inconnu qu'elle avait vu au magasin était d'une manière ou d'une autre lié à Alanna. Kensie le sentait au fond d'elle-même, tout comme son instinct lui hurlait qu'Alanna était encore en vie, que le message était authentique. Que sa sœur attendait qu'elle la ramène à la maison.

Elle ferma les yeux, priant pour ne pas se tromper. Puis elle les rouvrit, descendit du pick-up et se hâta de suivre Colter qui remontait l'allée enneigée.

Le logis de Derrick était au moins deux fois plus vaste que le sien, et les minuscules fenêtres qui donnaient sur la façade étaient obscurcies par des stores. Malgré tout, Derrick avait dû les entendre arriver car la porte s'ouvrit avant même que Colter ait eu le temps de toquer.

Derrick était la parfaite incarnation d'un homme des montagnes de l'Alaska. Un géant – plus large que grand – aux cheveux blancs comme neige et à la barbe hirsute assortie. Il portait un pantalon ample et une épaisse chemise de flanelle boutonnée à grand mal sur son ventre bedonnant. Un cigare éteint était calé dans un coin de sa bouche.

— Qu'est-ce que vous voulez ?

— On cherche quelqu'un, répondit Colter. On espérait que vous pourriez nous renseigner.

Il tendit la main vers Kensie, qui lui remit son téléphone sans rien dire.

— Vous connaissez ce type ?

— Il est venu dans votre magasin aujourd'hui, ajouta Kensie.

Derrick cilla et reporta son regard sur elle.

— Qu'est-ce que vous voulez savoir au sujet de Henry ?

— Il s'appelle Henry ? Henry comment ? demanda Kensie en s'approchant.

— Si vous répondiez à ma question d'abord, ma petite dame ? rétorqua Derrick.

Agacée, Kensie rougit mais serra les dents et plaqua un sourire sur son visage.

— Je pense que...

— Elle pense que Henry pourrait l'aider à retrouver sa sœur, coupa Colter.

— Elle ne peut pas répondre toute seule ?

— Ne nous énervons pas, Derrick, répliqua Colter d'une voix sourde.

Derrick sourit autour de son cigare.

— Tu essaies de me faire peur, soldat ?

— Tu vas le regretter si j'essaie, riposta Colter du tac au tac.

Kensie fit un pas en avant.

— Écoutez, je sais que vous voulez protéger la vie privée de cet homme, mais...

— Non, je m'en fiche complètement, rétorqua Derrick. Henry vient souvent au magasin parce qu'il sait que je lui rends service. Que je lui donne des conseils. Sur les coins de chasse, sur la meilleure manière de passer inaperçu. Ça ne me gêne pas. Mais il est assez évident que le type se cache.

Il jeta un regard de biais à Colter.

— Il n'est pas le seul.

— Je ne cherche pas à échapper à la justice, lâcha Colter, inclinant la tête de côté d'un air éloquent.

Derrick plissa les yeux.

— Il a fait du mal à votre sœur ?

— Je ne sais pas.

Sa voix se brisa, et elle se racla la gorge, gênée. Elle savait comment faire. Elle le faisait depuis l'âge de treize ans. C'était presque un rôle : celui de la sœur aînée dévouée, prête à montrer son chagrin et son désespoir dans le but d'obtenir des informations.

— Henry Rollings.

— Il vit dans les environs ? demanda Colter alors que Kensie murmurait un remerciement.

— Au-dessus du magasin. Il arrive toujours par l'ouest, par cette vieille piste où rien n'est indiqué. Il pourrait habiter n'importe où dans cette direction.

Songeur, Colter lui tendit la main.

— Merci.

Derrick la serra.

— Veille sur elle.

Kensie se raidit un peu. Cela ne lui plaisait guère qu'on parle d'elle comme si elle n'était pas là, mais elle se radoucit en entendant la réponse de Colter.

— C'est ma priorité absolue.

— Bonne chance.

Derrick rentra et referma la porte derrière lui. Colter pivota et repartit vers son pick-up, Rebel trottinant à sa suite.

Kensie le suivit plus lentement, les yeux rivés sur son dos. Cet homme qui faisait tant d'efforts pour l'aider pensait qu'il ne devrait même pas être là. Son aveu avait fait naître en elle un désir dangereux : lui redonner le goût de vivre.

9

Kensie était dans sa chambre en ce moment même. Sans doute dévêtue.

Colter sentit son souffle s'accélérer à cette pensée et ne put s'empêcher de jeter un coup d'œil – un de plus – à la porte close qui les séparait. Personne hormis Kensie n'était entré dans son chalet. Maintenant, elle était là pour la deuxième fois. Cette fois, c'était lui qui l'avait invitée.

Même s'il ne l'avait pas fait pour des raisons personnelles, la présence de Kensie dans son espace le troublait. Il l'imaginait en ce moment même, en train d'examiner sa chambre. Le lit en bois tout simple, le panier de Rebel dans le coin, les photos sur sa table de chevet.

L'une montrait ses parents le jour de la remise des diplômes au lycée. Jeunes et souriants, enlacés, encore fous amoureux au bout de vingt-cinq ans ensemble. Fiers de lui, tout excités pour l'avenir qu'ils envisageaient, si différent de la voie qu'il s'était choisie.

Sur une autre photo, prise peu de temps avant leur dernière mission, figuraient les frères d'armes de Colter. Détendus, rieurs. Aucun d'eux ne soupçonnait qu'il n'avait plus que quelques heures à vivre.

Ce souvenir le ramena brutalement à la réalité, et la vision de Kensie en train de se changer s'évanouit. En revanche, il continua à penser à elle. Sa présence au chalet, loin de lui paraître étrange, semblait naturelle. Et cela le rendait nerveux.

Il n'y avait pas de place pour une femme dans sa vie, surtout pas une femme dont le séjour en Alaska ne devait être que temporaire. En effet, même si ses parents lui manquaient – et que, par moments, il regrettait amèrement de n'avoir pas suivi leurs rêves plutôt que les siens – il ne pouvait s'imaginer retourner dans l'Idaho. Ni aller ailleurs.

Au cours de l'année écoulée, l'Alaska était devenu son foyer. Les grands espaces et la rudesse du climat l'apaisaient, lui rendaient un certain équilibre. Un jour, peut-être, cet endroit le guérirait entièrement.

La porte de la chambre s'ouvrit, et Kensie sortit. Colter ne put réprimer un rire. Après leur conversation avec Derrick, elle avait voulu se lancer aussitôt à la poursuite de Henry Rollings. Pour sa part, il avait insisté pour la ramener au centre de Desparre afin qu'elle s'équipe de vêtements plus appropriés au blizzard qui menaçait.

Au lieu de la déposer à son hôtel, il l'avait conduite chez lui pour qu'elle se change, car il voulait lui aussi enfiler une tenue plus chaude.

Au début octobre, la température atteignait au mieux – 4° à Desparre à la mi-journée. Il n'était pas rare qu'il fasse – 15°. On s'y habituait. Le problème, c'était que Desparre n'était pas une ville comme Chicago, qui regorgeait d'endroits où se réchauffer si votre voiture tombait en panne ou que la morsure du vent devenait par trop insupportable. Octobre était aussi le mois le plus neigeux de l'année, et on ne savait jamais à quel moment la neige allait commencer à tomber – ou à s'arrêter. Encore quelques semaines, et ils risquaient fort d'être prisonniers des neiges jusqu'à l'arrivée du printemps.

La perspective de garder Kensie ici jusqu'à ce que les fleurs sauvages apparaissent dans la vallée ne lui aurait pas déplu. Même emmitouflée comme elle l'était à présent, elle captivait son regard.

Elle fit quelques pas gauches dans la pièce, comme si elle titubait sous le poids des vêtements qu'il l'avait obligée à acheter. Il secoua la tête, refusant de se laisser tromper. Tout ce qu'il avait choisi pour elle était relativement léger.

— J'ai l'impression d'être transformée en yéti, se plaignit-elle.

— Tu as l'air adorable.

Il n'avait pas eu l'intention de parler à voix haute et elle écarquilla les yeux.

— Ce sera beaucoup mieux si nous tombons en rade quelque part, ajouta-t-il très vite pour se rattraper.

— Pourquoi est-ce qu'on tomberait en rade ?

— Avec un peu de chance, ça n'arrivera pas, dit-il, même si l'idée d'être coincé n'importe où avec Kensie avait un côté plutôt séduisant. Mais le temps peut être imprévisible. Si on se fait surprendre par un blizzard ou une avalanche, il est essentiel d'être habillé correctement.

Un instant, elle parut nerveuse, puis son expression changea, et il lut ses pensées sur son visage. Elle avait à l'évidence vu les photos dans sa chambre et songé aux paroles qu'il avait prononcées plus tôt, à propos d'avoir échappé au destin qui aurait dû être le sien. Maintenant, elle avait l'air d'hésiter, comme si elle songeait à aborder le sujet de nouveau et qu'elle ne savait pas comment s'y prendre. Il crut aussi déceler de la pitié sur ses traits. S'il y avait quelque chose qu'il haïssait, c'était la pitié.

— Cesse de me regarder comme si j'étais endommagé.

Elle parut stupéfaite.

— Je ne fais rien de tel.

Étendue devant l'âtre, Rebel leva la tête et redressa les oreilles, son regard allant de l'un à l'autre.

— Si, affirma-t-il en faisant un pas vers Kensie.

Pourquoi cela le préoccupait-il ? Ils savaient l'un et l'autre que c'était la vérité. Pourquoi était-il si troublé de le lire sur son visage ? Aurait-il été préférable qu'elle le pense mais n'en montre rien ?

Néanmoins, la pensée qu'elle le voyait comme un être diminué éveillait chez lui une indéniable tension. Soudain, il ne désirait rien davantage que lui prouver qu'il était entier. Du moins, assez entier.

Il s'avança vers elle. Il n'en avait pas eu l'intention, mais plus il s'approchait, plus l'idée lui paraissait bonne. Et, à mesure qu'il comblait la distance entre eux, Kensie écarquillait les yeux de plus belle, les lèvres entrouvertes.

Soudain, le passé sembla s'évanouir. Il effleura les manches de son anorak et descendit jusqu'aux mains nues de Kensie. Peut-être parce qu'elle était emmitouflée, nouer ses doigts aux siens revêtit une intensité particulière. Il savoura la douceur de sa peau, la force délicate de ses doigts, rendus calleux par la pratique du violon. Une vague de plaisir le submergea, et il l'attira contre lui.

Au lieu de reculer, comme elle aurait sans doute dû le faire, elle s'abandonna à son étreinte. Il sourit, amusé par l'épaisseur de son parka, qui créait une distance étrange entre eux. Pourtant, loin de chercher à la déshabiller, il se contenta de l'entourer de ses bras et de la serrer fort.

Les mains de Kensie entamèrent une ascension lente et saccadée sur son torse. Elle avait la tête nichée contre son épaule, et il n'aurait su dire si c'était le désir ou l'incertitude qui expliquait ses brusques mouvements. Cependant, elle se hissa sur la pointe des pieds afin d'être à sa hauteur, et ses yeux magnifiques se soudèrent aux siens.

Ses lèvres n'étaient qu'à quelques centimètres de la bouche de Colter, il sentait le souffle de son haleine, mais il se figea, captivé par le caramel de ses yeux, par les émotions qu'il lisait dans son regard. Le désir à l'état pur, oui. Mais aussi un sentiment plus doux, plus tendre.

Si seulement ce fragment de métal ne lui avait pas déchiré la jambe… Si seulement ces balles n'avaient pas transpercé ses amis… Il la connaissait à peine, et pourtant il pouvait imaginer que sa vie aurait pris un cours différent. Que Kensie l'aurait attendu entre ses missions, que ses lettres auraient fait naître un sourire sur les lèvres de Colter alors qu'il était à l'autre bout du monde, un sourire pareil à ceux qu'il avait vus se dessiner sur le visage de ses frères quand ils recevaient des missives de leur famille.

Comme si elle avait lu dans ses pensées, Kensie fronça les sourcils. Colter ne voulait pas qu'elle se mette à réfléchir. Il ne voulait pas réfléchir, lui non plus. Il ne voulait que ressentir.

Il se pencha vers elle, pressa doucement les lèvres sur les siennes, la laissant décider. L'espace d'une seconde, il crut qu'elle allait se raviser. Puis, fermant les yeux, elle noua les bras autour de son cou et lui rendit son baiser.

Toute la pression qui s'était accumulée dans la poitrine de Colter se relâcha alors qu'il soupirait contre ses lèvres, savourant leur douceur soyeuse, la langue légèrement râpeuse qui cherchait la sienne.

Ce n'était pas suffisant. Il l'attira plus près encore, envahi par une haine soudaine contre l'anorak raisonnable qu'il l'avait encouragée à acheter.

Elle répondit à son étreinte, enfouissant les doigts dans ses cheveux courts et se hissant davantage sur la pointe des pieds pour l'embrasser plus aisément.

Une tension nouvelle monta en Colter. Il aurait pu se perdre en elle, se libérer de toute la douleur du passé et essayer d'oublier la réalité au moyen de quelques heures de plaisir.

Il se força à détacher les mains de son dos et les mit sur ses hanches. Se méprenant sur son intention, elle s'arqua vers lui, si bien qu'il fut sévèrement tenté de se raviser. Mais il parvint à tenir bon. Il ne devait pas se servir d'elle pour apaiser les douleurs de son âme, pas plus qu'il ne voulait qu'elle ne le fasse avec lui.

Car il connaissait sa souffrance, devinait que la disparition de sa sœur n'avait cessé de la hanter tout au long de sa vie, tel un fantôme silencieux, torturé. Il connaissait la mince frontière qui séparait l'espoir du désespoir, de l'amour et du tourment.

Les mains calées sur les hanches de Kensie pour la maintenir en place, il se redressa lentement, l'obligeant à se détacher de lui.

— On ne devrait pas.

Sa voix était différente : plus grave, plus rude que d'ordinaire.

Elle cilla, les joues en feu, le regard perplexe. La brume de désir qui émanait d'elle donna à Colter une envie presque irrésistible de la reprendre dans ses bras. Au lieu de quoi, il ajouta :

— Peut-être que je devrais être mort, mais je suis en vie. Alors ne me regarde pas comme si je l'étais.

Un pli se forma sur le front de Kensie, tandis qu'une moue d'incompréhension redressait les commissures de ses lèvres.

— Quoi ?

Sa voix n'était pas normale non plus. Elle était légèrement essoufflée, un peu trop aiguë. Beaucoup trop sexy.

Il se fit violence pour ne pas l'enlacer de nouveau.

— Tu m'as entendu.

Sur quoi il pivota pour ne pas se trahir. En dépit de ses paroles, son geste n'avait pas eu pour but de lui prouver quoi que ce soit. Il l'avait peut-être envisagé ainsi, mais le baiser s'était vite transformé en autre chose.

Cependant, elle méritait mieux.

Il tendit la main vers le dessus du buffet, attrapa sa carabine et sortit une boîte de munitions du tiroir. Quand il estima avoir repris en partie le contrôle de ses émotions, il se retourna vers elle.

Elle paraissait partagée entre la stupeur et la perplexité.

— Allons-y.

Il tapota sa jambe pour que Rebel le suive, puis se dirigea vers la porte avant de changer d'avis.

Comment un homme qui était convaincu de ne pas être à sa place parmi les vivants pouvait-il lui donner l'impression d'être à ce point en vie ?

À vingt-sept ans, elle avait eu plusieurs relations à long terme, y compris une que ses parents avaient chaudement encouragée. Elle avait eu aussi quelques aventures. Aucun homme n'avait jamais éveillé en elle de sensations approchant de près ou de loin celles qu'elle avait éprouvées pendant quelques minutes dans les bras de Colter.

Des minutes qu'il regrettait, à en juger par la manière abrupte dont il avait mis fin à leur baiser.

Il était sorti du chalet à grands pas – une carabine à la main, de surcroît –, la laissant clouée sur place. Il lui avait fallu un bon moment pour se ressaisir et le suivre.

À présent, ils étaient de retour dans le faubourg où était situé le magasin de Derrick, sauf que, cette fois, ils projetaient de se renseigner dans d'autres commerces. Si l'endroit était à peu près aussi étendu que le centre-ville de Desparre, les magasins étaient plus éparpillés, séparés les uns des autres par un labyrinthe de rues secondaires. Colter avait saisi ce prétexte pour suggérer qu'ils se séparent, d'autant plus, avait-il ajouté, que la nuit commençait à tomber et qu'il voulait la ramener dans le sanctuaire de son hôtel avant que le soleil soit complètement couché. Kensie, pour sa part, était persuadée que sa décision avait surtout à voir avec le baiser qu'ils avaient échangé.

Il avait commencé lentement, presque comme un premier baiser, bien qu'ils en aient déjà échangé un dans la rue. Et puis, tout avait changé. Elle n'aurait su dire lequel des deux avait pris l'initiative mais, soudain, elle avait eu l'impression que son corps tout entier s'était embrasé, et qu'elle était sur le point de retirer ses vêtements d'hiver flambant neufs pour se donner à un homme qu'elle connaissait à peine.

Encore maintenant, elle se sentait rougir à cette pensée. Durant le trajet, c'était tout juste si elle avait pu jeter un regard dans sa direction. À cause de sa gêne, bien sûr, mais aussi des regrets qu'elle éprouvait. Tomber amoureuse de Colter était une mauvaise idée pour une foule de raisons, et pourtant elle aurait été prête à accepter d'avoir le cœur brisé plus tard en échange d'une nuit avec lui tout de suite.

Et quand tu seras de retour à Chicago, murmura une petite voix dans sa tête, *que tu seras toute seule et qu'il te manquera ?*

Troublée par cette idée, elle chercha des yeux Colter et Rebel, voulant s'assurer qu'ils étaient toujours à proximité. Après avoir garé le pick-up, il l'avait longuement dévisagée, le visage impénétrable. Ensuite, il avait suggéré qu'elle interroge les habitants du quartier pendant qu'il allait mener son enquête dans un bar bruyant.

Comparé au bar, le reste de la ville paraissait complètement mort. Malgré le décor de carte postale – la neige qui couvrait les toits, les lampadaires de style ancien qui éclairaient la piste –, elle se sentait mal à l'aise, presque effrayée. Elle s'engagea dans une rue secondaire, espérant trouver quelqu'un à qui parler. Jusqu'à maintenant, elle n'avait croisé que deux commerçants, et un père et sa fille sortis faire une promenade, mais aucun d'eux ne connaissait Henry.

À Chicago, elle aurait déjà rencontré toute une foule de gens. Pourtant, à certains égards, elle se sentait plus liée à Colter qu'à quiconque de là-bas. Elle vivait dans un appartement très agréable, à deux pas du lac et à quelques minutes à pied de son travail. Entre les concerts, les réunions des groupes de victimes d'enlèvement, et les sorties avec ses amis, elle était toujours occupée. Pourtant, quelque chose manquait dans son existence. Et pas seulement sa sœur.

Elle ne se souvenait pas de la dernière fois qu'elle avait ralenti un peu et vraiment profité de la vie. Depuis qu'elle était à Desparre, elle continuait à se hâter, désireuse de traquer d'éventuelles pistes avant qu'il soit trop tard. Pourtant, elle avait aussi pris le temps de boire un chocolat chaud et de manger un gâteau avec Colter. De se détendre avec Rebel, de caresser sa fourrure soyeuse et de s'amuser du bonheur contagieux de l'animal. D'admirer le paysage stupéfiant qui s'offrait à sa vue derrière la baie vitrée de Colter. D'exister, tout simplement.

Deux jours en Alaska avaient suffi pour qu'elle remette en question certains de ses choix. Elle avait toujours fait ce qui lui semblait juste, s'occupant de son frère, s'efforçant toujours d'apporter fierté et satisfaction à ses parents. Avait-elle au fond obéi à un besoin inconscient de se racheter et de garder le souvenir de sa sœur intact à travers la musique ?

Alanna aimerait-elle encore le violon ? Kensie n'avait aucun moyen de le savoir mais, dès qu'elle s'emparait de son instrument, elle sentait la présence de sa sœur. Plus que tout le reste, il maintenait un lien entre elles.

Avait-elle renoncé à suivre sa propre voie pour s'engager dans celle qui ferait plaisir à ses parents, dans l'espoir de conserver leur affection après l'erreur qu'elle avait commise ? Avait-elle renoncé à la possibilité de vivre réellement pour mener une existence frénétique qui l'empêchait de trop réfléchir à ce qu'elle avait perdu et à ce qu'elle désirait ?

Un brusque mouvement devant elle l'arracha à ses réflexions. Un homme de haute taille, aux cheveux grisonnants, venait de sortir d'un magasin. Aussitôt, le cœur de Kensie s'emballa. Pouvait-il s'agir de Henry Rollings ?

Il s'éloignait d'elle à grandes enjambées, sans paraître se rendre compte de sa présence. C'était lui. Elle en était presque sûre. Il portait la même veste, il avait une couleur de cheveux similaire.

Ravalant sa crainte, Kensie le suivit, restant à une distance respectable pour ne pas se faire remarquer. Où allait-il ? Et où était Colter ? Si Henry était réellement impliqué dans l'enlèvement de sa sœur, elle n'était pas sûre de vouloir l'affronter toute seule. La compagnie d'un ancien soldat muni d'une carabine ne semblait pas superflue.

Elle portait la main à sa poche pour appeler Colter quand Henry tourna au coin de la rue. Redoutant de le perdre de vue, elle accéléra l'allure. Arrivée au carrefour, elle ralentit prudemment. Elle n'osait plus sortir son téléphone de sa poche de crainte de se faire repérer. Même sa respiration lui semblait bruyante.

Il y avait eu deux ou trois personnes dans la rue précédente, mais celle-ci était totalement déserte. Les magasins étaient plongés dans le noir, les trottoirs faiblement éclairés. La seule silhouette visible était celle de Henry Rollings qui marchait devant elle. Où pouvait-il bien aller ? Il ne semblait rien y avoir par ici, à moins que son pick-up ne fût garé dans un des minuscules parkings éparpillés entre les commerces.

Avait-il repéré son reflet dans une vitrine ? La conduisait-il dans un piège ?

Lentement, elle remit la main dans sa poche, ignorant son téléphone pour s'emparer des clés de son pick-up de location. Ce n'était pas une arme à proprement parler, mais c'était tout ce qu'elle avait. Et elle ne pouvait pas rebrousser chemin à présent. Pas s'il y avait la moindre chance que cet homme la mène jusqu'à Alanna.

Soudain, son pied droit glissa. Kensie battit des bras, s'efforçant de recouvrer l'équilibre. Au moment où elle y parvenait, l'homme jeta un regard en arrière et écarquilla les yeux à sa vue. C'était bien Rollings !

Il pivota et détala.

Elle s'élança à sa suite, mal à l'aise dans ses bottes neuves, dérapant çà et là sur le verglas invisible dans l'obscurité. Il tourna à une intersection. Quand elle l'atteignit à son tour, hors d'haleine et les larmes aux yeux, il avait disparu.

Elle scruta la rue, cherchant désespérément à l'apercevoir. D'un côté, un passage semblait retourner vers le centre-ville. De l'autre, une entrée menait à des unités de stockage individuelles. Justement, quelqu'un pénétrait dans l'enceinte. Était-ce... ?

Kensie tendit le cou, plissant les yeux pour mieux voir. Une femme aux cheveux longs, sombres. Quelque chose de familier dans la courbe de ses épaules, la forme de sa tête. Était-ce possible ?

— Alanna !

Un cri étranglé avait jailli de ses lèvres, à peine plus qu'un couinement haut perché, mais sa sœur l'entendit.

Elle se retourna. Kensie crut qu'elle allait s'évanouir là, dans cette rue sombre.

Après toutes ces années, elle avait réussi. Elle avait trouvé Alanna.

10

Elle venait de voir sa sœur. Cette certitude figea Kensie sur place. L'instant d'après, Alanna avait disparu dans le labyrinthe de conteneurs.

Pourquoi s'éloignait-elle ? Où allait-elle ?

C'était Alanna. Peu importait que Kensie ne l'ait pas vue depuis quatorze ans, qu'elle ait cessé d'être une enfant pour devenir une jeune femme. Peu importait que Kensie n'ait qu'aperçu son visage avant qu'elle disparaisse.

C'était elle. Kensie le savait jusque dans le tréfonds de son âme, dans le vide laissé là par l'enlèvement de sa sœur.

Elle prit une profonde inspiration et fit un pas en avant. Au même moment, elle saisit du coin de l'œil un reflet dans la vitrine qu'elle dépassait. Quelqu'un la suivait. Une ombre furtive, à quelques pas derrière elle.

Ne voulant pas montrer à son poursuivant qu'elle l'avait repéré, Kensie ne tourna pas la tête, mais son choc initial fut suivi d'une bouffée de panique. Elle avait reconnu Danny Weston, l'homme qui avait essayé de la faire monter dans son pick-up.

Colter l'avait avertie qu'il était dangereux. La peur lui donnait des sueurs froides sous ses vêtements neufs, mais elle s'efforça de rester calme et de réfléchir.

Si elle se mettait à courir, parviendrait-elle à lui échapper ?

Peut-être, à condition qu'elle descende la ruelle et retourne vers le centre-ville, là où on pourrait l'aider.

Néanmoins, dans ce cas, elle irait dans la direction opposée à celle où sa sœur avait disparu. Elle perdrait Alanna de nouveau. Après quatorze ans de vaines recherches, elle ne pouvait prendre ce risque. Par conséquent, fuir n'était pas une option.

Au lieu de quoi, elle farfouilla dans sa poche de nouveau, en quête de son téléphone. Danny Weston réagirait-il s'il la voyait s'en servir ? L'attaquerait-il plutôt que de la suivre ? À supposer, bien sûr, qu'il attende le moment propice pour l'agresser. Peut-être qu'il se promenait, après tout.

Elle se berçait d'illusions et le savait. Il n'y avait pas un chat alentour. Tous les magasins étaient fermés. Et Weston avait déjà essayé de l'entraîner dans son pick-up.

Son plan avait été déjoué, mais elle soupçonnait que cet échec avait été un coup porté à son amour-propre. Qu'il était résolu à retenter sa chance. Ce soir, elle lui en avait offert l'occasion.

Elle sortit lentement, précautionneusement, l'appareil de sa poche, le tenant devant elle pour qu'il ne le voie pas. Par chance, Colter avait mis son numéro en mémoire lorsqu'ils étaient au chalet.

Un appel était trop risqué. Les doigts tremblants, elle rédigea un texto affolé, espérant lui donner assez d'informations pour qu'il sache où la trouver. Espérant qu'il allait sauter dans son pick-up, attraper son arme et arriver à temps pour la sauver.

Elle était forte, sportive et avait suivi des cours d'autodéfense, mais Danny Weston était beaucoup plus costaud qu'elle. Dans d'autres circonstances, elle aurait choisi de s'enfuir et d'appeler à l'aide. Seulement, la logique n'avait plus cours dès lors qu'il s'agissait de sa sœur. À cet instant précis, Kensie ne pouvait écouter que son cœur.

Elle pressa la touche « ENVOI » et continua à avancer vers la rangée sombre d'unités de stockage. Vers Alanna.

Tout à coup, une nouvelle angoisse s'empara d'elle. Weston et Rollings pouvaient-ils être complices ? Tout cela n'était-il qu'un piège destiné à l'enlever, elle aussi ? N'avait-elle retrouvé Alanna que pour disparaître avec elle ?

Ses parents survivraient peut-être à la perte d'un autre enfant. Contrairement à nombre de couples qui traversaient cette épreuve, ils étaient restés soudés au lieu de se déchirer lentement. Par certains côtés, ils semblaient plus proches à présent qu'à l'époque où Alanna leur avait été volée.

C'était différent pour son frère, Flynn. Après son accident, il avait peu à peu repris pied, mais il était toujours membre d'un groupe de soutien. S'il arrivait malheur à Kensie, pourrait-il le supporter ?

Le cœur de Kensie se serra douloureusement. Étant l'aînée, elle avait toujours considéré qu'il lui incombait de veiller sur son frère et sa sœur.

Que faire ? Elle avait envoyé un texto à Colter. Avec un peu de chance, il le verrait à temps. Si elle se mettait à courir, Weston comprendrait qu'elle l'avait vu. Quant à Henry Rollings, il savait qu'elle l'avait suivi. Si elle ne le rattrapait pas ce soir, emmènerait-il Alanna ailleurs ? Dans un endroit où on ne pourrait jamais la retrouver ?

Elle respirait trop vite, le froid s'engouffrait dans sa poitrine et lui brûlait les poumons. Elle descendit du trottoir, traversa le chemin couvert de neige et s'approcha des conteneurs. Elle tendait l'oreille, à l'affût de bruits de pas, d'occasionnels crissements sur la neige, les doigts crispés sur le téléphone resté dans sa main. L'écran demeurait obscur. Colter avait-il vu son message ?

Le jour baissait vite. Le ciel flamboyait encore à l'horizon, mais la lumière n'atteignait plus les espaces entre les conteneurs, peu à peu envahis par l'ombre. Pourquoi Henry Rollings serait-il venu là ?

Quelle idiote elle faisait ! C'était forcément un piège. Il n'y avait rien ici hormis une foule de cachettes d'où on pouvait la prendre par surprise.

Au moment où elle se demandait comment rebrousser chemin sans tomber nez à nez avec Danny Weston, elle comprit où Henry Rollings et Alanna avaient dû aller. Au-delà des unités de stockage se trouvait un parking. Il paraissait désert, mais elle n'en distinguait qu'une partie, si bien qu'il était logique de penser que Henry s'était garé là. Peut-être pour qu'Alanna soit hors de vue pendant qu'il faisait des courses ? Avait-elle réussi à descendre en catimini pour chercher de l'aide ? Dans ce cas, pourquoi avait-elle continué à marcher quand Kensie l'avait appelée ?

Après avoir jeté un dernier coup d'œil à l'écran de son téléphone, elle le remit dans sa poche et pressa le pas. Elle n'avait pas vu Rollings une seule fois depuis qu'elle était entrée dans le complexe. Pour autant qu'elle le sût, il avait pu prendre une tout autre direction.

Cependant, alors qu'elle débouchait sur le parking, un pick-up noir démarra. Une femme aux cheveux longs et foncés était assise côté passager.

Non ! Le cri s'étrangla dans la gorge de Kensie. Instinctivement, elle s'élança droit vers le véhicule qui commençait à reculer. Il roulait lentement, comme si le conducteur ne l'avait pas vue. Elle pouvait encore l'atteindre ! Si la portière n'était pas verrouillée, elle pourrait l'ouvrir à la volée et faire sortir sa sœur.

Elle était si proche ! Plus que quelques pas et Alanna serait libre. Mais soudain le conducteur leva la tête, regarda dans son rétroviseur, et freina brusquement – sans doute l'instant d'enclencher la marche avant. Kensie avait juste assez de temps pour agir.

Comme elle tendait la main vers la poignée, vers Alanna,

un bras s'enroula autour de ses côtes, tandis qu'une main se plaquait sur sa bouche. Quelqu'un la souleva de terre, étouffant son cri alors que le véhicule s'éloignait en trombe, Alanna à bord.

Où diable était Kensie ?

Colter ne l'avait pas vue depuis plus d'une heure. Quand il avait eu fini de parler aux clients du bar, vingt minutes plus tôt, il s'était attendu à la trouver en train de l'attendre à côté du pick-up. La plupart des magasins étaient fermés à présent. Bientôt, seul le bar resterait ouvert.

Il avait vérifié ses messages, mais rien. Par conséquent, il s'était mis à marcher, et était même entré dans les rares commerces encore ouverts pour se renseigner. Aucune trace de Kensie.

Peu à peu, l'inquiétude le gagna, accompagné d'un sentiment de culpabilité. Il n'aurait pas dû la laisser seule. Certes, en théorie, elle ne courait aucun danger. Les rares incidents qui s'étaient produits dans le quartier avaient tous eu lieu au bar. C'était précisément pour cette raison qu'il lui avait suggéré de faire le tour des magasins.

Si elle avait découvert quelque chose, pourquoi n'avait-elle pas téléphoné ? Dans l'ensemble, le réseau était convenable tant qu'on restait dans les rues principales.

Les longues traînées rougeoyantes du couchant s'abaissaient à l'horizon. Colter jeta un coup d'œil à Rebel, qui l'avait attendu patiemment devant le bar. Il aurait dû l'envoyer avec Kensie.

La chienne émit un geignement sourd, comme si elle avait lu dans ses pensées et qu'elle était d'accord.

— Viens, bébé. Allons trouver Kensie, lança-t-il en pressant le pas malgré les élancements qui lui parcouraient la jambe.

Elle remua la queue, mais se contenta de l'observer, l'air de dire qu'il devrait savoir où elle était. Ce qui était vrai.

— Où es-tu, Kensie ? demanda-t-il, faisant se retourner une femme qui fermait sa boutique non loin.

— Vous n'auriez pas vu une jeune femme aux longs cheveux châtain ? Elle portait un anorak mauve et elle cherchait...

— ... sa sœur, compléta la femme. Si, je l'ai vue il y a à peine cinq minutes.

Colter se sentit rasséréné. Outre une poignée de magasins, la rue ne contenait que de petits parkings et un local qui abritait des conteneurs de stockage. Peut-être Kensie avait-elle pris un autre chemin pour retourner au centre-ville, auquel cas ils s'étaient manqués.

— Vous savez dans quelle direction elle est partie ?

La femme pointa le doigt vers le bout de la rue – les unités de stockage – puis se dirigea vers son véhicule.

Les sourcils froncés, Colter repartit, scrutant les ruelles qu'il dépassait. Soudain, un pick-up déboucha à toute allure du côté des conteneurs. Une femme était assise côté passager... Kensie ?

— Kensie !

Le cri jaillit de ses lèvres alors que le véhicule tournait sur des chapeaux de roue dans la rue en face de lui. Le temps que Colter regagne son pick-up, il serait déjà loin.

Une bouffée de panique et d'angoisse le submergea. Sa vision se brouilla subitement, comme le jour où, à l'hôpital, il avait appris le sort de ses camarades. Il s'affaissa, et sa jambe faillit se dérober sous lui. Au prix d'un effort, il parvint à rester accroupi, posa la tête sur les genoux et tenta de reprendre son souffle.

Près de lui, Rebel lâcha un aboiement bref et lui donna de petits coups de tête, le ramenant au présent, apaisant lentement le sifflement dans ses oreilles.

Peu à peu, il discerna un bruit. Kensie l'appelait, sa voix étrangement étouffée.

Était-ce un effet de son imagination ? Il jeta un coup d'œil à Rebel qui s'était redressée et se penchait vers l'avant.

Ce n'était pas Kensie qu'il avait vue dans le pick-up. Et, à en juger par sa voix, elle avait des ennuis. Serrant les dents, il se releva tant bien que mal et s'efforça de se ressaisir.

Il s'élança entre les grands conteneurs, regardant à droite et à gauche, à l'affût du danger.

Rebel courait à sa hauteur. Elle aurait pu le dépasser, mais demeurait une équipière fidèle même à présent qu'ils étaient à la retraite tous les deux. Elle comprenait le code des marines aussi bien que lui : jamais elle ne l'abandonnerait.

— C'est bien, bébé, dit-il, accélérant encore l'allure.

Il avait l'impression que des couteaux lui transperçaient la cuisse, mais il avait hâte de trouver Kensie. Des bruits diffus lui parvenaient, mais rien d'autre.

Enfin, il parvint à l'extrémité de l'entrepôt et déboucha sur un parking sombre dont il ignorait l'existence jusqu'alors. Tout au bout se trouvait une grosse poubelle. Et Kensie, entraînée dans cette direction par Danny Weston.

Il avait passé un bras autour de sa taille et, de sa main libre, la bâillonnait, le pouce coincé sous son menton. Sans doute pour l'empêcher de crier de nouveau. À moins qu'elle ne l'ait mordu. Colter espéra que oui.

— Weston ! hurla-t-il, en mettant toute l'autorité dont il était capable dans sa voix.

L'intéressé tressaillit et leva les yeux alors que Colter se ruait vers lui, Rebel à ses côtés.

Juste avant qu'ils l'atteignent, Weston écarta brutalement Kensie, qui s'effondra contre la poubelle.

— Kensie !

Colter n'eut pas le temps d'aller vérifier qu'elle était indemne. Déjà, Weston fonçait sur lui tête baissée.

Cependant, Colter fit un pas rapide vers la gauche, tout en signalant d'un geste à Rebel de passer à droite. Incapable de réagir à temps, Weston se trouva pris entre eux deux. Colter pivota sur lui-même, prêt à le terrasser malgré le tremblement qui lui secouait le genou, mais son adversaire fut plus vif que prévu. Déjà, il lui faisait face et, conscient de son point faible, lui décochait un violent coup de pied dans la jambe.

Colter s'écroula la tête la première sur le trottoir. Une douleur fulgurante lui transperça le crâne et la cuisse, des étoiles dansaient devant ses yeux. Luttant contre la nausée, certain que Kensie serait en danger s'il perdait connaissance, il fit appel à toutes ses forces pour se retourner sur le dos.

Juste à temps pour voir Weston se ruer vers lui, prêt à l'assommer avec une barre de fer.

11

Le grondement de Rebel à cet instant fut si menaçant qu'il prit Colter lui-même par surprise. Jamais il ne l'avait entendue émettre un tel son.

Danny Weston se figea puis changea de position, se préparant à abattre son arme sur la tête de la chienne.

Colter n'avait pas le temps de se relever pour l'en empêcher. Une seule possibilité s'offrait à lui et elle allait le faire souffrir. Serrant les dents, il lança de toutes ses forces sa jambe malade contre les genoux de Weston, qui tituba et tomba à genoux.

L'instant d'après, Rebel bondit sur lui, le plaquant au sol. Elle n'était pas entraînée pour attaquer, mais elle était forte, et Colter savait qu'elle ferait tout pour le protéger.

Quant à lui, il était résolu à ne pas la laisser se faire blesser à sa place. Une fois suffisait.

Il roula sur lui-même jusqu'à Danny et lui décocha un coup de poing dans l'aine. Il aurait préféré se battre à la régulière, mais la vie de Kensie et celle de Rebel étaient en jeu.

Weston poussa un cri et se recroquevilla sur lui-même, pourtant Colter savait que la partie n'était pas terminée. Il n'allait pas neutraliser son adversaire en étant cloué au sol et ce dernier récupérait plus vite que lui. S'il se relevait le premier, Colter n'aurait aucune chance.

Par conséquent, il serra la mâchoire, prit appui sur le

trottoir et se propulsa sur ses pieds. Weston était debout, fou de rage, sur le point de lui délivrer le coup de grâce.

Son regard tomba sur Kensie au même moment que celui de Colter. Dieu sait comment, pendant qu'ils étaient tous les deux à terre, elle était parvenue à se relever et à s'approcher.

Weston écarquilla les yeux et, comme au ralenti, tenta de pivoter vers elle. Trop tard.

Bien que légèrement chancelante, elle lui flanqua son poing en pleine figure. Sous le choc, il recula de quelques pas, visiblement étourdi.

Colter n'hésita pas. Tant pis s'il devait puiser dans ses dernières forces : la seule chose qui comptait était de neutraliser Weston. Il se jeta sur ce dernier tête baissée et le percuta de plein fouet, assez violemment pour les faire tomber tous les deux.

Weston atterrit sous lui, et son crâne heurta la chaussée dans un bruit sonore. Il cilla, tenta de repousser Colter, mais il était trop affaibli pour résister. Colter n'eut aucun mal à le maintenir au sol.

Des sirènes mugissaient dans la nuit. Quelques secondes plus tard, un policier relevait Colter et passait les menottes aux poignets de Weston pendant que Kensie parlait à toute allure à son collègue.

Colter les reconnut et, à en juger par la rapidité avec laquelle ils avaient conclu que Danny Weston était l'agresseur, la réciproque était vraie aussi. Il les remercia d'un signe de tête tandis que l'un d'eux expliquait avoir reçu un appel émanant d'un commerçant à propos d'une femme appelant à l'aide.

Quand l'agent lui lâcha le bras, Colter crut qu'il allait s'effondrer. Ce serait sans doute arrivé si Kensie ne s'était pas précipitée vers lui pour le soutenir. Malgré tout, son genou était si faible qu'il dut lutter de toutes ses forces pour ne pas l'entraîner dans sa chute.

— Ça va ? Vous avez besoin d'une ambulance ? demanda le policier.

Déjà, son équipière entraînait Danny Weston vers le fourgon, sans s'émouvoir des menaces et obscénités qu'il proférait.

— Ça va, affirma Colter, au grand dam de Rebel qui lâcha un couinement de protestation.

— Il faut que tu ailles à l'hôpital, intervint Kensie.

— Je connais ma blessure. J'ai besoin de repos, c'est tout, argua Colter, espérant avoir raison. Toi, en revanche, tu t'es cogné la tête contre cette poubelle et tu as perdu connaissance un moment. Je veux que tu sois examinée par un médecin.

— Je n'ai rien, soupira Kensie, qui fixait sa jambe blessée, les sourcils froncés.

— L'ambulance est au coin de la rue, déclara l'agent. On va vous faire examiner tous les deux.

— Mais..., commença Kensie.

— On y va, coupa le policier, sur un ton sans réplique.

Rebel renchérit par un aboiement.

Au volant du pick-up de Colter, Kensie luttait contre la nervosité. Le véhicule était largement assez puissant pour grimper la pente raide qui menait au chalet, et beaucoup plus gros que celui qu'elle avait l'habitude de conduire.

L'homme assis à côté d'elle la rendait nerveuse aussi. Avec ses yeux d'un bleu intense et ses muscles bien dessinés, il aurait pu figurer sur les affiches du recrutement des marines. Il avait serré les dents pendant que le médecin lui palpait la jambe et lui suggérait de passer une radio pour vérifier que la plaque en métal dans sa cuisse était toujours intacte. Ensuite, il avait calmement secoué la tête et était retourné au pick-up en boitant.

Cependant, il n'était pas en état de conduire, et ils le savaient tous les deux. Par conséquent, Kensie avait pris le volant. Elle avait également été examinée par le médecin, qui avait conclu à l'absence de traumatisme crânien évident mais lui avait recommandé de revenir en cas d'étourdissements, de vomissements ou autres troubles.

À cet instant précis, elle ressentait indéniablement un trouble, mais celui-ci n'avait rien à voir avec le fait que Danny Weston l'avait poussée contre cette horrible poubelle. Elle hasarda un nouveau coup d'œil en direction de Colter. Il avait une mine épouvantable, et sa pâleur trahissait la douleur qu'il devait éprouver. Pourtant, il ne s'était pas plaint une seule fois. Comment l'aider sans le blesser dans son amour-propre ?

Rebel avait l'air tout aussi inquiète qu'elle lorsque Kensie se gara devant le chalet. Elle était à peine descendue que la chienne sauta sur le siège avant et la suivit, contournant le capot pour gagner le côté passager. Colter avait déjà ouvert sa portière et tentait de pivoter pour descendre sans plier sa jambe.

Kensie se cala dans l'ouverture de la portière, glissa un bras dans son dos et se prépara à le soutenir.

— Appuie-toi sur moi.

— C'est bon, marmonna-t-il, sur un ton plus frustré qu'agacé.

— Oui, je sais, mais ce sera plus facile, répondit-elle, s'efforçant de parler d'une voix enjouée, sans toutefois y parvenir tout à fait.

Ses démêlés avec Danny avaient laissé en elle un vestige de tension. De peur. Pour elle-même mais aussi pour Rebel et Colter.

Il étrécit les yeux, comme s'il lisait dans ses pensées, mais prit légèrement appui sur elle pour mettre pied à terre. Kensie fit de son mieux pour amortir l'impact, mais elle devina qu'il souffrait.

Il leur fallut plusieurs minutes pour accomplir le court trajet jusqu'à la porte, Rebel décrivant des cercles autour d'eux sans arrêt.

— Rebel, détends-toi, lança enfin Colter, un sourire sur les lèvres.

— Elle t'aime, lâcha Kensie, qui bataillait avec la serrure.

— Oui, eh bien, moi aussi je l'aime, répondit-il en s'adossant au chambranle. On a fait trois ans de combat ensemble. On s'est entraînés comme des équipiers et c'est exactement ce qu'elle est. Je prendrais une balle à sa place et elle a failli en prendre une pour moi.

Kensie regarda la chienne, qui attendait patiemment que Colter franchisse le seuil avant de l'imiter.

— Tu l'as sauvée aujourd'hui.

— Elle m'a sauvé en Afghanistan.

Il se détacha un peu d'elle et retira son parka, qu'il laissa tomber sur le plancher.

— Tu m'as sauvée aussi, ajouta-t-elle.

Il n'avait jamais reçu son texto, mais il était venu quand même, et il s'était attaqué à Danny malgré ses propres blessures.

Colter lui lança un bref regard, puis gagna son fauteuil à pas lents.

— On s'est sauvés mutuellement.

Une foule d'émotions perçaient dans sa voix. De la sincérité, de l'admiration, mais aussi de la gêne. Sans doute se reprochait-il de ne pas avoir pu régler son compte à Danny Weston tout seul.

Avec sa jambe blessée, la lutte était inégale. Toutefois, Kensie s'abstint de le dire : cela n'aurait fait qu'aviver son sentiment de frustration. Au lieu de quoi, elle demeura silencieuse et l'aida à s'asseoir.

Une fois assis, il poussa un soupir et se laissa aller contre le dossier du fauteuil, fermant les yeux. Kensie en profita pour le contempler : les minces rides de son front, ses sourcils blonds et soyeux, son nez droit, ses lèvres pleines, sensuelles. Des lèvres qu'elle avait goûtées plus d'une fois. Et qu'elle mourait d'envie de goûter de nouveau.

Il rouvrit les yeux. Le désir brillait dans son regard, mais son sourire était amusé.

— Cela t'ennuierait de fermer la porte, Kensie ? Il fait froid.

Elle se hâta de s'exécuter, les joues en feu. Mais quelle raison avait-elle d'être gênée ? Ils s'étaient déjà embrassés deux fois. Il savait qu'il l'attirait. Savait-il aussi que sa bravoure n'avait fait que renforcer l'attirance qu'il lui inspirait ?

Il méritait de le savoir. Il méritait de savoir que, même s'il se considérait comme un incapable pour avoir échoué à maîtriser Danny Weston tout seul, elle le considérait de son côté comme un héros, au contraire, pour s'être mesuré à lui en dépit de sa blessure.

— À quoi penses-tu ?

La question de Colter, posée d'une voix douce, la fit sursauter. Elle était restée immobile, le dos tourné, trop longtemps.

— Si tu préfères, tu peux retourner à ton hôtel. Ça ne m'ennuie pas de te prêter mon pick-up.

— Ce n'est pas...

Elle se tourna vers lui, les mains nouées. Pour lui faire comprendre qu'elle n'avait nullement l'intention de s'en aller, elle retira son manteau et ses bottes.

— Je sais que, en tant que soldat, tu es habitué à pouvoir te défendre seul contre n'importe quelle menace...

— Pas vraiment, coupa-t-il, l'air embarrassé. Les marines travaillent en équipe. D'accord, j'étais maître-chien, ce qui est un peu différent. Mais j'avais quand même une équipière, dit-il en jetant un coup d'œil à Rebel qui remuait la queue entre eux.

— Je ne sais pas à quoi tu penses en ce moment, reprit-elle, quoiqu'elle fût à peu près sûre de le savoir, au contraire.

Cela se voyait à ses épaules tassées, au pli amer de ses lèvres, à la manière dont il avait baissé la tête lorsqu'il avait relaté l'incident aux policiers. Il avait l'impression de ne pas avoir été à la hauteur.

Sottises, tout ça. Elle s'approcha de lui à pas lents, se forçant à garder ses yeux rivés aux siens en dépit du trouble que son regard faisait naître en elle. Un trouble qui l'empêchait de trouver les mots qu'elle cherchait.

Malgré tout, elle fit de son mieux, parce qu'elle lui devait bien cela après ce qu'il avait fait pour elle. Pas seulement sur le parking, mais depuis le moment où ils s'étaient rencontrés.

— Ta blessure ne fait pas de toi un homme diminué.

Il poussa un gros soupir de désaccord, cependant elle ne lui laissa pas le temps de l'interrompre.

— Tu aurais pu t'en servir comme d'une excuse. Aujourd'hui et pour tout ce que je t'ai demandé. Mais tu ne l'as pas fait.

Elle continuait à s'approcher, parlant avec une conviction croissante.

— Tu es intervenu. Tu t'es mis en danger pour moi et pour Rebel.

Sa voix se brisa alors qu'elle capturait sa main dans la sienne.

— Tu es l'homme le plus extraordinaire que je connaisse.

Elle ne s'était pas rendu compte qu'elle le pensait avant que les mots jaillissent de sa bouche, mais c'était la vérité. Personne ne s'était jamais autant impliqué pour elle, et il la connaissait à peine. De quoi était-il capable pour un être qu'il aimait ?

Il la dévisagea, son expression passant lentement de l'incrédulité à la réflexion, puis à une douceur qui la fit chanceler d'émotion. L'instant d'après, il avait noué ses doigts aux siens, et Kensie sentit s'embraser toutes les terminaisons nerveuses de son corps.

De l'autre côté de Colter, Rebel lâcha un aboiement bref qui la fit tressaillir et rompit momentanément le charme. Mais, dès que le regard de Kensie se posa de nouveau sur Colter, l'enchantement revint. Il la contemplait toujours, avec une intensité qui prouvait qu'il avait assimilé ses paroles. Peut-être même avait-elle réussi à le convaincre.

Elle promena la paume sur la barbe naissante de ses joues, puis se pencha vers lui. Leurs lèvres se frôlèrent gauchement, mais peu importait. Un élan de bonheur déferla en Kensie, immédiat et si puissant qu'elle en oublia tout le reste. Elle pressa plus fort sa bouche contre la sienne et faillit tomber sur ses genoux.

— Pardon, souffla-t-elle en se rattrapant juste à temps à l'accoudoir du fauteuil.

— Viens là, murmura-t-il en retour, avant de l'attirer vers lui.

Elle pivota avec précaution, de manière à s'asseoir à califourchon sur lui sans faire porter son poids sur lui. Les genoux de part et d'autre des cuisses de Colter, elle put nouer les bras autour de son cou.

Il la fixa longuement, jusqu'à ce qu'elle se sente presque gênée de tant d'attention. Enfin, il captura son visage dans sa paume et l'attira à lui pour que leurs lèvres s'unissent de nouveau. Il l'embrassa tendrement d'abord, un simple effleurement qui laissa Kensie ivre de désir. Lorsqu'elle ne put plus supporter cette délicieuse torture, elle agrippa sa chemise et accentua le baiser jusqu'à en avoir le vertige et que le monde autour d'eux semble avoir cessé d'exister.

Peu à peu, elle prit conscience des mains de Colter sous le tissu de sa chemise, de ses longs doigts qui lui caressaient le dos. Elle se serait contentée de l'embrasser : sachant combien il avait mal, elle avait supposé qu'il ne pourrait pas aller plus loin. Soudain, elle mourait d'envie de sentir sa peau contre la sienne.

Ses mains frémissantes descendirent sur le torse musclé de Colter, puis soulevèrent l'ourlet du T-shirt. Il se pencha en avant pour l'aider à le passer par-dessus ses épaules.

Elle marqua une pause, impressionnée par le spectacle de son torse et de ses bras puissants. Son regard s'arrêta sur le biceps gauche de Colter. Elle traça du bout des doigts les lettres qui en faisaient le tour, les muscles tressaillant à son contact.

— *Semper fi*, lut-elle d'une voix rauque.

— C'est du latin, expliqua-t-il, ses magnifiques yeux bleus rivés sur elle alors même que ses doigts recommençaient à explorer le corps de Kensie. Cela signifie « toujours fidèle ». C'est la devise des marines.

La loyauté. Un sourire trembla sur les lèvres de Kensie tandis que son corps s'arquait en avant, répondant aux caresses de Colter. Pour un homme tel que lui, ces mots étaient une règle de vie. Il était fidèle à Rebel, au souvenir de ses frères disparus, et même à la promesse qu'il lui avait faite.

À cet instant, elle brûlait de lui montrer combien elle appréciait cette qualité. Elle se pencha vers lui.

— Je suis tellement soulagé que tu n'aies pas été blessée, murmura-t-il contre ses lèvres.

Elle tressaillit, secouée par une soudaine et épouvantable prise de conscience. Elle avait été à ce point absorbée par Colter – par sa blessure, par les sentiments qu'il éveillait en elle – qu'elle avait oublié de lui révéler ce qu'elle avait découvert.

Les larmes aux yeux, elle se redressa.

— Colter, je l'ai trouvée.

— Quoi ?

— Je crois avoir trouvé Alanna.

12

Les paroles de Kensie mirent un certain temps à pénétrer le brouillard de désir qui flottait dans le cerveau de Colter.

— Tu quoi ?

— Je crois l'avoir trouvée, Colter.

Les bras croisés sur sa poitrine, elle s'était mise à arpenter la pièce. Debout au pied du fauteuil de Colter, les oreilles dressées, Rebel tournait la tête de ci et de là pour suivre ses mouvements.

— OK.

Il se pencha en avant et cilla, la cuisse déchirée par un soudain élancement. La douleur qui avait semblé s'évanouir tout à l'heure, quand les lèvres soyeuses de Kensie recouvraient les siennes et qu'il sentait sa peau douce sous ses doigts, était de retour, encore plus forte qu'avant. Ravalant une bouffée de nausée, il la dévisagea.

Un instant plus tôt, elle débordait de passion et d'énergie. Maintenant, elle était au comble de la nervosité et de l'agitation.

— Raconte-moi ce qui s'est passé.

— J'ai vu ce type. Celui du magasin de chasse-neige.

— Henry Rollings ?

— Oui. Je l'ai suivi jusqu'au bout de la rangée de magasins. Ensuite, il a tourné et je l'ai perdu de vue. J'essayais de réfléchir à la direction qu'il avait prise quand j'ai aperçu Alanna qui se dirigeait vers les conteneurs.

Colter assimila ses propos un peu plus lentement qu'il ne l'aurait voulu, encore troublé par les lèvres gonflées de Kensie, par sa poitrine qui se soulevait et s'abaissait rapidement sous sa chemise. Par le souvenir d'elle à califourchon sur lui, le contact brûlant de ses doigts.

— Pourquoi retournait-elle là-bas ? Il l'y obligeait ?

— Non.

Kensie cessa de faire les cent pas et se tassa légèrement, un pli sur le front.

— Elle est entrée toute seule.

Comme si elle sentait son désarroi, Rebel se hâta vers elle et enfouit le museau dans sa main. Sans paraître s'en rendre compte, Kensie se mit à caresser la chienne, qui s'assit à côté d'elle.

— Donc, tu as suivi cette femme parce que tu pensais que c'était Alanna ? demanda Colter. Pas Henry ?

Elle tressaillit.

— Eh bien, j'ai supposé qu'il était allé par là, lui aussi.

— Et Danny Weston ? Il était avec elle ?

— Non. Il me suivait.

Colter réprima les questions qui se bousculaient dans son esprit. À quel moment avait-elle repéré Weston ? Pourquoi était-elle entrée dans cet entrepôt désert en sachant qu'il la suivait ?

Il connaissait la réponse. À cause de sa sœur.

Kensie le regardait d'un air contrit, la main immobile sur la tête de Rebel.

— Il fallait que j'essaie de la rattraper, Colter.

— Je comprends.

Il était sincère. En dépit de la douleur qu'il ressentait, il ne pouvait lui en vouloir.

— Qu'aurais-tu fait si tu l'avais rejointe ? Puisqu'elle partait dans cette direction sans y être contrainte...

Il s'interrompit brusquement, alors qu'il revoyait le pick-up qui était passé devant lui en trombe juste avant qu'il entende le cri de Kensie. C'était Alanna qu'il avait vue. Il avait été anéanti à la pensée qu'on lui arrachait Kensie. Qu'avait dû ressentir celle-ci en voyant disparaître la sœur qu'elle cherchait depuis l'âge de treize ans ?

— Tu es sûre que c'était elle ?

Il devait lui poser la question, même si la ressemblance entre elles était indéniable. Après tout, il n'avait fait qu'entrevoir la passagère du pick-up. Elle avait les cheveux bruns, un profil similaire. Il avait présumé que c'était Kensie parce qu'il savait qu'elle était partie dans cette direction.

Peut-être Kensie avait-elle aussi présumé que c'était Alanna parce qu'elle voulait désespérément qu'il en soit ainsi ?

La jeune femme qu'il avait vue n'avait pas été attachée sur une banquette, à l'abri des regards. Elle était assise côté passager, comme si elle était là de son plein gré. Rien ne suggérait qu'elle avait été kidnappée.

— Je... C'était forcément elle.

Il dut paraître sceptique, car Kensie se remit à caresser Rebel tout en ajoutant :

— J'ai crié son nom. Elle s'est retournée quand elle l'a entendu. C'était elle. C'était Alanna.

— Tu en es sûre ? Dans ce cas, pourquoi a-t-elle continué à marcher ? Elle s'est peut-être retournée parce qu'elle était surprise, Kensie.

Il ne voulait pas anéantir ses espoirs, mais il fallait qu'il le dise.

— À terme, les victimes d'enlèvement forment des liens avec leurs ravisseurs, lâcha-t-elle avec réticence, comme si elle aurait préféré ne pas savoir ces choses-là, encore moins en parler. Ils le font pour survivre. Quelqu'un comme Alanna, kidnappé à l'âge de cinq ans...

Elle étouffa un sanglot.

— Il est possible qu'elle ne se souvienne pas de sa famille. Qu'elle ne se souvienne pas de moi.

Colter se maudit de ne pas avoir songé à tout cela. C'était logique, pourtant. Les prisonniers de guerre détenus très longtemps finissaient parfois aussi par s'attacher à leurs geôliers.

— Je suis désolé, murmura-t-il, s'empressant de changer de sujet. Tu es sûre qu'elle était avec Henry ? Tu les as vus ensemble ?

Kensie leva les yeux vers le plafond, comme si elle cherchait à se remémorer la scène. Au bout d'un moment, elle secoua la tête.

— Non, je ne pourrais pas l'affirmer. J'ai supposé que c'était lui qui conduisait, mais je n'ai pas vu la personne qui était au volant. Cela dit, ce serait une coïncidence un peu trop extraordinaire, non ? Surtout alors qu'il a pris la fuite au magasin quand j'ai commencé à l'interroger.

Henry avait-il tenté d'attirer Kensie dans un piège pour l'enlever, elle aussi ? Danny Weston avait-il failli le prendre de vitesse ? Colter garda ces sombres pensées pour lui-même.

Une autre inquiétude le taraudait. Si Henry pensait que Kensie le suivait et qu'elle avait vu Alanna, allait-il s'évanouir dans la nature ?

Il aurait dû aborder ce point avec Kensie, mais il ne voulait pas qu'elle tente de se lancer seule à la recherche de cet homme. Surtout si ce dernier avait espéré enlever les deux sœurs. Car, à présent, Henry avait un gros avantage : il savait que Kensie était prête à tout pour sauver Alanna.

Quoi qu'il en soit, Colter n'était pas en mesure d'agir ce soir. Pas même pour aider Kensie.

— C'était forcément lui, non ? insista Kensie, déconcertée par son silence.

— Sans doute.

Et pourtant... Alanna avait disparu depuis si longtemps. Était-il vraisemblable que Kensie l'ait vue marcher en ville, même dans un quartier désert ? Surtout après que ce message avait attiré l'attention du FBI et alerté les habitants de la ville quant à l'éventuelle présence d'une victime d'enlèvement dans les environs ? Dans ces conditions, un ravisseur aurait-il vraiment laissé Alanna sortir en public ?

Kensie était quasi certaine d'avoir vu Alanna, mais peut-être ses désirs avaient-ils pris le pas sur la réalité. À en croire le FBI, le message était un faux. Peut-être avait-elle simplement vu une femme qui ressemblait à l'image qu'elle se faisait de sa sœur adulte ?

Et si la meilleure chose à faire pour Kensie était de l'aider non pas à traquer des individus potentiellement dangereux mais à aller de l'avant ? De l'aider à accepter qu'elle ne retrouverait pas Alanna. Que sa propre vie valait la peine d'être vécue, qu'elle méritait d'avoir un avenir.

Comment pouvait-il la convaincre que c'était le cas quand il était incapable de s'appliquer cette leçon à lui-même ?

Colter avait eu raison de lui demander si elle était sûre que la femme qu'elle avait vue était Alanna. À l'idée qu'elle avait pu se méprendre, Kensie sentait sa poitrine se comprimer, son cerveau se paralyser. Elle avait passé tant d'années à chercher sa sœur. Elle n'était pas sûre de pouvoir supporter une impasse de plus.

Pourtant cette fois lui semblait vraiment différente. Elle était incapable d'expliquer pourquoi, mais il y avait une éternité qu'elle n'avait pas ressenti le même élan d'espoir, le même sentiment d'un bonheur qui ne demande qu'à éclater. Au début, elle avait souvent éprouvé cela. Au fil des années, cependant, l'espoir était devenu plus prudent, plus désabusé.

En revanche, dès qu'elle avait été informée du message trouvé à Desparre, une espèce de foi l'avait gagnée. Elle voulait croire que c'était un signe que le lien qu'Alanna et elle avaient partagé la rappelait, qu'elle ne devait pas manquer sa chance de ramener sa sœur au bercail.

— Kensie.

La voix de Colter l'arracha à ses réflexions, et elle se rendit compte qu'il lui tendait la main. Elle se leva et noua étroitement ses doigts aux siens. Rebel s'approcha à son tour, se pressant contre elle comme Kensie l'avait vue faire avec Colter.

Entourée d'eux, Kensie sentit sa tension refluer un peu. Savoir qu'elle n'était pas seule chassa la panique de son esprit, l'aidant à y voir plus clair.

— Je crois que nous devrions avertir la police. Elle peut sûrement obtenir l'adresse de Rollings.

— Pas nécessairement. Et elle n'a aucune raison de nous la donner même si c'est le cas. Il faut que je sois franc avec toi, Kensie. D'après ce que j'ai entendu dire concernant ce type, je crois qu'il vit en marge de la société. Personne au bar n'a pu me dire précisément où, même les gens du coin. Ça signifie qu'il ne veut pas qu'on le sache.

— Mais la police pourrait au moins nous aider à...

— Nous n'avons aucune preuve de sa culpabilité, lui rappela Colter. Nous ne pouvons même pas être certains que la jeune femme était avec lui, ni qu'il s'agit vraiment d'Alanna.

— Mais...

— Nous pouvons aller voir la police si tu y tiens. Je ne veux pas te donner de faux espoirs, voilà tout. Je suis sûr que je ne t'apprends rien.

— Non, tu as raison.

Seules importaient les preuves. Dans l'ensemble, la police n'avait que faire des hypothèses des civils. C'était légitime, mais frustrant.

Malgré elle, le regard de Kensie s'attarda sur le torse nu de Colter. Pour un homme qui avait subi une grave blessure plus d'un an auparavant, il était remarquablement en forme.

Elle se força à détourner les yeux.

— Je n'ai pas besoin de la police. Je sais que tu peux m'aider à retrouver Rollings.

Colter pinça les lèvres.

— Je ferai de mon mieux, Kensie, mais ce soir…

Il poussa un profond soupir.

— Je sais. Ça ne fait rien. De toute façon, nous devrions attendre qu'il fasse jour. Et, pour être honnête, je suis encore un peu perturbée par l'incident de tout à l'heure.

C'était la vérité. Si elle s'autorisait à penser qu'elle avait failli être la proie de Danny Weston – quoi que ce misérable ait eu l'intention de lui faire subir –, elle allait craquer. Seuls les tendres baisers et caresses de Colter avaient éloigné le souvenir des mains moites et brutales de son agresseur.

Néanmoins, ces mots avaient été difficiles à prononcer, car elle brûlait de repartir tout de suite. Elle était terrifiée à l'idée que Henry puisse quitter la ville et emmener Alanna ailleurs. Cela dit, elle était tout de même assez lucide pour se rendre compte qu'elle ne savait pas où le chercher.

Elle avait besoin de Colter. Et de Colter rétabli.

— Tu es sûr de ne pas vouloir aller à l'hôpital ?

— Je connais ma blessure, Kensie. Je te donne sans doute l'impression d'être une tête de mule, mais je vis avec depuis un an. La douleur que j'éprouve n'est rien en comparaison de ce que j'ai connu il y a six mois. Ça va s'arranger. J'ai besoin de glace et de repos, c'est tout.

Elle se détacha de lui et se hâta vers la cuisine afin d'aller chercher des glaçons.

— Combien de repos ?

La question manquait de tact, mais il fallait qu'elle le sache. Si Colter allait être indisponible pour une semaine, elle devrait trouver quelqu'un d'autre pour l'aider.

À cette pensée, une bouffée d'angoisse l'envahit. En l'espace de deux jours, Colter et Rebel étaient devenus bien plus que des alliés dans ses recherches. Ils étaient devenus des amis, des soutiens.

Un sac de glaçons à la main, elle hésita. Colter avait tant fait pour elle et, quand il avait dit qu'il aurait dû mourir avec ses camarades, les mots lui avaient manqué. Lui manquaient toujours.

— Kensie ? Qu'est-ce qui ne va pas ?

Comment pouvait-il déjà si bien la connaître ? Jamais elle n'avait été si transparente pour personne. Elle referma la porte du congélateur, revint vers lui et posa délicatement la glace sur sa cuisse.

Colter cilla, mais se contenta de la remercier.

Il y avait un autre fauteuil en face de lui, mais Kensie ne voulait pas être si loin de lui pour aborder le sujet de ses amis disparus. Par conséquent, elle s'assit devant la cheminée, le cœur battant à tout rompre.

Depuis qu'elle recherchait sa sœur, elle avait rencontré nombre de familles de victimes. Au fil des années, certaines avaient reçu les pires nouvelles qu'on pouvait recevoir. Elle avait tenté de les soutenir, mais n'avait pas tardé à comprendre que les paroles qui aidaient l'un pouvaient parfois blesser l'autre. Elle ne voulait pas blesser Colter. Il avait déjà connu trop de souffrance.

— Colter...

Il se tourna vers elle, étrécissant ses beaux yeux bleus comme s'il avait deviné où elle voulait en venir. Rebel se coucha entre eux deux. Les oreilles dressées, le cou tendu, elle fixa Colter, l'air d'attendre qu'il dise quelque chose.

— J'aime la photo dans ta chambre, reprit Kensie. Celle où tu as Rebel sur les épaules.

La chienne tourna la tête vers elle et remua la queue.

— C'étaient tes camarades avec toi, n'est-ce pas ? Tes frères d'armes ?

Le cadre était de côté sur sa table de nuit, suggérant qu'il y avait des moments où il avait envie de le voir et d'autres non. Sur la photo, tous étaient couverts de poussière, exténués, mais souriants. Debout au centre, Colter tenait Rebel drapée sur ses épaules.

— Kensie, tu as vu ce qui se passe quand je pense à ce jour-là.

Sa voix n'était plus qu'un murmure.

— Je m'effondre. Je ne peux plus fonctionner. Je ne veux pas parler de...

— Je ne te demande pas de me dire comment ils sont morts, Colter. Je veux savoir comment ils vivaient. Tu les aimais, n'est-ce pas ?

— Oui.

— Et ils t'aimaient.

Ce n'était pas une question, mais il hocha la tête quand même.

— Tu ne penses pas qu'ils voudraient...

— ... que je vive ? coupa Colter avec un rire sans joie. Tu t'imagines que les psychiatres n'ont pas joué à ce jeu-là avec moi, Kensie ?

— Ce n'est pas un jeu...

— Il ne s'agit pas de ça. Bien sûr qu'ils voudraient que je vive. La loyauté était notre règle de vie. Nous faisions tout ensemble. Et peut-être est-ce là une partie du problème. Tous avaient une famille qui attendait au pays. Tous, sauf moi.

Il se pencha vers elle, la douleur gravée sur ses traits.

— Où est la justice là-dedans ?

— Ce n'est pas juste, admit-elle doucement. Mais tu as aussi le droit au bonheur. Tu mérites d'avoir une famille à toi.

Tout en parlant, elle imaginait cette famille. Un petit garçon qui aurait les yeux bleu ciel de Colter. Des jumelles qui posséderaient son sourire, et les cheveux bruns de Kensie. Rebel qui courrait derrière eux dans le jardin d'une maison pimpante, aux murs joliment peints en jaune. Colter et elle qui les regarderaient en riant, la main dans la main.

La vision était si intense, si réelle, que Kensie vacilla légèrement. Ce n'était pas possible. Loin de là. Ces moments auprès de Colter ne pouvaient être que temporaires.

Il avait dit quelque chose, mais elle ne saisit pas ses mots tant le sang bourdonnait à ses oreilles. Dieu seul savait comment mais, en l'espace de deux jours, elle était tombée amoureuse de lui.

13

Tombée amoureuse de Colter Hayes. Un homme qu'elle connaissait à peine.

C'était ridicule. Ce n'aurait même pas dû être possible. Et pourtant, son cœur battait la chamade et elle avait les joues en feu, terrifiée à l'idée qu'il puisse lire ses sentiments dans ses yeux.

— Kensie.

À la manière dont il avait dit son nom, elle devina qu'il avait déjà tenté d'attirer son attention. Levant les yeux vers lui, elle lut une sollicitude mêlée de perplexité sur son visage.

Ses mains étaient agrippées aux accoudoirs du fauteuil, les muscles de ses bras tendus sous la peau.

— J'ai cru que tu allais perdre l'équilibre. Ça doit être à cause du coup que tu as reçu à la tête. Peut-être devrait-on t'emmener à l'hôpital.

Comment lui expliquer ce qui venait de se passer sans avouer ce qu'elle ressentait à son égard ? Elle laissa échapper un petit rire nerveux.

Colter fit mine de se lever, serrant la mâchoire contre la douleur.

— Qu'y a-t-il ? Tu as besoin d'un médecin.

Kensie bondit sur ses pieds et l'arrêta d'un geste.

— Non ! Ne bouge pas. Je vais bien. Je te le promets. Je

pensais juste à quelque chose qui m'a surprise. Je me sens parfaitement normale. Je n'ai pas mal à la tête. Tout va bien.

Il se figea, les sourcils froncés.

— À quoi pensais-tu ?

— Hum...

— Kensie.

Cette fois, un avertissement perçait dans sa voix, comme s'il ne la croyait pas.

— Je viens de comprendre que j'ai passé la moitié de ma vie d'adulte à essayer de compenser le fait que j'ai laissé Alanna se faire kidnapper.

Les mots qui venaient de jaillir de ses lèvres la prirent par surprise. Non parce qu'elle les pensait : elle en avait pris conscience pendant qu'elle errait dans la ville, en quête de renseignements sur Henry. Ce qui l'étonnait, c'était de l'avoir admis.

Colter paraissait tout aussi stupéfait.

— Je sais que ce n'est pas ma faute, s'empressa-t-elle d'ajouter, craignant d'éveiller sa pitié. C'est la culpabilité du survivant, c'est tout.

Génial. Voilà qu'elle parlait comme les psys que ses parents l'avaient obligée à consulter quand elle était adolescente.

— Bien sûr que ce n'est pas ta faute.

Colter semblait presque offensé par cette idée, mais il dut la croire, car il banda ses muscles et se rassit, puis ferma les yeux, visiblement épuisé par l'effort que ce mouvement lui avait coûté.

Elle espéra qu'il allait changer de sujet mais, lorsqu'il rouvrit les yeux, ils étaient pleins de douceur et de compréhension.

— Pourquoi les autres membres de ta famille ne sont-ils pas venus ici avec toi, Kensie ?

Ce n'était pas la question qu'elle attendait, et elle se sentit rougir de nouveau, pour une autre raison. Elle ne voulait pas qu'il pense que les siens étaient méchants ou indifférents.

— C'est à cause de ce que le FBI nous a dit, avoua-t-elle. Nous sommes passés par là si souvent au fil des années... Une fois, deux ans après l'enlèvement d'Alanna, nous sommes même allés jusque dans l'Indiana pour voir une petite fille qui venait d'être arrachée à ses ravisseurs. Elle ne parlait pas, et la police pensait que c'était peut-être Alanna...

L'expérience l'avait marquée à jamais. La fillette n'était plus qu'une coquille vide. Hagarde et terrifiée. La police avait fini par retrouver sa famille, mais Kensie avait appris par la suite qu'elle s'était suicidée à l'âge de treize ans.

Le front de Colter s'était barré d'un pli.

— Quel âge avais-tu ?

— Quinze ans.

Colter lâcha un juron.

— Mes parents ont fait de leur mieux pour nous laisser à l'écart de leurs recherches, Flynn et moi, se hâta-t-elle de dire. Mais nous voulions y être mêlés. Alanna nous manquait aussi. Elle nous manque toujours. Et plus le temps passait, plus il était difficile d'éveiller l'intérêt de la presse et du public. En revanche, les journalistes étaient beaucoup plus curieux s'ils pouvaient nous parler, à Flynn ou à moi.

— Oh ! Kensie...

— Flynn était plus jeune que moi, par conséquent, j'ai essayé de me charger de la plupart des interviews. Je croyais le protéger, mais ce n'était pas suffisant. Et Flynn a commencé à sortir des rails, à avoir de mauvaises fréquentations. Il faisait des trucs dangereux juste pour défier la mort...

Rebel geignit doucement et s'approcha d'elle, nichant la tête contre sa jambe.

Kensie lui sourit et promena la main dans sa fourrure soyeuse.

— À seize ans, il a eu un grave accident de la route. Il était ivre et il a perdu le contrôle de sa voiture sur un pont.

Heureusement, personne d'autre n'a été blessé. Flynn a passé un mois à l'hôpital. Et ça a tout changé.

— Que veux-tu dire ?

— D'après leurs amis proches, le choc a fait prendre conscience à mes parents qu'ils avaient deux autres enfants qui avaient besoin d'eux.

Comme Colter fronçait les sourcils, elle s'empressa d'ajouter :

— Je ne crois pas qu'ils l'aient jamais oublié. Mais la disparition d'Alanna a jeté une ombre sur tout le reste. Il arrivait que mes parents manquent un de nos anniversaires parce qu'ils étaient sur une piste. Flynn et moi avons sûrement passé trop de temps dans les commissariats, à répondre aux questions de la police ou des journalistes. Je tenais à le faire, mais Flynn…

Elle secoua la tête.

— Quel âge avais-tu quand il a eu son accident ?

— Vingt ans.

— Il était trop tard pour rattraper votre enfance.

Kensie haussa les épaules, gênée par ce qu'il laissait entendre.

— J'aime mes parents. Ils m'aiment. Ils ont essayé de faire de leur mieux pour leurs trois enfants. Je comprends cela. D'ailleurs, j'ai fait pression sur eux pour qu'ils persévèrent. Et quand ils ont arrêté les recherches…

— … tu as pris le relais, termina Colter, son regard intense fixé sur elle.

— Oui. Ils avaient besoin de se focaliser sur Flynn. Mais nous ne pouvions pas renoncer à chercher Alanna.

— Par conséquent, tu t'en occupes toute seule à présent ?

— Ce n'est pas tout à fait ça. Les miens sont joignables à tout moment, mais je ne peux pas m'attendre à ce qu'ils laissent tout en plan dès qu'une nouvelle piste se profile.

— Ils le faisaient quand tu étais petite.

— C'est injuste de dire ça, murmura Kensie, mais sans

grande conviction, car elle savait que Colter essayait seulement de prendre son parti.

En réalité, il n'y avait pas de parti à prendre. Il n'y avait que de la tristesse. La décision de ses parents revenait à accepter qu'Alanna était morte depuis longtemps, à jamais perdue pour eux. Sa persistance voulait dire qu'elle s'exposait à un cycle perpétuel d'espoir et de déception.

— Tu as raison, dit Colter. Excuse-moi. Mais tu ne devrais pas avoir à faire ça toute seule.

— Je ne suis pas seule, souffla-t-elle, en caressant distraitement la tête de Rebel. Tu es là.

Et cela avait tout changé. Elle le fixa, lut la tendresse et la compréhension dans son regard. La glace posée sur sa jambe dégoulinait dans le fauteuil sans que l'un ou l'autre y prêtât attention.

Jamais elle n'avait rencontré un homme comme Colter Hayes. Sans doute n'en rencontrerait-elle jamais d'autre.

Tu es là.

Les paroles de Kensie résonnèrent dans sa tête. La douce et timide certitude qui perçait dans sa voix lui serrait le cœur. Elle méritait d'avoir quelqu'un à ses côtés, quelqu'un qui l'aiderait à supporter son fardeau pendant plus de quelques jours ou une semaine, quelle que soit la durée de son séjour à Desparre.

Il ne pourrait jamais lui offrir cela. En revanche, il pouvait la soutenir pendant qu'elle était là.

Et s'ouvrir à elle comme elle s'était ouverte à lui.

Le seul fait d'envisager cela lui comprima la poitrine, et il sentit la sueur perler sur sa peau en dépit de la glace qui fondait sur sa jambe. Néanmoins, il se força à parler, priant pour ne pas être saisi par une crise de panique devant elle.

— Quand je me suis réveillé à l'hôpital, les médecins m'ont dit qu'ils n'étaient pas sûrs de pouvoir sauver ma jambe.

Kensie se redressa, sa main caressant plus lentement la tête de Rebel.

Comme si la chienne avait senti que c'était lui qui avait besoin d'elle à présent, elle s'approcha du fauteuil et posa la tête sur son accoudoir, quémandant une caresse.

Il l'obligea avec un petit rire, puis redevint grave.

— Ensuite, ma jambe m'est devenue indifférente, parce qu'ils m'ont avoué qu'aucun de mes camarades n'avait survécu à l'embuscade. Rebel s'en était sortie, mais elle était entre la vie et la mort.

Il étouffa le sanglot qui naissait dans sa gorge à ce souvenir. Il respirait encore l'odeur de désinfectant et de vomi qui flottait dans l'hôpital. Prononcer les mots avait été comme de recevoir un coup de poing dans le ventre.

En un éclair, Kensie se leva et lui agrippa l'épaule.

— Tu n'es pas obligé de parler de cela, Colter.

— Si. Je veux t'en parler.

C'était la vérité. Pourtant, il n'avait jamais évoqué ce jour-là, ni avec les psychiatres que l'armée lui envoyait, ni même avec ses parents, qui ne demandaient pas mieux que de l'aider mais qui ne pouvaient dissimuler la joie qu'ils éprouvaient à le voir vivant.

— Tu sais, cette photo que tu aimes bien dans ma chambre ?

— Oui ?

Sa voix était douce, presque un murmure.

— C'est la dernière que j'ai d'eux. Strictement parlant, on ne constituait pas une équipe. J'étais maître-chien dans la police militaire. Le rôle de Rebel était tout récent dans l'armée à l'époque. Elle avait servi trois ans comme chien pisteur. Parfois, on nous envoyait dans une unité particulière, d'autres fois, on nous lâchait seuls quelque part.

— On vous lâchait ? répéta Kensie, perplexe.

Elle lui caressait l'épaule distraitement. Il se demanda si elle s'en rendait compte.

— Oui. Un hélicoptère nous déposait, en général pour aller inspecter un site. Rebel devait partir du lieu d'une explosion ou d'une embuscade et remonter la piste jusqu'à la personne qui l'avait causée. Elle était très douée.

Il marqua une brève pause.

— Bref, Rebel et moi étions détachés depuis plus d'un an auprès d'une unité des forces spéciales. Les gars que tu as vus sur la photo faisaient partie de cette unité. On s'est tous liés d'amitié très vite. Ce jour-là – le jour où la photo a été prise –, on rentrait de mission. En principe, on aurait dû en avoir terminé pour la journée.

Il exhala une bouffée d'air, se remémorant l'instant où ils avaient reçu l'appel leur ordonnant de repartir. En soi, cela n'avait rien d'extraordinaire. On pouvait passer des semaines sans être confronté à la moindre action, et puis, tout à coup, les missions s'enchaînaient sans qu'on ait le temps de se reposer.

D'après les premiers rapports, une bombe avait explosé non loin de là. Ils avaient espéré que Rebel pourrait suivre la piste de l'auteur de l'attentat qui, Colter l'avait su plus tard, avait coûté la vie à vingt-six soldats.

Il refoula la vision de ses frères sous la tente, du dernier moment qu'ils avaient eu ensemble. Kensie attendait patiemment, la main toujours sur son épaule.

— C'était un EEI, un engin explosif improvisé. Puissant. Il avait détruit deux camions. La zone était dangereuse, et notre unité devait la sécuriser pour qu'une équipe de médecins puisse être déployée sur place au cas où il y aurait des survivants. Rebel et moi étions censés pister le poseur de bombe.

Lorsqu'ils étaient arrivés, ils avaient découvert une scène de cauchemar. L'attentat avait eu lieu au sommet d'un col isolé, dans une zone réputée dangereuse à cause du terrain. Les camions avaient le choix entre traverser les montagnes et s'exposer à être pris pour cibles par des tireurs embusqués ou effectuer un long détour. Pour ne pas perdre de temps, on décidait souvent de prendre le risque de passer par le col. C'était la première fois qu'un EEI était utilisé là.

Les débris fumaient encore, mais il n'y avait plus personne à sauver. L'odeur de l'essence et de la fumée imprégnait l'air, le sol était creusé de profonds cratères, bien plus vastes que ce qu'ils avaient imaginé. Un seul coup d'œil leur avait suffi pour comprendre qu'il ne pouvait y avoir aucun survivant.

Sa vision se brouilla à ce souvenir. Il avait connu la plupart de ces gens, et, en une fraction de seconde, ils avaient disparu. Ce n'était pas la première fois qu'il traversait ce genre d'épreuve mais, ce jour-là, il s'était fait violence pour refouler son chagrin et se cramponner à la colère. C'était elle qui le pousserait dans les collines avec Rebel, à la recherche du tueur.

— Rebel a flairé une piste, poursuivit-il, conscient des larmes qui lui étaient montées aux yeux.

Il sentit que Kensie les essuyait du bout des doigts alors qu'il parlait.

— C'est sans doute ce qui nous a sauvés. Nous étions devant le reste de l'équipe. Par conséquent nous avons été les premières cibles.

La main de Kensie se crispa sur son épaule.

— C'était un guet-apens. Après avoir fait sauter le convoi, des types s'étaient cachés dans les hauteurs et attendaient qu'on ait fini d'inspecter les lieux. À ce moment-là, ils ont ouvert le feu.

Colter avait du mal à croire qu'un an s'était écoulé depuis. D'après le rapport officiel, il avait fallu moins de trois minutes pour que tous les membres de son équipe soient tués. Et lui n'avait pu se battre à leurs côtés parce qu'il était déjà sans connaissance. C'était un de ses plus grands regrets.

Le silence était tel qu'il entendait le léger souffle de Rebel, la respiration plus inégale de Kensie.

— Comment as-tu survécu ? demanda-t-elle d'une voix tremblante.

— Grâce à Rebel. Elle a bondi sur moi dès que le premier coup a été tiré. Un peu comme elle l'a fait avec toi le jour où on t'a rencontrée.

Il avait senti une balle lui frôler le crâne alors qu'il tombait.

Rebel gémit au son de son nom et pressa la tête contre lui, sentant peut-être qu'il s'aventurait en territoire dangereux.

— Tout va bien, bébé, affirma-t-il.

Il disait vrai. Il avait déjà raconté l'essentiel de l'histoire sans être submergé par la panique.

Il leva les yeux vers Kensie. Ses lèvres tremblaient et elle cillait rapidement, s'efforçant de refouler les larmes qui assombrissaient ses magnifiques yeux couleur caramel.

Elle avait de l'affection pour lui. Cette pensée l'emplit d'un mélange de joie, de fierté et d'angoisse. Il ne voulait pas la faire souffrir.

— Nous avons roulé dans un cratère laissé par la bombe. Un fragment de métal m'a transpercé la jambe droite de part en part.

Kensie étouffa un cri.

— Rebel a atterri sur moi, si bien que le métal lui a aussi entaillé profondément la patte. J'ai perdu connaissance. Quand je me suis réveillé, j'étais à bord d'un hélico avec Rebel. Apparemment, les insurgés étaient revenus achever mes camarades.

— Je suis tellement désolée, murmura Kensie, la main tel un étau sur son épaule.

— Ils ont dû penser que nous étions déjà morts. Rebel n'a sans doute pas fait un bruit pendant qu'ils cherchaient. Les secouristes m'ont dit qu'ils n'auraient pas soupçonné notre présence si Rebel ne les avait pas alertés. J'ai essayé de leur demander des nouvelles des autres, mais personne ne voulait me répondre.

C'était seulement trois jours plus tard, à l'hôpital, qu'un

représentant de l'armée, un homme qu'il voyait pour la première fois, lui avait enfin révélé la vérité.

— J'ai subi deux opérations, reprit-il. La première pour extraire le métal, la seconde pour insérer une broche. Rebel en a eu trois, la pauvre, mais sa jambe a mieux guéri que la mienne. Ensuite, nous avons eu droit à six mois de rééducation. Nous sommes rentrés à la maison, mais notre carrière était finie.

Durant ces six mois, il s'était donné à fond, poussé par le désir irréaliste de réintégrer les rangs de l'armée et celui de se rétablir suffisamment pour aller voir les familles de ses frères. Leur demander pardon.

Il n'en avait jamais trouvé le courage. Dans l'intervalle, la femme d'un de ses camarades avait donné naissance à leur premier enfant. La fille aînée d'un autre avait obtenu son diplôme de fin d'études secondaires. Autant d'événements qu'ils auraient dû pouvoir partager.

Colter était le seul à être rentré. Et personne ne l'attendait, car il ne s'était jamais engagé envers rien ni qui que ce soit en dehors de l'armée.

Ce n'était pas juste. Pourtant, en regardant le visage baigné de larmes de Kensie, il comprit subitement combien les choses avaient changé. Pour la première fois depuis ce jour fatidique, il était heureux d'avoir survécu.

Pour ce moment. Pour sentir la main de Kensie le serrer si étroitement alors qu'elle tentait de maîtriser son émotion. Ce n'était pas la pitié qu'il lisait dans ses yeux, mais la tristesse et la compréhension.

Elle lui donnait envie de vivre de nouveau, d'aspirer à des choses qu'il n'aurait pas dû vouloir.

C'était impossible.

Elle avait une chance de retrouver Alanna, de reprendre le fil de sa vie et d'être heureuse. C'était différent pour lui. Comment pourrait-il sourire et aller de l'avant comme si de rien n'était alors que huit autres familles avaient enterré leur bonheur ?

La réponse était simple. Sa survie avait été un coup de chance, le fruit d'un geste d'amour de la part de son équipière. Mais ce n'était pas ce qui était censé arriver. Il aurait dû partir avec ses camarades. Et il n'allait pas les trahir en les abandonnant une seconde fois.

14

Sa jambe le faisait atrocement souffrir.

Colter se mordit l'intérieur de la lèvre jusqu'au sang pour ne pas gémir et s'appuya lourdement sur la canne qu'il avait à regret sortie du placard ce matin-là, quand il s'était aperçu qu'il avait du mal à se hisser hors du fauteuil inclinable. Il ne s'en était pas servi depuis plus de six mois et, à l'époque, il s'était juré de ne plus jamais le faire. Par chance, il l'avait jetée dans un placard au lieu de s'en débarrasser complètement.

Il répugnait à s'en servir à présent, mais c'était préférable à ne pas pouvoir sortir avec Kensie. Et il ne faisait confiance à personne d'autre pour l'aider.

Elle avait dormi à cinq mètres de lui la veille au soir, dans son lit. Chaque fois qu'elle se tournait, il entendait le froissement des draps et toutes les terminaisons nerveuses de son corps s'embrasaient. D'autant plus que, avant d'aller se coucher, elle s'était penchée pour déposer le plus bref, le plus tendre des baisers sur ses lèvres.

La sensation de ce baiser avait perduré toute la nuit. Même avant son accident, jamais il n'avait éprouvé un tel lien avec quiconque.

Il parvenait à peine à croire qu'il lui avait raconté son histoire. Mieux encore, qu'il l'avait fait sans avoir de flash-back ou de crise de panique. La main de Kensie sur son épaule, la tête de Rebel sous ses doigts l'avaient ancré dans le présent.

Maintenant, il se sentait vidé. Pourtant, bizarrement, cela lui faisait du bien, comme si une partie de la colère et de la tension qu'il portait en lui depuis un an s'était enfin dissipée.

Peut-être parce qu'il observait Kensie. Elle avait dit avoir passé trop de temps à tout faire à deux cents pour cent, pour compenser ce qui était arrivé à sa sœur. Mais il ne voyait pas une femme qui faisait tout à toute allure pour éviter de vivre vraiment. Il voyait une femme forte et capable, quelqu'un qui ne renonçait jamais à aider ceux qu'elle aimait.

À cet instant, elle marchait près de lui, la main sur la tête de Rebel, débordante d'énergie rentrée.

La veille au soir, ils avaient décidé de retourner dans le quartier où elle avait vu Henry. Les magasins étant ouverts, ils pourraient interroger plus de gens et, avec un peu de chance, obtenir des réponses utiles.

Ils avaient prévu de partir le matin, mais la jambe de Colter était encore trop fragile. À l'évidente sollicitude de Kensie se mêlait un désir anxieux de reprendre les recherches, aussi avait-il promis d'être prêt en milieu d'après-midi. Elle avait paru sceptique, mais il avait tenu parole. Il paierait ses efforts plus tard. Par mesure de précaution, il avait glissé son pistolet dans un holster sous sa chemise.

Danny Weston, placé en garde à vue, ne présentait pas de danger immédiat. En revanche, Colter n'en savait pas assez long sur Henry Rollings pour deviner sa réaction s'ils le trouvaient. À supposer que Kensie ait raison et qu'il détienne sa sœur depuis quatorze ans, on pouvait s'attendre au pire. Et Colter était résolu à tout faire pour sauver Alanna.

— Comment se fait-il que personne ne connaisse ce type ? demanda soudain Kensie, au comble de la frustration.

Ils avaient questionné la moitié des commerçants, plus une

poignée d'habitants qui bravaient le froid. La température n'était pas anormale pour la saison – tournant autour de – 6° – mais le vent soufflait particulièrement fort.

— Quelqu'un doit bien le connaître, répondit-il.

À l'évidence, Rollings s'efforçait de rester discret, et les habitants du coin, quoique tolérants, étaient aussi un tantinet méfiants. Il fallait l'être, avec les individus comme Danny Weston.

Colter poussa la porte d'une petite agence d'encaissement de chèques, qui semblait avoir été construite cinquante ans plus tôt et jamais nettoyée depuis. Presque cachée derrière une épicerie quincaillerie, elle était à l'abri des regards, ce qui convenait à ceux qui la fréquentaient. Des gens qui, désireux de laisser aussi peu de traces que possible, ne voulaient pas mettre leur argent à la banque.

— Essayons ici.

L'air sceptique, Kensie le précéda néanmoins à l'intérieur, Rebel sur ses talons.

Le propriétaire, qui paraissait aussi âgé et aussi négligé que son magasin, fronça les sourcils à leur vue. À dire vrai, il semblait maussade de nature. Son regard inquisiteur se posa aussitôt sur Colter, comme s'il avait deviné que ce dernier était armé.

— Vous voulez encaisser un chèque ?

— Non. Je cherche des renseignements sur quelqu'un qui est peut-être venu ici.

— Je ne donne pas d'informations sur mes clients, rétorqua l'homme, reportant son attention sur l'écran de télévision qui diffusait un feuilleton, sans le son.

— Nous pensons qu'il a enlevé la sœur de mon amie, déclara Colter en désignant Kensie.

Le commerçant – Yura Quelque-chose – plissa les yeux vers elle, puis fixa Colter d'un air dur.

— Il s'appelle comment ?

— Henry Rollings.

— Henry ?

— Vous le connaissez ? intervint Kensie, d'une voix pleine d'espoir.

— Oui.

— Que pouvez-vous nous dire à son sujet ?

L'homme dévisagea Colter si longuement que celui-ci crut qu'il allait devoir répéter la question.

— Pourquoi pensez-vous qu'il ait enlevé cette femme ? demanda-t-il enfin.

— Je l'ai vu, balbutia Kensie. J'ai essayé de les suivre mais il est monté dans sa voiture et je n'ai pas pu les rattraper.

Le regard de Yura se posa brièvement sur Kensie, avant de retourner à Colter.

— Tu étais dans la marine ?

Colter n'aurait su dire comment l'homme l'avait deviné, mais sa remarque confirmait l'intuition qu'il avait eue : Yura était observateur.

— C'est exact.

— Elle aussi ? insista le commerçant, en désignant Rebel.

— Oui.

— Moi aussi. Il y a longtemps.

Yura poussa un long soupir.

— Henry est un drôle de type. Beaucoup de ceux qui viennent ici ont quelque chose à cacher. Ça ne me regarde pas. Mais s'il a enlevé une femme… Tu es sûr de ce que tu avances ?

— Non, avoua Colter, sentant que son interlocuteur apprécierait une réponse honnête. Mais il y a de fortes chances. Et, s'il l'a bel et bien enlevée, il sait que nous sommes sur ses traces. Par conséquent, nous n'avons pas beaucoup de temps devant nous.

— Je vous en prie, murmura Kensie. Si vous pouvez nous aider…

Yura hocha la tête.

— Il vient encaisser un chèque de temps à autre. Je crois qu'en général on le paie en espèces, mais il lui arrive de faire quelques travaux pour les Altier, un couple qui vit un peu plus au nord. Des gens méfiants. Eux aussi, ils restent à l'écart. Ils paient bien, mais uniquement par chèque, et ils ont toujours un fusil à portée de la main. Ils disent que c'est une question de sécurité, et je les comprends, vu qu'ils engagent souvent des gars de passage. Sans compter qu'ils ont une ribambelle de gamins à charge.

— Plus au nord ? répéta Colter. Henry vit par là aussi ? Près de ce couple ?

Yura farfouilla sous le comptoir, puis y déposa une feuille de papier arrachée à un bloc-notes. Il dessina un plan grossier qu'il montra à Colter.

— Tu vois où c'est ?

Colter réprima un juron.

— Je crois, oui.

— Je ne peux pas être sûr qu'il habite par là mais, si je devais deviner, c'est l'endroit que je choisirais. Le couple pour qui il travaille vit là, précisa-t-il en tapotant un point au milieu de nulle part sur la carte. Il n'y a aucune autre habitation dans un rayon de trois kilomètres. Ils sont sérieusement paranos. À mon avis, Henry habite assez près pour qu'ils aient suffisamment confiance en lui.

— C'est isolé, acquiesça Colter. Idéal pour quelqu'un qui veut se cacher.

— Ça ne va pas être facile d'aller là-bas sans se faire repérer, commenta Yura en poussant le papier vers lui. *Semper fi*, mon frère.

Colter ne put s'empêcher de tressaillir. C'était la première fois depuis un an qu'il entendait ces mots.

— *Semper fi*.

— Merci, ajouta Kensie avant de suivre Colter au-dehors. Combien de temps va-t-il nous falloir pour y aller ?

— Nous n'y allons pas ce soir.

— Quoi ? se récria-t-elle, les mains sur les hanches. Pourquoi pas ?

Il constata qu'il aimait le rose sur ses joues. La couleur était assortie à l'indignation qu'il lisait dans ses yeux à cet instant. Cependant, il ne se laissa pas ébranler. Il avait accepté de l'aider à retrouver sa sœur et non de la faire tuer dans l'opération.

— Pour commencer, il va faire nuit d'ici deux heures et nous ne savons même pas avec certitude qu'il vit là-haut. C'est l'hypothèse de Yura, rien de plus. Ensuite, la piste est traîtresse. Nous ne pouvons pas prendre le risque d'être coincés en route en pleine nuit.

— Colter...

— Je sais que le temps presse, Kensie. Crois-moi, je le sais. Mais nous ne pourrons pas secourir ta sœur si nous nous faisons tuer. Je ne plaisante pas au sujet de la piste. Elle est bloquée par la neige la moitié du temps. Il est possible que le sommet soit déjà inaccessible.

— Nous avons vu Henry en ville hier ! Il est venu sans encombre.

— Oui, et cela suggère que la piste est dégagée, mais certains de ceux qui vivent loin de tout utilisent des motoneiges et gardent un véhicule en ville. D'ailleurs, si Henry nous attend, il va surveiller cette route. Je ne parle pas du fait que le plan de Yura est vague. Il va nous falloir des heures pour inspecter les lieux.

— Dans ce cas, il vaut peut-être mieux y aller de nuit, argua Kensie. Si Henry surveille la route...

— Kensie. Chaque année, des gens meurent de froid dans ce coin-là. Il n'y a pas de réseau téléphonique, très peu d'habitations.

— Mais tu connais l'endroit...

— Pas cet endroit en particulier. Pas assez bien. Je ne vais pas t'emmener là-bas ce soir.

La frustration se mêlait à la déception sur ses traits, sans pouvoir dissimuler l'autre émotion qu'elle éprouvait : la peur. La peur que, à cet instant même, Henry ne soit déjà en train d'emmener sa sœur ailleurs. La peur d'arriver trop tard.

— Demain matin, promit-il. Nous partirons avec des provisions et un plan. D'accord ?

— D'accord, murmura-t-elle à contrecœur.

Il hocha la tête.

— Je vais te déposer à ton hôtel pour que tu puisses te changer. Je passerai te prendre demain à 8 heures. Ça te va ?

— Oh. Bien sûr.

La surprise qui perçait dans sa voix suggéra à Colter qu'elle s'était à demi attendue à retourner au chalet avec lui ce soir-là. Une bouffée de désir monta en lui à cette pensée, qu'il s'efforça d'ignorer.

Il ne pouvait pas l'emmener ce soir, parce qu'il ne comptait pas rentrer.

Dès qu'il l'aurait déposée, il irait jeter un coup d'œil sur les lieux lui-même.

Elle avait beau se tourner et se retourner dans ce lit d'hôtel ridiculement moelleux, elle ne parvenait pas à trouver le sommeil. En grande partie parce qu'elle s'inquiétait pour Alanna, mais aussi parce qu'elle pensait à l'homme qui l'aidait à chercher sa sœur.

Elle aurait dû être avec Colter ce soir. S'ils retrouvaient Alanna le lendemain, Kensie rentrerait à Chicago. Le seul fait d'y penser lui nouait l'estomac.

Pourquoi n'avait-elle rien dit lorsqu'il avait proposé de l'emmener à l'hôtel ? À en juger par la manière dont il lui avait rendu son baiser la veille au soir, il n'aurait pas refusé qu'elle l'accompagne si elle l'avait voulu. Au lieu d'être là, fébrile, à ruminer cent scénarios différents quant à ce qui pourrait se produire, elle serait dans ses bras.

Dans son lit. Ou sur ses genoux dans le fauteuil. Elle aurait même volontiers dormi sur le sol à côté de Rebel pour être près de lui.

Qui croyait-elle tromper ? Même si elle s'était installée sur le plancher, ce que Colter n'aurait jamais accepté, elle n'y serait pas restée longtemps. Elle se serait vite retrouvée à côté de lui, sous lui ou sur lui, les lèvres pressées contre les siennes jusqu'à ne plus pouvoir respirer.

En temps normal, elle veillait à ne pas s'engager dans des relations qui avaient le potentiel de la faire souffrir. Selon sa mère, c'était une façon de se protéger, de ne pas courir le risque de perdre un autre être aimé. C'était sans doute vrai mais, jusqu'à maintenant, elle n'avait jamais eu de mal à quitter qui que ce soit.

Jusqu'à Colter.

Il avait connu sa part d'épreuves, lui aussi, et comprenait mieux que la plupart des gens le mélange de chagrin et de sentiment de culpabilité qu'elle éprouvait. Peut-être était-ce en partie pour cela qu'elle se sentait proche de lui. Mais seulement en partie.

Le reste tenait à l'homme qu'il était. Au courage qu'il avait montré pour les défendre, Rebel et elle. À son sourire. À la manière qu'il avait de la regarder, parfois, quand ses yeux bleus la fixaient avec intensité, comme s'il voulait qu'elle reste auprès de lui pour toujours.

Elle savait exactement où cela la mènerait de passer une nuit avec quelqu'un qu'elle aimait trop et puis de s'en aller. Jamais elle n'avait été tentée de faire l'essai. Mais, à cet instant précis, elle était sûre que ne pas avoir passé cette nuit avec Colter allait être un de ses plus grands regrets.

Dans ce cas, fais quelque chose. Cette pensée la frappa avec la violence d'un coup de poing, et Kensie repoussa les couvertures, le cœur battant à tout rompre. Que ferait Colter si elle débarquait à son chalet ce soir ?

Il n'y a qu'une seule manière de le savoir. Un sourire espiègle sur les lèvres, Kensie alluma sa lampe de chevet.

Au même moment, un léger grattement se fit entendre derrière sa porte.

Kensie se figea, tendant l'oreille. Colter avait-il eu la même idée qu'elle et était-il venu la rejoindre ? Non. Il n'aurait pas rôdé comme un voleur dans le couloir. S'il avait décidé d'être avec elle, il aurait toqué à la porte et attendu patiemment qu'elle prenne sa décision.

Un nouveau client était-il arrivé ? S'était-elle méprise sur l'origine du bruit ?

Son imagination lui jouait-elle des tours ? Elle demeura parfaitement immobile, guettant d'autres sons. Un grincement métallique lui parvint, comme si quelqu'un essayait de forcer la serrure.

Prise de panique, elle tressaillit et se cogna à la tête de lit. Aussitôt, l'individu qui se trouvait dans le couloir renonça à toute discrétion. Un choc violent ébranla la porte. Le battant s'incurva un peu, en revanche la serrure tint bon.

Luttant pour se ressaisir, Kensie se jeta à bas du lit et attrapa son téléphone. *Colter.* Les doigts tremblants, elle pianota frénétiquement sur le clavier.

Besoin d'aide. Tout de suite.

Devait-elle alerter la police ? Danny Weston avait-il déjà été libéré ? Pourquoi n'avait-elle pas été avertie ? Oui, elle appellerait la police dès qu'elle aurait terminé son texto à Colter.

Dépêche-toi, je t'en pr...

Dans un vacarme assourdissant, la serrure céda, et la porte tomba dans la chambre. Malgré elle, Kensie hurla et, lâchant son téléphone, tâtonna à la recherche d'une arme possible, n'importe laquelle, tandis que son regard demeurait rivé sur la silhouette qui se détachait sur le seuil.

Henry Rollings.

Il fit irruption dans la chambre, éveillant mille fragments de souvenirs dans l'esprit de Kensie. Alanna qui regardait par-dessus son épaule en dansant, radieuse. Le pneu que son père avait installé dans le jardin et qui servait de balançoire. La grosse berline foncée qui descendait lentement la rue dans leur direction. La main qui agrippait Alanna et l'entraînait vers le véhicule.

Tout s'accéléra dans sa mémoire et autour d'elle alors que Rollings contournait le lit.

Il avait vieilli en quatorze ans. Ses cheveux étaient plus gris, des rides sillonnaient son visage. Cependant, il était toujours plus fort qu'elle, et une lueur malfaisante brillait dans son regard.

— Vous n'auriez jamais dû venir ici, lâcha-t-il d'une voix sourde, pleine de menace.

Kensie cessa de tâtonner en vain. Au lieu de quoi elle sauta sur le lit. Fuir semblait soudain une meilleure option que se battre.

Changeant de direction, il tendit la main vers elle, mais elle se déroba, atterrissant gauchement sur le sol.

Quelque chose transperça son pied nu et une douleur fulgurante se répandit dans sa voûte plantaire. Totalement focalisée sur la porte, elle l'ignora et s'élança, les larmes aux yeux.

Elle était si près du but. Si elle pouvait atteindre le couloir, l'escalier de secours était à deux pas. Une alarme incendie était située à côté. Elle pourrait tirer sur le cordon au passage, attirer l'attention du personnel…

Une main puissante s'abattit tel un étau sur son coude, la tirant si violemment en arrière qu'elle fut projetée à terre. Sa tête heurta le sol, et même l'épaisse moquette ne suffit tout à fait à amortir le choc. Elle eut le souffle coupé, sa vision se brouilla.

L'instant d'après, il était sur elle, un genou de part et d'autre de ses hanches. Un nouvel accès de panique gagna Kensie. Qu'allait-il lui faire ? Qu'avait-il fait à sa sœur ?

Une pensée la réconforta dans sa détresse. Colter savait qui était cet homme. Même si elle n'était plus là, il continuerait à chercher Alanna.

Mais elle n'allait pas se laisser faire. Levant brusquement les bras, Kensie visa le visage de son agresseur, prête à lui enfoncer les ongles dans les yeux.

Il esquiva juste à temps, mais elle n'eut pas le temps de profiter de son avantage. Une seconde plus tard, il lui soufflait son haleine rance à la figure.

— Je ne sais pas comment vous m'avez trouvé, mais vous ne m'aurez pas.

Kensie eut un mouvement instinctif de recul, puis comprit son erreur et, cette fois, lui planta les ongles dans la joue.

Il eut un haut-le-corps, mais ne lâcha pas prise pour autant. Tout en la couvrant d'insultes, il lui entoura le cou de ses grosses mains.

— Je ne savais même pas qu'elle avait une sœur, grommela-t-il. Vous auriez dû laisser tout ça tranquille. Me laisser tranquille.

Envahie par la nausée, Kensie tenta en vain d'écarter ses doigts. Il était encore plus fort qu'il n'en avait l'air. Déjà, de petits points noirs dansaient devant ses yeux.

Elle lui décocha un coup de genou, sans résultat. Il la maintint plaquée au sol avec un sourire satisfait.

Kensie se débattait désespérément, mais elle commençait à voir flou. Elle ne pouvait plus respirer. Elle allait mourir.

Elle ne saurait jamais ce qui était arrivé à sa sœur. Elle allait causer un traumatisme de plus aux siens. Et à Colter.

Malgré son apparente brusquerie, elle sentait qu'il s'était attaché à elle.

Jamais il ne saurait combien il avait compté à ses yeux.

Ses mains retombèrent sur la moquette, impuissantes.

Puis ce fut le noir.

15

Kensie ne répondait pas. Ni à son téléphone personnel ni à celui de sa chambre.

— Accroche-toi, bébé, lança Colter à Rebel avant d'écraser la pédale d'accélérateur.

Malgré l'avertissement, la chienne fut projetée en avant, et laissa échapper un couinement de protestation.

— Désolé.

Les mains crispées sur le volant, il roulait bien trop vite sur la piste inégale, dérapant sur les plaques de verglas avant de redresser le pick-up tant bien que mal.

Pourquoi Kensie ne répondait-elle pas ? Son texto s'était interrompu à mi-phrase quelques minutes plus tôt, et il n'avait eu aucune nouvelle depuis.

Serrant les dents, Colter prit un virage à toute allure. Rebel émit un nouveau geignement, mais il ne pouvait ralentir. Il était encore loin du centre-ville et il était urgent qu'il rejoigne Kensie.

— Appelle le 911, ordonna-t-il à son téléphone, vérifiant d'un coup d'œil que l'appareil avait capté sa voix.

— Ici le 911, j'écoute.

Colter résuma rapidement la situation.

— Vous allez envoyer quelqu'un ?

— Ne vous inquiétez pas, monsieur. Restez calme...

— Quatrième étage, chambre 409, coupa-t-il avant de raccrocher.

Il ne voulait pas perdre de temps en discussions inutiles. Pas alors qu'il avait besoin de toute sa concentration pour conduire.

— Ça va aller, bébé, murmura-t-il à Rebel, en partie pour se rassurer lui-même.

Il fallait que Kensie soit saine et sauve. À la seule pensée qu'il avait pu lui arriver malheur, il sentit son souffle lui manquer, son cœur cogner douloureusement dans sa poitrine.

Non. Pas ça. Pas maintenant.

Une série de jurons explosèrent dans son esprit, mais il était incapable d'articuler un son. Il resserra sa prise sur le volant et ralentit un peu, luttant contre la panique et le vertige. Il ne pouvait se permettre de perdre le contrôle, pas à cet endroit, pas à une vitesse pareille.

Soudain, Rebel apparut à côté de lui, le museau niché contre son bras. Il respira à fond, lentement, se focalisa sur la chaleur de son contact.

Au bout d'un moment, le rythme de sa respiration s'apaisa, et il se ressaisit peu à peu. Il se refusait à penser aux raisons pour lesquelles Kensie avait envoyé ce texto, aux dangers qu'elle pouvait affronter. Il allait mettre toute son énergie à l'atteindre aussi vite que possible.

Il écrasa la pédale d'accélérateur. Au bout de ce qui lui sembla une éternité, il arriva enfin en vue de l'hôtel. Moins de dix minutes s'étaient écoulées depuis l'appel de Kensie.

Il s'arrêta dans un hurlement de freins et sauta à bas de la cabine, attrapant sa canne au passage, Rebel sur ses talons, comme si elle sentait que Kensie avait besoin d'eux.

Où étaient les voitures de police ? Sur le parking obscur et silencieux, seuls quelques véhicules étaient éparpillés près de l'entrée du bâtiment.

Colter lâcha un juron et se hâta vers la réception sans même avoir pris la peine de refermer sa portière. Rebel trottait à côté de lui, la tension de son dos révélant qu'elle était prête au combat.

Le vieil homme assis à l'accueil tressaillit à leur vue.

— Puis-je...

— Vous avez vu Kensie Morgan ? Elle est descendue ici.

— Elle a une chambre au quatrième étage. Elle vient de Chicago. Une jeune dame très gentille. Elle...

— Vous l'avez vue au cours des dix dernières minutes ?

— Non.

— Elle a des ennuis. Appelez la police, ordonna Colter.

Il l'avait déjà fait, mais tant pis. Il était furieux que les agents ne soient pas encore là.

— Quoi ? se récria l'employé, en portant une main à sa poitrine. Que se passe-t-il ?

Sans prendre la peine de répondre, Colter se rua vers l'ascenseur et pressa la touche d'appel. S'il avait été en forme, il aurait grimpé les marches quatre à quatre et serait arrivé avant la cabine. À présent, l'ascenseur était plus rapide que lui.

Par chance, la porte s'ouvrit aussitôt. Rebel et lui s'engouffrèrent à l'intérieur. Parvenu au quatrième, il se jeta au-dehors, suivi de Rebel.

Jamais il n'était venu là mais, en dépit du sang qui tambourinait à ses oreilles, il crut distinguer un bruit. Une sorte de gargouillis. Et là-bas, au bout du couloir, un objet gisait sur le sol. Un fragment de bois qui n'aurait pas dû être là.

Colter fonça dans cette direction, trébuchant presque sur sa jambe blessée. Le bruit cessa avant qu'il atteigne la chambre. Quand il franchit le seuil, Henry Rollings était à genoux sur le sol, au-dessus de Kensie étendue, inerte, la tête de côté et les yeux clos.

Avec un rugissement qui le surprit lui-même, Colter lâcha sa canne et se rua sur Rollings.

Affolé, celui-ci tenta tant bien que mal de se relever, mais ne fut pas assez rapide.

Prenant appui sur sa jambe valide, Colter l'empoigna par sa chemise et l'éloigna de Kensie, puis lui tordit le bras en arrière.

— Va voir Kensie, bébé, ordonna-t-il à Rebel.

Il pria silencieusement pour qu'elle soit saine et sauve. Dans l'immédiat, il devait mettre Rollings hors d'état de nuire avant que ce dernier ne se rende compte de sa faiblesse et ne vise sa jambe blessée, comme Danny Weston la veille au soir.

Du coin de l'œil, il observa Rebel qui donnait un petit coup de museau à Kensie, puis recommençait, plus fort. Kensie demeura immobile. Colter sentit la panique le gagner.

Profitant d'une seconde d'inattention de sa part, Rollings lâcha un cri et se tortilla de droite et de gauche pour se relever.

En Colter, la fureur remplaça la panique. Un rictus rageur se forma sur ses lèvres. Il avait connu la guerre, fait face à l'ennemi, et vu la mort de près, mais jamais il n'avait éprouvé une haine aussi intense face à quiconque. Son poing s'abattit sur la figure de Rollings trop vite pour que l'homme puisse tenter d'esquiver.

Il s'effondra comme une masse, sans connaissance.

L'espace d'une seconde, Colter fut tenté de continuer à le frapper. Cependant, son inquiétude pour Kensie fut la plus forte.

Il se laissa tomber par terre à côté d'elle. Son genou craqua, et la douleur lui fit monter les larmes aux yeux, mais il les essuya d'un revers de main et pressa les doigts sur le cou meurtri de Kensie. Rebel émit une longue plainte tandis qu'il récitait une prière silencieuse.

Soudain, il sentit un battement. Un pouls. Lent, fuyant, mais un pouls néanmoins.

Il se pencha davantage, plaçant la main devant la bouche et le nez de Kensie. Elle respirait faiblement. Au comble de l'émotion, il lui caressa la joue.

— Kensie, réveille-toi. Kensie…

Une goutte tomba sur le visage de Kensie, et il comprit qu'il pleurait.

Elle cilla et ouvrit les yeux, un mélange de douleur et de perplexité dans le regard.

— Que…

— N'essaie pas de parler.

Il prit une profonde inspiration, puis captura sa main dans la sienne. Elle lui parut si fragile, si délicate.

— Tu es en vie. Tu es saine et sauve.

À côté de lui, la queue de Rebel battait sur le sol. Elle s'allongea sur le ventre, la tête contre le bras de Kensie.

Des pas précipités résonnèrent dans le couloir.

— Nous sommes dans la chambre. Appelez une ambulance !

— Colter Hayes ?

Le chef Hernandez était venu en personne.

— Oui. Kensie a besoin d'une ambulance.

Celle-ci fit mine de se redresser, mais Colter posa une main sur son épaule pour l'en empêcher.

— Ne bouge pas.

Hernandez passa la tête par l'entrebâillement de la porte, rengaina son arme et demanda une ambulance par radio. Cela fait, elle se mit en devoir de menotter Henry Rollings, lequel avait repris connaissance et commençait à s'agiter.

— Où est Alanna ? demanda Kensie d'une voix rauque, à peine intelligible.

Ignorant la main de Colter et le conseil de Hernandez qui l'exhortait à ne pas bouger, elle tenta de s'asseoir.

Colter capitula et la soutint de son mieux, aidé par Rebel qui alla se poster derrière elle.

— Où est-elle ? répéta-t-elle, plus fort, cette fois.

Hernandez obligea sans ménagement Rollings à se mettre debout. Il lâcha un grognement, mais se contenta de secouer la tête.

Ignorant son genou raide, Colter se leva à son tour et alla se planter devant lui, sans s'émouvoir du regard d'avertissement que lui lançait le chef de police.

— Où est Alanna Morgan ? demanda-t-il sur un ton menaçant. Et ne me fais pas répéter ma question.

— Colter…

La voix de la policière était inquiète. Elle le connaissait depuis qu'il était arrivé à Desparre. Il l'avait même aidée à mettre fin à une bagarre dans un bar un soir qu'elle était à court de personnel et qu'il se sentait en forme. Dans l'ensemble, ils s'entendaient bien. Mais jamais elle ne l'avait entendu parler sur ce ton. Et il savait que, si nécessaire, elle n'hésiterait pas à faire son devoir et à protéger Rollings contre lui.

Mais il n'allait pas laisser ce misérable se réfugier derrière la police.

— Parle, ordonna-t-il.

Rollings pâlit.

— Je ne connais personne de ce nom-là.

— Colter ! intervint Hernandez, tirant son prisonnier en arrière avant qu'il ait eu le temps de répondre.

L'instant d'après, les renforts étaient dans la chambre. Deux policiers que Colter aurait sans doute pu maîtriser autrefois, mais plus maintenant.

— Colter.

La voix douce de Kensie s'éleva derrière lui.

Il pivota et vit qu'elle était debout. Elle avait une mine épouvantable, le cou strié de marques bleues et violettes, mais son regard était clair, lucide.

— Laisse-moi faire, s'il te plaît.

— Du calme, tout le monde, intervint Hernandez. Jennings, passe-moi le kit de prise d'empreintes.

— Hé ! protesta le prisonnier. C'est lui qui m'a attaqué !

— Et, vous, vous êtes entré par effraction dans une chambre d'hôtel et vous avez agressé son occupante, rétorqua la policière.

L'instant d'après, Jennings pressait le doigt de Rollings sur un appareil de la taille d'un téléphone portable.

— Oh !

— Qu'y a-t-il ? demanda Hernandez alors que son collègue se penchait sur la machine.

Sans un mot, il la tourna vers elle. La policière secoua la tête.

— Je comprends mieux pourquoi vous ne vouliez pas qu'on prenne vos empreintes, n'est-ce pas, Manny Henderson ?

L'intéressé lâcha une bordée de jurons.

— Je ne l'ai pas tuée.

À ces mots, Kensie gémit et chancela. Colter la rattrapa de justesse avant qu'elle ne s'effondre. Elle le repoussa, les larmes roulant sur ses joues alors qu'elle se jetait en avant.

— Vous avez tué ma sœur ?

— Écoutez, je ne savais même pas que Shoshana avait une sœur. Et je ne l'ai pas tuée. On m'a fait passer pour le coupable. C'est pour ça que j'ai pris la fuite.

— Quoi ?

Le chef Hernandez poussa un profond soupir.

— Manny Henderson a disparu du Kansas voilà dix ans après le meurtre de Shoshana Lewis.

— Je ne l'ai pas tuée !

— Apparemment, poursuivit la policière sans prêter attention à lui, il se terre ici depuis.

Kensie se laissa tomber sur le sol et enfouit le visage entre ses mains.

— Il ne m'a pas attaquée à cause d'Alanna, murmura-t-elle.

— Qui diable est Alanna ? lança Rollings.

Assise par terre, Kensie leva les yeux vers Colter qui se pencha vers elle en dépit de son genou douloureux.

— Il a cru que j'étais au courant du meurtre au Kansas. Quand j'ai dit que je venais du Midwest...

Un sanglot lui échappa.

— J'avais tort. Il ressemblait tellement à l'homme dont je me souviens… Mais il n'a rien à voir avec l'enlèvement d'Alanna.

— Je n'ai jamais enlevé personne ! cria Rollings. Et je n'ai tué personne non plus ! J'ai été victime d'une erreur judiciaire !

— Emmenez-le, ordonna Hernandez, avant de se tourner vers Kensie. Je suis désolée. Je sais que j'aurais pu être plus patiente avec vous, mais les agents du FBI ont vraiment travaillé dur quand ils sont venus. Je ne pense pas qu'il faille ajouter foi à ce message.

— J'ai couru après un fantôme, murmura Kensie, fixant le vide.

— Je crois qu'il est temps que vous rentriez chez vous, suggéra le chef de police.

À la consternation de Colter, Kensie hocha la tête d'un air vaincu.

— Je pense que vous avez raison.

16

Il était temps de rentrer à la maison.

À l'idée de repartir, Kensie avait envie de se pelotonner sur elle-même et d'éclater en sanglots. Au prix d'un violent effort, elle serra les dents au point d'en avoir mal à la mâchoire.

— Vous souffrez ?

Refoulant les larmes, Kensie leva les yeux vers l'infirmière qui l'examinait.

— Non, parvint-elle à dire.

Ce n'était pas tout à fait vrai. Parler lui donnait l'impression qu'on lui avait frotté l'intérieur de la gorge au papier de verre. Cela dit, se taire ne changeait pas grand-chose à la douleur.

Apparemment, sa gorge était si enflée que les médecins avaient envisagé d'y introduire un tube pour faciliter sa respiration. Elle avait obstinément refusé, si bien qu'ils s'étaient résignés à lui faire une perfusion et à la garder en observation quelques heures.

Elle était seule à l'hôpital. Colter et Rebel l'avaient accompagnée dans l'ambulance mais, en dépit de l'insistance de Colter, les autorités avaient refusé l'accès des lieux à Rebel. En fin de compte, il avait accepté d'aller faire sa déposition au commissariat pendant qu'on l'auscultait.

L'infirmière partie, Kensie resta songeuse, encore sous le choc. Henry Rollings était peut-être un assassin, mais ses dénégations concernant Alanna lui avaient paru sincères.

Par conséquent, ce n'était pas Alanna qu'elle avait vue avec lui sur le parking. C'était impossible. Il s'agissait d'une autre femme, quelqu'un qui ressemblait de manière frappante à sa sœur. Ou, du moins, à l'image que Kensie se faisait d'elle après toutes ces années.

Car elle devait se rendre à l'évidence : Alanna était probablement morte depuis longtemps.

Ses parents avaient accepté cette vérité des années plus tôt. Kensie avait choisi d'enfoncer la tête dans le sable. Au lieu de suivre leur exemple, elle s'était entêtée à poursuivre un fantôme, à voir des pistes là où il n'y en avait pas, tout cela dans l'espoir de réparer une faute commise à l'âge de treize ans. Peut-être était-il temps qu'elle se pardonne. Qu'elle laisse Alanna partir.

Un sanglot la secoua, l'étouffant presque. C'était comme si sa gorge était en feu. Une infirmière accourut au moment où elle reprenait peu à peu le contrôle de sa respiration. Elle essuya les larmes qui roulaient sur ses joues.

— Ça va.

Ce n'était pas vrai. Mais, avec un peu de chance, ce serait vrai un jour.

— Kensie ?

La voix de Colter s'éleva dans le couloir. Quelques secondes plus tard, il apparut dans l'encadrement de la porte, marchant aussi vite qu'il le pouvait avec sa canne. Kensie ferma les yeux et lui tendit les bras.

Ceux de Colter l'entourèrent aussitôt. Elle se nicha contre son épaule, inspira son odeur de savon et de musc, et tenta de se détendre. Pleurer lui ferait trop mal. Et elle ne voulait pas d'un tube dans sa gorge.

Au bout d'un moment, il se dégagea légèrement et la regarda, écartant doucement les cheveux qui lui tombaient dans les yeux.

— Ça va ?

Elle hocha la tête. Elle ne voulait pas parler, doutait même d'en être capable sans fondre en larmes.

Il garda les bras autour d'elle, et elle laissa les siens noués autour de son dos. Cela lui semblait curieusement naturel, comme si Colter était son petit ami et non un homme qu'elle ne connaissait que depuis quelques jours.

— Excuse-moi d'avoir tardé à revenir. J'ai dû déposer Rebel en lieu sûr et... j'ai parlé de Henry à la police.

À en juger par le pli crispé de ses lèvres, elle devina qu'il allait lui annoncer une mauvaise nouvelle. Elle se cramponna plus étroitement à lui et attendit.

— Hernandez a contacté la police du Kansas. Le jour où Alanna a été enlevée, Henry Rollings était en prison. Condamné à un mois pour avoir conduit en état d'ivresse. Ce n'est pas lui, Kensie, Je suis désolé.

Elle baissa la tête, laissant un mélange de soulagement et de déception l'envahir. De soulagement parce que Henry n'avait pas tué Alanna. De déception parce que, une fois de plus, elle n'avait pas obtenu de réponse.

Le moment était venu d'accepter qu'elle n'en trouve jamais.

Elle n'aurait su dire combien de temps elle resta immobile, mais elle n'avait pas envie de lâcher Colter. Son séjour en Alaska était arrivé à son terme, et cela signifiait qu'elle allait devoir le quitter.

Elle tombait plus amoureuse de lui de jour en jour. C'était indiscutable. Mais cela ne suffisait pas.

D'ailleurs, sa famille attendait son retour.

Partir était la seule décision raisonnable. Pourquoi alors avait-elle le sentiment de commettre une terrible erreur ?

Il ne voulait pas la laisser partir.

Colter lança un coup d'œil à Kensie, silencieuse à côté de lui dans la cabine du pick-up. Au cours des quatre journées écoulées, il en était venu à penser à cette place comme à la sienne. Et voilà qu'elle s'en allait.

À l'arrière, Rebel était assise près de la valise de Kensie. La chienne avait émis une plainte sourde lorsque Colter l'avait mise sur la banquette. Il l'avait caressée doucement.

— Je sais, bébé, avait-il murmuré. Je sais.

Les médecins avaient autorisé Kensie à sortir dès cet après-midi, et elle avait réservé une place dans l'avion qui partait le soir même. Dans le bref intervalle qui restait, ils s'étaient promenés main dans la main à Desparre, sans parler. Ensuite, il l'avait ramenée à son hôtel pour qu'elle puisse faire ses bagages pendant qu'il allait récupérer Rebel.

Il avait peine à croire qu'il était sur le point de la déposer à l'aéroport et qu'il ne la reverrait jamais.

Il la regarda à la dérobée, s'efforçant de mémoriser son profil. Les épais cheveux soyeux qui encadraient son visage. Ses lèvres pleines, toujours un peu relevées aux commissures comme si elle était prête à sourire. Elle fixait la vitre, aussi ne voyait-il pas ses yeux, mais il savait qu'ils étaient marron clair, couleur caramel. Il imaginait leur expression grave, intense.

Reportant son attention sur la route, Colter lâcha un profond soupir. Depuis que Kensie avait annoncé qu'elle partait, il semblait avoir perdu l'usage de la parole.

Il savait pourtant depuis le début que cela arriverait tôt ou tard. Et que c'était une bonne chose pour elle. Seulement, le savoir était différent de la regarder sortir de sa vie pour de bon.

Il brûlait de la supplier de rester, mais se força à garder le silence. Elle avait une famille qui l'attendait, une vie à reconstruire. À l'hôpital, il avait lu sur son visage qu'elle était en train de réévaluer les choix qu'elle avait faits. Il espérait qu'elle continuerait à jouer du violon. Même si elle avait opté pour cette carrière en pensant à Alanna, son amour pour la musique était évident lorsqu'elle en parlait.

Jamais il ne la verrait jouer. Jamais il ne ferait la connaissance de sa famille ni ne marcherait de nouveau dans les rues main dans la main avec elle.

Pour la première fois depuis très longtemps, il savait précisément ce qu'il voulait : Kensie. Il pouvait s'imaginer vivre avec elle. Fonder un foyer. Avoir des enfants.

C'était un rêve impossible, mais cela lui faisait du bien de recommencer à rêver. Il se sentait plus vivant qu'il ne l'avait été depuis l'instant où la première déflagration avait retenti dans l'air immobile du désert et que Rebel s'était jetée sur lui.

— Kensie…

Elle pivota vers lui, le visage plein d'attente et d'espoir.

Les paroles qu'il allait prononcer, à propos de se revoir un jour, moururent sur ses lèvres. Elle méritait mieux que des promesses vides de sens.

Que pouvait-il vraiment lui offrir à cinq mille kilomètres de distance ? Une relation faite d'appels téléphoniques ? L'obligation de venir en avion jusqu'à Desparre pour le voir de temps à autre puisqu'il avait fait le vœu de ne jamais s'en aller, puisque l'idée même de s'en aller lui comprimait la poitrine ?

Elle était en train de tomber amoureuse de lui. Il l'avait deviné à la manière dont ses doigts s'étaient attardés sur lui lorsqu'elle l'avait embrassé, l'autre soir. Il le voyait à la manière dont elle le fixait à présent, avec dans les yeux le même espoir insensé qu'elle avait eu de retrouver sa sœur.

Il n'était peut-être pas digne d'elle, mais il l'aimait assez pour essayer de faire de son mieux pour elle. Autrement dit, ne pas chercher à la retenir. Si douloureux que cela soit, elle avait besoin qu'il la laisse partir.

Il ralentit à l'approche de l'aéroport, atterré que le temps soit passé si vite.

— Tu vas me manquer.

Elle resta bouche bée, l'espoir refluant dans son regard. Puis elle se força à sourire.

— Merci de m'avoir aidée, Colter.

Elle défit sa ceinture et se tourna pour caresser Rebel, pressant brièvement le visage contre la tête de la chienne. Celle-ci geignit et regarda Colter comme pour le supplier de l'empêcher de partir.

Tout en lui mourait d'envie de le faire, de supplier Kensie de ne pas s'en aller ou, du moins, de rester en contact. Au lieu de quoi, il se força à son tour à sourire.

— Tu vas nous manquer à tous les deux.

Elle jeta les bras autour de son cou, lui donna un bref baiser sur les lèvres, puis descendit de la cabine. Elle attrapa sa valise sur la banquette arrière et s'engouffra dans l'aérogare avant qu'il ait eu le temps de se ressaisir.

Elle était partie.

17

Comment son cœur pouvait-il être si plein et si vide en même temps ?

Kensie regarda derrière la vitre l'avion qui s'arrêtait devant la porte d'embarquement. Quatre jours seulement s'étaient écoulés depuis qu'elle avait quitté Chicago, partagée entre la terreur et l'espoir. Jamais elle ne s'était attendue à trouver un homme comme Colter. Jamais elle ne s'était attendue à perdre un homme comme Colter.

Et jamais elle n'avait envisagé de rentrer à la maison sans Alanna, en ayant perdu tout espoir de la retrouver un jour. L'idée d'abandonner ses recherches l'emplissait d'un sentiment de culpabilité, mais il était temps qu'elle aille de l'avant. Colter lui avait appris cela. Si seulement elle avait pu lui rendre la pareille...

Elle souffrait de les imaginer, Rebel et lui, seuls dans leur chalet, coupés du monde, n'ayant que les photos de leurs frères d'armes disparus pour compagnie. Ce n'était pas une vie. Il méritait tellement mieux.

Cependant, elle ne pouvait le contraindre à changer. Et elle avait déjà consacré une grande partie de sa vie à quelqu'un d'autre. Le moment était venu de penser à elle.

C'était un déchirement, mais il fallait qu'elle s'en aille. L'espace d'un moment, elle avait cru qu'il allait suggérer qu'ils restent en contact, voire qu'ils tentent une relation à distance.

S'il l'avait fait, s'il avait éprouvé pour elle des sentiments aussi forts qu'elle pour lui, elle aurait écouté son cœur, et fait fi de son bon sens.

En fin de compte, il s'était contenté de lui dire au revoir, par conséquent, elle avait essayé de faire comme lui. Mieux valait une coupure franche. C'était préférable pour l'un comme pour l'autre.

Elle s'était pratiquement enfuie en courant quand il avait arrêté le pick-up devant l'aérogare. Si elle s'était attardée, elle aurait éclaté en sanglots ou, pire encore, avoué ses sentiments pour lui. Et dire à un homme qu'on connaît depuis quatre jours qu'on est amoureuse de lui n'est pas une bonne idée. Encore moins quand on est sur le point de le quitter pour toujours.

Elle ne voulait pas qu'il garde le souvenir d'une fille éplorée, en mal d'amour. Elle voulait qu'il se remémore une femme forte, résolue. Qu'il pense à la chaleur de son sourire, à ses baisers. Pas à un au revoir gênant pour tous les deux.

— Tout va bien, mon petit ?

Kensie leva les yeux vers la vieille dame qui lui tendait un mouchoir en papier. Elle hocha la tête et le prit, essuyant les larmes qu'elle n'avait pas eu conscience de verser.

La femme fronça les sourcils mais s'éloigna, et Kensie se redressa. Il était temps de regarder vers l'avant. Même s'il ne le savait pas, Colter lui avait fait ce cadeau. Elle lui en serait toujours reconnaissante.

Avec lui, elle s'était vue différemment. Elle s'était vue à travers son regard, et cela lui avait fait désirer des choses qui ne lui avaient jamais manqué auparavant.

Colter l'avait regardée, elle. Pas la violoniste accomplie, pas la sœur dévouée à ses recherches. Il l'avait vue, elle. Il avait vu sa détermination, son optimisme, et même son côté obstiné, et il l'avait aimée pour tout cela. Auprès de lui, elle avait compris qu'elle avait passé sa jeunesse à se mesurer contre de faux critères. Soudain, elle avait aspiré à davantage.

Elle voulait plus qu'une vie étriquée, menée en marge des recherches qu'elle menait pour retrouver une sœur qu'elle n'avait pas vue depuis l'enfance. Ce n'était pas sa faute si Alanna avait été enlevée. C'était le ravisseur qu'il fallait blâmer. Peut-être que, en renonçant à vivre comme elle aurait dû le faire, Kensie desservait la mémoire de sa sœur.

Même si Alanna n'avait que cinq ans quand elle avait disparu, Kensie n'avait pas embelli ses souvenirs. Sa sœur adorait qu'elle s'occupe d'elle, qu'elle lui lise des histoires et la fasse rire. C'étaient ces moments-là que Kensie devait chérir, au lieu de se focaliser sur un moment unique auquel elle ne pouvait rien changer.

« Mesdames et messieurs, nous sommes maintenant prêts à procéder à l'embarquement du vol 1850 à destination de Chicago avec escale à Seattle. »

Kensie tressaillit et leva la tête, surprise de constater que les passagers avaient déjà débarqué et que l'avion avait été nettoyé pendant qu'elle était perdue dans ses pensées. Une petite file se formait déjà devant la porte.

Fermant les yeux, elle murmura :

— Adieu, Alanna.

En disant les mots à voix haute, elle se sentit délivrée d'un poids. Sa respiration se fit plus légère, en dépit de la douleur qui demeurait dans sa poitrine.

Son voyage avait été un échec, mais elle serait toujours reconnaissante d'être venue. Colter lui avait ouvert la porte d'un monde nouveau. Elle n'avait qu'un regret, et c'était de ne pas avoir pu en faire autant pour lui.

Elle se leva, ajusta son sac et se joignit aux derniers passagers. Elle venait de tendre son billet à l'employé quand une voix familière la fit sursauter.

— Kensie ! Attends !

Le cœur battant à tout rompre, elle pivota vers Colter.

Il courait vers elle aussi vite que sa canne le lui permettait, et un espoir mêlé d'angoisse la saisit. S'engager dans une relation à longue distance avec un homme qui était encore incapable de surmonter son propre chagrin était une mauvaise décision au moment où elle se décidait enfin à aller de l'avant. Pourtant, s'il le lui demandait, il était hors de question qu'elle refuse.

— Colter, souffla-t-elle, envisageant déjà des voyages en Alaska, des nuits brûlantes dans son lit, des lettres d'amour qui les soutiendraient entre leurs rencontres.

Il s'arrêta devant elle, et le cœur de Kensie s'emballa. Elle avait peine à croire qu'il était revenu la chercher. Seigneur, il avait sans doute dû acheter un billet pour avoir le droit de venir jusque-là. Pour lui demander en personne au lieu de le faire par téléphone.

— Oui, acquiesça-t-elle avant qu'il ait eu le temps de dire quoi que ce soit.

Peu importaient les difficultés d'une relation à distance. Peu importait aussi qu'il ne soit pas encore assez libéré de ses démons pour se consacrer à une relation. Ils trouveraient le moyen d'être ensemble. S'il éprouvait pour elle ne serait-ce qu'une fraction des sentiments qu'elle éprouvait pour lui, ils y parviendraient.

— Kensie. Ne pars pas.

Son cœur se mit à cogner plus fort encore. Il fallait qu'elle parte. Sa famille l'attendait. Elle avait une foule de décisions à prendre à propos de sa vie. En revanche, elle pourrait revenir. Très vite.

Elle ouvrit la bouche, mais il la devança.

— Je crois que nous avions tort. Il est encore possible que ta sœur soit ici. Je crois que nous pouvons la trouver.

Elle allait rester.

Dieu merci, il était arrivé à la porte à temps. Une minute de plus, et il aurait été trop tard. Et, même s'il s'était convaincu qu'il devait la laisser s'en aller, il était submergé de soulagement.

« Dernier appel pour le vol 1850 à destination de Seattle

et de Chicago. Kensie Morgan est attendue immédiatement à la porte 17. Départ imminent. »

Kensie cilla et jeta un coup d'œil par-dessus son épaule.

Colter laissa tomber sa canne et la prit par les bras, brûlant de dissiper la perplexité qu'il lisait sur ses traits.

— Kensie. Tu m'as entendu ? Je crois que nous nous sommes trompés. Que nous avons encore une chance de trouver Alanna.

Elle se retourna vers lui, le front barré d'un pli.

— Colter, commença-t-elle sur un ton d'excuse, je...

— Kensie.

Cette fois, il la secoua un peu.

— J'ai parlé à Jasper, ajouta-t-il alors qu'elle lançait un regard vers l'avion, comme si elle songeait toujours à partir.

Il se hâta de poursuivre, se demandant ce qui avait changé depuis qu'il l'avait déposée. La veille encore, s'il avait suggéré la moindre piste, elle n'aurait pas eu une seconde d'hésitation. Elle aurait ignoré tous les dangers, persuadée que celle-là serait la bonne.

Cela dit, quelqu'un venait d'essayer de la tuer. Bien qu'il ait été soldat et habitué à être pris pour cible, jamais il n'avait été confronté à une violence si immédiate, si personnelle. Qu'on essaie de vous abattre dans une zone de guerre, c'était une chose ; qu'on s'introduise dans votre chambre d'hôtel pour vous étrangler en était une tout autre.

Il laissa descendre ses mains et noua ses doigts aux siens. Enfin, elle le regarda droit dans les yeux.

— Je sais qu'il y a eu beaucoup de fausses pistes. Et que tu as subi des menaces. Mais, cette fois, c'est sérieux. Je le sens.

Il ne disait pas cela uniquement dans le but de la convaincre de rester. Jasper avait répété plusieurs fois qu'il ne pouvait être sûr de rien. Malgré tout, son excitation contenue suggérait le contraire.

— Jasper m'a appelé. Un type vient de sortir de son magasin.

Il a posé toutes sortes de questions au sujet de l'enquête du FBI. Il voulait savoir si elle était close.

Il pressa les mains de Kensie entre les siennes.

— Jasper se souvient d'avoir vu ce type le jour où le message a été découvert. Il est possible qu'il ait accompagné la fille, celle qui te ressemblait. Jasper a dit que tout lui est revenu en mémoire quand il a revu ce type. Ce jour-là, il avait présumé qu'il était avec sa fille.

Le regard de Kensie se posa sur la porte, puis revint sur lui alors qu'on appelait une nouvelle fois son nom.

— A-t-il dit à quoi ressemblait cet homme ?

— Non, mais nous pouvons aller lui parler. Il nous attend. Je lui ai dit que je venais te chercher et que nous serions là aussi vite que possible.

Elle fixa leurs mains jointes un long moment avant de secouer la tête.

— Colter, je ne peux pas passer ma vie à suivre des pistes qui ne mènent nulle part.

Elle planta de nouveau son regard dans le sien. Une lueur nouvelle y brillait, une sorte de force.

— Je mérite d'avoir ma propre vie, de réfléchir à ce que je veux vraiment. C'est toi qui me l'as fait comprendre, ajouta-t-elle doucement.

Ah bon ? Il vacilla légèrement à ces mots. Bien sûr qu'il désirait cela pour elle, mais…

— Il y a un moment pour aller de l'avant, Kensie. Mais aussi pour avoir la foi et l'optimisme.

Elle secoua la tête de nouveau mais il insista.

— C'est toi qui m'as fait comprendre ça. On n'abandonne pas ceux qu'on aime.

Il accusa un peu le coup en prononçant ces mots, car il songeait au jour où ses camarades avaient péri. La conduisait-il sans le vouloir dans la mauvaise direction en essayant de la forcer à se focaliser sur le passé alors qu'elle avait une chance de préparer son avenir ? Pourtant, son instinct lui hurlait que la piste était solide, et il n'était pas sûr de pouvoir la suivre seul.

Elle se tassa légèrement et un éclair de douleur traversa ses traits, mais elle redressa le menton presque aussitôt.

— Comment sais-tu que ce n'est pas une impasse de plus ?

— Je n'en sais rien, avoua-t-il alors que le haut-parleur annonçait la fermeture des portes pour le vol 1850.

Sa jambe commençait à le lancer, mais il l'ignora et attira Kensie plus près.

— Viens avec moi. Ce n'est pas terminé.

Elle le dévisagea longuement, puis dégagea ses mains.

— Ce n'est pas terminé, répéta-t-elle doucement.

Sur quoi elle se jeta dans ses bras.

18

Le cœur battant à toute allure, Kensie regarda Colter tandis qu'ils s'éloignaient de l'aéroport, à une vitesse qui n'avait sûrement rien de légal. Toute l'attention de Colter était concentrée sur la route, ses mains étaient crispées sur le volant comme s'il partait en mission.

Elle avait encore du mal à croire qu'elle n'avait pas embarqué dans l'avion. Le prochain vol pour Chicago n'aurait lieu que dans trois jours.

Trois jours de plus avec Colter. Pourrait-elle résister à la tentation ? Car, que ce soit dans trois jours ou trois jours après, elle finirait par s'en aller. Concernant Colter, rien n'avait changé.

Si elle tombait dans ses bras, elle n'en souffrirait que davantage.

Comme s'il avait senti qu'elle l'observait, il jeta un coup d'œil vers elle.

— Je suis content que tu sois restée, Kensie.

Quand elle s'était jetée à son cou à l'aéroport, il l'avait soulevée de terre avant de capturer ses lèvres pendant un long et délicieux moment. Autour d'eux, les gens avaient applaudi, se méprenant totalement sur ce qui se passait.

À présent, elle percevait sa nervosité aux muscles tendus de ses bras, à sa mâchoire rigide. Il redoutait de l'avoir persuadée de rester pour une entreprise qui n'en valait pas la peine.

Un mélange de peur et d'espoir l'envahit, et elle sentit s'accélérer encore les battements de son cœur.

Ce n'est qu'une piste de plus, se rappela-t-elle. *Aborde-la comme toutes les autres, sans trop en attendre mais avec optimisme malgré tout.*

C'était un équilibre difficile à trouver, mais elle avait fini par y parvenir au fil des années. Cette fois, cependant, tout semblait différent. Peut-être parce qu'elle avait décidé de dire adieu à Alanna avant de se laisser entraîner de nouveau à sa recherche. Elle avait vraiment l'impression que c'était sa dernière chance.

— Je suis désolé.

Il lui fallut un instant pour assimiler les paroles de Colter, puis elle fronça les sourcils. Avait-elle exprimé ses doutes à voix haute ?

— J'aurais dû mener l'enquête seul au lieu d'insister pour que tu m'accompagnes. C'était égoïste de ma part. Je suis désolé.

Égoïste ? Il avait passé les quatre jours qui venaient de s'écouler à poursuivre une piste que le FBI avait jugée sans intérêt. Il avait été à ses côtés chaque fois qu'elle avait eu besoin de lui, et il l'avait arrachée à deux reprises aux griffes d'individus dangereux.

Kensie lâcha un petit rire incrédule.

— Tu as été tout le contraire d'égoïste depuis la seconde où je t'ai rencontré.

Il resta silencieux un long moment. Enfin, au moment où la route goudronnée se transformait en chemin de terre, il répondit d'une voix lente, délibérément.

— Je ne voulais pas que tu t'en ailles.

L'aveu de Colter la laissa sans voix, mais pas sans réaction. Elle eut soudain une conscience aiguë de la proximité de leurs corps. Sa peau la picotait, ses lèvres réclamaient un autre baiser. Son cerveau calculait déjà la distance qui les séparait du chalet, le temps que durerait le trajet.

Elle était restée pour Alanna. Surtout. Mais aussi en partie à cause de l'homme qui était assis à côté d'elle. La raison avait beau lui dire de garder ses distances et de se concentrer sur sa sœur durant le temps qu'il lui restait à Desparre, son cœur avait d'autres idées.

Avant qu'elle ait eu le temps de répondre, Colter reprit la parole, cette fois sur un ton neutre :

— Jasper a essayé de rassurer le type en lui disant que le FBI avait conclu à une mauvaise plaisanterie. Il n'est pas certain d'avoir réussi. Quoi qu'il en soit, nous allons devoir être prudents. Je ne veux pas répéter l'expérience que nous avons eue avec Rollings.

Les doigts de Kensie se portèrent instinctivement sur son cou meurtri.

— Moi non plus.

Il la regarda d'un air pensif, puis pressa l'allure. Quelques instants plus tard, ils se garaient dans le parking du magasin de Jasper.

Rebel décrivit des cercles autour d'eux jusqu'à la porte.

— Détends-toi, bébé, dit-il à la chienne en riant, avant de se tourner vers Kensie. Elle est contente que tu sois revenue.

— Moi aussi.

Les mots avaient jailli d'eux-mêmes, mais c'était la vérité. Même si une série de déconvenues l'attendait, elle ne pourrait regretter une décision qui lui offrait un peu plus de temps avec Colter.

Il lui tint la porte, et son regard fit à Kensie l'effet d'une caresse. Elle se sentit soudain plus légère, presque gaie. Cependant, cette sensation se mua en nervosité mêlée d'espoir alors que Jasper se hâtait vers elle.

— Kensie.

Il lui prit les mains, les serra entre ses paumes parcheminées.

Lors de leur première rencontre, il avait été plus que bourru, à la limite de la grossièreté. Maintenant, il la regardait comme une vieille amie. À l'évidence, son récit du jour où elle avait vu Alanna se faire enlever sous ses yeux l'avait profondément touché.

Jasper salua Colter d'un signe de tête, sans protester contre la présence de Rebel avec eux.

— Un type est venu au magasin aujourd'hui. Je l'ai reconnu. Je crois qu'il était avec la fille ce jour-là.

Ses yeux se posèrent de nouveau sur Kensie.

— Je l'avais déjà vu.

— Quoi ? s'exclama Colter. Vous ne m'avez pas dit ça au téléphone.

— Je sais. Je vous ai appelé dès qu'il est parti et je n'arrête pas de me creuser les méninges depuis. Ce n'est pas un habitué. Loin de là. Mais ce jour-là n'était pas sa première fois au magasin. Je l'ai déjà vu. Je crois même qu'il pourrait habiter dans les parages.

Le cœur de Kensie se mit à battre plus vite. S'il vivait dans les environs, ils avaient réellement une chance de le trouver. De trouver Alanna.

— À vrai dire, je n'aurais peut-être même pas fait le lien avec cet incident s'il n'avait pas posé de questions. Il était un peu trop détendu. Son attitude m'a paru forcée, comme s'il voulait désespérément des réponses mais qu'il ne voulait pas donner l'impression qu'elles l'intéressaient. C'est là que j'ai compris qu'il était déjà venu. Je crois qu'il est sorti en même temps que la fille.

Il adressa à Kensie un regard d'excuse.

— Je ne peux pas en être sûr, mais c'est quand même louche, non ?

Elle lui tapota la main.

— Oui.

Elle interrogea Colter des yeux, ne sachant comment poursuivre.

— Avez-vous une idée de l'endroit où il pourrait vivre ? demanda celui-ci.

— Je suis sorti derrière lui aujourd'hui. Je lui ai fait un signe d'adieu et j'ai attrapé la pelle que j'avais laissée dehors, histoire de lui faire croire que j'étais sorti pour ça mais, franchement, je ne suis pas sûr qu'il ait été convaincu. Bref, je l'ai vu monter dans un pick-up, et il a démarré en trombe. On aurait dit qu'il ne voulait pas que je voie sa plaque d'immatriculation.

— Dans quelle direction est-il parti ?

— Ça, en revanche, je peux vous le dire. Dès qu'il a filé, je suis monté sur le toit. La plupart des gens ne le savent pas, mais j'ai une terrasse là-haut. J'ai pu le suivre des yeux un moment.

Il retourna au comptoir, déplia une carte et dessina une ligne qui partait du magasin vers une étendue qui parut totalement déserte à Kensie.

Dès qu'il eut terminé, le regard de Colter se souda au sien. Son visage était tendu.

— C'est par là que Henry Rollings habitait. Il n'y a pas grand-chose là-bas. C'était vrai pour Rollings et c'est aussi vrai pour ce type. C'est un endroit idéal où se cacher.

Kensie hocha la tête, sa nervosité cédant la place à la détermination.

— Allons fouiner un peu.

Rebel donna son accord en aboyant.

C'était peut-être sans espoir.

Colter n'avait pas formulé sa pensée tout haut, mais Kensie jeta un coup d'œil vers lui et secoua la tête.

— Nous devons continuer, déclara-t-elle d'une voix crispée, penchée vers le pare-brise comme si elle pouvait les entraîner au bon endroit par la seule force de sa volonté.

Il avait commencé à neiger. De gros flocons vaporeux

s'écrasaient sur le pare-brise et glissaient lentement, transformant la forêt qui les entourait en un décor de carte postale.

Pour le moment, le tapis de neige était mince, mais Colter savait à quelle vitesse les conditions météo pouvaient changer. Même avec un pick-up en parfait état, et un plein d'essence dans le réservoir, il ne voulait pas prendre de risques. Les autochtones eux-mêmes pouvaient être trompés par la brutalité du climat.

— Encore dix minutes, décida-t-il. Si la neige n'a pas cessé, nous ferons demi-tour. Nous pourrons revenir demain.

— Mais...

— Kensie, il y a trois heures que nous avons pénétré dans la forêt. Si le temps change, nous risquons d'être pris au piège.

— Je vais vérifier le radar.

Il jeta un bref coup d'œil vers elle, l'essentiel de son attention se portant sur la piste qui serpentait entre les énormes pins.

— Il n'y a sûrement pas de réseau ici. On ne pourra pas appeler une dépanneuse pour nous tirer d'affaire.

Elle tint son appareil en l'air dans différentes directions, puis soupira.

— Tu as raison. Pas de réseau.

Ils roulèrent en silence pendant quelques minutes, et la tension de Kensie devenait palpable dans l'habitacle. Il neigeait toujours, mais pas plus dru qu'avant. Et toujours aucun signe de la moindre habitation.

— Tu penses qu'on est passé à côté sans la voir ?

— C'est possible. En général, les gens qui vivent dans ce coin s'arrangent pour ne pas être trop loin d'une piste principale, parce que même elles peuvent disparaître sous la neige. Tu te souviens de la bifurcation à quinze kilomètres d'ici ? Si nous avions pris l'autre chemin, nous serions arrivés chez Henry Rollings. J'ai pris celui-ci parce que je me suis dit que s'il avait vu ta sœur – à supposer qu'elle te ressemble vraiment, comme Jasper l'a dit –, il en aurait parlé.

— Pourquoi aurait-il fait cela ? Il semblait trop occupé à me tuer.

Colter dit la main vers la sienne et la serra.

— Après, je veux dire. Quand la police est arrivée et qu'il a été question de ta sœur. S'il avait vécu près de quelqu'un qui te ressemblait, il aurait pu tirer ses propres conclusions et essayer d'en tirer un avantage.

Elle se cala sur son dossier et le dévisagea.

— Peut-être qu'on devrait aller lui rendre une petite visite et le lui demander.

— Peut-être, répondit Colter sans enthousiasme.

S'ils l'interrogeaient, Rollings était capable de mentir dans l'espoir d'être traité avec plus de clémence – ou simplement pour torturer Kensie, parce que c'était un salopard. S'il avait su quoi que ce soit, il l'aurait sûrement déjà dit.

— Tiens, qu'est-ce que c'est que ça ?

Colter ralentit l'allure, roulant au pas tandis qu'il scrutait la forêt.

— Où ?

Il pointa le doigt.

— Devant nous, légèrement sur la droite, à environ trente mètres.

Kensie se pencha de nouveau, plissant les yeux pour mieux voir à travers le rideau de flocons, plus dense à présent.

— Je ne vois rien... Oh !

— Un chalet, marmonna Colter.

Parfaitement caché par les arbres. S'ils ne l'avaient pas cherché, ils auraient aisément pu passer sans le remarquer. Il était situé assez près de la piste pour que les occupants puissent y avoir accès sans difficulté, mais assez loin pour demeurer invisible à ceux qui en ignoraient l'existence.

À mesure qu'ils avançaient, Colter comprit que l'habitation était beaucoup plus vaste qu'il ne l'avait cru tout d'abord.

— On pourrait loger toute une famille ici.

Il se tassa légèrement en prononçant ces mots. Il était peu probable que le ravisseur d'Alanna et elle vivent dans une maison aussi grande.

Un juron lui échappa. Un panneau était planté à l'entrée de la longue allée qui menait au chalet. Deux planches en bois l'une sur l'autre. La première indiquait : « FAMILLE ALTIER. » La seconde était plus menaçante : « DÉFENSE D'ENTRER SOUS PEINE DE MORT. »

— Ce n'est pas le nom du couple que Yura a mentionné l'autre jour ?

— Comment ?

Kensie fixait toujours le chalet avec intensité.

— Altier. Je suis sûr que c'est le couple qui payait Henry Rollings pour faire de petits travaux de temps en temps. Ce n'est pas le ravisseur, Kensie. Yura a parlé d'un couple avec des enfants.

Quand elle se tourna vers lui, la déception était gravée sur ses traits.

— Peut-être qu'ils connaissent d'autres gens par ici. Allons leur parler.

— Je ne suis pas sûr que ce soit une bonne idée, rétorqua-t-il en désignant le panneau.

Au même moment, il aperçut une voiture familiale garée à l'écart, près du chalet. Son cœur se mit à battre plus vite. La plupart des gens du coin conduisaient de gros pick-up. Le dernier véhicule comme celui-là qu'il avait vu, c'était celui qui avait failli renverser Kensie le jour de son arrivée à Desparre.

Il avait présumé que c'était un accident, qu'un idiot était au volant. Peut-être s'était-il trompé du tout au tout. Peut-être Kensie avait-elle été prise pour cible dès le début.

— Kensie ? Qu'as-tu fait en arrivant ici ? Avant que Rebel te sauve la vie ?

Elle fronça les sourcils, déconcertée par le soudain changement de sujet.

— Pas grand-chose. J'ai loué un pick-up à l'aéroport et je suis venue en ville. J'ai dû demander mon chemin plusieurs fois.

— As-tu dit aux gens pourquoi tu étais là ?

— Bien sûr. Au cas où l'un d'eux aurait su quelque chose. Pourquoi ?

Colter pointa le bras vers le véhicule.

— Je crois que c'est la voiture qui a essayé de te renverser. À mon avis, le bruit a couru que tu étais là, que tu cherchais Alanna, et quelqu'un ne voulait pas que tu la trouves.

Les yeux de Kensie brillaient d'excitation.

— Nous sommes peut-être au bon endroit, murmura-t-elle.

Le regard de Colter se posa de nouveau sur le panneau.

— Il faut qu'on aille avertir la police.

— Mais...

— Si nous l'avons vraiment trouvée, Kensie, nous ne lui servirons à rien en nous faisant tuer.

Elle jeta un coup d'œil par-dessus son épaule, contemplant le fusil de Colter, derrière la banquette où Rebel était assise. Son regard s'attarda longuement sur l'arme, puis elle lâcha un soupir.

— Tu as raison.

Peu désireux d'attirer l'attention des Altier en faisant demi-tour dans leur allée, Colter enclencha la marche arrière dans l'espoir de trouver un espace assez large entre les arbres pour lui permettre de changer de direction. Le pick-up commençait tout juste à reculer quand Kensie poussa un cri.

— Attends !

Colter écrasa la pédale de freins. Un groupe d'enfants venait de sortir. Il les regarda tour à tour, cherchant une jeune fille qui ressemblait à Kensie.

De loin, tous lui ressemblaient un peu. Ils avaient le teint mat, les cheveux bruns. Cependant, aucun ne semblait avoir l'âge d'Alanna. La plus petite des filles devait avoir cinq ou six ans, et la seconde quinze ou seize. Quant aux garçons, le plus jeune pouvait avoir douze ans, le plus âgé une bonne vingtaine d'années.

Colter lâcha un juron.

— Kensie, Jasper a peut-être vu cette jeune fille-là. Elle te ressemble un peu. Il l'a peut-être confondue avec Alanna.

À en juger par la pâleur de Kensie, elle avait dû parvenir à la même conclusion. Il captura sa main de nouveau, prêt à s'excuser de l'avoir amenée jusque-là pour rien.

— Colter, souffla-t-elle en se dégageant, pointant le doigt vers le chalet.

Il pivota. L'aîné des garçons avait disparu. À sa place se tenait une jeune fille d'environ dix-neuf ans, aux cheveux bruns coupés à hauteur des épaules. Elle avait des sourcils bruns bien dessinés, des lèvres pleines et sensuelles, comme Kensie.

Colter la reconnut aussitôt. C'était la fille qu'il avait vue assise dans le pick-up qui avait foncé hors de la ville le jour où Danny Weston avait agressé Kensie. Celle qu'il avait, l'espace d'un instant, prise pour Kensie.

— C'est elle. C'est Alanna.

Elle avait parlé dans un murmure, la voix empreinte de larmes et de joie.

Elle tendit la main vers la poignée et il lui saisit le bras, arrêtant son geste.

— Kensie, nous devons quand même alerter la pol...

Il n'eut pas le temps d'achever sa phrase. Une détonation claqua dans les airs, comme un pétard qui aurait été tiré trop près. Colter reconnut le son immédiatement.

Un coup de fusil.

19

Kensie l'avait trouvée. Au terme de quatorze années de recherches, elle avait enfin trouvé Alanna.

Encore sous le choc, elle fixait sa sœur par-delà les arbres. Son corps semblait paralysé, mais son esprit lui hurlait de courir, de prendre Alanna par la main et de s'enfuir.

Sauf que Colter avait amorcé une marche arrière et reculait à toute allure, assez vite pour clouer Kensie à son siège et faire glisser Rebel sur elle.

Malgré tout, il n'avait pas été assez rapide. Une nouvelle déflagration retentit, et Kensie tressaillit à la vue du nuage de fumée qui s'élevait du moteur.

— Nous sommes touchés, dit Colter, d'une voix bien trop calme.

Kensie comprit brusquement, et la panique commença à percer à travers le brouillard de ses pensées. Elle avait peur pour Colter, pour Rebel et pour elle-même, et surtout elle était terrifiée à l'idée de perdre Alanna de nouveau.

À côté du chalet, le jeune qui avait disparu à l'intérieur était de retour, et gesticulait en direction de leur véhicule. Debout près de lui, une femme d'une quarantaine d'années - qui semblait être sa mère - épaula son arme.

— Colter…

— Baisse-toi !

Avant même qu'il ait fini de parler, les dents de Rebel tiraient sur sa manche, obligeant Kensie à se tasser gauchement sur elle-même, la tête entre les sièges.

Mais Colter ? Encore assis normalement, la main sur le volant, la mâchoire rigide, il offrait une cible idéale.

La fumée qui s'échappait du capot était de plus dense, et les craintes de Kensie redoublèrent.

— Le moteur va exploser ?

— Non, assura Colter d'une voix tendue.

Les jointures de ses doigts étaient blanches sur le volant. Le pick-up crachotait, bougeant à peine bien que Colter ait gardé son pied pressé sur la pédale d'accélérateur.

Un nouveau coup de feu déchira les airs. Tout le côté droit du pick-up s'affaissa.

Kensie lâcha un cri, Colter un juron. Il batailla avec le volant, tournant le pick-up en direction des arbres.

— Elle a eu le pneu. Mets-toi à l'arrière.

— Quoi ?

— Mets-toi à l'arrière. Tout de suite !

Les mains tremblantes, elle détacha maladroitement sa ceinture et comprit subitement son intention. Il positionnait le pick-up de manière à ce que son côté soit face au fusil, lui donnant plus de protection.

— Colter...

— Je te suis. Vas-y.

Kensie se propulsa sur la banquette et se recroquevilla à côté de Rebel, qui avait eu l'intelligence de se tapir sur le plancher derrière son siège.

Colter tenta de se faufiler entre les deux sièges. Ses épaules étaient trop larges et il parut rester coincé, mais il parvint à tendre le bras et à s'emparer de son fusil.

Au grand dam de Kensie, il retourna devant et ouvrit la boîte à gants pour en sortir une boîte de munitions. Il remplit le chargeur, puis fourra le reste dans sa poche.

— Quand je te donnerai le signal, ouvre la portière et cours vers les arbres.

— Colter…

— Tiens-toi prête, lança-t-il, levant son arme.

Une détonation assourdissante coupa court à leur échange. Le pare-brise explosa en mille morceaux, projetant une pluie de verre dans l'habitacle. Kensie poussa un cri, puis se mit à tousser, suffocant dans l'épaisse fumée noire qui s'engouffrait à l'intérieur.

Colter. Avait-il été touché ?

Elle changea de position et se redressa, le cherchant des yeux. Presque aussitôt, il lui mit la main sur la tête pour la forcer à se baisser de nouveau. Néanmoins, elle avait eu le temps de voir deux choses. Colter était sain et sauf. Et la femme qui avait tiré courait vers le pick-up, sa carabine à la main.

— Colter, avertit-elle d'une voix rauque qu'elle ne reconnut pas. Elle vient vers nous !

— Le plan n'a pas changé, répondit-il d'une voix bourrue, parfaitement calme. Mets la main sur la poignée. Tu vas y aller.

— Mais…

— À trois ! Un… Deux… Trois, vas-y !

Le cœur battant à tout rompre, Kensie ouvrit la portière.

— Va, Rebel ! ordonna Colter. Les arbres !

La chienne se jeta au-dehors. Kensie la suivit à regret, déchirée à l'idée d'abandonner Colter.

Elle entendit un coup de feu, puis un autre alors qu'elle s'élançait, inspirant l'air frais à pleins poumons. Elle suivait le chemin tracé par Rebel.

— Colter !

Elle crut avoir hurlé, mais peut-être l'avait-elle imaginé. Une nouvelle déflagration fit trembler le sol devant elle. Une fraction de seconde plus tard, une douleur fulgurante lui transperça la jambe, aussi brûlante qu'une flamme.

Elle s'effondra.

Kensie était blessée.

Tout l'univers de Colter se rétrécit jusqu'à se limiter à sa silhouette étendue dans la neige. Sa vision s'assombrit, il entendit une balle siffler au-dessus de lui. Le souffle coupé, il sentit les pattes de Rebel s'abattre sur lui. Déjà, il tombait, tombait...

Il tendit les mains en avant, cherchant confusément quelque chose à quoi s'accrocher pour amortir sa chute. Le fusil qu'il tenait heurta son siège et lui écrasa les doigts. Mais cela n'avait aucun sens. Il n'y avait pas de pick-up, rien que les vestiges calcinés d'un camion où trop de soldats avaient prématurément trouvé la mort.

— Colter !

La voix affolée de Kensie déchira le brouillard de son esprit, l'arrachant au cauchemar où il avait perdu ses frères. Le ramenant à elle.

Sauf qu'il n'était pas avec elle. Kensie avait été touchée et il se trouvait à l'intérieur d'un pick-up envahi par la fumée. Son cerveau lui ordonnait de prendre la fuite. Il suffoquait déjà, luttait pour maîtriser la panique. De loin, les aboiements de Rebel semblaient lui dire de se hâter.

À force de se tortiller, il réussit à faire passer ses épaules entre les sièges, et tira son arme derrière lui. À la portière ouverte, il marqua une pause. De là, il avait une vue dégagée du chalet.

La femme avait cessé de tirer. Au lieu de quoi elle s'était repliée derrière la porte d'entrée, entraînant les deux plus jeunes enfants avec elle. En revanche, l'aîné des garçons, un pistolet à la main, visait Kensie.

— Non !

Une autre voix se mêla à celle de Colter et, avant qu'il ait pu se détacher du véhicule, la jeune fille qu'ils pensaient être Alanna se rua vers le garçon.

Sans perdre une seconde, Colter s'élança, laissant sa canne

derrière lui pour emporter le fusil. Il s'agenouilla à côté de Kensie. Du sang s'échappait d'une blessure à son mollet, mais celle-ci n'avait pas été provoquée par une carabine. Il était plus probable qu'elle ait été causée par la balle d'un pistolet.

Une bouffée de soulagement déferla en lui, et il put enfin respirer. L'air froid lui brûla les poumons, mais évacua aussi la fumée qu'il avait avalée. Tant bien que mal, il souleva Kensie en veillant à ne pas lâcher le fusil. Sans doute en auraient-ils besoin tôt ou tard. Sa jambe droite vacilla, et il pria silencieusement le ciel pour qu'elle tienne bon.

Enfin, il parvint à hisser Kensie sur son épaule droite et se mit à courir.

— Vas-y, lança-t-il à Rebel devant lui, à l'abri des arbres.

La chienne obéit aussitôt, filant d'un arbre à l'autre. Sa piste était bien visible dans la neige. Colter savait que ses empreintes le seraient tout autant. Ce serait un jeu d'enfant que de les suivre.

Il n'y avait qu'une seule piste pour accéder à cet endroit, et c'était celle qu'ils avaient empruntée pour venir. S'ils repartaient par là, ils seraient une cible facile, mais il n'était pas certain que s'enfuir à travers bois soit préférable. Ils s'enfonçaient davantage dans des étendues sauvages, en direction d'une montagne à pic, loin de tout secours.

Sa jambe abîmée le lançait à chacune de ses foulées. Tous les six mètres, Rebel s'arrêtait et regardait en arrière, attendant qu'il la rattrape.

Kensie était légère. Il se remémora avoir couru trois kilomètres autrefois, un soldat deux fois plus lourd qu'elle sur son épaule. C'était avant sa blessure. À présent, c'était tout juste s'il pouvait garder l'équilibre.

Il mourait d'envie de se retourner pour voir si la femme ou le garçon les poursuivait, mais c'était trop risqué. La pente semblait s'accentuer, et le moindre faux pas entraînerait sa chute. Quant à faire demi-tour pour atteindre une zone moins accidentée, c'était impensable : il risquait de tomber face à face avec les Altier.

Il avait besoin d'échafauder un plan. Ils étaient en train de dévaler le flanc de la montagne au lieu d'en suivre le contour. Quiconque occupant une position dominante pourrait les repérer aisément, arbres ou pas. Sauf que la forêt devenait plus dense au fur et à mesure de leur descente. Et qu'il n'était pas facile d'atteindre une cible mouvante. Il devait accélérer l'allure.

— Je peux courir !

La voix de Kensie lui parvint, les paroles étouffées contre son dos. Cependant, il savait qu'elle se berçait d'illusions. Elle avait reçu une balle dans le mollet. Peut-être pourrait-elle marcher un peu, mais il ne tenait pas à tester cette théorie dans l'immédiat. Pas tant qu'ils étaient encore à proximité du chalet.

Il ne répondit pas. Il en était incapable. À chaque pas, le terrain devenait plus raide, au point qu'il fut bientôt contraint de se pencher en arrière et de ralentir l'allure pour ne pas les précipiter tous les deux dans la pente. Devant lui, Rebel aussi avait ralenti, et il s'aperçut qu'elle boitait légèrement de sa patte arrière.

Colter aurait voulu s'aider des sapins pour se soutenir mais, avec Kensie sur son épaule gauche et le fusil qu'il tenait dans la main droite, c'était impossible.

Le froid lui brûlait la gorge et les poumons, faisait larmoyer ses yeux. Le vent était brutal, la descente toujours plus raide. Il ralentit encore, optant pour progresser en zigzags plutôt qu'en ligne droite.

Rebel était revenue vers lui et ne s'éloignait plus. Il n'avait pas la force de lui donner l'ordre de passer devant. D'ailleurs, il n'était pas certain qu'elle lui aurait obéi. Sans doute sentait-elle qu'il était épuisé.

Sa mauvaise jambe ploya soudain, et son pied partit en

avant. Il ne parvint à stopper sa chute qu'en calant son épaule libre contre un tronc d'arbre. Les branches lui fouettèrent le visage et l'impact lui arracha le fusil des mains. L'arme dégringola la montagne en rebondissant contre les sapins. Voilà ce qui les attendait, Kensie et lui, s'il glissait de nouveau.

L'épaule pressée au tronc d'arbre, Colter reprit son équilibre et osa enfin jeter un coup d'œil en arrière. Il scruta la crête, mais ne vit rien ni personne.

Il tendit l'oreille, mais ne distingua pas non plus de bruit de moteur. Pas même celui d'une motoneige, qui serait nettement plus efficace pour les poursuivre et que les Altier possédaient sans doute.

Il tapota sa cuisse.

— Rebel.

La chienne les rejoignit sous l'arbre et Colter se baissa lentement, puis déposa Kensie sur le sol. Les jambes secouées de tremblements, il s'assit à son tour, priant pour être capable de se relever.

— Ça va ? demanda-t-elle, avant qu'il ait pu lui poser la même question.

— Laisse-moi regarder ta blessure, répondit-il.

Elle s'approcha et étendit la jambe sur les genoux de Colter, non sans avoir esquissé une grimace de douleur.

Son jean était imprégné de sang. La balle avait troué le tissu, et Colter voyait la chair tuméfiée, la plaie d'où le sang continuait à s'échapper.

Il palpa la blessure aussi doucement que possible. La balle n'était pas ressortie. Sans doute à cause de la distance, ou de l'angle de tir. Et il ne pouvait pas savoir si le projectile s'était logé près de la surface ou plus profondément dans la chair.

À l'armée, il avait reçu une formation de secouriste, mais il n'avait pas l'équipement nécessaire pour traiter une blessure par balle. Tout ce qu'il pouvait faire, c'était arrêter l'hémorragie et emmener Kensie à l'hôpital au plus vite.

À la seconde où il retira sa veste, son corps se raidit contre la morsure du froid. Malgré tout, il ôta aussi sa chemise, ainsi que le maillot qu'il portait dessous. Lâchant un juron, il remit rapidement sa chemise et sa parka. Puis il enroula le maillot autour de la jambe de Kensie et le serra suffisamment pour lui arracher un petit cri.

— Désolé. Il faut que j'arrête le sang.

Par chance, il y parvint. Le maillot se teinta légèrement de rose, mais ce fut tout. Colter ne pouvait qu'espérer que les saignements ne reprendraient pas si elle devait courir. Car il n'était pas sûr de pouvoir la porter jusqu'en bas.

Il mourait d'envie de rester sous cet arbre, de se reposer un peu. Tandis que Kensie caressait doucement les égratignures que les branches avaient laissées sur son visage, il scruta de nouveau les environs. Toujours aucun signe de la famille.

Cependant, plus ils restaient immobiles, plus ils seraient vulnérables au froid, et plus ils risquaient de succomber à une hypothermie.

— Tu les vois ? murmura Kensie.

— Non.

— Ils ne vont pas nous poursuivre, dit-elle, les larmes aux yeux. Ils vont s'enfuir. Ils savent que nous avons trouvé Alanna et maintenant ils ont le temps de disparaître.

20

La nuit commençait à tomber.

Kensie leva les yeux vers le ciel, et cette fraction de seconde d'inattention suffit à lui faire perdre l'équilibre. Elle battit des bras, cherchant quelque chose à quoi se retenir, attrapa une branche sur la gauche qui ralentit un instant sa chute avant de casser net. Kensie glissa de nouveau, ses semelles dérapant sur la neige fraîche.

La neige tombait plus dru depuis qu'ils avaient fait halte sous le sapin où Colter lui avait bandé la jambe. Elle avait suggéré d'attendre, mais il avait insisté pour repartir.

Il avait paru soucieux alors. Il paraissait plus inquiet encore à présent, le bras tendu vers elle pour l'arrêter.

Elle s'y retint des deux mains. Laissant échapper un grognement, il banda ses muscles et réussit à la rétablir.

— Pardon, murmura-t-elle.

Parler était douloureux. Colter lui avait attaché sa capuche pour qu'elle soit bien serrée, réduisant sa vision périphérique, mais l'aidant à garder la chaleur. En théorie.

En réalité, depuis qu'ils avaient quitté le refuge offert par l'arbre, le froid semblait la pénétrer de l'intérieur, envahissant ses poumons et même ses os. Sa jambe gauche la lançait, et le maillot de Colter était devenu rouge vif. Elle était à bout de forces et effrayée, redoutant que son épuisement fût moins dû à leur marche forcée qu'à la perte de sang.

Elle n'aurait su dire depuis combien de temps ils fuyaient, seulement que le soleil baissait à l'horizon. Ils continuaient à descendre la montagne, s'aidant des arbres pour garder l'équilibre, Colter et elle boitant l'un et l'autre.

Elle savait que Colter s'en voulait de ne pas pouvoir la porter, aussi s'efforçait-elle de ne pas lui montrer à quel point elle avait mal. La vérité, c'était qu'elle souffrait le martyre.

À chaque pas, si précautionneux fût-il, un choc remontait sa jambe jusque dans la hanche. Au bord de la nausée, elle serrait les mâchoires et essayait de se focaliser sur de petits objectifs. D'abord le gros sapin à vingt mètres d'eux, puis le rocher. Puis encore un arbre. Descendre sans glisser, sans dégringoler jusqu'au pied de la montagne.

L'anorak bien chaud que Colter lui avait fait acheter était resté dans ses bagages, dans le pick-up endommagé. Elle portait celui qu'elle avait lorsqu'elle était arrivée, lequel était approprié à Chicago, mais pas à l'Alaska. Pas quand on était en rade à flanc de montagne, et qu'un vent glacial soufflait.

— Attends, dit Colter.

Elle se laissa aller contre l'arbre le plus proche, aussitôt rejointe par Rebel. Même la chienne semblait commencer à souffrir du froid. Kensie ferma les yeux et appuya la tête contre le tronc. Tant pis s'il était couvert de givre. Plus que tout, elle avait envie de dormir.

Un juron la fit tressaillir, mais elle eut un mal fou à ouvrir les yeux.

— Qu'y a-t-il ? bredouilla-t-elle.

Elle avait du mal à articuler. Et bien qu'elle eût l'esprit embrouillé, elle savait que c'était mauvais signe.

L'hypothermie avait cet effet-là. Kensie se concentra sur ses doigts et ses orteils, essayant de déterminer si elle les sentait encore. Bizarrement, elle n'arrivait pas à le savoir. Quand elle tenta de remuer les orteils, elle faillit perdre l'équilibre.

— Qu'y a-t-il ? répéta-t-elle, plus distinctement cette fois.

Le front de Colter était plissé par l'inquiétude. Elle aurait voulu lisser ces rides, faire s'évanouir l'angoisse qu'elle lisait dans ses yeux clairs. Mais c'était déjà un effort immense que de rester debout.

— Je crois que nous avons peut-être fait assez de chemin pour avoir du réseau.

Pendant un long moment, elle ne comprit pas le sens de ses paroles. Puis elle vit qu'il avait retiré ses gants et remettait son téléphone dans sa poche. Cela fait, il se hâta d'enfiler ses gants de nouveau et se frotta les mains avec vigueur.

— Ah bon ? On a fait beaucoup de chemin ?

— Pas vraiment. On descend perpendiculairement à la piste qu'on a prise pour monter au chalet. On ne va pas en direction de Desparre mais d'une autre ville. J'ai cru avoir du réseau, mais c'était intermittent. J'ai essayé d'envoyer un texto au 911 quand même.

— Comment vont-ils nous trouver ?

— Il faut continuer à avancer.

Elle émit un geignement. Elle ne pouvait pas aller plus loin. C'était impossible.

Pour toute réponse, Colter se rapprocha d'elle et passa un bras autour de sa taille, soutenant une partie de son poids.

Elle le vit serrer les dents et se raidit, prenant une profonde inspiration. Si elle renonçait, il la porterait jusqu'à ce qu'il soit à bout de forces. Et si ce surcroît de poids devenait une question de vie ou de mort pour lui ?

— Ça va aller, affirma-t-elle, surprise par la fermeté de sa propre voix.

Elle devait tenir bon. Pour Colter et pour Rebel, qui avaient mis leur vie entre parenthèses pour l'aider. Et pour Alanna, qui était peut-être déjà dans la voiture des Altier, en route pour une autre ville perdue, où elle resterait cachée à jamais. Si Kensie mourait sur cette montagne, personne ne saurait la vérité sur ce qui était arrivé à sa sœur.

Elle ne laisserait pas les choses se passer ainsi.

Elle redressa les épaules, fit un pas en avant et sentit sa jambe blessée se dérober sous son poids. Elle tomba lourdement sur la neige boueuse, sa tête heurtant la terre. L'instant d'après, elle glissait, prenant de la vitesse à chaque seconde, le monde tournoyant autour d'elle.

Affolée, Kensie tendit le bras et parvint à agripper une branche basse. Elle s'y accrocha désespérément, son dos s'arqua, mais elle tint bon, car l'inquiétude qu'elle lisait sur le visage de Colter lui donnait des forces. Elle ne pouvait pas mourir ainsi. Elle ne pouvait pas ajouter à son chagrin, lui donner une raison supplémentaire de s'en vouloir à tort.

Il lui fallut une minute pour se rendre compte qu'elle ne bougeait plus, mais elle continua à se cramponner à la branche. Puis Colter dérapa jusqu'à elle, suivi de Rebel.

— Ça va ? demanda-t-il d'une voix empreinte de panique.

Elle inclina la tête vers lui et tenta de sourire. De le rassurer silencieusement, de lui dire qu'elle allait bien, qu'elle allait tenir bon. Qu'ils allaient s'en tirer.

En réalité, elle n'en était pas si sûre. Car quand elle tenta de se relever, en dépit de toute sa volonté, sa jambe céda de nouveau.

— Ne t'en fais pas.

Colter s'était penché vers elle. Une seconde plus tard, elle était de nouveau sur son épaule, et les larmes roulaient sur son visage.

Elle n'avait pas besoin de voir la montagne pour savoir qu'ils étaient encore loin de la base. Loin de la civilisation et des secours.

L'angoisse s'empara d'elle, profonde, épuisante. Ils n'allaient pas survivre. Et elle aurait beau supplier Colter, il ne l'abandonnerait jamais pour se sauver lui-même.

S'ils devaient mourir là, elle voulait qu'il sache combien son aide avait compté pour elle. Combien leur rencontre avait changé sa vie, la manière dont elle se voyait, ce qu'elle pensait désirer.

Elle l'aimait. Et, après tout ce qu'il avait enduré, elle voulait qu'il sache qu'il méritait d'être aimé.

Certes, son passé l'avait marqué, mais il en allait de même pour elle. Ils n'étaient pas des êtres brisés pour autant.

Kensie inspira une goulée d'air glacial et s'appliqua à parler distinctement. Elle ne voulait pas que le vent emporte ses paroles.

— Je t'aime, Colter.

Commençait-il à avoir des hallucinations ?

Depuis des heures, il songeait à donner son parka – mieux adapté au climat – à Kensie, mais il savait qu'il ne survivrait pas sans. Et, avec sa jambe blessée, il n'était pas sûr que Kensie puisse s'en tirer seule. Son pansement de fortune était saturé de sang. Il l'avait resserré plusieurs fois, en vain.

Il avait beau être mieux équipé qu'elle, ils étaient tous les deux menacés par les gelures et l'hypothermie. Chaque inspiration était pénible, ses doigts lui avaient semblé maladroits et engourdis lorsqu'il s'était servi de son téléphone. Peut-être son cerveau était-il affecté, lui aussi. C'était la seule explication possible aux paroles qu'il avait cru entendre à l'instant : Kensie déclarant qu'elle l'aimait.

C'était forcément un rêve.

Pourtant, il l'entendit de nouveau et, cette fois, c'étaient indéniablement la voix mélodieuse de Kensie qui prononçait les mots. Un élan de joie submergea Colter, violent au point d'en être douloureux, aussitôt suivi d'une bouffée d'inquiétude.

Elle pensait qu'ils allaient mourir. C'était la seule raison qui avait pu la pousser à faire cet aveu.

Il brûlait de lui dire qu'il l'aimait en retour. Choqué par cette pensée, il posa sa jambe meurtrie de travers et glissa. Il se rattrapa rapidement, alors même qu'il se rendait compte qu'il n'avait pas eu aussi mal qu'il l'avait escompté. Son corps était en train de s'engourdir.

À moins que la déclaration de Kensie n'ait suffi à endormir la douleur.

Il jeta un coup d'œil à Rebel, qui trottait toujours à son rythme à côté de lui. Elle peinait, elle aussi, geignant de temps à autre quand elle prenait appui sur sa patte arrière blessée.

— Je suis désolé, bébé, murmura-t-il avant d'élever la voix pour s'adresser à Kensie. Tu as peur. On va s'en tirer. Garde tes forces.

Pourtant, son cerveau lui hurlait de lui avouer qu'il l'aimait.

Cette prise de conscience était un choc en soi. Il ne s'était pas cru capable d'aimer de nouveau. Il avait pensé qu'il n'y avait plus de place dans son cœur après la mort de ses frères.

Une femme comme Kensie méritait tellement mieux que ce qu'il pouvait lui offrir.

Et pourtant... Il avait envie de lui donner le monde entier. Il voulait être à ses côtés, pas seulement sur cette montagne, mais à l'avenir. Il voulait partager sa vie, avoir des enfants avec elle.

Penser à cela revenait à trahir la promesse qu'il s'était faite le jour où il s'était réveillé à l'hôpital et qu'on lui avait enfin avoué ce qu'il savait déjà en son for intérieur. Ils étaient tous morts. Il était l'unique survivant.

À cet instant, il avait fait le vœu de ne jamais les oublier et d'attendre que le moment soit venu de les rejoindre. Il avait perdu le goût de vivre. C'était seulement grâce à Rebel qu'il avait tenu bon cette dernière année.

Et voilà qu'en quatre jours Kensie avait bouleversé son existence. Il était tombé amoureux d'elle.

Il l'aimait.

Cela semblait presque impossible en si peu de temps, mais il ne pouvait nier l'émotion qui montait en lui. Son désir de la protéger à tout prix.

— Je t'aime.

Une seconde, il crut avoir parlé à voix haute. Puis il comprit que Kensie avait répété son aveu.

— Kensie, on va s'en tirer, affirma-t-il. Je sais que tu as peur, mais il faut que tu y croies.

Comme elle ouvrait la bouche de nouveau, il la devança, les poumons en feu alors qu'il recommençait à marcher, un pas hésitant après l'autre.

— Écoute-moi. Quand on sera hors de danger, tu pourras me le redire si tu en as encore envie. D'accord ?

Il avait eu du mal à dire tout cela, mais il le fallait. Si elle l'aimait réellement, peut-être que cela la soutiendrait. Et, même si sa jambe le lâchait avant qu'ils soient à l'abri, peut-être pourrait-il l'emmener assez loin pour qu'il ordonne à Rebel de la guider le reste du chemin. Sa chienne ne voudrait pas l'abandonner, mais il savait qu'elle en était venue à aimer Kensie autant que lui. Rebel était forte, comme Kensie. À elles deux, elles pourraient survivre. Il fallait seulement qu'il les emmène aussi loin que possible.

Cependant, sa jambe donnait de plus en plus de signes de faiblesse. La douleur était de retour, l'engourdissement de tout à l'heure disparu, sans que Colter sache s'il fallait s'en réjouir ou le regretter. Il sentait à peine le reste de son corps. Il ne savait même pas comment il continuait à tenir Kensie, mais il avait une seule certitude : s'il tentait de changer de position, il allait lâcher prise.

Jamais il n'avait autant souffert, pas même quand il avait repris conscience dans l'avion médical, la cuisse embrochée par un morceau de métal. Il avait l'impression d'avoir les poumons gelés. Sa jambe tremblait tant qu'elle allait se dérober tôt ou tard. Et chaque nouveau pas libérait une nouvelle vague de douleur.

Il n'allait pas réussir. Il allait échouer à sauver Kensie,

comme il avait échoué avec ses camarades. Ils allaient périr sur cette montagne.

— Tu m'as montré que j'étais digne d'une vie qui soit vraiment la mienne.

La voix de Kensie transperça ses pensées, un étrange son rauque qui ne ressemblait en rien à sa voix habituelle.

— Je veux que tu saches que, toi aussi, tu mérites de vivre heureux. Même si ce n'est pas avec moi.

Elle croyait qu'il ne voulait pas d'une vie avec elle ? Il n'avait pas assez d'énergie pour la contredire, mais ce n'était pas une mauvaise chose qu'elle continue à parler. Au moins, elle resterait éveillée. S'endormir était le premier pas vers l'hypothermie.

Elle avait tort, pourtant. Il n'était pas digne d'être heureux. Sa jambe allait le lâcher. Il ne pouvait plus que la traîner, en priant pour ne pas perdre l'équilibre et les précipiter tous les deux dans la pente.

Il jeta un coup d'œil à Rebel. Ses doux yeux marron lui renvoyèrent son regard, las mais résolus. La chienne avançait mue par la force de sa volonté et par son amour pour Kensie et pour lui. Jamais elle ne renoncerait. Sa chienne, son équipière.

À cette seconde, ce fut comme si une force nouvelle le gagnait. Une force qui n'était pas la sienne.

Il leva les yeux vers le ciel. Il sentait presque la présence de ses frères d'armes auprès de lui, veillant sur lui.

— Merci, murmura-t-il.

Et puis il entendit le plus beau bruit qu'il ait jamais entendu de sa vie.

Le ronronnement familier d'un hélicoptère.

Il s'effondra.

21

Colter s'éveilla en sursaut dans un lit inconnu.

Le bip d'un moniteur cardiaque près de lui s'accéléra à mesure que les souvenirs des dernières heures lui revenaient.

— Kensie !

— Elle va bien, assura une infirmière.

Colter prit quelques inspirations, et les battements de son cœur s'apaisèrent. Cette scène s'était déjà déroulée plusieurs fois.

L'hélicoptère qu'il avait aperçu était un appareil de la police, dépêché sur place à la réception de son texto. Il n'avait pas pu se poser à flanc de montagne, si bien que Colter s'était forcé à se relever. Kensie avait réussi à faire de même, Rebel blottie contre elle. Ensemble, les trois avaient continué tant bien que mal jusqu'à ce qu'une équipe de secours vienne à leur rencontre.

À présent, ils étaient à l'hôpital, en train de subir toute une série de tests et, en dépit de ses efforts pour rester éveillé, Colter ne cessait de s'assoupir.

À côté de lui, Rebel se leva péniblement. L'infirmière lui lança un regard sévère.

— Elle ne devrait pas être là.

— C'est mon équipière.

L'infirmière émit un grognement sceptique. Malgré tout, un médecin avait inspecté la patte de Rebel un peu plus tôt.

Il avait expliqué que sa femme était militaire et qu'il reconnaissait un chien de l'armée quand il en voyait un.

Rebel s'était laissée examiner sans protester. Le médecin avait appliqué de la pommade sur les coussinets de ses pattes et les avait enveloppés de gaze, après quoi il avait précautionneusement enroulé un pansement autour de la patte blessée. Dieu merci, la chienne n'avait rien de cassé. Ses efforts avaient seulement réveillé une vieille blessure. Le temps arrangerait tout.

Comme pour la jambe de Colter.

On lui avait retiré ses vêtements humides et on lui avait mis les mains et les pieds dans de l'eau tiède afin de soulager les gelures.

Il savait que Kensie aussi avait souffert de gelures et même d'un début d'hypothermie. Cependant, on lui avait affirmé qu'elle allait s'en tirer, avant de l'emmener en salle d'opération pour extraire la balle de son mollet. Il ne l'avait pas revue depuis.

Colter jeta un coup d'œil à l'horloge, s'efforçant de se rappeler à quelle heure il était arrivé.

— Pourquoi n'est-elle pas encore revenue ?

— Parce que nous devons nous assurer que tout va bien, répondit l'infirmière sur un ton plus patient. Ne vous inquiétez pas. À propos, vous avez de la visite.

Il leva les yeux, s'attendant à voir Kensie sur le seuil, un sourire las sur les lèvres. Au lieu de quoi, deux policiers se présentèrent.

Il ne connaissait ni l'un ni l'autre. Ils portaient l'uniforme d'une ville située au nord-est de Desparre, près de l'endroit où l'hélicoptère les avait repérés.

Ils entrèrent dans la chambre, la mine grave.

— Vous les avez trouvés ? demanda Colter, le cœur cognant dans sa poitrine.

Lorsque les secours étaient arrivés, les premiers mots

de Kensie avaient concerné sa sœur. Affolée, au comble de l'angoisse, elle avait eu du mal à s'exprimer clairement. Colter l'avait aidée de son mieux à expliquer la situation.

Chaque fois qu'il s'était réveillé, il avait demandé s'il y avait du nouveau, mais personne ne semblait informé.

— Nous avons envoyé une équipe sur place, répondit l'agent. Le chalet avait été en partie vidé. Nous pistons les Altier. D'après les voisins les plus proches – ils vivent à trois kilomètres – il y a les parents et cinq enfants. Ils ont confirmé que l'aînée des filles s'appelle Alanna.

La nouvelle causa un léger choc à Colter, même si la réaction de Kensie en la voyant lui avait déjà prouvé que c'était bien sa sœur.

— Les recherches sont en cours. Nous vous avertirons dès que nous les aurons trouvés.

Le policier parlait sur un ton assuré, comme si localiser la famille ne présentait aucune difficulté. Colter, lui, se tassa légèrement. Ces gens avaient réussi à garder Alanna cachée pendant si longtemps... Parviendraient-ils à passer entre les mailles du filet ? Après avoir été si près du but, comment Kensie réagirait-elle si elle perdait sa sœur de nouveau ?

Le cœur de Colter se serra alors qu'il y pensait. Il ferait tout pour l'aider, à supposer qu'elle veuille de son aide. Depuis qu'ils étaient à l'hôpital, tout en s'inquiétant constamment d'elle, il ne pouvait s'empêcher de penser aux paroles qu'elle avait prononcées sur la montagne.

Une fois en sécurité, elle ne les avait pas répétées. Elle n'avait pas redit qu'elle l'aimait.

Il voulait lui avouer son amour en retour. Mais devait-il le faire ? Ou devait-il lui accorder une franche rupture, la laisser se focaliser sur sa famille ?

Un cri dans le couloir l'arracha à ses réflexions. Il se rendit compte que les policiers étaient partis. Rebel tressaillit, reconnaissant la voix, même si elle était un peu altérée. La voix de Kensie.

Ensemble, ils se ruèrent vers la porte. Colter l'ouvrit à la volée, prêt à affronter la menace, quelle qu'elle soit. En réalité, deux autres policiers s'avançaient dans le couloir, encadrant Alanna.

Kensie était dans le couloir aussi, en tenue d'hôpital, la jambe bandée. Sans même le voir, elle se dirigea vers le trio en boitillant.

— Alanna ?

— Kensie !

La jeune fille se jeta dans ses bras.

Après quatorze longues années, Kensie étreignait enfin sa sœur.

La scène lui semblait irréelle. La dernière fois qu'elle avait serré Alanna contre elle, la fillette avait cinq ans. Kensie avait enfoui la tête dans les boucles désordonnées de sa sœur, inspiré cette odeur sucrée d'enfant qui s'imposait encore à sa mémoire quand elle pensait à Alanna.

Maintenant, sa sœur avait dix-neuf ans et était presque aussi grande qu'elle. Ses cheveux lisses et soyeux, coupés à hauteur des épaules, soulignaient l'élégance de ses traits.

Kensie recula un peu et la contempla.

— Nous nous ressemblons toujours, murmura Alanna.

Sa voix avait changé, elle aussi, et pourtant il y subsistait un vestige de celle d'autrefois. Kensie essuya les larmes qui lui montaient aux yeux, ne voulant pas perdre un seul détail du visage de sa sœur.

Elles se ressemblaient, en effet. Leurs cheveux étaient de la même couleur. Les yeux d'Alanna étaient plus foncés que les siens, plus proches de ceux de Flynn, mais sa sœur et elle possédaient les mêmes longs cils, les mêmes sourcils bien dessinés. On voyait au premier coup d'œil qu'elles étaient apparentées.

— Je suis désolée, murmura Kensie.

Elle revivait le moment qui avait bouleversé sa vie, ce moment où, dans le jardin familial, elle lisait un livre pendant qu'Alanna jouait, trop près de la rue. Ce moment où une voiture s'était arrêtée et qu'un homme leur avait arraché Alanna.

Sa sœur lui prit les mains.

— Ce n'était pas ta faute.

Les joues striées de larmes, Kensie lui adressa un sourire tremblant.

— Tu m'as tant manqué.

Du coin de l'œil, elle remarqua Colter et Rebel sur le seuil d'une chambre. Ils faisaient mine de reculer, visiblement désireux de ne pas s'immiscer dans leurs retrouvailles.

Cependant, ces retrouvailles n'auraient jamais eu lieu sans leur aide à tous les deux. Gardant sa main droite cramponnée à celle d'Alanna, Kensie tourna la tête et tendit la gauche à Colter.

Il parut hésiter, mais Rebel s'approcha immédiatement, se faufilant entre Kensie et Alanna, laquelle se mit à rire.

Le cœur de Kensie se gonfla d'émotion. Comme sa sœur caressait Rebel, elle implora silencieusement Colter du regard.

Enfin, il fit un pas en avant et mit sa main dans la sienne.

Elle ne sut pas combien de temps ils restèrent là, dans le couloir, main dans la main, se souriant les uns aux autres, mais ce fut Alanna qui suggéra d'aller s'asseoir.

La douleur que Kensie avait oubliée se réveilla brusquement. Elle n'était pas censée se tenir debout pour l'instant, sans parler de marcher.

Tant bien que mal, ils gagnèrent sa chambre. Lorsqu'elle fut assise, Colter à côté d'elle, Alanna sur le lit en face d'eux et Rebel par terre au milieu, Kensie reprit la parole.

— Que s'est-il passé pendant toutes ces années, Alanna ?

Elle regretta aussitôt d'avoir posé la question. Et si sa sœur avait été affreusement maltraitée, victime de terribles sévices ? Si c'était trop douloureux pour qu'elle en parle ? Kensie était-elle prête à entendre ce qu'Alanna avait enduré ?

Les doigts de Colter se nouèrent aux siens, les pressant doucement, leur communiquant sa force.

Sa sœur secoua la tête.

— Ce n'est pas ce que tu penses. Ils étaient... gentils avec moi.

— Gentils ? Ils t'ont kidnappée, Alanna ! Ils nous ont privés de toi pendant quatorze ans !

— Je sais. Pendant tout ce temps, j'ai essayé de toutes mes forces de ne pas vous oublier, toi et Flynn, papa et maman. J'ai essayé de protéger mes souvenirs. Ça n'a pas été facile. J'avais cinq ans. Mais j'ai encore de bons souvenirs. J'étais parmi les chanceux.

— Que veux-tu dire ?

— Tu les as vus, non ? Au chalet ?

Les autres enfants. Kensie avait présumé que c'étaient les enfants des Altier, que seule Alanna avait été enlevée. Atterrée, elle dévisagea sa sœur.

— Ils ont tous été enlevés ?

— Oui. Les deux plus jeunes ont tout oublié de leurs familles. Sydney – elle a douze ans – s'en souvient mieux que les autres. C'était la plus âgée quand ils l'ont kidnappée, et je suppose qu'ils en ont tiré une leçon parce que, ensuite, ils ont commencé à enlever des enfants plus jeunes. Johnny – mon frère aîné – avait cinq ans, comme moi. C'est à peine s'il se rappelle sa famille. C'est pour cela qu'ils ont pu le modeler à leur aise. C'est pourquoi il a tiré sur toi. Pour protéger la famille.

Kensie ravala la réponse qu'elle avait au bord des lèvres. Johnny n'était pas son frère aîné. Flynn était son frère. Flynn, elle et leurs parents étaient sa vraie famille.

Comme s'il avait déchiffré ses pensées, Colter lui caressa tendrement la main. En face d'eux, Alanna poussa un soupir.

— Je suppose que c'est difficile à comprendre, murmura-t-elle. Mais j'ai passé quatorze ans avec les Altier, la plus grande partie de ma vie. Ils voulaient fonder une famille et ne pouvaient pas avoir d'enfants, si bien qu'ils en ont enlevé. Ils nous ont toujours bien traités. Ils voulaient que nous soyons heureux, mais on vivait... comme les gens vivaient autrefois, j'imagine. On travaillait dur. On cultivait la terre. C'étaient les Altier qui nous éduquaient à la maison. Et puis, on déménageait souvent. Surtout au début. Jusqu'au jour où nous sommes arrivés ici. Je crois qu'ils se sentaient en sécurité en Alaska.

— Tu étais heureuse ?

Kensie avait eu du mal à poser la question. D'un côté, elle espérait que sa sœur répondrait par l'affirmative, mais une partie d'elle avait du mal à accepter qu'Alanna ait pu être heureuse auprès de ses ravisseurs.

Celle-ci baissa les yeux, triturant un anneau en or surmonté d'un grenat, un bijou ancien, de ceux qu'on transmet d'une génération à l'autre. Elle ne le tenait pas des Morgan.

— La plupart du temps.

Elle releva la tête, implorant Kensie du regard.

— Je ne t'ai jamais oubliée, Kensie. Je n'ai jamais oublié aucun de vous. Je voulais rentrer à la maison. J'essayais de ne pas le leur montrer, mais j'ai toujours voulu rentrer à la maison.

— Et, dans ce magasin, tu as enfin eu la possibilité d'écrire un message sans être vue ?

Kensie luttait pour maîtriser les émotions qui faisaient rage en elle : le bonheur d'avoir retrouvé Alanna, la tristesse d'avoir manqué son enfance, la colère contre les gens qui l'avaient enlevée, qui avaient feint d'être sa famille, le soulagement qu'Alanna n'ait pas été maltraitée.

Cette dernière se mordit la lèvre.

— C'est-à-dire...

Elle paraissait au bord des larmes.

— Tu peux tout me dire, Alanna, assura Kensie avec douceur. Je suis ta sœur.

Alanna esquissa un sourire. Il était timide, et hésitant, mais empreint de bonheur. Une bouffée d'allégresse envahit Kensie. À cet instant, elle sut que, quoi qu'il soit arrivé à sa sœur, et en dépit des épreuves à venir, elles pourraient les surmonter ensemble. Reconstruire leur famille. Enfin.

— J'en avais eu la possibilité avant. On m'autorisait à sortir. Je veux dire, ils me surveillaient, mais ils me faisaient confiance aussi. C'est juste que...

— Oui ? murmura Kensie.

— Je les aimais.

La douleur comprima la poitrine de Kensie, et son corps tout entier se raidit, pourtant elle s'efforça de ne rien montrer.

— Je suis désolée, souffla Alanna. Je sais que ça doit être difficile à entendre. Mais ils m'ont élevée. Ils m'ont bien traitée. Ils ont pris soin de moi et, au fil des années, je...

— Je comprends, assura Kensie.

C'était la vérité. C'était difficile à entendre, certes, mais elle comprenait. Même si elle ne voulait rien devoir aux Altier, elle leur était reconnaissante d'avoir donné une enfance heureuse à sa sœur.

— Le mois dernier, Johnny a commencé à parler de se marier. Il avait rencontré une fille et il était tout excité à l'idée d'agrandir la famille et... je me suis rendu compte que, si je n'essayais pas de vous retrouver, je ne connaîtrais jamais de moments pareils avec toi, Flynn, papa et maman.

— Ils se sont mis en colère quand ils ont appris ce que tu avais fait ?

— Oui. Ils ont pensé qu'ils avaient eu de la chance quand le FBI a conclu à une mauvaise plaisanterie, et puis ils ont découvert que tu étais en ville. Ils parlaient de déménager. Je les ai persuadés de m'emmener à Desparre pour que je voie la ville une dernière fois. C'est le seul endroit où j'aie passé plus d'un an, à part l'Illinois, avec vous. Pa… M. Altier m'y a conduite un soir, en pensant que personne ne nous verrait.

C'était le jour où Kensie avait suivi Henry Rollings. Sans le savoir, il l'avait menée droit à Alanna.

Celle-ci éclata en sanglots.

— Quand cet homme t'a attaquée sur le parking, j'ai cru que tu allais mourir à cause de moi.

Ignorant la douleur qui lui transperçait la jambe, Kensie se leva gauchement et serra sa sœur dans ses bras.

— Non. Tu m'as sauvée. Toi, Colter et Rebel, vous m'avez tous sauvée.

— Alanna Altier ?

Kensie tourna la tête et vit le médecin debout sur le seuil. Elle brûlait de corriger le nom de sa sœur, mais elle se força à garder le silence. Dans l'immédiat, seul comptait le fait d'être réunies.

— J'aimerais vous examiner pour être sûr que tout va bien.

Alanna interrogea Kensie du regard. Celle-ci hocha la tête en signe d'assentiment.

— Je t'attends ici.

Quand ils eurent disparu, Kensie se laissa tomber sur le lit, regardant Colter avec une joie mêlée d'incrédulité.

— Je n'arrive pas à croire que c'est réel. Que nous l'avons trouvée.

Colter lui rendit son sourire.

— Tu peux le croire.

— Il faut que j'appelle ma famille.

— Je vais sortir, dit-il en se levant. Tu seras plus tranquille pour leur parler.

— Non.

Kensie le retint par le bras et l'attira à elle. Il se laissa faire sans résister. Le cœur battant à tout rompre, elle plongea son regard dans le sien.

Comme si elle devinait qu'il se passait quelque chose d'important, Rebel s'approcha à son tour et se pressa contre lui.

— Je pensais ce que j'ai dit sur la montagne, balbutia Kensie avant que son courage l'abandonne. Je sais que c'est rapide et que ce n'est peut-être pas ce que tu cherches, mais je n'y peux rien. Je t'aime.

Elle devait le lui dire. Il avait tant fait pour elle. Même s'il ne pouvait l'aimer en retour, elle voulait qu'il sache qu'il méritait de trouver le bonheur.

Elle s'attendait à lire la gêne et le regret sur ses traits, au lieu de quoi un sourire lent et sexy se dessina sur ses lèvres, et puis s'élargit, éclairant tout son visage et ouvrant grand le cœur de Kensie.

— Je t'aime aussi, Kensie.

Epilogue

Son périple touchait à sa fin. Du moins, il l'espérait.

Paralysé sur place, Colter fixa la résidence qui faisait face au lac. Le vent soufflait, mais le froid était bien moins brutal qu'à Desparre. Rebel lui donna un petit coup de museau sur la jambe, comme pour lui dire de se dépêcher.

Colter lâcha un petit rire.

— Sois patiente, bébé.

Un mois s'était écoulé depuis qu'il avait vu Kensie. Il l'avait déposée avec Alanna à l'aéroport. La jeune fille avait regardé le ciel avec anxiété : elle n'était jamais montée à bord d'un avion. De plus, le couple qui l'avait élevée était en prison, et il lui répugnait de quitter ceux qu'elle considérait comme ses frères et sœurs. Cependant, tous avaient eux aussi une famille qui les attendait.

Kensie avait regardé Colter, un sourire tremblant sur les lèvres, les larmes aux yeux. Elle devait partir, aider Alanna à se réintégrer dans une vie qu'elle avait presque oubliée. Elle avait besoin d'être avec sa famille lors de leurs retrouvailles.

Et sa place à lui était en Alaska. C'était là qu'il se sentait chez lui désormais. La rumeur de la ville éveillait en lui une sourde inquiétude, tandis que la solitude paisible de son chalet le réconfortait.

Il avait eu la mort dans l'âme en la laissant partir, mais il ne pouvait pas l'accompagner.

Même s'ils se connaissaient à peine et qu'une relation à distance entre l'Alaska et Chicago semblait pour le moins compliquée, ils s'étaient engagés à essayer.

Cependant, au cours du mois écoulé, il avait compris qu'il faisait fausse route. Qu'il ne pouvait aller de l'avant ainsi. Le passé pesait encore trop lourdement sur ses épaules.

Par conséquent, ces trois dernières semaines, il avait menti à Kensie. Il avait feint d'être encore en Alaska chaque fois qu'ils se parlaient, mais le ton légèrement réservé qu'elle avait eu lors de leurs dernières conversations suggérait qu'elle soupçonnait quelque chose. Ou qu'elle commençait à avoir des doutes sur leur arrangement.

Ravalant sa nervosité, Colter tapa sur sa cuisse pour appeler Rebel, mais elle l'avait devancé. Ce fut lui qui dut la suivre dans l'enceinte du complexe.

Le gardien fronça les sourcils à la vue de Rebel, aussi Colter fit-il mine de s'appuyer sur la canne qu'il avait apportée à cette intention.

— Désolé, j'ai oublié sa carte.

Avant que l'homme ait eu le temps de protester, Colter s'engouffra dans la cabine d'ascenseur. Aussitôt, les portes se refermèrent sur Rebel et sur lui.

Quelques secondes plus tard, ils ressortaient au quatrième étage. L'étage de Kensie. Colter suivit Rebel dans le couloir. La chienne n'était jamais venue mais elle semblait savoir où aller. Elle courut à l'appartement de Kensie et s'assit sur le paillasson, remuant frénétiquement la queue.

Avant que Colter l'ait rejointe, la porte s'ouvrit et Kensie apparut. Elle était vêtue d'une tenue de sport et tenait sous le bras un matelas de yoga qu'elle laissa échapper à la vue de Rebel. Elle leva vers lui des yeux écarquillés de stupeur.

Il lui adressa un sourire incertain.

— Salut, Kensie.

Rebel se dressa et mit les pattes avant sur les bras de Kensie, manquant la renverser de peu.

— Rebel, protesta Colter sans grande conviction.

Kensie éclata de rire et s'agenouilla, puis noua les bras autour du cou de la chienne.

— Salut, Rebel.

Elle regarda Colter.

— Sa patte s'est bien remise.

Il acquiesça.

— Oui. Aussi bien qu'on pouvait l'espérer.

Enfin, Kensie se releva, l'enveloppant d'un regard méfiant.

— Que fais-tu ici, Colter ? Je croyais…

— … que je ne quitterais jamais l'Alaska ?

Elle rit, mais nerveusement.

— Disons que je ne pensais pas te revoir avant la fonte des neiges.

— Six mois à se contenter de conversations au téléphone ? Ce n'est pas assez.

Elle se mordit la lèvre, et la main qui caressait Rebel accéléra son mouvement.

— Je peux entrer ?

— Oh ! Oui, bien sûr.

Elle pivota, ramassa son matelas de yoga au passage et leur tint la porte ouverte d'une main tremblante.

Son appartement était exactement tel que Colter se l'était imaginé, plein de touches de couleurs vives et doté – si on se penchait un peu – d'une vue sur le lac. Cependant, il n'accorda guère d'importance au décor. Il avait du mal à détacher son regard de Kensie, qui le fixait comme si elle redoutait ce qu'il était venu lui dire.

Il posa sa canne contre le mur. Il ne s'en servait plus depuis des semaines.

— Comment va ta sœur ?

Elle parut déconcertée par la question, comme si elle

s'était attendue à ce qu'il aborde immédiatement la question de leur relation.

— Ça n'a pas été facile. Elle est encore en train de s'adapter. Mais ma famille s'est enfin retrouvée.

Elle marqua une pause.

— Quoi qu'il arrive, je te serai toujours reconnaissante de m'avoir aidée à la ramener à la maison.

Colter décida de se jeter à l'eau.

— Rebel et moi avons voyagé à travers le pays ces dernières semaines.

— Quoi ?

Elle se laissa tomber sur le canapé, secouant la tête.

— Je ne comprends pas. Je te croyais en Alaska.

— Je ne voulais pas t'en parler avant d'avoir fini.

Il prit place dans le fauteuil à côté d'elle et captura ses mains dans les siennes.

— Rebel et moi sommes allés voir les familles de mes camarades.

— Oh ! Colter, murmura-t-elle, pressant ses doigts avec émotion.

— C'est quelque chose que je voulais faire depuis longtemps, mais je n'en avais jamais trouvé la force. D'abord à cause de ma blessure, ensuite parce que je me sentais coupable.

Sa voix frémit, mais il s'obligea à poursuivre.

— J'avais toujours pensé que c'était injuste que je puisse aller de l'avant alors qu'aucun d'eux ne le pourrait jamais. Mais tu sais ce que ces familles m'ont dit ?

— Quoi ? demanda-t-elle, levant la main pour essuyer les larmes qui roulaient sur les joues de Colter.

— Que je devais à leur mémoire de vivre ma vie, au contraire.

Il prit une profonde inspiration, luttant pour se ressaisir.

— Et ma vie est avec toi, Kensie.

Elle écarquilla les yeux davantage, la nervosité cédant la place à l'espoir dans son regard.

— Ensuite, Rebel et moi sommes allés rendre visite à mes parents. Ç'a été difficile. Ils ont toujours du mal à me comprendre, mais ils m'aiment. Et ils sont heureux de la décision que j'ai prise.

— C'est-à-dire ? murmura Kensie.

— J'ai trouvé une association qui voudrait mettre à profit mon expérience. Je vais aider des gens comme moi, qui sortent de l'armée. Ou des familles qui ont besoin de soutien après un deuil. Elle est basée au centre-ville.

Elle cilla, l'air perplexe.

— Au centre-ville de Desparre ?

Il sourit.

— Non.

Il pressa ses mains dans les siennes, espérant ne pas être allé trop vite en besogne en s'engageant avant de lui en avoir parlé.

— Au centre-ville de Chicago.

Elle resta bouche bée, si bien qu'il reprit :

— Je vais visiter un appartement de l'autre côté de la ville cet après-midi.

Il aurait aimé être aussi près d'elle que possible, mais il n'avait pas les moyens de s'offrir un logement avec vue sur l'eau. Pas encore.

Elle secoua la tête.

— C'est... Tu n'as pas besoin de chercher. Tu peux t'installer ici.

Colter sentit s'accélérer les battements de son cœur.

— Ta résidence n'admet pas les animaux. J'ai prétendu que Rebel était une chienne d'assistance pour monter ici, mais je ne suis pas sûr que...

— Non, coupa Kensie. Je déménagerai. Où tu voudras. Enfin, je ne peux pas aller en Alaska. Je le ferais si la situation était différente. Mais ma sœur...

— Je sais, interrompit-il à son tour, osant à peine croire

qu'elle avait dit oui. Je vais garder mon chalet en Alaska. J'espère que nous irons en vacances. Habiter en ville n'est pas facile pour moi. J'aurai sans doute besoin d'aide pour m'habituer. Mais je veux le faire, ajouta-t-il, voyant qu'elle s'apprêtait à intervenir. Je veux être digne de toi.

Elle se rapprocha de lui.

— Comment pourrais-tu ne pas l'être ? Tu m'as rendu ma sœur. Tu m'as fait prendre conscience de qui je suis. Tu es là.

Il sourit, si heureux qu'il pouvait à peine respirer. Il ne se rappelait pas la dernière fois qu'il avait éprouvé tant de bonheur, mais il savait que c'était avant ce jour fatidique où il avait pensé avoir tout perdu.

Elle avait tort. Il n'était pas encore digne d'elle. Il devait reconstruire sa vie avant d'être l'homme qu'elle méritait dans la sienne. Mais avec son aide – et son amour – il savait qu'il y parviendrait.

Kensie s'approcha encore, au point d'être tout juste perchée sur le bord du canapé. Rebel se leva et vint se faufiler entre elle et Colter, remuant la queue.

— Je suppose qu'on va devoir chercher un appartement, murmura Kensie, d'une voix empreinte de surprise et d'émerveillement.

À cet instant, Colter sut sans l'ombre d'un doute qu'il avait fait le bon choix.

— Peu importe où nous allons, dit-il avec émotion. Tu es mon foyer.

À ces mots, Kensie se jeta à son cou.

— Je t'aime, Colter.

Il eut à peine le temps de répondre qu'elle le faisait taire d'un baiser.

À côté d'eux, Rebel émit un aboiement d'approbation.